U0943158

山东省社会科学规划研究项目文丛·重点项目

诸子之前泛诗现象研究

◉蔡先金 等 著

济南大学古典文学研究丛书

ZHUZI ZHIQIAN FANSHI XIANXIANG YANJIU

齊魯書社

总　序

这套《济南大学古典文学研究丛书》的问世，是济南大学文学院"中国古代文学"重点学科建设结出的一颗硕果。作为省级重点学科，近年来，中国古代文学学科在校、院两级领导的大力支持下，积极引进高层次人才，构建学术梯队，强化科研意识，学术水平不断提高，目前已经形成了一支年龄结构层次合理、充满生机与活力的学术队伍。先秦文化与诗学、宋代文学、近代文学是学科中较为突出的几个研究方向。我们策划出版这套丛书，目的就是为本学科高层次学术成果提供一个良好、有效的发展平台，希图进一步积攒力量，夯实基础，扩大影响，为学科的未来发展作出更大的贡献。

这套丛书的作者都是本学科的学术骨干和学术梯队的核心成员，他们绝大部分具有博士学位，有的还曾进入博士后流动站从事过研究工作。这些成果凝结了作者数年来的心血，同时也将是其未来学术之路的重要奠基石。

在进入21世纪的今天，传统的学术研究早已走出单一、狭窄、封闭的格局。作为中青年学者，既要秉承传统学术方法的熏陶与滋养，又须具备接受新观念、新理论、新方法的灵敏触角，唯其如此,才有希望开辟出一个学术研究的新纪元。从这一点出发,本套丛书选题的中心虽是中国古典文学研究,但其实际涉及面却较为广阔:既有传统的作家作品或某一时期文学的个案研究,又有宏观的综合文化研究。文学发展从本质上来说是无法与社会历史文化割裂的,以往的文学史研究常常习惯于将社会历史文化作为文学的背景,这样,被关注的对象就只能是一条纵向的线式"文学史"。我们在这套丛书中就力图突破这种观念,将思想、哲学、艺术、宗教等纳入"大文学史"的范畴,在一定程度上还原文学存在的本真面目。这在我们来说,目前还只能是一种尝试。相信在不久的将来,我们会取得更大的成绩。在研究方法上,既有社会历史学的考据论证和理论阐发等传统学术研究方法,又不乏诸如诠释学、传播学、接受美学等新理论、新方法的尝试运用。总之,力求做到兼容并蓄,多方面开拓研究视野。

为了这套丛书的出版,济南大学的相关领导给予了殷切的关怀,有关部门提供了出版基金,在此谨对他们表示最诚挚的谢意!齐鲁书社的陈修亮副社长积极策办丛书的出版事宜,其敬业精神令人钦佩。

随着济南大学各个学科的突飞猛进的发展,文学院中国古代文学学科正在一步一步地向着光辉的顶点攀登。与兄弟院校的同行们相比,我们还有很长的路需要走。但我们有充足的信心和勇于开拓的进取精神。"千里之行,始于足下",相信未来之路是无限光明的。

上古诗歌研究的新探索

(代序)

中国素称礼乐之邦,礼乐文化是中国古代文化的重要内容。诗、乐、舞是中国古代礼乐文化的主要载体。至西周时,诗、乐、舞更融为一体,言诗往往关乎乐,关乎舞;言乐言舞,亦往往关乎诗,关乎歌。乐以声显,舞以形象,而上古时代声、象倏忽难存。故上古之乐、舞,至战国时期,士子已罕能言之;至秦汉以下,世人更难以确解奥义。唯独其声咏之“诗”,却凭文字记录而留传后世,绵延不绝。

诗歌作为一种重要的文学样式,是社会、人生乃至虚幻世界的艺术反映。上古诗歌作为远古部落先民巫术及至西周礼乐文化的重要组成部分,艺术地折射着彼时的社会生产、社会生活、政治文化、思想学术。因此,对于上古至于西周、春秋时代的诗歌韵语,仅仅从文学层面来分析、欣赏,就学术研究角度而言是远远不够的,其内容意蕴,其艺术含融,其多种成因,其复杂影响等等,需要多角度、多层面的考察与探索。

蔡先金教授及其学术团队成员完成的《诸子之前泛诗现象研究》一书,从诗歌功能发展的历时阶段,总结出“诗”所具有的多方面属性,认为:当“诗”主要用于祭祀与巫术目的的时候,诗就强烈地反映出神性特征;当“诗”用于礼乐制度与社会交往的时候,诗就显露出了政治特性;当“诗”转化为经典文本的时候,诗就进入了知识系统,突显其人文特性;当“诗”被视为文学作品的时候,诗仅徒剩了文学属性;当“诗”从文学系统扩大到文化视野中看待的时候,诗就被贴上了文化产品的标志,显露其大文化特性。立论之新颖,甚当关注。

然而,此著的意义,又绝不仅止于在文学角度外对上古诗歌进行多角度、多层面研究的尝试,更在于它揭示出一个重要的学术史问题。诸子学是先秦学术的重要内容,诸子时代被称为学术史上的黄金时代。这一黄金时代当然不可能横空出世,必有久远的历史积淀与传承。其渊源何在?目前的探源研究多集中于畴人子弟分散,王官之学下移,从而私学兴起等,而此著却能由上古至于春秋时代“诗”的特质,发现作为散体文学的先秦诸子与祭祀之“歌”及礼乐之“诗”间的文化传承关系,提出“诸子之前,‘诗’处于一种‘泛诗’状态,此时‘诗’主要显示其神的属性与政治特性;而诸子时期及其以后,‘诗’渐次显示出其人文属性、文学属性以及文化属性”云,并以“泛诗时代”命名“前诸子时代”,从而为诸子之学揭示出一个更为阔大的时代文化背景。这尤其值得注意。

在杨向奎先生等人研究基础上,我曾提出过:上古时代有山川守文化和社稷守文化两种形式,前者多关注天人关系,浪漫奇幻;后者多注重人际关系,尚实重用。这两种文化都对后世产生了深远影响:《山海经》、《老子》、《庄子》等作品中可见山川守文化影响,《春秋》、《论语》、《孟子》等作品中可见社稷守文化的影响,战国后期两种文化虽渐趋融合,但两种文化的影响却依然积淀在人们的思维方式中,并因此对中国传统文化产生了久远的影响。蔡先金教授等完成的此著又提出:这两种深植于我国文化传统血脉中的文化样式,共同萌发、成长于“泛诗时代”。所以说,此著又可为上古学术史、思想史、政治史中诸问题的解决,提供更多的方法借鉴和学术启示。

近几年参与多类项目评审和学术论著审查,深有感触:既为新形势下人文科学因国家大力支持而勃兴感到振奋,又为当前为数不少的选题、论著的陈因相袭而心怀忧虑。蔡先金教授等完成的此著,无论在研究内容上,还是在研究方法上,都力图有新的方法探索和学术创建,我为此感到高兴,并为他们取得的成绩表示祝贺。

郑杰文

记于山东大学兴隆山校区对山堂

2011 年 4 月 23 日

目　录

第一章　绪论

诗到底萌生于何时？宛如“天问”，谁也不得而知。汉郑玄《诗谱序》亦曾发出疑问：“《虞书》曰：‘诗言志，歌永言，声依永，律和声。’然则诗之道放于此乎？”唐孔颖达《毛诗正义序》乃陷入不可知论：“唐、虞乃见其初，牺、轩莫测其始。”今人朱光潜爽直认为“诗的起源当与人类起源一样久远”①。无论诗起源于何时，世人不可否认这样一个事实——上古时期自然生命的诗性觉醒对于人类来说的确是一件了不起的事情。自从有了诗，人类就首次产生了一种重要的语言艺术，人类的精神状态就会发生不可名状的变化，人类的生存状况也同样会引起相应的改观。中国夏、商、周三代的古典诗歌可谓从萌生走向了成熟，这当是毫无疑义的。当诗歌一旦走向了成熟，就会在人们的社会生活中占有不可低估的地位，并起到不可抗拒的作用，以至于充斥于每个生命个体之中，影响到社会生活的方方面面，整个社会与人群皆自觉与不自觉地因诗

---

① 朱光潜：《诗论》，《朱光潜全集（第三卷）》，安徽教育出版社1987年版，第13页。

歌的神奇节奏而律动,因诗歌的美妙词汇而兴奋。当整个社会处于诗歌的泛生产状态的时候,任何个体与群体皆可以创作属于自己的诗歌,以至于《国语·周语》云:“为民者宣之使言。故天子听政,使公卿至于列士献诗,瞽献曲……”《礼记·王制》记载天子可以“命大师陈诗,以观民风”。《汉书·食货志》亦载:“孟春之月,群居者将散,行人振木铎徇于路,以采诗,献之大师,比其音律,以闻于天子。”又,出土楚简《孔子诗论》云:“《邦风》其纳物也,溥观人俗焉,大敛材焉。其言文,其声善。”“诗其犹平门,与贱民而逸之,其用心也将何如?曰:《邦风》是也。”①当整个社会处于诗歌的泛传播与接受状态的时候,任何个体与群体皆可以传播与接受自己选择的诗歌,以至于《论语·泰伯》云:“兴于诗,立于礼,成于乐。”又,《季氏》云:“不学《诗》,无以言。”又,《阳货》云:“诗,可以兴,可以观,可以群,可以怨。”当整个社会处于诗性思维笼罩乃至诗性政治状态,任何个体与群体皆纳入诗之轨道,并走在诗的道路上,以至于《毛诗序》云:“治世之音安以乐,其政和;乱世之音怨以怒,其政乖;亡国之音哀以思,其民困。故正得失,动天地,感鬼神,莫近于诗。先王以是经夫妇,成孝敬,厚人伦,美教化,移风俗。”此时诗可谓处于一种社会“泛化”状态,诗之语境与所在之场是后人不可以从“诗”之文本的角度去予以想象的。这种“泛诗”现象,既可以说是人类在一定阶段的产物,也可以说是中国古代特有的文化景观,更可以说是华夏民族高尚的精神品位的突出显现。

---

① 由此出土文献看来,我们当不应再怀疑先秦时期曾有采诗之风。

一、概念的问题

在从事课题研究之前，一般应该弄清楚课题涉及的一些必要的概念，否则课题研究就会无从下手，因为研究者缺乏继续思考的逻辑起点。“建立概念是我们认识世界、处理日常生活的途径，我们掌握和发展概念的目的就是为了能够获得人和事物的意义，并与他人进行交流。显然，其中有些概念比另外一些概念更加重要。那些关键概念使得我们能够探索各种各样的情境和事件，寻找到有意义的联系。”①

弄清楚概念是一件比较恼人的工作，但是我们又绕不过去，既然“诗是通过言词并在言词中建树的活动”②，那么，当下我们要观览与探究古人已建的这些上古“言词丛林”，就需要在“林中路”上选择性地建置一些重要言词“标志”——核心概念，以免迷途。再说了，这也可以像歌德所云：“杂货虽然五花八门，可以先来看看样本！”③

（一）诸子之前

这显然是一个属于时间的概念，乍看起来一目了然，系指先秦诸子产生之前的时间段，无须再费口舌，仔细一想，在本课题研究中不尽如此。这个看似简单的概念，既蕴涵有价值的信息，

---

① ［澳］科林·马什：《初任教师手册》，吴刚平、何立群译，教育科学出版社2005年版，第3页。

② 陈嘉映：《海德格尔哲学概论》，生活·读书·新知三联书店2005年版，第288页。

③ ［德］歌德：《歌德诗集（下）》，钱春绮译，上海译文出版社1982年版，第1页。

也有需要说明的地方。首先先秦“诸子”时期恰好对应于卡尔·雅斯贝斯(Karl Jaspers,1883～1969)所言的世界“轴心期”①。这个时期既是人类意识的觉醒阶段,也是人类哲学的突破阶段,对中国、对世界皆具有重要之意义,“在中国,孔子和老子非常活跃,中国所有的哲学流派,包括墨子、庄子、列子和诸子百家,都出现了”②。诸子时期或轴心期,既不是凭空而降,也不是空穴来风,总是具有前因的。而中国历史上涌现出的“泛诗时代”正是为诸子百家争鸣的孕育做了一个大铺垫,也可以说,诸子时期产生于“泛诗时代”这个蓐床,然后才出现“王者之迹熄而‘诗’亡,诗亡然后‘春秋’作”(《孟子·离娄下》)之局面,结果正如《汉书·艺文志》所云:“春秋之后,周道浸坏。聘问歌咏不行于列国,学诗之士逸在布衣,而贤人失志之赋作矣。”③如果没有“泛诗时代”这种现象的出现,没有这种“泛诗”精神的导引,那后期诸子时代的出现是不可能的,因为没有无因之果。也就是说,“泛诗时代”是诸子时代产生的前提条件,后人若理清诸子产生的来龙去脉,就不应忽视对诸子之前“诗”之衍变及生态状况之考察。其次,诸子之前,意指何时?仅系春秋,非也。难道前推至遂古之初?是也。史事窅茫,不免又会发出屈原式

---

① 卡尔·雅斯贝斯认为:“看来要在公元前500年左右的时期内和在公元前800年至200年的精神过程中,找到这个历史轴心。正是在那里,我们同最深刻的历史分界线相遇,我们今天所了解的人开始出现。我们可以把它简称为‘轴心期’(Axial Period)。”([德]卡尔·雅斯贝斯:《历史的起源与目标》,何兆武主编《历史理论与史学理论——近现代西方史学著作选》,商务印书馆1999年版,第672页。)

② [德]卡尔·雅斯贝斯:《历史的起源与目标》,何兆武主编《历史理论与史学理论——近现代西方史学著作选》,商务印书馆1999年版,第673页。

③ (东汉)班固:《汉书·艺文志》,中华书局1964年版,第1756页。

的疑问:“曰遂古之初,谁传道之?上下未形,何由考之?冥昭瞢暗,谁能极之?冯翼惟像,何以识之?明明暗暗,惟时何为?”①既然如此,那就只能依靠当下的史料以及目前的认识水平,努力向前追溯了。但是,探赜索隐,考镜源流,钩沉致远,乃本为正事,这是不可否认的。

(二)诗之原生态

“诗”被称为文学艺术,这是“诗”演变到后期的事情了。在“诗”被称为文学艺术之后,“诗”就落入了一个狭小的圈子,仅为一种文学艺术之样式,甚至显露出不忍看到的衰落,以至于走向了文学的边缘,昔日的辉煌沦落为今日的黄花了。

诗起源很早,它是人的天性,既来源于生活,也来源于人内心的深处,是“内心”与“生活”双重作用的产物。无论我们认定诗之起源“巫术说”、“游戏说”,还是“劳动说”,但都忽视了人的天性的作用,德国威廉·冯·洪堡特说:“不过事实上,诗歌和散文首先是智力本身的发展道路,只要智力的天赋并无缺陷,发展未遇阻碍,诗歌和散文就必然会在其基础上萌生。”②《礼记·乐记》云:“诗,言其志也。歌,咏其声也。舞,动其容也。三者本于心,然后乐器从之。是故情深而文明,气盛而化神,和顺积中,而英华发外,唯乐不可以为伪。”《文心雕龙·明诗》亦云:

> 人禀七情,应物斯感,感物吟志,莫非自然。昔葛天乐辞,《玄鸟》在曲;黄帝《云门》,理不空弦。至尧有《大唐》之歌,舜造《南风》之诗,观其二文,辞达而已。及大禹成功,

① 屈原:《天问》,金开诚等:《屈原集校注》,中华书局1996年版,第292—293页。

② [德]威廉·冯·洪堡特:《论人类语言结构的差异及其对人类精神发展的影响》,姚小平译,商务印书馆1999年版,第227页。

九序惟歌;太康败德,五子咸怨:顺美匡恶,其来久矣。自商暨周,《雅》《颂》圆备,四始彪炳,六义环深。子夏监绚素之章,子贡悟琢磨之句,故商赐二子,可与言诗。自王泽殄竭,风人辍采;春秋观志,讽诵旧章,酬酢以为宾荣,吐纳而成身文。逮楚国讽怨,则《离骚》为刺。秦皇灭典,亦造仙诗。

从大量上古乐器出土资料来看,如1987年河南舞阳贾湖遗址出土了距今约八千年的猛禽骨制成的骨笛,1980年山西襄汾陶寺遗址出土了龙山文化时期的特磬①,很早的人们已经能够享受音乐的生活。由此看来,上古的一些诗乐传说就并非是捕风捉影了,如《尚书·益稷》记载:"夔曰:'戛击鸣球,搏拊琴瑟以咏。祖考来格。虞宾在位,群后德让。下管鼗鼓,合止柷敔,笙镛以间,鸟兽跄跄。箫韶九成,凤皇来仪。'夔曰:'於!予击石拊石,百兽率舞,庶尹允谐。'"

上古音乐已经发展到如此高的水平,那么与之相伴随的有节律的言语——诗——发展之水平应该可想而知的了。言语音调的变化同决定这种变化的感情产生了默契,人们产生了有韵律的歌咏,人们为什么要通过这种语言特殊的组合与表示方式——诗——去与情感默契,这是无法解释的默契,是一种深不可测的形而上学的秘密。卡西尔说:"真正的诗不是个别艺术家的作品,而是宇宙本身——不断完美自身的艺术品。"②

在"诗"蜕化为文本与记忆之前,诗之原生态到底如何?首先可以确定的是"诗"之存在具有非独立特性,而是处于一种

① "山西出土新石器时代东下冯的打制石磬,殷墟武官村出殷代虎纹大磬,测音均为#C。"参见饶宗颐:《从郭店楚简谈古代乐教》,沈建华:《饶宗颐新出土文献论证》,上海古籍出版社2005年版,第158页。

② [德]恩斯特·卡西尔:《人论》,上海译文出版社2003年版,第246页。

"混合体"状态。这一"混合体"又是"统一体",其组成部分主要有诗、乐、舞,而诗、乐、舞是共时共生的三位一体,即语言、音乐、动作三种要素混合为一。《吕氏春秋·古乐》云:"昔葛天氏之乐,三人操牛尾投足以歌八阕:一曰《载民》,二曰《玄鸟》,三曰《遂草木》,四曰《奋五谷》,五曰《敬天常》,六曰《建帝功》,七曰《依地德》,八曰《总禽兽之极》……帝尧立,乃命质为乐。质乃效山林溪谷之音以歌,乃以麋輅置缶而鼓之,乃拊石击石,以象上帝玉磬之音,以致舞百兽。"俄国维谢洛夫斯基谈到远古时代诗歌混合性时说:"我把这种混合艺术理解为有节奏的舞蹈动作同歌曲音乐和语言因素的结合。在这种远古的'结合'中节奏起着主导作用,它始终一贯地规范着旋律,以及伴随着旋律而发展起来的诗歌文本。"①由此看来,在诗之原生态的情况下,我们只能通过一种假设将"诗"萃取并分离出来了。

现今我们对于"诗"信息的获取,只能来源于传世文献,只能拜读到前人流传下来的文本,文本就成为我们理解"诗"的基础,其实,原"诗"携带的信息已经产生巨大的衰减与损耗,比如"诗"的创作以及传播过程,"诗"的节奏与韵律以及表演方式,皆全然不知其然。由于事过境迁,我们无法去还原到"诗"的本原状态,但我们可以尽量去接近"诗"的本原状态,揭开蒙在"诗"上的遮蔽,尽量将"诗"以"原生态"的面目呈现给世人,让世人去想象那时"诗"的真实状态,而不是面对"诗"文本而茫然失措,由此也可以纠正或扭转世人对于"诗"的一些错误印象,还原一下诗的原生态。

在混合艺术的初期阶段,歌词文本并不重要,重要的是旋

---

① [俄]维谢洛夫斯基:《历史诗学》,刘宁译,百花文艺出版社 2003 年版,第 264 页。

律。在卡菲尔人、达马拉兰人、易洛魁人中，通篇歌词可由在旋律伴奏下不断重复的呼喊声——嗨呀，嗨呀（Heia，heia）所组成。① 俄国维谢洛夫斯基在《历史诗学》中写道：

> 由此而来的是在诗歌混合艺术的最初阶段上相当普遍流传的一种现象：用一些不懂的词来吟唱；这或者是在记忆中靠旋律而保留下来的一些古老词汇，或者是随着曲调而从异国他乡流传过来的一些语言词汇。在卡罗克印第安人（加利福尼亚半岛）中间只有男子参加的庄重的祈祷舞蹈中，开始由两个或三个歌手即兴演唱向神灵祈求的歌词，随后由全体齐唱规定的圣歌，其歌词并没有多少意义。例如，在野蛮的巴塔哥尼亚人，巴布亚人、北美印第安人的歌谣中，歌词也同样缺乏意义；在汤加群岛上，人们用哈莫亚语（Hamoa）吟唱，而土著居民并不懂这一语言；在澳洲和北美洲也观察到同样的现象……帕萨玛科迪（passamaguoddy）的印第安人的“蛇曲”的语言连歌手自己也不懂，就像易洛魁人的战歌的歌词一样：它的词汇或者是古老的，或者属于秘密的暗语。②

闻一多对于诗之文本亦有深刻的认识：

> 想象原始人最初因情感的激荡而发出有如“啊”“哦”“唉”或“呜呼”“噫嘻”一类的声音，那便是音乐的萌芽，也是孕而未化的语言。声音可以拉得很长，在声调上也有相当的变化，所以是音乐的萌芽。那不是一个词句，甚至不是一个字，然而代表一种颇复杂的涵义，所以是孕而未化的语

① ［俄］维谢洛夫斯基：《历史诗学》，刘宁译，百花文艺出版社 2003 年版，第 269 页。

② ［俄］维谢洛夫斯基：《历史诗学》，刘宁译，百花文艺出版社 2003 年版，第 270 页。

言。这样界乎音乐和语言之间的一声"啊……"便是歌的起源。不错,"歌"就是"啊",二者皆从可陪声,古音大概是没有分别的。①

节奏旋律在远古的混合艺术组成中占据主导地位,而歌词文本只是起到辅助作用。当感叹和缺乏意义的词句转化为具有意义的真正文本的时候,"诗"就产生了。这种混合艺术不仅作为旋律,而且作为令人感兴趣的歌词文本,一代一代地流传下去。《诗经·周南》中《麟之趾》、《芣苢》可能就是一种用于音乐节奏的复沓歌谣,其内容并没有后人附庸上去的那么多无休无止的意义。《麟之趾》云:"麟之趾,振振公子,于嗟麟兮!麟之定,振振公姓,于嗟麟兮!麟之角,振振公族,于嗟麟兮!"《芣苢》云:"采采芣苢,薄言采之。采采芣苢,薄言有之。采采芣苢,薄言掇之。采采芣苢,薄言捋之。采采芣苢,薄言袺之。采采芣苢,薄言襭之。"诗,原初应该是这个样子,有一定的语言节律,有一定的韵脚,适用于歌咏,适用于舞蹈。朱光潜说:"诗歌、音乐、舞蹈原来是混合的。它们的共同命脉是节奏。在原始时代,诗歌可以没有意义,音乐可以没有'和谐'(harmony),舞蹈可以不问姿态,但是都必有节奏。后来三种艺术分化,每种均仍保持节奏,但于节奏之外,音乐尽量向'和谐'方面发展,舞蹈尽量向姿态方面发展,诗歌尽量向文字意义方面发展,于是彼此距离遂日渐其远了。"②如果我们用现在的社会环境去推测与研究春秋以前的诗的存在状况,那将大错特错,也是不符合历史事实的。我们应该将"诗"还原到春秋以前的生存环境中去,还

---

① 闻一多:《歌与诗》,《神话与诗》,上海人民出版社 2006 年版,第 148 页。

② 朱光潜:《诗论》,《朱光潜全集(第三卷)》,安徽教育出版社 1987 年版,第 16 页。

“诗”以本来面目与原初的生存环境，我们再研究那时的诗，才是合理的、适宜的、正确的。

诗、歌、谣，都是语言的艺术，而且是人类最早崇拜的语言艺术形式。远古的人们可以在生产领域、生活领域创造出许多美好的艺术，在语言领域，他们同样也要创造出属于该领域的艺术——诗、歌、谣。这三者之间到底有什么区别呢？《诗经·魏风·园有桃》云：“心之忧矣，我歌且谣。”《毛传》云：“曲合乐曰歌，徒歌曰谣。”朱自清云：“成伯玙《毛诗指说》引梁简文《十五国风义》也说：‘在辞为诗，在乐为歌。’（见阮元《经籍籑诂》）本来歌谣都是原始的诗，以‘辞’而论，并无分别；只因一个合乐，一个徒歌，以‘声’而论，便自不同了。”①春秋之前，诗与音乐、舞蹈密切配合，实质上，我们是在“乐”的“剖析”的框架下来研究“诗”，我们将“诗”从整体中抽取出来，毁坏了其原生态，这种抽取在当时是极不合适的。如果只是为了研究的方便，那么在“诗”的其他“附属”失掉之后，就会显得简洁或纯净，但不是原来的样子，于是乎研究也就可能冒偏离正途的危险。整体在先，整体大于部分之和，这是整体哲学之思维。我们应该将“附属”补充上去，令“诗”还原为一个完整的整体。这是一次必要的重建过程，是一次复原的过程。诗，不再是一般的语言，“词的意思在乐音上投上了另一种光泽”②。朱自清亦认为：“歌谣是活在民众口中的，一印到纸上，便是死的了。常惠先生也说：‘无论怎样，文字决不能达到声调和情趣，一经写在纸上，就不是他了。’”③歌谣异名有之，如《乐府诗集》引梁元帝《纂要》曰“齐歌

---

① 朱自清：《中国歌谣》，复旦大学出版社2004年版，第1页。

② [法]克洛德·列维－施特劳斯：《看·听·读》，顾嘉琛译，生活·读书·新知三联书店1996年版，第106页。

③ 朱自清：《中国歌谣》，复旦大学出版社2004年版，第60页。

曰讴,吴歌曰歈,楚歌曰艳,浮歌曰哇”,《楚辞·大招王注》云“‘徒歌曰讴’,亦可训谣”。“风谣”、“民谣”、“百姓谣”即是也。“诗”使发音的语言同音乐的语言相接近,“一声高兴的呼喊,即使在大自然中,也具有自身和声与和弦的本质”①。我们不能低估古人的想象力和创造力,原始的东西反而更可贵,摩尔说过,夏巴依对起始的伟大尤为敏感:“艺术的开拓者们所发现的简朴的美特别真实,因为一般来说这些美是无需费力就得到的;这些简朴的美具有某种自然的真实性。”②顾颉刚亦云:“《诗经》里的歌谣,都是已经成为乐章的歌谣,不是歌谣的本相。”③以此言之,太史公言古诗三千余篇,不但足信其数,而且稍嫌其少了。

在文字的初始时期,诗占据着社会生活的重要地位,在语言文字上,没有什么其他艺术形式能够超过伟大的“诗”了,这种高贵的艺术甚至被授以宗教奥义的特权。在古代,这种混合艺术是古人不可缺少的,充斥着古人生活的各个方面,属于他们生命的重要组成部分。欢乐的时候,他们需要这种混合艺术;痛苦的时候,他们需要;狩猎的时候,他们需要;生产的时候,他们需要;祭祀的时候,他们需要;节日仪式的时候,他们需要……诗,既然是人类最早崇拜的语言艺术形式,那么它就具有受到普遍认同与追捧的可能。当诗发展到春秋中叶以前的时候,诗自身达到了社会认同的巅峰,于是乎渗透到社会的各个角落,历史上出现了唯一的一次“泛诗”现象,“我们称作诗的那种东西,对于他们来说是现实生活,而不是神和英雄、男女牧人、剧院女主角

---

① 巴端语。转引自[法]克洛德·列维–施特劳斯:《看·听·读》,顾嘉琛译,生活·读书·新知三联书店1996年版,第83页。

② [法]克洛德·列维–施特劳斯:《看·听·读》,顾嘉琛译,生活·读书·新知三联书店1996年版,第119页。

③ 顾颉刚:《顾颉刚集》,中国社会科学出版社2001年版,第136页。

和用油彩涂抹、羽毛装饰的空谈哲理的蒙昧人的装模作样，然而对于现代诗人来说却正是如此”①。

（三）泛诗现象

先秦诸子之前，中国历史上存在过一种值得重视的历史文化现象，诗几乎充斥着社会生活的每个角落，不但出现在各种社会交往场合，几乎到了不言诗无以行的地步，而且参与神灵崇拜、巫术祭祀，以至于达到“迩之事父”与“远之事君”的地步。饶宗颐认为：“诗，对中国古代人来说，好像口香糖，日常要咀嚼细味……通过几句诗，有时可取得高官厚禄，但如果使用不得其当，可能引起大祸。祸、福相互倚伏，诗是达官贵人们在穿梭交际中，往来沟通不能缺少的、资讯性美丽的语言，这是春秋时代盛行的‘赋诗’的景观。高级知识分子受到充分的‘诗’的教育，诗的气氛弥漫于整个上层阶级，特别在外交场合上，主要官员无不赋诗来表达他的意见。‘赋诗言志’的流行，成了美化的诗的社会。”②诗与神灵、诗与礼乐、诗与社会交往、诗与生产、诗与教育、诗与生活都产生了重要之联系，我们把这种现象称之为诸子之前的“泛诗”文化现象。吕思勉曾说出古人重诗之事，亦从一个方面反映出这一“泛诗现象”，其云：“《王制》述天资巡守，命太师陈《诗》，以观民风。何君言采《诗》之义曰：（《公羊》宣十五年《注》）‘五谷毕入，民皆居宅。男女有所怨恨，相从而歌。饥者歌其食，劳者歌其事。男年六十，女年五十无子者，官衣食

---

① ［英］爱德华·泰勒：《原始文化——神话、哲学、宗教、语言、艺术和习俗发展之研究》，连树声译，广西师范大学出版社 2005 年版，第 244 页。

② 饶宗颐：《诗的欣赏——古代诗教和诗的社会》，沈建华：《饶宗颐新出土文献论证》，上海古籍出版社 2005 年版，第 193 页。

之,使之民间求诗。乡移于邑,邑移于国,国以闻于天子。故王者不出牖户,尽知天下所苦,不下堂而知四方。'其重之也如此。夫人生在世,孰能无幽约怨悱,不能自言之情?而社会之中,束缚重重,岂有言论自由之地?斯义也,穆勒《群己权界论》(严复译),言之详矣。故往往公然表白之言,初非其人之真意;而其真意,转托诸谣咏之间。古代之重诗也以此。"①这种"泛诗"现象是后人不可想象的,打一个不十分恰当的比方,就好似现在年轻人仅凭《毛泽东选集》文本是无法想象出当年"毛主席语录"在"红海洋"中"泛化"场景的,亦无法想象"儿歌"在"文革"时期对于青少年的影响。

这种"泛诗"文化现象主要表现出这样几个特点:一是从文化空间的角度来说,"泛诗"现象具有广泛的弥漫特性,即"诗"弥漫于先人拥有的整个社会生活文化空间。二是从文化时间序列角度来看,"泛诗"现象具有漫长特性,即"诗"自起源之时起至诸子之前一直占据着先人生活领域,诚如章学诚云"诗教":"若是乎三代以后,六艺惟《诗》教为至广也。敢问文章之用,莫盛于《诗》乎?曰:岂特三代以后为然哉?三代以前,《诗》教未尝不广也。"②历史就是时间的流动过程,在这个"泛诗"的时间段,时间是诗化了的,既然时间是人的生存的状态性,诗化时间也就等于诗化了人生。三是从诗自身存在形式的角度来看,"泛诗"现象具有月亮般的晕轮特性,那时"诗"是一种混合艺术,是与乐歌、舞蹈交织在一起的,而非独立的,从某种角度来说,乐曲与舞蹈成为那时"诗"的重要"晕轮"而不可分离。四是

---

① 吕思勉:《经子解题》,华东师范大学出版社 1995 年版,第 22—23 页。

② (清)章学诚著,叶瑛校注:《文史通义校注》,中华书局 1985 年版,第 78 页。

从生命生存角度来想，“泛诗”现象具有渗透特性，即“诗”渗透到先人们生命血液当中去，成就了先人生命的节奏与韵律，为人在世界中的有限生存提供一个富有意义的环境。这一“泛诗”现象在世界范围内具有唯一特性，当然值得后人开展深入的研究和探讨。

这里所指的“泛诗”现象显然不同于西方泛诗论以及泛化之“诗”的内涵与外延。西方泛诗论滥觞于古希腊，准确地说，柏拉图为始作俑者，后来泛诗论者颇夥，如德国黑格尔（1770～1831）、弗里德里希·施莱格尔（1772～1829）、谢林（1775～1854），英国塞缪尔·泰勒·柯勒律治（1772～1834）、威廉·哈兹里特（1778～1830）、约翰·罗斯金（1819～1900）。在西方近代文学批评史上，典型的泛诗论者雪莱在《诗辩》中说：

> 在通常的意义下，诗可以界说为“想象的表现”；并且自有人类以来就有诗的存在……然而诗人们，或者说那些想象和表现这个不可毁灭的秩序的人，不仅是语言、音乐、舞蹈、建筑、雕象、绘画的创造者；他们是法律的制定者、文明社会的建立者、人生种种艺术的发明者……语言、色彩、形状以及宗教和文明的行为习惯，是诗的全部工具和素材；倘若采用果即为因的同义语这一说法，那么语言、颜色等等都可称为诗。然而，较为狭义的诗则表现为语言、特别是具有韵律的语言的种种安排，这些安排是那无上庄严的力量所创造，但这力量的宝座却藏在不可见的人类天性之中。①

西方泛诗论模糊了诗与非诗的界线，将诗与非诗的事物视

---

① ［英］雪莱：《诗辩》，伍蠡甫主编：《西方文论选》（下卷），上海译文出版社1979年版，第51—52页。

为同一之理念来表述。当代学者王云铺排出西方泛诗论的主要内容为视诗与韵文、诗与文学、诗与艺术、诗与其他意识形态为同一,并认为"诗歌这一概念一旦泛化,那么,比之于它的内涵,它的外延的荒谬性更容易为人觉察"①。而中国古典诗论从来都没有将诗与其他非诗事物混淆起来,我们现在使用"泛诗"这一概念亦迥然不同于西方之"泛诗",此概念非彼概念也,即使我们承认上古诗是与乐歌、舞蹈结合在一起的,但我们还是可以将它们区分开来,并各自名之的。我们所说的"泛诗"是"诗"之"泛"的一种现象,即没有离开"诗"这一核心,而西方则是指"泛"之"诗",即将一切艺术之物称皆称之为"诗",反而淹没了"诗"之真实的实体。

二、诗之存在的阶段属性

诗自产生起,就具有自身的性质与特点,在不同历史阶段及不同使用场合的时候,"诗"的主导属性是有别的,当"诗"主要用于祭祀与巫术目的的时候,诗就强烈地反映出神性特征;当"诗"用于礼乐制度与社会交往的时候,诗就显露出了政治特性;当"诗"转化为经典文本的时候,诗就进入了知识系统,就突显其人文特性;当"诗"被视为文学作品的时候,诗徒剩了文学属性;当"诗"从文学系统扩大到文化视野中看待的时候,诗就被贴上了文化产品的标志,显露其大文化特性。在诸子之前,"诗"处于一种"泛诗"状态,此时"诗"主要显示其神的属性与政治特性;而诸子时期及其以后,"诗"渐次显示出

① 王云:《西方前现代泛诗传统——以中国古代诗歌相关传统为参照系的比较研究》,复旦大学出版社 2005 年版,第 26 页。

其人文属性、文学属性以及文化属性了。这是历史与时代使然,既可以说是“诗”之时代变数,又可以说是“诗”之历史命运。我们有必要一一揭示这些属性,以便于世人对诗有更充分的认识,同时也有利于更好地认识“泛诗”现象。反过来,我们又可以通过诗的这种属性去察看当时人的生活世界,去洞察当时人们的心灵。

(一)神性:第一阶段主导属性

上古之“诗”,自产生之时起,就被先人赋予了许多功能并涂染上了丰富的色彩,但首次突显出其重要属性的当是其神性,神性一旦笼罩,诗也就具有了一种神秘的、奇妙的甚至万能的功效,诗也就第一次异化为人们的崇拜物,从此,这一人们依靠丰富的想象力创造出来的语言作品就不再属于人们自己,反而属于神了,这就像维柯所断言的“他们的诗起初都是神圣的”①,以至于诗人歌德亦曾这样说过:“谁拥有了艺术,谁就拥有了宗教。”②

诗在创造之初,就与诸神和巫术相关联的。王国维云:“歌舞之兴,其始于古之巫乎?巫之兴也,盖在上古之世……然则巫觋之兴,在少皞之前,盖此事与文化俱古矣。”“巫之事神,必用歌舞。《说文解字》(五):‘巫,祝也,女能事无形以舞降神者也。象人两褎舞形,与工同意。’故《商书》言:‘恒舞于宫,酣歌于室,时谓巫风。’……是古代之巫,实以歌舞为职,以乐神人者也。”③

---

① [意]维柯:《新科学》,朱光潜译,人民文学出版社1986年版,第162页。

② 辜鸿铭:《中国人的精神》,见《辜鸿铭文集》(下),黄兴涛等译,海南出版社1996年版,第38页。

③ 王国维:《宋元戏曲史》,上海古籍出版社1998年版,第2页。

"巫术语言采用诗的形式,在古代是非常普遍的现象,原始咒语是这样,卜辞、卦爻辞也都是如此。"①商代卜辞记有:"今日雨?其自西来雨?其自东来雨?其自北来雨?其自南来雨?"陆侃如与冯沅君认为这是一首简单而朴素的古歌。②《周易》卦爻辞中亦保存有大量的古歌,如"鸣鹤在阴,其子和之,我有好爵,吾与尔靡之"(《易·中孚·九二》)。黄玉顺认为:"《易经》六十四卦无不征引古歌:六十四条卦辞中时而有古歌,三百八十四条爻辞绝大部分都有古歌。"③直到春秋时期,占卜之辞,仍旧使用诗歌的形式作为巫术语言。《左传》庄公二十二年记载,田敬仲结婚前,女方家占卜,所得的占辞如下:"凤凰于飞,和鸣锵锵。有妫之后,将育于姜。五世其昌,并于正卿。八世之后,莫之与京。"另外,用于祭祀的青铜礼器上的铭文亦采用诗歌的形式,如《大丰簋铭》:"乙亥,王有大丰,王凡三方。王祀于天室降,天亡尤王。殷祀于王丕显考文王,事熹上帝。文王监在上,丕显王则相,丕肆王则唐,丕克三殷王祀。丁丑,王飨大房,王降亡得爵复觵。惟朕有庆,敏扬王休于尊享。"④诗歌为什么适用于巫神?马林诺夫斯基回答是:"因为在诗歌中,语言底魔力以及被语言所激动的情绪,持久的力量最强,表现的情形最显。"⑤而俄国维谢洛夫斯基对于诗歌的神性作出了另一种解释:"处于混合艺术的组成之中,并由身心净化的需求而引起的原始诗歌,赋予仪

---

① 郭杰等:《先秦诗歌史论》,吉林教育出版社 1995 年版,第 32 页。

② 陆侃如、冯沅君:《中国诗史》,山东大学出版社 2000 年版,第 5 页。

③ 黄玉顺:《易经古歌考释》,巴蜀书社 1995 年版,第 4 页。

④ 陆侃如、冯沅君:《中国诗史》,山东大学出版社 2000 年版,第 5 页。

⑤ 马林诺夫斯基:《巫术科学宗教与神话》,李安宅译,中国民间文艺出版社 1986 年版,第 52 页。

式和祭祀以形式,适应了宗教净化的需求。"①

饶宗颐认为:"诗的产生,自来即与宗教分不开……由于史诗的吟唱,需要在宗教仪式上加以演出,能吟唱史诗的人通常被称为圣者……西南彝族,口述的史诗由巫师负责,名曰呗耄(Per-mo)。我国古代的'颂',以其成功告于神明,在宗庙合乐演唱,亦和宗教有关。"②《诗》中"颂"的部分,无论"商颂"、"周颂"还是"鲁颂",显然都是为祭祀所用的"神诗",如《周颂·清庙》云:"于穆清庙,肃雝显相。济济多士,秉文之德,对越在天。骏奔走在庙,不显不承,无射于人斯。"宗教性的诗篇在《诗经》中是一种客观存在,这是无法否认的事实。③《周礼·春官宗伯·龠章》记载了诗乐合用之事:"中春昼击土鼓,龡《豳诗》以逆暑。中秋夜迎寒,亦如之。凡国祈年于田祖,龡《豳雅》,击土鼓,以乐田畯。国祭蜡,则龡《豳颂》,击土鼓,以息老物。"黑格尔对于诗的神性作出这样的解释:"因为古人在创造神话的时代,就生活在诗的气氛里,所以他们不用抽象思考的方式而用凭想象创造形象的方式,把他们的最内在最深刻的内心生活变成认识的对象,他们还没有把抽象的普遍观念和具体的形象分割开来。"④既然神充满在万物之中,那么诗就不能例外了。我们可以遥想在那个神化的时代,还有什么能够超过神的地位?在祭祀的过程中还能有什么能够超越神性的东西?诗、乐、舞之最

---

① [俄]维谢洛夫斯基:《历史诗学》,刘宁译,百花文艺出版社2003年版,第265页。

② 饶宗颐:《诗的欣赏——古代诗教和诗的社会》,沈建华:《饶宗颐新出土文献论证》,上海古籍出版社2005年版,第197—198页。

③ 张思齐:《论王夫之关于〈诗经〉中的宗教特征的思想》,中国诗经学会编《诗经研究丛刊》第七辑,学苑出版社2004年版,第76—91页。

④ 黑格尔:《美学》,朱光潜译,商务印书馆1982年版,第2卷,第18页。

高目的就是为了娱神与祈祷，如《周颂·敬之》云："敬之敬之，天维显思，命不易哉！无曰高高在上，陟降厥士，日监在兹。维予小子，不聪敬止。日就月将，学有缉熙于光明。佛时仔肩，示我显德行。"郭绍虞在《中国文学史纲要》中认为："舞必合歌，歌必有辞。所歌的辞在未用文字记录以前是空间性的文学；在既用文字记录以后便成为时间性的文学……当时的歌舞，在国则为'夏''颂'，在乡则为'傩''蜡'。"①可以说，这些诗是为巫神而生，为巫神而用，其"神性"地位是不可动摇的，而且作为第一属性呈现给这个世界。

（二）政治性：第二阶段主导属性

"诗"的世界本来应该超越于现实的庸俗的世界，这正如席勒所说："我们的社会、政治、宗教和科学的现实情况都是散文气的，这种散文气是现实关系的表现。因此，诗的精神要建立自己的世界，以免现实用它的污泥来溅人。"②然而，当"诗"从第一神性地位降落下来的时候，现实却显示出巨大的威力，于是乎"诗"就不得不屈尊于现实了，也许这是"诗"的宿命吧。当"诗"走下神坛来到现实之中的时候，人间的政治又显示出巨大的力量，于是乎"诗"自然地选择政治性作为其第二阶段之主导属性了。

诗的政治属性主要表现在适用于周礼制度之中，于是乎周礼既是一种政治文化，又是一种诗性的文化，周礼的政治精神也就体现为一种诗的精神了。政治形态是指在一定社会形态下，政治上层建筑与经济基础、社会意识形态相互作用所形

---

① 朱自清：《中国歌谣》，复旦大学出版社2004年版，第14页。
② 刘小枫：《诗化哲学》，山东文艺出版社1986年版，第29页。

成的、以政治权力为中轴的政治生活的总和。① 诗，在参与政治生活过程中成为一种政治形态，使原来比较隐性的政治属性突显为显性状态。饶宗颐亦曾发现了诗的这种由神界向人世间的衰落："中国人早期的诗似源于占卜有关的爻词，初亦与神明挂钩。后来诗列入'乐正'机构所管辖，诗成为反映政治好坏的镜子，诗与乐有紧密的联系，成为某种礼仪。像享礼时奏歌《文王》、《大明》、《绵》……《诗》有它的实际效用，与政治分不开。"②"诗"用于礼制之中，《仪礼·乡饮酒礼》记载："……相者东面坐，遂授瑟，乃降。工歌《鹿鸣》、《四牡》、《皇皇者华》。卒歌，主人献工……笙入堂下，磬南，北面立。乐《南陔》、《白华》、《华黍》……乃间歌《鱼丽》，笙《由庚》；歌《南有嘉鱼》，笙《崇丘》；歌《南山有台》，笙《由仪》。乃合乐，《周南》：《关雎》、《葛覃》、《卷耳》，《召南》：《鹊巢》、《采蘩》、《采蘋》。工告于乐正曰：'正歌备。'乐正告于宾，乃降。"又，《燕礼》大抵有相似记载。但是歌诗是有一定的程式与规制的，是要符合当时礼制的需要的，这也属于当时的一种政治制度的安排。《周礼·春官·宗伯·乐师》还记载了"诗乐"的等级属性："凡射，王以《驺虞》为节，诸侯以《狸首》为节，大夫以《采蘋》为节，士以《采蘩》为节。凡乐，掌其序事，治其乐政。"《礼记·射义》亦记载了大抵相同的内容。另外，在"国风"中亦不乏政治性内容的诗歌，如《豳风·伐柯》倡导媒妁婚姻政治，云："伐柯如何？匪斧不克。取妻如何？匪媒不得。伐柯伐柯，其则不远。我觏之子，笾豆有践。"《鄘风·相鼠》

① 林尚立：《权力与体制：中国政治发展的现实逻辑》，《学术月刊》2001 年第 5 期。

② 饶宗颐：《诗的欣赏——古代诗教和诗的社会》，沈建华：《饶宗颐新出土文献论证》，上海古籍出版社 2005 年版，第 198 页。

直接宣扬西周礼制，云："相鼠有皮，人而无仪。人而无仪，不死何为？相鼠有齿，人而无止。人而无止，不死何俟。相鼠有体，人而无礼。人而无礼，胡不遄死。"当时的政治制度与政治生活成为"诗"之复沓吟诵的内容。

春秋时期，诗用于各国之间的外交场合，更显其政治性的作用。班固《汉书·艺文志》云："古者诸侯卿大夫交接邻国，以微言相感，当揖让之时，必称诗以谕其志，盖以别贤不肖而观盛衰焉。"士大夫在交际场合，倘若将诗用得恰到好处或许会为此得福，用得不伦不类或许会招致祸殃，如《左传》襄公二十七年记载，郑伯享赵孟于垂陇，子展、伯有、子西、子产、子大叔、二子石从，赵孟请七子赋诗，以观七子之志。其中伯有赋《鹑之贲贲》，于是，文子告叔向曰："伯有将为戮矣！诗以言志，志诬其上，而公怨之，以为宾荣，其能久乎？幸而后亡。"《鄘风·鹑之奔奔》云："鹑之奔奔，鹊之强强。人之无良，我以为兄。鹊之强强，鹑之奔奔。人之无良，我以为君。"在郑伯燕享赵孟的场合，伯有赋此诗，当然自有说处。针对当时的用诗状况，孔子云："诵《诗》三百，授之以政，不达；使于四方，不能专对，虽多，亦奚以为？"(《论语·子路》)

在政治外交场合，"诗"能派上如此的用场，这是华夏族之外世界上其他民族少见的现象，亦是令后人难以想象的，在此，我们可以借用辜鸿铭所说的一段话来作为这种现象解释的注脚："所有处于初级阶段的民族都过着一种心灵的生活。正如我们大家都知道的一样，欧洲中世纪的基督徒们也同样都过着一种心灵的生活。马太·阿诺德就说过：'中世纪的基督教诗人是靠心灵和想象来生活的。'中国人最优秀的特质是当他们过着心灵的生活、像孩子一样生活时，却同时具有为中世纪基督徒或其他任何处于初级阶段的民族所没有的思想与理性的力量。换句话说,中国人最美妙的特质是:作为一个有着悠久历史的民族,它既有着成年人的智慧,又能够过着孩子般的生活——一种心灵的生活。"①这种心灵的生活大抵是要依靠"诗"去滋润心田的,要依靠心灵和想象来生活的。

(三)人文性:第三阶段主导属性

两周时期,巫教逐渐政治化,政治逐渐伦理化,伦理逐渐人文化。闻一多先生曾在《文学的历史动向》中说:"诗似乎也没有在第二个国度里,像它在这里发挥过的那样大的社会功能。在我们这里,一出世,它就是宗教,是政治,是教育,是社会,它是全面的生活。维系封建精神的是礼乐,阐发礼乐意义的是诗,所以诗支持了那整个封建时代的文化。"②春秋之后,孔子在推进"诗"人文化方面作出了里程碑式的贡献,《史记·孔子世家》记载:"古者《诗》三千余篇,及至孔子,去其重,取可施于礼义,上采契后稷,中述殷周之盛,至幽厉之缺,始于衽席……三百五篇孔子皆弦歌之,以求合《韶》《武》《雅》《颂》之音。礼乐自此可得而述,以备王道,成六艺。"从此,《诗》结集,成为私学的教课本,成为经典,正式进入人文化领域,彰显其应有的人文性。

《诗》既然缺乏了神性,又不再有意识形态领域的统治地位,就像礼乐征伐不再从天子出一样,各诸侯国以及各士大夫对于《诗》之态度亦表现各异(也许偏居一隅的周王朝自身仍旧恪守已有的成规与尊诗传统,但显然已无力控制整个局

① 辜鸿铭:《中国人的精神》,见《辜鸿铭文集》(下),黄兴涛等译,海南出版社 1996 年版,第 35 页。

② 闻一多:《神话与诗》,上海人民出版社 2006 年版,第 165 页。

面),老子不讲诗,故《道德经》竟然与《诗》无牵扯;秦昭王与赵惠王渑池之会不再是严肃的赋诗断章,而是玩起弹瑟击缶的政治游戏;以至于商鞅、韩非、李斯产生了强烈的反传统、反人文之心态而提出了焚诗之主张,这是《诗》的地位第一次降落到了低谷,只是作为一种陈旧的过时的落后的人文传统来看待了。

在百家争鸣的过程中,虽然诸子引《诗》用《诗》不断,但真正忠贞不渝地延续《诗》之香火的是儒家,即使如此,儒家对于《诗》之态度也只是作为一种知识性遗产来看待罢了。无论孔子在《论语》中的论诗,还是在上博楚简《孔子诗论》中对于诗的阐释,以及其弟子对于诗之了解与把握,皆将《诗》作为一种经典文本看待而已。从《礼记·孔子闲居》记载的“子夏与孔子问答”中,可知孔子与子夏对于诗之知识性的探讨了:

> 孔子闲居,子夏侍。子夏曰:“敢问《诗》云:‘凯弟君子,民之父母。’何如斯可谓民之父母矣?”孔子曰:“夫民之父母乎,必达于礼乐之原,以致五至而行三无,以横于天下,‘四方’有败,必先知之。此之谓‘民之父母’矣。”
>
> 子夏曰:“‘民之父母’,既得而闻之矣,敢问何谓‘五至’?”孔子曰:“志之所至,诗亦至焉。诗之所至,礼亦至焉。礼之所至,乐亦至焉。乐之所至,哀亦至焉。哀乐相生。是故正明目而视之,不可得而见也。倾耳而听之,不可得而闻也。志气塞乎天地,此之谓‘五至’。”

孔子及其再传弟子在《诗》作为知识之传播与延续方面起到了重要的作用,而且将《诗》发展成为儒家的经典,后世并将其列为六经之首。秦废诗,而汉初崇尚黄老之学,一直到了西汉武帝时期,由于罢黜百家,独尊儒术,《诗》作为“经”的地位进一步得到了提升。在儒学作为正统思想之后,在意识形态领域取得了霸主地位,《诗》在人文特性基础之上又一次赋予了政治教化之功能,成为统治者手中的工具了,无论是“六经注我”还是“我注六经”,对于《诗》的阐释似乎有些各取所需了,《关雎》一诗本与道德教化无甚关联,也硬被解释为后妃之德,无怪清代方玉润在《诗经原始》中说:“《诗》遇汉儒而一厄,遇宋儒又一厄,遇明儒又一大厄。不知何时始能拨云雾而见青天也?”清人章学诚又极力推进“诗”的人文属性,喊出了“六经皆史”的口号,照此逻辑,《诗》就成为了“史料”的一部分。总之,自孔子之后,一直到清末,人们总的来说是在强调《诗》的人文性,将《诗》置放于知识系统之中,即使有些人将其作为某些教义看待,那也只是知识系统中的“教义”而已。

(四)文学性:第四阶段主导属性

自20世纪以来,我们主要是从文学的角度来审视《诗》,从而忽视了其原有的神性、政治性、人文性以及道德教化性等属性,于是乎《诗》仅被看做我们重要的文学遗产而已,而每个诗篇亦只能成为中国古代文学系统的研究与欣赏的对象了。“文学”像哲学、美学等学科一样是历史的产物,一旦确立了“文学”这个范畴,那么人们就可以按图索骥地将一些已有的作品归入其麾下,所以会有人说出这样的话语:“文学现象是从远古以来就已经存在了的,而文学的概念却并非如此。”①现代概念上的“文学”这个词进入英语是在14世纪后期,“到了19世纪下半叶,一个充分审美化了的、大写的‘文学’概念已经流行起来。”②

---

① [英]彼得·威德森:《现代西方文学观念简史》,钱竞、张欣译,北京大学出版社2006年版,第26页。

② [英]彼得·威德森:《现代西方文学观念简史》,钱竞、张欣译,北京大学出版社2006年版,第38页。

我国"文学"一词真正作为现代内涵使用是受外来文化影响的结果,是"五四"以后形成的一个新概念。《诗》自产生的时候起,自身已经蕴涵了这种文学特性,这是当然不容否认的事实,《文心雕龙·明诗》云:"民生而志,咏歌所含。兴发皇世,风流《二南》。神理共契,政序相参。英华弥缛,万代永耽。"只是早先人们没有用"文学"范畴去衡量,亦没有像今天人们那样专注与挖掘《诗经》文学性而已。这正如现代研究先秦文学史学者所言:"从原始歌谣开始,我国诗歌经过漫长的发展,到周代,终于以成熟的体裁,深广的内容,精湛的艺术,鲜明的风格,创造出民族文学的一代大观——《诗经》。"①

《诗经》中的诗篇确实是我国乃至世界文学艺术中的瑰宝,无论其审美意境,还是音律韵味,或为美轮美奂,或为意味深长,这种永久的艺术魅力,使其足以卓立于世界文学之林而放射出耀眼光辉。《秦风·蒹葭》一唱三叹,塑造了如梦如幻的意境,令人拍案叫绝。现可赏析一下:"蒹葭苍苍,白露为霜。所谓伊人,在水一方。溯洄从之,道阻且长。溯游从之,宛在水中央。蒹葭萋萋,白露未晞。所谓伊人,在水之湄。溯洄从之,道阻且跻。溯游从之,宛在水中坻。蒹葭采采,白露未已。所谓伊人,在水之涘。溯洄从之,道阻且右。溯游从之,宛在水中沚。"古人诗歌的想象力,为后人开设了充满遐想的天地,闪烁着智慧与幻想的光彩,为后人准备好了可供阐释的领域,这是古人为我们留下的宝贵的虚拟空间。马修·阿诺德《诗艺研究》说:"越来越多的人将会发现,我们不得不转向诗艺并用它来为我们解释生活,用它来安抚我们,支撑我们。缺少了诗歌艺术,我们的科学将不完美;如今主要是

① 褚斌杰、谭家健:《先秦文学史》,人民文学出版社 1998 年版,第 67 页。

诗艺在伴随我们，因为宗教和哲学将要为诗艺所替代。”①在而今大学教育的学科分类中，《诗经》主要为文学专业学生的学习科目了，其他专业如政治学等社会科学学科则鲜见设立《诗经》讲习课程了。既然《诗》进入文学系统，人们就会用文学的眼光来看待，就不会再用神学、政治学的眼光来看待了。

当“诗”走过了不同阶段的主导属性之后，现在应该临到彰显其文化属性的时候了，即只有将“诗”作为“一个有机的整体来领悟”的时候，方可以领悟到“诗”在人们生活中的力量。这正如马太·阿诺德所说：“只有通过理解全部文学——整个的人类精神史，——或者把一部伟大的文学作品当作一个有机的整体来领悟时，文学的力量才能显现出来。”②而今人们将从国学的角度来审视《诗》，而不是从某一局部的视野，“诗不是一种工具，不是神的传声筒，也不是枯乏的理论加以技术分析的对象，诗应是人的本性”③。《诗》作为中华民族乃至世界文化经典宝库中的组成部分，文化性将成为其在下一个第五阶段的主导属性，受到人们的青睐。

三、泛诗现象研究的价值与意义

（一）探究与重现先秦诸子之前“生活世界”

在做古代文史哲研究的时候，我们需要树立“生活世界”观

---

① ［英］彼得·威德森：《现代西方文学观念简史》，钱竞、张欣译，北京大学出版社 2006 年版，第 39 页。

② 辜鸿铭：《中国人的精神》，见《辜鸿铭文集》（下），黄兴涛等译，海南出版社 1996 年版，第 108 页。

③ 刘小枫：《诗化哲学》，山东文艺出版社 1986 年版，第 100 页。

念的优先位置，即需要面向当时人的“生活世界”，实现从一般的“文本研究”到“生活世界”的研究，充分发掘古人“生活世界”中的现象与源泉。先秦诸子之前的人的“生活世界”图景到底如何，诗在那时的“生活世界”中有何种表现与效应，这确实需要我们重新认识与评估。

“生活世界”本是一个简单的概念，最基本含义当然是指我们各人或各个社会团体生活于其中的现实而又具体的环境，即一般日常生活世界。殊不知，后来该概念成为德国埃德蒙德·胡塞尔现象学中的一个术语，看似简单的事情于是乎复杂而深透了起来，又由于现象学家们对于该术语过多的哲学思考，再加上最早使用该术语的胡塞尔本人从来没有作过明确的规定，以至于迄今无法寻找到一个明确的现象学式的定义。但是，我们可以根据现象学使用这个观念的阐述去深刻领悟该概念的用意，或许更有助于我们对于“生活世界”的思考与使用，也有助于对先秦“生活世界”的洞察与烛明。此正如王安石《游褒禅山记》所云：“入之愈深，其进愈难，而其见愈奇……此所以学者不可以不深思而慎取之也。”

胡塞尔提出“生活世界”的一个重要目的就是让人们包括自然科学家都应该树立“生活世界”的理念，真正发现和体现回归“生活世界”对人类生活的完整意义、功能和价值。当欧洲面临近代科学危机的时候，“现代的生存似乎已经分裂为在一个带有自然科学技术理性烙印的世界及其组织中的无精神生活和在一个历史地和个人地成长起来的世界及其文化产物中的充实的此在”①。人们依据胡塞尔的著作，正确指出此危机就在于近

① ［德］克劳斯·黑尔德：《导言》，［德］埃德蒙德·胡塞尔：《生活世界现象学》，上海译文出版社2005年版，第2页。

代科学已丧失了它的"生活意义"或"生命意义"。而这种意义之所以丧失,又是因为近代科学已遗忘了它起源于"生活世界"这个事实。究竟如何才能克服科学危机以及人的生存危机?答案仍然是:回到生活世界,即人们在日常经验中直接面对和经验到的世界。人们在生活世界中富有意义的居住,生活世界在最一般意义上优先于任何外在抽象理论预设的概念世界。① 德国现象学家克劳斯·黑尔德指出:"对走向灾难的周围世界状态的惊骇,对愈来愈彻底的理性化组织和管理的社会的不满——这些和其他一些情况使得一些有识之士今天去寻找一个世界的样板,在这个世界中,人们能够有居家的感觉并且能够在完整的意义上'生活'。"②

一个时代有一个时代的"生活世界"。我们这个时代的"生活世界"太缺乏诗性的意味,因而显得索然,为了能够在完整的意义上"生活",我们更有必要回溯到诸子之前存在过的一种"诗之生活世界"。我们在此引入一个"诗之生活世界"的概念,目的是要加深对于先秦诸子之前诗的时代"生活世界"的深刻

---

① 伍麟认为:"人们生活在一定的时间、空间和种种人(物)际关系之中,就必然以经验自我为中心形成一个由意识的意向活动范围及其所建构的周围环境。这样一种与人联系在一起的具有意义的'界域'就是人所经验的生活世界。生活世界也就是人们对现实的直接在场,是人们与其感知觉到的生活环境之间互动的场所,是实现人的现实意义及价值的最原始和最根本的世界,同时也是日常生活得以正常运转的整体世界。"(伍麟:《"生活世界"的心理学意义》,《光明日报》2007 年 3 月 27 日第 11 版。)由此,可以总结胡塞尔所说的"生活世界"有两种含义:一是作为经验实在的客观生活世界,一是作为纯粹先验现象的主观生活世界,二者之间隔着一道先验还原的界限。

② [德]克劳斯·黑尔德:《导言》,[德]埃德蒙德·胡塞尔:《生活世界现象学》,上海译文出版社 2005 年版,第 1 页。

理解。在那时“诗之生活世界”中,人们寻找和创造属于那个世界的诗的生活方式,人在实现特定“诗”的生活方式过程中,也就在创造自己的经验世界的过程中实现对意义和价值的直接体验。[①] 周人“制礼作乐”,提倡“礼”与“乐”的结合,这是符合人“生活”需要的完美世界设计。人最佳的生活状况应该达到一种“理性”与“感性”的生活的均衡,只有“理性”的生活,“生活世界”就会显得干瘪而不鲜活;只有“感性”的生活,“生活世界”就会显得疯狂而无秩序。无数哲人皆在寻找最佳的“生活世界”与最佳的生存状态,其实就是在寻找理性与感性生活的均衡的样式与途径。无怪孔子倡导西周一种和谐的“礼乐生活”而得到后世的崇奉,因为他为人类指出了一种美好的“生活世界”图景。这确实不像西方那样容易走极端,“如果说,从中世纪脱身出来至19世纪的Kant、Hegel、Comte、Marx等人,使作为思想主流的理性主义达到顶峰;那么,以Nietzsche为代表,Freud、Heidegger等人的反理性主义也在20世纪后现代主义(Postmodernism)中达到顶峰”[②]。现在,我们在历史性的视域中考察“诗之生活世界”,就显得很有必要了,“诗之生活世界”不是人们简单的感官世界,而是包容人的全部经验(如美学经验、道德经验、宗教经验、情感经验、社会文化经验和历史经验)的开放世界,不过我们所涉及的也应该是历史中的“诗之生活世界”的“事实”和“意义”。

先秦诸子之前,诗在先人生活中占据的地位与发挥的作用和价值,以及因诗引起的生活意义,是现在人不可想象的。这是

① 伍麟:《“生活世界”的心理学意义》,《光明日报》2007年3月27日第11版。

② 李泽厚:《历史本体论·己卯五说》,生活·读书·新知三联书店2003年版,第36页。

一个由诗组成的意义世界图景,使人栖居于这片诗的土地上,形成了一个强大的诗文化“场”。《史记·夏本纪》曾描述舜的一个生活片段:

> 于是夔行乐,祖考至,群后相让,鸟兽翔舞,《箫韶》九成,凤皇来仪,百兽率舞,百官信谐。帝用此作歌曰:“陟天之命,维时维几。”乃歌曰:“股肱喜哉,元首起哉,百工熙哉!”皋陶拜手稽首扬言曰:“念哉,率为兴事,慎乃宪,敬哉!”乃更为歌曰:“元首明哉,股肱良哉,庶事康哉!”又歌曰:“元首丛脞哉,股肱惰哉,万事堕哉!”帝拜曰:“然,往钦哉!”于是天下皆宗禹之明度数声乐,为山川神主。

在“诗之生活世界”里,套用海德格尔的看法,那就是“诗是现实,是首要的现实。‘诗看似游戏而实不然。’不过,在更深入的意义上,诗确实是一种游戏,如果我们不是把游戏理解为消遣,而是一种自己为自己设立目标的自由活动的话”①。而今,我们研究先秦诸子之前的“泛诗现象”最终就是企图要进入与观览那时的“生活世界”,然后描绘出那时“生活世界”的一个属于诗的场景——“诗之生活世界”。

(二)发现“诗”在先秦构筑民族“想象的共同体”中的价值

1936年出生于中国云南昆明的爱尔兰后裔本尼迪克特·R. 奥戈尔曼·安德森(Benedict R. O'Gorman Anderson)在《想象的共同体:民族主义的起源与散布》中认为:民族国家是通过印刷技术和通用语,利用一系列的象征与符号,想象出来的一个

① 陈嘉映:《海德格尔哲学概论》,生活·读书·新知三联书店2005年版,第294页。

社群。“在这个过程中，文学无论作为媒介、手段，还是其虚构性、想象性的本质，都是建构这一共同体的重要环节。”①安德森对于象征、符号、意义系统的敏感，对于人类本性寻求归属感的强烈同情心，使他能够摆脱实证主义的傲慢和僵化，开辟一个崭新的视角，从人类本性出发，理解和解析民族主义的起源与散布。如果说民族是一个文化的结合体即一种“特殊类型的文化人造物”的话②，那么“诗”在华夏民族形成的过程中起到了重要的作用，它既是民族文化的组成部分，又是一种文化“黏合剂”。周民族之所以是华夏族的核心民族之一，从文化角度而言，主要依靠的是大力推行他们的礼乐文化，这其中当然包括“诗”文化在内；从统治者角度而言，他们实践着《孟子》那句名言：“善政不如善教得民也。”礼乐文化不但在华夏民族形成中发挥了其重要功能，而且在感化与文化泽被周边民族的过程中亦起到了重要作用。战国时期的鲜虞族中山国受到礼乐先进文化的影响，中山王国陵墓出土的兆域图上还镌刻着“诗三百”的诗篇，一直到秦汉之后，“诗”还作为“经”流传到朝鲜、日本、越南等周边国家中去。“诗”成为了华夏民族大树的文化之根系，深扎于民族文化的源头，如果没有这些根系的存在，华夏民族之树是无法成活与成长的。

按照安德森的说法，民族就是一个“想象的共同体”，那么华夏民族也是一个“诗的共同体”，这个共同体是与神学、政治的想象发生关联的，这不只是一个理论的可能性，而是确实发生过的事情。“诗”在民族形成的过程中的作用起码体现在这样

---

① 刘复生：《在晚清重新发现文学的历史》，《光明日报》2007 年 3 月 24 日第 5 版。

② ［美］本尼迪克特·安德森：《想象的共同体：民族主义的起源与散布》，吴睿人译，上海人民出版社 2003 年版，第 4 页。

几个方面:一是有利于促成共同的民族文化,这种诗性的思维构成了华夏民族思维的方式,至今仍旧在起着作用,即我们所具有的思维方式与“诗”的起初作用是相关的。二是在“诗”的传播与接受的过程中强化了民族意识,加强了民族的文化认同感,即民族这个“想象的共同体”起初是曾通过“诗”来想象的,包括对其宗教、象征与意义的诠释,形成共同的信仰、共同的文化习惯。三是为民族共同体提供一种共同的语言,既然“不学诗,无以言”,那么“诗”的语言就成为一种社会认同的规范性语言,所以,在整个《诗经》中的各诗篇的用韵皆为统一的,即入为“雅言”系统。由于周人已经建立起一个意义和符号信仰系统,至于帝国式微、诸侯蜂起、各自为政的时候,各国仍旧没有放弃对于“诗”的信仰与使用,“诗”的文化系统仍旧没有失去对人们心灵的控制力,人们反而可以在“诗”的世界里找到自我依凭,并且将自身与他人连接起来。在民族文化中,总是有一些可以看得见摸得着的“象征物”,《诗经》不但是这种“象征物”,而且可以给一个民族带来非常丰富的想象力,以“诗”维系民族共同体的存在。安德森认为:“虽然我们今天把中国想成‘中华(Chinese)之国’,但过去她并不是把自己想象成‘中华’,而是‘位居中央’(central)之国——之所以可能,主要还是经由某种神圣的语言与书写文字的媒介……所有伟大而具有古典传统的共同体,都借助某种和超越尘世的权力秩序相联结的神圣语言为中介,把自己设想为位居宇宙的中心。”①“泛诗现象”恰恰能够说明“诗”在当时民族共同体中的价值与意义。

由于“诗”的作用,自然就形成了“诗”的版图。在这个版图

---

① [美]本尼迪克特·安德森:《想象的共同体:民族主义的起源与散布》,吴睿人译,上海人民出版社2003年版,第14页。

内,正如诺瓦利斯认为的那样:“诗,是生活的外形。个体生活在整体之中,整体生活在个体之中。通过诗,最高的同情与活力,即有限与无限的最紧密的统一,才得以形成。”①这诗的版图,既是民族的版图,又是具有某种国家的版图的性质。黑格尔说“国家是伦理理念的现实——是作为显示出来的、自知的实体性意志的伦理精神”,他甚至将国家神化,“‘国家’是存在于‘地球’上的‘神圣的观念’”。② “诗”就体现了这种观念与精神。谁又能分清楚民族与国家的意识中没有诗性的成分?谁又能否认诗对于民族的想象力的支撑作用?如果我们没有了民族的想象力,没有了像“诗”这样的民族的记忆,那么我们的民族与国家可能就会在失忆中遗忘。我们的文化根源是一个入诗的族群、入乐的族群、入舞的族群、入歌的族群。荷尔德林企求着一种带有诗意色彩的千年太平的社会理想,“确立美的爱,没有这美的爱,国家和个人都只是没有精神的骨架”③。这也不正是先秦先人们追求的理想吗?

我们在“诗”的视觉与听觉中想象着民族的共同体,“诗”成为一个民族的传记,从远古到现在,这是一个民族的叙事方式,就好像在叙述着我们的成长历史。何谓历史?从某种角度看,历史无非就是“宏大叙事”加上一套“价值体系”。因此历史学家应该具有文学家的那种“宏大叙事”能力,还要有哲学家的价值判断能力。诗人及诗承担起了历史赋予的责任与使命,那么,何谓华夏族的“想象共同体”?这种“想象共同体”无非就包括

① 诺瓦利斯:《断片》,刘小枫:《诗化哲学》,山东文艺出版社 1986 年版,第 29 页。

② [德]黑格尔:《历史哲学》,王造时译,生活·读书·新知三联书店 1956 年版,第 55、79 页。

③ 刘小枫:《诗化哲学》,山东文艺出版社 1986 年版,第 98 页。

"诗"在内的文化人造物。

(三)还原"诗"在诸子之前的生态状况,发现华夏先民的诗性生活

针对先秦诗之原生态的实际状况,首次提出诸子之前"泛诗现象"这一概念,重新审视诸子之前诗之存在状况,从而改变汉代以后人们已经形成的一些固化了的概念性思维。通过"泛诗"现象的还原,我们还可以从已经习惯了的诗学思想方法中解放出来,转向"泛诗"的原初现象本身,即接近或达到现象学所谓的"回到事情本身"的目标,这也许不失为开辟先秦诗学研究的新路径。此外,通过全面考察春秋以前泛诗现象原生态的方方面面,并解读这一现象产生的社会成因,这必将对于先秦文学研究以至对先秦文明史的构建等,都具有重要的理论意义与应用价值。

在古代文学研究领域,尤其是在先秦文学研究方面,我们过去主要拘于对于文学文本、语言结构、文学文献、作者等方面的考察,而很少拓宽到更为广阔的文化视野去审视诗与社会现象之间的联系;只是重视了"世界"对于"诗"的影响,却忽视了"诗"对于"世界"的反作用;我们应该探寻先秦文学发展过程中存在的一些实际问题,如诗与巫风的关系,诗与政治的关系,诗与士文化之间的关系,对这些问题的探寻不但有利于古代文学的研究,而且有利于对先秦文明史的描绘,还有可能纠正过去在古代文学史、文明史上一些认识上的偏差。人们不能再从单一的角度去看待《诗经》的属性,在今天阅读《诗经》文本的时候,应该知道或想象到当时"诗"的存在状态,并不是单一的文本,也不是单一的"诗",而是可以作为"行动艺术"看待的乐、诗、舞的三位一体。"诗"在东周的发展过程中,其美学含量一直是处

于一种下降趋势，当然不可否认这是不可抗拒的历史逻辑，但“诗”原有的艺术内容含量不应该因时间的流逝而在我们的记忆中消失。“在艺术史上，往往有这种现象，在某些阶段或某些领域中，在技术才能和灵巧发展的同时，美学质量却下降了。自古埃及直至现代社会，这类例子不胜枚举。”①而今，我们通过还原“诗”在诸子之前的生态状况，就可以发现华夏先民的诗性生活，发现其生活中的那份现实与浪漫。

四、本课题研究路向的说明

在先秦文学研究领域，“诗”历来受到极大的关注，研究著作层出不穷。20 世纪以来，闻一多的《诗经研究》、傅斯年的《诗经讲义稿》等，都是一代《诗经》研究的重要成果。冯浩菲先生《历代诗经论说述评》对清代以前《诗经》研究成果作了一次全面总结。夏传才《二十世纪诗经学》、羊列荣《中国古代文学研究史(诗歌卷)》、蒋述卓等《二十世纪中国古代文论学术研究史》则对 20 世纪《诗经》研究进行了全面的梳理和清算。进入 21 世纪以来，对先秦“诗”的研究亦是如火如荼，出版刊物如中国诗经学会陆续出版的《诗经研究丛刊》，首都师范大学中国诗歌研究中心创刊的《中国诗歌研究》；出版著作如扬之水的《先秦诗文史》，论文量就不计其数了。尤其是在大批量出土文献如阜阳诗简、上博楚简面世之后，世界范围内又掀起了一股先秦诗学研究热。

然而，学界对春秋之前的“泛诗”文化现象尚且缺乏足够的

① ［法］克洛德·列维－施特劳斯：《看·听·读》，顾嘉琛译，生活·读书·新知三联书店 1996 年版，第 152 页。

考察，其系统性、专门性的研究著作迄今未见。某些著作即便对此有所涉及，也大多局限于挖掘诗的思想内容、政治教化作用，或者是总结、归纳诗歌的创作理论等，并没有把诗的泛化现象从文化学的角度予以审视，更没有将“泛诗”现象作为专门的考察对象，并置于华夏文明的历史演进过程中予以全面、宏观的把握与研究。

诸子之前的“泛诗现象”这一特定时代的特定现象，蕴涵了巨大的文学信息、历史信息、文化信息，需要我们去深入挖掘，并以此为基础解答一系列问题，如：泛诗时代与春秋战国时期的文学转型有何关系？为什么随着泛诗时代的结束，春秋战国之际诗的创作也随之戛然而止？《诗三百》又如何由“诗”发展成为“经”的？等等。为了回答这些问题，本课题研究的重点内容、基本思路确定如下：

（一）全面、系统地描绘诸子之前“泛诗时代”的特定文学文化现象。考察“泛诗时代”诗的原生态状况以及诗与社会意识形态之关系。如：诗是如何产生的？诗在“观风俗、知得失，自考正”中究竟起到了什么作用？“天子听政，使公卿至于列士献诗，瞽献曲”究竟是怎样一种状况？“赋诗言志、断章取义”怎样在外交场合起到作用？等等。

（二）排比史料，确定“泛诗时代”的时间序列。从诗之溯源一直到“王者之迹熄而诗亡”的时间下限，根据“诗”之演变情况，将“泛诗时代”予以必要的时间分期，并附带论述诗自春秋至战国式微之征象及其原因，从政治、经济、礼制、社会等不同角度考察诗的生存环境发生的变化，描述诗之式微之种种表现，探寻赋诗活动终结于春秋后期之因由，揭示诗之经典化以及中国诗学之肇始之逻辑前提。

（三）研究“泛诗时代”诗与神灵祭祀、礼乐制度的关系。

《诗经》中的《颂》专门用于宗庙祭祀，说明诗与神灵祭祀是相关联的，也就是说，“泛诗时代”的诗既是属于人的也是属于神的，更是沟通人神之中介；在诗乐舞一体的时代，诗就是“乐”，亦说明诗是礼乐制度的重要部分，那么“泛诗时代”的诗在当时的政治制度以及宗教秩序中居于重要的位置。因此，以乐解诗是正途，以诗解诗只得其半。另外，还要着重探讨与分析先秦巫教演化与诗之演进之间的共生关系以及先秦“礼崩乐坏”与诗之衰竭之因果关系。

（四）研究诗与士文化的关系。周代分封制规定贵族有四个等级——天子、诸侯、大夫和士，士本是贵族的最下层。但至春秋时代，官学崩溃，私学兴起；文化下移，士阶层崛起。诗广泛进入士阶层，成为他们交游、干政的重要手段。士阶层崛起的诗之文化背景如何？诗怎样广泛地进入士阶层？诗与士阶层的结合对于士阶层形象的确立有何影响？对士阶层在中国后世的发展演变影响如何？这些问题都是本课题试图解决的。

（五）诗与中国史诗文化。中国是诗的国度，这是举世公认的；但相比于古希腊荷马史诗《伊利亚特》、《奥德赛》，古印度梵语史诗《罗摩衍那》、《摩诃婆罗多》，我国藏族史诗《江格尔》等，许多人对于汉民族古代史诗的发达程度持存疑态度。本课题将重点考查《诗经》中二《雅》、三《颂》的有关篇章，勾勒出上古商民族、周民族史诗的大致面貌和发展状况，并对后世汉民族史诗不够发达的情况给出合理的解释。

（六）全面考察“泛诗时代”，揭示《诗三百》从“诗”到“经”的转化过程。诸子之前出现的“泛诗”现象，包括诗为礼乐制度之组成部分，采风文化之盛行，赋诗引诗成风等等，皆为诗转化为“经”作前期之铺垫。倘若没有这种“泛诗”现象，也就不会带来世人对于“诗”文化意识的嬗变，以至于将诗“朝圣”为“六经”

之首。

（七）研究诸子之前“泛诗现象”对后世的影响。主要回答以下问题：泛诗现象与后来诸子引诗成风有何关联？诗对儒家思想的形成有何影响？诗性思维对中华民族性格产生了什么影响？

本课题首次提出中国在诸子以前存在一个“泛诗”时代，对泛诗时代的种种表现给予系统描绘。利用传统文献与出土文献，建立起诸子之前“泛诗现象”研究之基本架构；采用文化分析的方法，剖析泛诗时代典型文学文化案例，揭示泛诗时代向诸子引诗成风时代转型之历史文化逻辑，力求获得一些意想不到的研究图景；考辨与理论建构并重，理论建构在翔实考辨的基础上。本课题诗学研究的主要任务就是从诗歌的历史演变中发现诗对于社会以及周围环境的作用，以及抽象出评价它的各种现象的标准，以取代至今占统治地位的诗内部研究以及支离破碎的各种假定的判决。

第二章 诗之泛生产现象

诸子之前的诗歌,以歌语谣谚为主要形式,然而此时大部分诗歌谣谚,并无确切的创作者,尤其是民间的歌语谣谚,更是集体创作、历代加工的结果。朱光潜在总结这个创作过程时说:"我们可以说,民歌的作者首先是个人,其次是群众;个人草创,群众完成。"①基于泛诗时代歌语谣谚的这种广泛创作与普遍应用的情形,我们使用了"生产"这一概念,以此来代替"创作"。而从遂古之初至诸子之前的泛诗现象,首先表现在诗之泛生产过程之中。在这一泛生产过程中,所有个体都有可能是诗歌的"生产者"或可能是"参与生产者",如此则形成了一个泛诗的国度,这正如格罗塞所说:"诗歌主宰着整个现象世界。"②无论从整体看还是个体看,人类是向往诗意地栖居的;从诗歌起源的角度看,无论是"游戏说"还是"劳动说",人类通体是愿意"生产"

---

① 朱光潜:《诗论》,《朱光潜全集(第三卷)》,安徽教育出版社 1987 年版,第 21 页。

② [德]E. 格罗塞:《艺术的起源》,蔡慕辉译,商务印书馆 1984 年版,第 231 页。

诗歌的。在语言的世界里,人们最早享受语言艺术的样式莫过于具有韵律节奏的诗歌或具有叙事特性的神话传说(故事),而且皆以口头语言的形式呈现出来。但是,诗歌与故事比较起来,诗歌的最初生产要简单地多,甚至只要具有语言的节奏就可以了,至于押韵也是可以忽略的,而且其艺术效果在某种程度上可能还超出了故事。朱光潜说:"诗歌、音乐、舞蹈原来是混合的。他们的共同命脉是节奏。在原始时代,诗歌可以没有意义,音乐可以没有'和谐'(harmony),舞蹈可以不问姿态,但是都必有节奏。后来三种艺术分化,每种均仍保存节奏,但于节奏之外,音乐尽量向'和谐'方面发展,舞蹈尽量向姿态方面发展,诗歌尽量向文字意义方面发展,于是彼此距离遂日渐其远了。"①因此,人类在语言产生之后,一定会自发地运用语言这一手段去"创作"或"生产"富有节奏的歌谣的,以便获得语言上的艺术享受。

一、自发:黎庶歌谣

歌谣是诗歌的最早样式,或者说,诗歌的童年即为歌谣。"黎庶"的概念,应该在西周之后才被使用,在本文中,"黎庶"则泛指诸子之前的劳动人民,黎庶歌谣则泛指诸子之前出自民间,由劳动人民自发歌咏、口头传唱的歌语谣谚。古代的歌与谣都可以用于歌唱,二者又有所区别。《尔雅·释乐》"旧注"云:"谣,谓无丝竹之类,独歌之。"②汉代《韩诗章句》言:"有章曲曰

---

① 朱光潜:《诗论》,《朱光潜全集(第三卷)》,安徽教育出版社 1987 年版,第 16 页。

② 《十三经注疏》之十二,(晋)郭璞注,(宋)邢昺疏:《尔雅注疏》,上海古籍出版社 1990 年版。

歌,无章曲曰谣。”①可见,歌配乐,而谣则不配乐。钟敬文主编《民间文学概论》指出:“民歌受到音乐的制约,有比较稳定的曲式结构,所以歌词也有与之相适应的章法和格局;民谣大都没有固定的曲调,唱法自由近于朗诵,所以谣词多为较短的一段体,在章句格式的要求上不象民歌那么严格。”②今人大都称“谣”为歌谣,主要在于其内涵中的歌唱吟诵因素。谣产生于文字之前,可以认为是最早的口头文体之一。人们多称“原始”歌谣,盖指其先于文字产生并靠口头流传下来的部分,因年代绵邈,简策缺遗,故称“原始”。还有人认为歌谣是文字之前的声诗鼻祖,厘清了其与诗的渊源关系。钱基博说:“文章之作也,其于韵文乎?韵文之作也,其于声诗乎?声诗之作也,其于歌谣乎?盖生民之初,必先有声音而后有话言,有话言而后有文字。”又说:“朱襄来阴之乐,包牺《罔罟之章》,葛天之八阕,娲皇之《充乐》,其声诗之鼻祖也。惟上古之时,文字未著,徒有讴歌吟咏……”③但毋庸置疑的是,文字产生之后,歌谣仍然存在并泛衍于民间,且部分地被人记录了下来。谣主要是以童谣面目出现的,显得天真、纯朴、无邪。《国语·晋语二》记载:“献公问于卜偃曰:‘攻虢,何月也?’对曰:‘童谣有之曰:“丙之晨,龙尾伏辰。袀服振振,取虢之旂。鹑之贲贲,天策焞焞,火中成军,虢公其奔!”火中而旦,其九月十月之交乎?’”文中童谣俨然成了谋臣回答君主问题之依据。《战国策·齐策六》亦载:“齐婴儿谣曰:‘大冠若箕,修剑拄颐,攻狄不能,下垒枯丘。’田单乃惧,问鲁仲子

---

① 范家相撰:《三家诗拾遗》卷六,文渊阁《四库全书》本。

② 钟敬文主编:《民间文学概论》,上海文艺出版社 1980 年版,第 238 页。

③ 《钱基博学术论著选》,华中师范大学出版社 1997 年版,第 471 页。

曰:'先生谓单不能下狄,请闻其说。'"此乃可见童谣起到了预测未来之功能。《国语·晋语六》中范文子曾曰:"……吾闻古之言王者,政德既成,又听于民。于是乎使工诵谏于朝,在列者献诗,使勿兜,风听胪言于市,辨祆祥于谣,考百事于朝,问谤誉于路,有邪而正之,尽戒之术也。先王疾是骄也。""辨祆祥于谣"足见那时人们常依谣判断吉凶,以至于《国语·郑语》记载周宣王痴信童谣而行凶:"且宣王之时有童谣曰:'檿弧箕服,实亡周国。'于是宣王闻之,有夫妇鬻是器者,王使执而戮之。"

除了用来歌唱的歌与谣,古代还有以诵读为主的谚。刘勰《文心雕龙·书记》云:"谚者,直语也。丧言亦不及文,故吊亦称谚。廛路浅言,有实无华。""夫文辞鄙俚,莫过于谚。"将"谚"的品性定位在鄙俗的层次,显然这是来自民间特点使然。宋代胡三省《通鉴释文辨误》云:"余谓谚者,今人所谓俗语也。"时至宋代,周守忠搜集并编成《古今谚》,《四库全书总目》称:"是编前有守忠序,称略以所披之编,采摘古今俗语,又得近时常语,虽鄙俚之词亦有激谕之理,漫录成集名古今谚。古谚多本史传,今谚则鄙俚者多矣。"①可见,古今对于"谚"的内涵归纳是明晰的。刘师培《论文杂记》对谣与谚作如下解说:

> 上古之时,先有语言,后有文字。有声音,然后有点画;有谣谚,然后有诗歌。谣谚二体,皆为韵语。"谣"训"徒歌",歌者永言之谓也。"谚"训"传言",言者直言之谓也。盖古人作诗,循天籁之自然,有音无字,故其起源亦甚古。观《列子》所载,有尧时谣,孟子之告齐王,首引夏谚,而《韩非子·六反篇》或引古谚,或引先圣谚,足征谣谚之作先于

---

① (清)纪昀撰:《四库全书总目》卷一百四十四,文渊阁《四库全书》本。

诗歌。①

谚与歌、谣一样，大多是由民间口耳相传、经过集体加工的韵语，不同之处除了是否歌唱以外，谚比歌、谣更倾向于揭示哲理，其中不少是为人、为政的箴言，常被作为行为准则或处世良方，如《左传·隐公十一年》所引的“山有木，工则度之；宾有礼，主则择之”；《左传·僖公五年》所引的“辅车相依，唇亡齿寒”；《僖公七年》所引的“心则不竞，何惮于病”；《左传·宣公十五年》所引的“虽鞭之长，不及马腹”；《国语·周语中》所引的“兽恶其网，民恶其上”。谚，是百姓对于民间生活体验的萃取，不加修饰，带有鄙俗气息，正如孔子所云“质胜文则野”，这种“野”正是“谚”之特性也。谚说明道理却是简捷而深刻的，如《左传·宣公四年》载：“初，楚司马子良生子越椒。子文曰：‘必杀之！是子也，熊虎之状而豺狼之声；弗杀，必灭若敖氏矣。谚曰：“狼子野心。”是乃狼也，其可畜乎？’子良不可。”于文欲杀越椒，引用谚语，直截了当，一语中的。再如《国语·周语下》记载卫彪傒言曰：“谚曰：‘从善如登，从恶如崩。’昔孔甲乱夏，四世而陨。玄王勤商，十有四世而兴。帝甲乱之，七世而陨。后稷勤周，十有五世而兴。幽王乱之，十有四世矣。”卫彪傒引谚说明的却是兴衰成败之道理，显得博大而深远矣。从体式而言，“谚”往往简短而精洁，多是三言两语，说明事理。但《孟子·梁惠王下》所引夏谚却为“巨制”者：“述职者，述所职也。无非事者，春省耕而补不足，秋省敛而助不给。夏谚曰：吾王不游，吾何以休？吾王不豫，吾何以助？一游一豫，为诸侯度。今也不然，师行而粮食，饥者弗食，劳者弗息。睊睊胥谗，民乃作慝。”这种

① 刘师培：《论文杂记》，人民文学出版社 1959 年版，第 110—111 页。

来自民间的"谚",虽不比《诗》之重章叠韵,却具有歌谣之效果。因此,有人认为谚与谣"二者皆系韵语,体格不甚悬殊,故对文则异,散文则通,可以彼此互训"①。作为诗的最早样式,歌、谣、谚则被很多学者认为是与人类文明同步产生的,沈约《宋书·谢灵运传》十分明确地表达了这一观点:"虽虞夏以前,遗文不睹,禀气怀灵,理无或异。然则歌咏所兴,宜自生民始也。"刘勰《文心雕龙·明诗》也明确提出:"民生而志,咏歌所含。"在文字产生之前,歌、谣、谚已经作为口传文学形式而普遍存在,②因此,歌、谣、谚的生产历来是口头创作出来,而非书面文字的一种表达方式。王昆吾曾经梳理过韵语或韵文由口传向书本发展的过程,并得出这样的结论:"作为对口语韵律的表达,也作为一种装饰语言,韵文本质上属于口传文学。"③

歌谣要有形式,有内容,对于原始歌谣的推想,也可以从这两个方面进行。赋予歌谣以明晰的形式和内容的,是人类的劳动生活,而人类在集体劳动中所发出的有节奏的呼喝声,则被看做是人类歌谣的萌芽状态。④《吕氏春秋·审应览·淫辞》便将劳动号子看做歌谣:"今举大木者,前呼舆謣,后亦应之。此其于举大木者善矣。岂无郑卫之音哉,然不若此其宜也。"⑤《淮南

---

① (清)杜文澜:《古谣谚·凡例》,中华书局1958年版,第3页。

② 相似的观点,参见朱光潜:《诗论》,广西师范大学出版社2004年版,第3页;杨艳梅:《从文学起源看原始诗歌的文学特征》,《北方论丛》2002年第4期;罗世琴:《由谣到诗——中国诗歌起源及其初步发展刍论》,《北京理工大学学报》2005年第3期。

③ 王昆吾:《中国韵文的传播方式及其体制变迁》,《中国早期艺术与宗教》,东方出版中心1998年版。

④ 参见刘棣民:《试论我国原始诗歌的起源发展及其特征》,《湖北民族学院学报(哲学社会科学版)》2004年第6期。

⑤ 《吕氏春秋》,《诸子集成》本,第228页。

子·道应训》也有类似的记载:“今夫举大木者,前呼邪许,后亦应之,此举重劝力之歌也,岂无郑卫激楚之音哉?然而不用者,不若此其宜也。”①关于原始歌谣与劳动的关系,鲁迅也曾有过一段精彩的论述:“我想,人类是在未有文字之前,就有了创作的,可惜没有人记下,也没有法子记下。我们的祖先的原始人,原先是连话也不会说的,为了共同劳作,必需发表意见,才渐渐的练出复杂的声音来,假如那时大家抬木头,都觉得吃力了,却想不到发表,其中有一个叫道‘杭育杭育’,那么,这就是创作;大家也要佩服,应用的,这就等于出版;倘若用什么记号留存了下来,这就是文学;他当然就是作家,也是文学家,是‘杭育杭育’派。”②闻一多甚至认为原始人最初因情感的激荡而发出的“啊”便是歌谣的起源,并推断“‘歌’就是‘啊’,二者皆从可陪声,古音大概是没有分别的”③。普列汉诺夫则具体说明了歌谣产生与劳动动作的关系,“诗歌的产生是由精力充沛的具有节奏感的身体动作、特别是我们称之为劳动的身体动作所引起的”,在劳动中,原始人为了协同动作、交流感情、减轻疲倦,常常“按照一定的拍子,并且在生产动作上伴以均匀的唱的声音和挂在身上的各种东西发出的有节奏的响声”。④ 无论“邪许”、“舆謣”还是“杭育”,这种“举重劝力之歌”无法脱离具体的生产劳动实践而独立存在,劳动为刚刚萌生的歌谣提供了“杭育杭

---

① 《淮南子译注》(下册),(汉)刘安撰,赵宗乙译注,黑龙江人民出版社 2003 年版,第 577 页。

② 鲁迅:《且介亭杂文·门外文谈》,人民文学出版社 1973 年版,第 76 页。

③ 闻一多:《歌与诗》,《神话与诗》,上海人民出版社 2006 年版,第 148 页。

④ [俄]普列汉诺夫:《论艺术》,曹葆华译,生活·读书·新知三联书店 1973 年版,第 37 页。

育”的短促有力的节奏,也为原始歌谣提供了明确的内容。“在原始部落那里,每种劳动有自己的歌,歌的拍子总是十分精确地适应于这种劳动所特有的生产动作的节奏……在所有这些场合下,歌的节奏总是严格地由生产过程的节奏所决定。不仅如此。生产过程的技术操作性质,对于伴随工作的歌的内容,也有着决定性的影响。”①

刘勰在《文心雕龙·章句》中提到最古老的二言诗:“寻二言肇于黄世,《竹弹》之谣是也。”“黄世”即黄帝之世,“《竹弹》之谣”即《吴越春秋·勾践阴谋外传》中记载的《弹歌》,又名《断竹歌》。②《吴越春秋·勾践阴谋外传》记载,越国善于射箭的陈音对越王勾践解释弓箭的历史时提到了这首歌谣:“古者,人民朴质,饥食鸟兽,渴饮雾露,死则裹以白茅,投于中野。孝子不忍见父母为禽兽所食,故作弹以守之,绝鸟兽之害。故歌曰‘断竹续竹,飞土逐肉’之谓也。于是神农皇帝弦木为弧,剡木为矢,弧矢之利,以威四方。”③按照陈音的解释,上古时代的孝子,为了守护父母的尸体而发明弹弓驱逐禽兽,“断竹,续竹,飞土,逐肉”说的就是这个过程,后来神农氏在弹弓的基础上又发明的弓箭。今天,这首歌谣则被学者看做是原始猎歌,所描述的内容

---

① [俄]普列汉诺夫:《论艺术》,曹葆华译,生活·读书·新知三联书店1973年版,第36页。

② 关于《吴越春秋》本身的真伪,历来有所争论,李学勤在《时分与〈吴越春秋〉》一文中考证,《吴越春秋》关于一日之内时段的名称,与《左传·昭公五年》鲁国卜楚丘一段之杜预注所述十二时分相合;而以时与天干配,同《左传》卜楚丘一段文字中“日之数十,故有十时”相合,则更为罕见,其材料肯定有着较早的来源。参见李学勤:《时分与〈吴越春秋〉》,《简帛佚籍与学术史》,江西教育出版社2001年版,第171—178页。

③ (东汉)赵晔:《吴越春秋》,二十五别史本,齐鲁书社2000年版,第88页。

为制造工具和追捕猎物的劳动过程，反映的是原始人的渔猎生活。而二言体的形式，正适应短促有力的劳动节奏。二言四句八个字的《弹歌》，虽然过于简单，但它的歌辞已是具有一定意义的语词，而就形式来说，它还注意了句式的整齐和押韵，已经可以算是一首完整的歌谣了。这类歌谣可能还承载了那个时代的巫术功能。

人愿意通过劳动改造自然，但在自然面前，人又常常无能为力。正如卡西尔所说，"原始人感到他自身被各种各样可见和不可见的危险包围着，他不能指望仅仅以物理的手段来克服这些危险"，当人面对大自然的种种危险无能为力的时候，就会转而试图与大自然达成交流，或者祈求某种超自然的神祇的力量，"对原始人来说，自然与社会不仅是最紧密地相互联系着，而且是一个难分的整体。没有什么泾渭分明的界线可把这两个领域分离开来。自然界本身不过是个大社会——生命的社会。从这种观点出发，我们也就容易理解巫术语词的用处与特殊功能了。对巫术的信仰乃是深深地植根于生命一体化的信念之中的。在原始人心中，在无数情况下所体验到的语词的社会力量，成了一种自然的甚至超自然的力量"，"在他看来，这个世界并不是无声无息的死寂的世界，而是能够倾听和理解的世界。因此，如果能以适当的方式向自然力提出请求，它们是不会拒绝给予帮助的：没有什么东西能抗拒巫术的语词，诗语歌声能够推动月亮"。① 诗语歌声被赋予了这样神圣的职能，在上古诗歌当中，颂歌祝辞也就占了相当大的比例。事实上，文献记载当中，最早的诗歌常常跟某种祭祀仪式或者占卜活动紧密联系在一起。上

① ［德］恩斯特·卡西尔：《人论》，甘阳译，上海译文出版社2003年版，第154页。

古时代,人们认为通过语言能够与神进行交流,而这种语言,要经过修饰,具有一定的形式美,如押韵、句式整齐。故刘勰《文心雕龙·祝盟第十》曰:"祝史陈信,资乎文辞。昔伊耆始蜡,以祭八神。其辞云:'土返其宅,水归其壑,昆虫毋作,草木归其泽。'则上皇祝文,爰在兹矣。"并将伊耆氏《蜡辞》作为最早的"上皇祝文"。"伊耆始蜡"见《礼记·郊特牲》:"伊耆氏始为蜡。蜡也者,索也,岁十二月,合聚万物而索飨之也。蜡之祭也,主先啬而祭司啬也。祭百种,以报啬也。"蜡为田祭,是一种与农事有关的年终祭祀活动。孔颖达《礼记正义》因"田起于神农",认为初创蜡祭的伊耆氏即为神农氏。① 无论孔颖达此说是否属实,都说明这首《蜡辞》当是农业初始时,人们禳除自然灾害、祈求庄稼丰收的一首歌谣。这首歌谣,将土、水、昆虫、草木都当做可以驱使的对象,在上古人类的心目中,通过对这些诗语的吟唱,就能达到控制自然、获得农业丰收之目的。

《礼记·明堂位》还记载了伊耆氏时所用乐器,"土鼓,蒉桴,苇籥,伊耆氏之乐",农业文明、礼乐文明与原始宗教相伴而生,故《礼记·礼运》称:"夫礼之初,始诸饮食,其燔黍捭豚,污尊而抔饮,蒉桴而土鼓。"土鼓、蒉桴、苇籥,被认为是伊耆氏时代的乐器。蒉桴,郑玄注:"蒉读为块,声之误也。"②块桴正与土鼓相配,跟苇籥都是上古简陋的乐器。那么可以推想,蜡祭时歌唱《蜡辞》,应当同时有上述乐器的演奏。

在农业文明时代,庄稼收获之后的田事之祭意义重大,对于生民黎庶来说,田事之祭也是一年当中最为重要的仪式。蜡祭除了祈祷农事丰收之外,还具有正长幼尊卑之位的重要意义。

---

① 《礼记正义》,《十三经注疏》本。

② 《礼记正义》,《十三经注疏》本。

《礼记·杂记》通过“子贡观蜡”来阐发了蜡祭的政治意义：

> 子贡观于蜡，孔子曰：“赐也乐乎？”对曰：“一国之人皆若狂。赐未知其乐也。”子曰：“百日之蜡，一日之泽，非尔所知也。张而不弛，文、武弗能也。弛而不张，文、武弗为也。一张一弛，文、武之道也。”

在子贡眼中，蜡祭的情况是“一国之人皆若狂”，孔子则指出了蜡祭的两个重要意义：首先，“百日之蜡，一日之泽”，劳累辛苦了一年的生民黎庶，在一年一度的蜡祭中享受君王的恩泽，并在蜡祭之后得到短暂的休息，孔子由此阐发了“一张一弛，文、武之道”的政治思想；其次，孔子认为蜡祭当中除了“国索鬼神而祭祀”，还要“饮酒于序，以正齿位”，目的在于“以礼属民”，也就是在蜡祭的乡饮酒当中，通过对于长幼尊卑的区别，达到教化统治人民的目的。《诗经》当中最长的农业叙事诗《豳风·七月》就是应这样的时代要求，在漫长的时代发展过程中，在民间谣谚的基础上，经过不断丰富、逐渐定型的一首篇制宏伟的蜡辞。《周礼·春官·龠章》载：“国祭蜡，则龡《豳颂》，击土鼓，以息老物。”郑玄注：“《豳颂》，亦《七月》也。《七月》又有‘获稻作酒，跻彼公堂，称彼兕觥，万寿无疆’之事，是亦歌其类也。谓之颂者，以其言岁终人功之成。”①

歌谣除了要有语言形式和意义内容，还要表达情感。《诗序》曰：“情动于中而形于言，言之不足，故嗟叹之，嗟叹之不足，故永歌之，永歌之不足，不知手之舞之，足之蹈之也。”闻一多在《歌与诗》中，将诗歌、音乐和语言的产生都归为情感表达的需要：“想像原始人最初因情感的激荡而发出有如‘啊’‘哦’‘唉’或‘呜呼’‘噫嘻’一类的声音，那便是音乐的萌芽，也是‘孕而未化’的语言。

① 《周礼注疏》，《十三经注疏》本。

声音可以拉得很长，在声调上也有相当的变化，所以是音乐的萌芽。那不是一个词句，甚至不是一个字，然而代表一种颇复杂的涵义，所以是孕而未化的语言。这样界乎音乐与语言之间的一声'啊……'便是歌的起源。"①为了表达情感，人类发出各种声音，于是，在人类情感的激荡中同时萌生了音乐、诗歌和语言。如此说来，诗歌、音乐和语言，最基本的意义，就在于抒发情感。上文所提到的劝力之歌，通过有节奏的呼喝声使个体融于群体，达到减轻疲劳、提高效率的目的，而《蜡辞》的吟唱目的则是为了达到人神的沟通与交流，并在与神的沟通和交流当中达到个体与群体的情感交融，抒发的是一种群体情感。最早抒发个人强烈情感的上古歌谣，可以追溯到《候人歌》。《吕氏春秋·音初》记载："禹行功，见涂山之女，禹未之遇，而巡省南土，涂山氏之女乃令其妾候禹于涂山之阳，女乃作歌，歌曰：'候人兮猗！'"关于禹娶涂山之女，《尚书·益稷》和《楚辞·天问》都有记载。

《候人歌》虽然只有一句四个字，并且只有"候人"二字有具体含义，但是却用了"兮"、"猗"两个语气词来表现强烈的感情和缠绵的思绪。由于《诗经》、《楚辞》多用"兮"字作为语气词词尾，也偶见用表赞美的叹词"猗"字作词尾，但缺少两个语气词连用的例子。从音乐形式的角度，有的学者将这四个字断为两个乐句，即"候人兮，猗"，认为"猗"字单独成辞，在音乐形式上，"猗"作为单独的乐句，用和声伴唱或帮腔，并指出"候人兮，猗"是我国古代最早用歌辞记录的有唱有和的歌曲形式。"唱"又作"倡"，表示歌曲的主旨在发歌句，歌辞表达实意，演唱方式为领唱，"和"为歌声相应，可用叹辞表赞美，用和声伴唱或帮腔。

---

① 闻一多：《歌与诗》，《神话与诗》，上海人民出版社 2006 年版，第 148 页。

"候人兮,猗"是最早有歌辞记录的有唱有和的音乐形式。[①] 我们知道,中国古代大量的诗歌都曾用于歌唱,而能够为文字记载下来流传后世的,往往只有文辞。从文辞入手,中国古代歌曲又可分为"辞"和"声",辞即歌词,有具体实在的意义,是表达歌曲主题的主干;而声为衬字,衬字用虚词,用以衬托、抒发感情。我国古代歌曲的演唱,又有"唱"与"和"的形式,如《吕氏春秋·适音》记载:"清庙之瑟,朱弦而疏越,一唱而三叹,有进乎音者矣。"《礼记·乐记》中也有相似的记载。郑玄注:"倡,发歌句也;三叹,三人从叹之耳。"抛开《候人歌》的音乐形式在音乐史上的意义不谈,我们还应看到作为最早的一首爱情歌谣,《候人歌》所具有的时代意义,它真实地抒发了人的个体情感,表现了男女之间的相思之情,正如赵沛霖所说,"爱情作为两性个体之间的持久稳定的爱慕之情,它的产生只能以一夫一妻制的婚姻以及人的个性和自我观念的发展为前提","爱情以及反映它的情歌,只能是原始社会瓦解、私有制出现的历史条件下的产物",[②]而《候人歌》即标示着这一重大社会历史转折,从此,爱情诗歌成为诗歌创作历久弥新的一个重要题材。

诸子之前的黎庶歌谣,就题材来说十分广泛,举凡社会状况、生产劳动、战争徭役、婚姻爱情、生活哲理等,都有涉及。但这些歌谣,又常常与巫术占卜、原始宗教仪式有着直接或间接的关联。这些歌谣,有的直接产生于巫术占卜,如甲骨卜辞当中,有一段句式相对整齐的"祈雨"卜辞,就被看做是与神交流、向神问卜的歌谣。冯沅君、陆侃如《中国诗史》引其文为"癸卯卜:

---

① 幸晓峰:《试论南音之始"候人兮,猗"》,《音乐探索》2001 年第 3 期。

② 赵沛霖:《〈候人歌〉的时代意义》,《贵州社会科学》1985 年第 1 期。

今日雨？其自西来雨？其自东来雨？其自北来雨？其自南来雨”，并认为它“很像是当时的歌曲”，又从形式上对它进行分析：“体裁很近于汉乐府的《江南》：‘江南可采莲，莲叶何田田，鱼戏莲叶间：鱼戏莲叶东，鱼戏莲叶西，鱼戏莲叶南，鱼戏莲叶北。’”并提出：“这首简单而朴素的古歌，恐怕是我们诗史上年代最早而又最可靠的作品了。”①

在《周易》卦爻辞中保存有大量的“歌谣”。我们知道，《周易》的386条卦爻辞，乃是用“假象寓意”的方式，通过具体直感的意象来预示吉凶、传达义理。先秦时爻辞称作“繇”，从文字上看，“繇”与“谣”相通，《周易》中不少卦爻辞都引用了民间歌谣，这一点已基本成为学术界的共识。② 高亨在《周易卦爻辞的文学价值》中指出：“由《周易》中的短歌到《诗经》民歌，也显示出由《周易》时代到《诗经》时代，诗歌的创作艺术逐步提高的过程。我们如果说《周易》中的短歌是《诗经》民歌的前驱，似乎也接近事实。”③在这些被引用的民间歌语谣谚当中，有的反映原始部落之间的战争，如“突如其来如，焚如，死如，弃如”（《离·九四》），描写敌人来势迅猛，燃起大火，很多人死去，尸横遍地，战斗结束后人们涕泪滂沱，悲伤嗟叹；“得敌，或鼓或罢（同疲），或泣或歌”（《中孚》六三），描写战争胜利俘获敌人，人们或喜或悲的场面。有的歌谣反映婚姻状况，如“贲如皤如，白马翰如。

① 冯沅君、陆侃如：《中国诗史》，山东大学出版社2000年版，第5页。

② 参见高亨：《周易古经今注》，中华书局1984年版；刘大杰：《中国古代文学发展史》，中华书局1977年版；黄玉顺：《易经古歌考释》，巴蜀书社1995年版；疏琼芳：《二十世纪的〈周易〉古歌研究》，《中州学刊》2004年第2期。

③ 黄寿祺、张善文编：《周易研究论文集》（第四辑），北京师范大学出版社1990版，第143页。

匪寇,婚媾"(《贲·六四》),描写的是上古时代抢婚的习俗;"枯杨生稊,老夫得其女妻"(《大过·九二》),"枯杨生华,老妇得其士夫"(《大过·九五》),采用"兴"的手法,述说了老夫少妻、老妻少夫的婚姻状况。有的为宴饮宾客的歌谣,如"鸣鹤在阴,其子和之。我有好爵,吾与尔靡之"(《中孚·九二》)。还有的反映了劳动场景,如"女承筐,无实,士刲羊,无血"(《归妹·上六》)。郭沫若认为这首诗歌的本意是写"一对年青的牧羊人夫妇在剪羊毛的情形,刲字怕是剪剔之类的意思,所以才会无血。(古人训作刺字,实在讲不通。)剪下的羊毛,女人用竹筐来承受着,是虚松的,所以才说无实"①。也有的歌谣用叠加的意象来说明人生哲理,如"樽酒簋贰,用缶,纳约自牖"(《坎·六四》),一樽薄酒,两簋粗食,瓦罐简陋,交友守信,自守门户,这是劝人谨慎以避险的劝世之歌。

诸子之前的民间歌谣,创作之后又经历了一个不断被传唱、被修改的过程。朱光潜在用人类文化学的方法考查了现存歌谣的传唱过程之后,指出"在原始社会之中,一首歌经个人作成之后,便传给社会,社会加以不断地修改、润色、增删,到后来便逐渐失去原有面目"。"民歌都'活在口头上',常在流动之中。它的活着的日子就是它的被创造的日子,它的死亡的日子才是它的完成的日子。"②今天所能见到的所谓上古歌谣,在被写进典籍之前,已经过了不同时代、不同地域的传唱。在传唱过程中,内容与褒贬态度,可能会随着不同时代社会意识的变化而发生更改,韵脚也可能会因为不同时代、不同地域的缘故而发生变

---

① 郭沫若:《中国古代社会研究》,科学出版社 1960 年新 1 版,第 63 页。

② 朱光潜:《诗论》,《朱光潜全集(第三卷)》,安徽教育出版社 1987 年版,第 21 页。

化，也可能混入其他歌谣的断简残篇，因此也就难怪后世学者对于包括《吕氏春秋》、《吴越春秋》等书籍中所记载的上古歌谣，抱着怀疑态度了。但是，对于《诗经》之前漫长时代当中所产生的歌谣，不少学者都曾经尝试做钩稽索隐的工作。如明代杨慎的《风雅逸篇》、明代冯惟讷的《风雅广逸》及《诗纪》前集十卷《古逸》、清代沈德潜的《古诗源》第一卷、今人逯钦立的《先秦汉魏晋南北朝诗》等，都对上古诗歌进行过辑录，然而其中大部分作品，如相传为黄帝时的《有焱氏颂》（见《庄子·天运》）、《游海诗》（见王嘉《拾遗记》），少昊时的《皇娥歌》（见王嘉《拾遗记》）、《白帝子歌》（见王嘉《拾遗记》），唐尧时的《击壤歌》（见《论衡·艺增》）、《康衢谣》（见《列子·仲尼》），虞舜时的《卿云歌》（见《尚书大传》）、《南风歌》（见《孔子家语·辩乐解》）、《虞帝歌》（见《尚书》）等，这些诗歌或者被人疑为后世伪托，或者是后人追记时有所改动，所以被研究者们认为是难以依凭。

《尚书·虞书》中最早提到"诗"。郑玄据此认为，上皇（伏牺）时代无诗，大庭（神农）、轩辕（黄帝）至高辛（帝喾）时代是否有诗，古文献中没有记载。根据《虞书》（《尧典》）所论，诗大概产生于尧舜时代（相传为公元前2300多年至公元前2200多年）。① 孔颖达综合了前代学者的意见，提出：

> 舜承于尧，明尧已用诗矣。故《六艺论》云："唐虞始造其初，至周分为六诗"，亦指尧典之文，谓之造初，谓造今诗之初，非讴歌之初；讴歌之初，则疑其自大庭时矣。然讴歌自当久远，其名曰"诗"，未知何代，虽于舜世始见诗名，其名必不初起舜时也。②

① 冯浩菲：《历代诗经论说述评》，中华书局2003年版，第7页。

② 《毛诗正义》，《十三经注疏》本。

孔颖达反驳了郑玄的观点，认为诗应起源于比虞舜更早的时代，他将“今诗”与“讴歌”区分开来，指出“讴歌”的产生，在时间上要比“今诗”的产生更为久远，由讴歌而有“诗”之名，则不知始于何时，但也要比虞舜时期更早。孔颖达的说法，虽然跟郑玄的说法一样缺少考古学和文献资料的有力证据，但他将歌谣（“讴歌”）作为诗的最早样式，已经为后世学者所认可。①

上古黎庶的歌语谣谚是诗歌的最初样式，至于乐师的演唱或文本的记录，那是经过专业人员的口耳相传并经过加工的成品了，但其仍旧保留着原初歌谣的素地，保留着劳动人民的朴素情感，如《尚书·汤誓》所载夏桀之时“时日曷丧？予及汝皆亡”的歌谣，表现了人民对于夏桀残暴统治的无比痛恨；《尚书大传》所载的《夏人歌》“盍归乎薄，盍归乎薄，薄亦大矣”，所表达的是时人对夏桀统治的憎恨和对汤武的向往；对于统治者的不满，有时用讥讽的方式表现出来，《左传·宣公二年》记载宋国主帅华元打了败仗被俘后又逃回来，守城人歌“睅其目，皤其腹，弃甲而复。于思于思，弃甲复来”，这是用漫画的笔法嘲笑华元的狼狈样子。有的歌谣，表达的是对朋友或亲人的思慕之情。如《论语·子罕》所引的佚诗“唐棣之华，偏其反而。岂不尔思？室是远而”，表现思慕之情，与《周南》、《召南》、《陈风》中某些作品情调上极为相近；《礼记·檀弓下》载孔子故人原壤歌曰“狸首之班然，执女手之卷然”，以表达原壤对亡母的思念之情和对孔子的感激之情。有的歌语

① 各种体式的诗歌起源于歌谣，已为不少学者专文论证，如童炜刚《原始诗歌的若干特征》，载《上海师范大学学报》1994 年第 4 期；胥陆华《论中国各种诗歌体制的产生递变决定于口头语言的发展》，载《中国文学研究》1998 年第 2 期。

谣谚，通过具体的形象，来引出深刻的生活哲理，如《尚书·牧誓》中，记录周武王起兵灭商，在牧野决战前的誓词中引用“古人之言”曰“牝鸡无晨。牝鸡之晨，惟家之索”，来暗示商纣王宠信妲己犹如“牝鸡之晨”而使朝政大坏，这个应是来自民间的谣谚，本意是用母鸡不能司晨来说明封建宗法社会当中女人不能当家做主的道理。有的歌谣，被用来当做劝世之歌，如《论语·微子》中记载的《楚狂接舆歌》，用“凤兮凤兮，何德之衰？往者不可谏，来者犹可追。已而，已而，今之从政者殆而”，以及《孟子·离娄上》的楚孺子歌《沧浪歌》“沧浪之水清兮，可以濯我缨。沧浪之水浊兮，可以濯我足”。有的歌谣感叹人生苦短，如《左传·襄公八年》“俟河之清，人寿几何？兆云询多，职竞作罗”，《左传·襄公三十一年》孝伯回答叔孙豹的“人生几何，谁能无偷？朝不及夕，将安用树”。我们还可以举出见于《左传》的一些佚诗，如“翘翘车乘，招我以弓，岂不欲往？畏我友朋”（《左传·庄公二十二年》），“虽有丝、麻，无弃菅、蒯；虽有姬、姜，无弃蕉萃。凡百君子，莫不代匮”（《左传·成公九年》），都通过意象来说明为人处世的一些原则。

诸子之前的诗，经历了一个诗、乐、舞高度融合的阶段。刘师培云：“歌舞本于诗，故歌诗以节舞……以歌传声……复以舞象容。”①《诗经》305 篇全是乐歌，早有定论。《左传·襄公二十九年》记载季札至鲁聘问，“请观于周乐，使工为之歌《周南》、《召南》……为之歌《邶》、《鄘》、《卫》”，乐而可观，或者应有舞蹈，“工为之歌”，可见《诗》为歌诗。《国语·周语下》记载武王作诗为歌：“卫彪傒适周，闻之，见单穆公曰：‘苌、刘其不殁乎？

① 刘师培：《原戏》，钱钟书主编：《刘师培辛亥前文选》，生活·读书·新知三联书店 1998 年版，第 200 页。

周《诗》有之曰:“天之所支,不可坏也。其所坏,亦不可支也。”昔武王克殷而作此诗也,以为饫歌,名之曰《支》,以遗后之人,使永监焉。’”《史记·孔子世家》记载,《诗》“三百五篇孔子皆弦歌之,以求合《韶》、《武》、《雅》、《颂》之音”①。《墨子·公孟篇》称:“诵诗三百,弦诗三百,歌诗三百,舞诗三百。”除了古代文献记载中的证据,朱光潜还从人类学、社会学及民俗学的角度,论证了在原始社会当中,诗歌与音乐、舞蹈同源,而且最初是一种三位一体混合艺术。② 汉代之前,“诗”往往特指《诗经》,而《汉书·艺文志·诗赋略》中则只著录“赋”、“杂赋”与“歌诗”。“歌诗”一名,说明至少在西汉的人心目中,“诗”依然要有曲调,可以歌唱。虽然到西汉时,《诗经》已逐渐与乐、舞剥离而日益经学化,但今天意义上的、完全从音乐中独立出来的“诗”这一体裁,依然没有得到广泛承认。③

《诗经》中相当数量风诗来自于民间歌谣,经过改写收集之后,成为现在所见的文本的样子。除了前文提到的《豳风·七月》之外,《魏风·硕鼠》是带有浓厚巫术色彩的祈鼠祝祷辞,其来源乃是《礼记·郊特牲》中所记蜡祭中的“迎猫,为其食田鼠也”;④《齐风·东方之日》经考证,被认为描写了上古农耕时代

---

① (汉)司马迁:《史记》,中华书局1959年版,第1936页。

② 朱光潜:《诗论》,《朱光潜全集(第三卷)》,安徽教育出版社1987年版,第13—16页。

③ 《汉书·韦贤传》记载韦孟《讽谏诗》与《在邹诗》,以及韦玄成的《自劾诗》、《戒子孙诗》,《汉书·东方朔传》又记东方朔作《诫子诗》曰:“首阳为拙,柱下为工;饱食安步,以仕易农;依隐玩世,诡时不逢。”这些诗作模仿《诗经》四言体,但显然不是用于歌唱。班固修《汉书》时全文照录,应是这种完全独立于音乐的诗作在西汉较为少见,具有开创意义的缘故。

④ 参见臧克和:《汉字单位观念史考述》,学林出版社1998年版,第31页。

婚礼中,女子履男人足迹而行以象征原始农业耕作。① 上博简《孔子诗论》面世后,人们发现"国风"原为"邦风",这为某些"风"诗来源于民间歌谣提供了证据,因为"邦"包括"国"与"野"。笔者曾做过分析,现转抄如此:

古时"国"与"邦"在概念上是有区别的,可知其应用范围也是不同的。何谓"国"呢?清人焦循云:"经典国有三解:其一,大曰邦,小曰国,如'惟王建国'、'以佐王建邦国'是也;其一郊内曰国,《国语》、《孟子》所云是也;其一城中曰国……《质人》'国中一旬,郊二旬,野三旬'……是也。"(《群经宫室图》卷上)其实国之初义是城,其余为后起之义。早期之国只有一道城,后演变为内城外廓。其时之国就是武装堡垒,这种状况到西周时代虽有所发展,但没有本质改变。② ……西周时期在同一封境之内,"国"与"野"是相对的,《诗》中屡有述及,如《小雅·我行其野》云"我行其野,蔽芾其樗";《邶风·燕燕》云"之子于归,远送于野"。"国人"与"野人"也是相对的,"国人"享受许多权利而"野人"却没有,如国人可以参与国政,具有当兵之权等等。何谓"邦"呢?段玉裁《说文解字注》云:"邦之所居亦曰国,此谓统言则封竟之内曰国、曰邑。析言则国野对称,《周礼》'体国经野'是也。古者城郭所在曰国、曰邑,而不曰邦。邦之言封也。古邦、封通用。……乃分地邦而辨其守地。邦谓土界。"段氏对"国"、"邦"两概念已作辨析,古时两概念不同,混同使用

① 参见国光红:《反映上古婚姻制度的三首〈国风〉》,《山东师大学报(人文社会科学版)》2001 年第 3 期。

② 参见田昌五、臧知非:《周秦社会结构研究》,西北大学出版社 1996 年版,第 40 页。

是后来之事……故西周时谈到整个封疆,统言“邦”,而非“国”,国与国之间有大片荒地,甚至无所归属。周初把其他部落,有时称多方,有时称做万邦、庶邦、多邦、友邦。《尚书·武成》云:“我文考文王,克成厥勋,诞膺天命,以抚方夏,大邦畏其力,小邦怀其德。”周亦自称为“邦”,《诗·大雅·文王》云:“周虽旧邦,其命维新。”由此,我们可以辨别出“邦”与“国”之间的异同,“邦”显然可以内涵“国”与“野”,“国”是特指城廓之内,“邦”为泛指封境之内,一邦之内也许存有几“国”。即“邦、封同义,城、国同义”。①《诗经》采以“邦风”,而非仅指“国风”,“风”以封域划分其类,而非以“国”划归其类。这是显而易见的,“国风”之名具有很大的局限性,不能统称所有“风”类诗,显然“野风”已被排除在外。由此我们更能够理解竹简《孔子诗论》评《风》之乐云:“《邦风》其纳物也,博观人俗焉,大敛材焉,其言文,其生善。”而评其诗语云:“‘诗其犹广闻欤?善民而裕之,其用心也,将何如?’曰:‘《邦风》是也。’”

《诗经》“风”类正名为“邦风”,“风”之分类中的一些聚讼不已的问题就可以迎刃而解。我们可不再拘泥于《风》中“周南”、“召南”、“王风”、“豳风”等为何不出自于“国”,以至于百思不得其解。这是因为《邦风》分类虽然参照当时的行政区划,但主要是以《风》产生区域的历史上著名地望为其命名原则的,而非尽以当时分封的诸侯国名称命名,故以“邦风”总括其名,远比“国风”、“野风”及“畿服

① 侯外庐:《中国古代社会史论》,人民出版社1955年版,第161页。

风"合理得多。《唐风》以故地"唐"为命名。古唐国为陶唐氏帝尧之地,武王克商后又伐唐。成王封叔虞于唐,叔虞子燮父改称唐为晋,①《诗》不称"晋风",而称"唐风",自有其道理。②

诗作为一个文体观念,在先秦也可初见端倪,"从商、西周到《左传》所记载的春秋时代(前770~前476),诗作为一种文体的观念,被人们普遍接受了,歌、谣都纳入了诗的范围,来自民间的民歌民谣,被称为'风诗'"③。《诗经》305篇,只是春秋中叶及春秋中叶之前诗歌的一小部分,据《史记·孔子世家》中记载,"古者诗三千余篇,及至孔子,去其重",这便是后世争议颇多的"孔子删诗说",无论孔子是否删诗,在《诗经》305篇之外,《诗经》时代的确还另有大量诗歌、谣谚存在,这可以在《左传》等先秦典籍中窥见一鳞半爪。由于《诗经》中来源于民间歌谣的那部分风诗,在被编入风诗之前,需要经过改编,以将方言变为雅言④,并方便配乐歌唱,经过这样复杂的处理,《诗经》中所见的《国风》,已不再是歌谣原有的面貌,因此我们在讨论黎庶歌谣时,并不能完全以《诗经》所记载的"风"诗面貌作为凭据。⑤

诸子之前诗的泛生产过程,可以从纵向与横向两个维度

---

① 参见李孟存、常金仓:《晋国史纲要》,山西人民出版社1988年版,第1—12页。

② 蔡先金、赵海丽:《楚竹书〈孔子诗论〉中"邦风"及"夏"之名称意义》,《孔子研究》2003年第3期。

③ 陈良运:《中国诗学批评史》,江西人民出版社1995年版,第3页。

④ 《论语·述而》:"子所雅言,《诗》、《书》,执《礼》,皆雅言也。"由此可见《诗经》中所录诗歌当为雅言。

⑤ 此观点参见钱志熙:《从歌谣的体制看"〈风〉诗"的艺术特点》,《北京大学学报(哲学社会科学版)》2005年第2期。

进行考察。就纵向的时间维度来说，从遂古之初直到诸子之前这一时间段，根据诗的存在形态和传播手段，诗之生产大致可以划分为两个阶段：文字发明之前，诗为口头创作，以口耳相传的形式存在并传播，以歌、谣、谚、祝辞、颂辞等形式为存在形态；文字发明之后，一方面，歌、谣、谚、祝辞、颂辞等形式继续存在，并为诗的发展提供了肥沃的土壤，另一方面，文字记录在使诗能够更有效地被创作和被传播的同时，也促使诗较多地发展了文本意义，从而逐渐与乐、舞等分离，最终成为独立的艺术形态，而《诗经》就是这个过程中产生的第一部诗歌总集。就横向的生产范围来说，生产者方面，既离不开黎庶众氓的创造和传唱，也离不开贵族统治集团的整理、创作和使用，诗的泛生产是一个全民参与的过程；题材方面，则从农业生产到祭祀战争，从政治外交到婚姻爱情，几乎当时社会生活的各个方面都在诗歌中有所反映。

二、采风与加工

采风之“风”，本应指乐调，故《诗·大雅·崧高》称“吉甫作诵，其诗孔硕。其风肆好，以赠申伯”，将“诗”与“风”对举。《左传·成公九年》记载楚国钟仪被晋俘虏，晋侯见钟仪，“使与之琴，操南音……乐操土风，不忘旧也”，楚国的地方土乐“南音”，又被认为是楚国的“土风”。所以宋人郑樵断言“风土之音曰风”。因之，十五国风就是十五个不同地方的乐调。然而，春秋时代之前尚是诗、乐一体的时代，在民间口耳相传的是歌谣。俞正燮云：“三代时，宁戚歌《硕鼠》，卫太师歌《巧言》之卒章，鲁为吴公子札歌《风》、《雅》、《颂》，师乙言歌《商》、歌《齐》。汉时，《雅》乐可歌者八篇，有《白驹》、《伐檀》，不必如笙诗，正《小雅》

也。东汉曹氏时,乐工肆歌《鹿鸣》、《驺虞》、《伐檀》、《文王》,魏太和中,惟传《鹿鸣》一篇,后并亡之,则其调不传。《尔雅》云:'徒吹谓之和,徒歌谓之谣。'班固云:'不歌而诵谓之赋。'郑康成云:'背文曰讽,以声节之曰诵。'说各不同,然赋诗,诵诗,本对歌诗言之。诗不可歌,则不采矣。"①在《诗经》当中,多次出现"歌"、"谣"、"诵",次数达到19次,而"诗"的出现却只有3次,而且仅见于"雅"诗,先有歌谣后有诗,像"诗为乐章"一样,几成定论。说到采风,既包括了采集民间歌谣的曲调,又包括采集民间歌谣的文辞,当需要强调文辞方面的含义时,"采风"有时又被称为"采诗"。

关于"采风"的文献记载,主要有以下几种:

《左传·襄公十四年》载师旷语:"故《夏书》曰:'遒人以木铎徇于路,官师相规,工执艺事以谏。'正月孟春,于是乎有之,谏失常也。"杜预注:"遒人,行人之官也。木铎,木舌金铃。徇于路,求歌谣之言。"如果这段记载属实的话,则早在夏代,我国已有采诗之制。采诗之官曰"遒人"。"以木铎徇于路"就是到民间采诗。

《礼记·王制》:"天子五年一巡守。岁二月,东巡守……命大师陈诗,以观民风。"郑玄注:"陈诗,谓采其诗而视之。"孔颖达《正义》云:"王巡守,见诸侯毕,乃命其方诸侯。大师是掌乐之官,各陈其国风之诗,以观其政令之善恶。"此所谓"大师",应该就是《周礼》所云"教六诗"之"大师",即周代负责保管、教授诗乐的乐官。

《孔丛子·巡狩篇》:古者天子"命史采民诗谣,以观其风"。

---

① 俞正燮:《癸巳类稿·诗入乐》,《俞正燮全集(贰)》,于石、马君骅、诸伟奇校点,黄山书社2005年版,第28页。

这里所说的“史”,也是采诗之官。

《汉书·艺文志》:“故古有采诗之官,王者所以观风俗,知得失,自考正也。”

《汉书·食货志》:“孟春之月,群居者将散,行人振木铎徇于路,以采诗,献之大师,比其音律,以闻于天子。故曰王者不窥牖户而知天下。”据此可知,采诗之官又曰“行人”。

《春秋公羊传·宣公十五年》何休《解诂》:“从十月尽正月止。男女有所怨恨,相从而歌,饥者歌其食,劳者歌其事。男年六十,女年五十无子者,官衣食之,使之民间求诗,乡移于邑,邑移于国,国以闻于天子。故王者不出牖户尽知天下所苦,不下堂而知四方。”

刘歆《与扬雄书》:“诏问三代、周、秦轩车使者、遒人使者,以岁八月巡路,求代语、童谣、歌戏,欲得其最目。”扬雄《答刘歆书》亦云:“常闻先代輶轩之使奏籍之书,皆藏于周秦之室;及其破也,遗弃无见之者。”

许慎《说文解字》第五篇上丌部:“丌,古之遒人,以木铎记诗言。”清朱骏声《说文通训定声》:“《孟子》‘王者之迹熄而《诗》亡’,‘迹’即‘丌’之误。”

《尚书·胤征》:“每岁孟春,遒人以木铎徇于路,官师相规,工执艺事以谏。”孔氏传曰:“遒人,宣令之官。木铎,金铃木舌,所以振文教。”

采诗观风制度,早已有之,并非汉儒对古代君主的美化之事。西汉仿古,《汉书·礼乐志》明确记载汉武帝“乃立乐府,采诗夜诵”,班固也明确提出“王官采诗”说,何休《春秋公羊传解诂》又主张“各国献诗”说。在“王官采诗”说当中,前代受命采诗之官,有称“遒人”,有称“行人”,而“遒人”又为“宣令之官”,

记载很不一致,①因此,有的学者认为"王官采诗"之说不可信。② 然而学者对于"采风说"的反对,主要集中在对于采风的具体体制上,至于《诗经·国风》当中有相当数量的"诗"改编自民间歌谣的事实,学者们还是没有任何异议的,直到今天,收集民间歌舞仍被称为"采风"。上博简《采风曲目》的出土,为今人呈现出难得的楚国"采风"的真实文本记录状况。该简整理者马承源指出:

> 《采风曲目》可能是楚国历史上某一时期流行的或有意编集的歌曲曲目,口头文学和民歌曲调很难长时期流传而不失真,但是采风记载用宫、商、徵、羽等声名分类标目的这种音乐史料,是前所未见的。本篇表明了楚乐官对采风各种曲目音调传承的重视……官方采风,乐官更应有记录,"采"包括了记录和进呈的程序……本篇就内容而言,可能是经过楚国乐官整理的采风歌曲目录的残本。③

对于该简中"宫穆"调下记载的《硕人》,马氏进一步推论其"当为《诗经》中'硕人'歌曲之目。其他曲目也应是出自采风之作"④。由此,可以进一步说明,"国风"中的诗篇当为从各"国"采风而来,亦可配以宫调以作弦歌。

既然史无明据,古无定制,古代王官采诗制度已无法考论

---

① 很多学者为这种记载的不一致进行了弥合,如段玉裁《说文解字注》:"遒人,即班之行人。以木铎巡于路,使民间出男女歌咏,记之简牍,递荐于天子。故其字从辵丌。辵者,行也。丌者,荐也。记与丌叠韵也。"

② 如姜书阁《〈诗〉学驳论五题》即持此观点,载《中国韵文学刊》1995 年第 1 期。

③ 马承源:《采风曲目·说明》,马承源主编:《上海博物馆藏战国楚竹书(四)》,上海古籍出版社 2004 年版,第 161 页。

④ 马承源:《采风曲目·说明》,马承源主编:《上海博物馆藏战国楚竹书(四)》,上海古籍出版社 2004 年版,第 162 页。

究竟，而另一方面，民间歌谣也的确被采集到宫廷当中，由统治者来使用，实际上，不止《诗经》中有民间歌谣，在《周易》卦爻辞当中，也引用了相当数量的民间歌语谣谚。那么，民间歌谣究竟通过何种渠道被传递到宫廷当中？实际上，《礼记·王制》的"大师陈风"说，班固《汉书》的"王官采诗"说，以及何休的"各国献诗"说，也并不矛盾。我们参酌众说，揆其情理，可以认为，虽然不能确定西周及春秋时代是否曾设过专职人员专程至各国采诗，但是各地的民间歌谣，还是通过各种途径被收集到了周天子的宫廷之中，这些途径可能包括"宣令之官"借到各地宣令教化的机会采集而来；也可能包括天子、诸侯的乐官主动采集民间歌谣加以整理，再进献给天子或者诸侯；还可能包括大夫向诸侯进献自己封地的歌谣，而各诸侯又向周天子进献自己属地的歌谣。总之，各地民间歌谣通过种种渠道，最终被汇集到了周天子的太师（乐官）那里，由周王朝的历代乐官进行整理加工，使原来可能只徒歌、不配乐的民间歌谣也可以配上乐器，制成合乐的乐歌，再根据各种礼仪或者政治需要，在不同的场合演奏歌唱。这样的乐歌渐渐积累增录，经过删减，遂成为《诗经·国风》当中的一部分。《诗经》中采自不同地域"风"诗的用韵却是统一的，这反而更能说明当时"采风"的真实性。笔者在《楚竹书〈孔子诗论〉中"邦风"及"夏"之名称意义》一文中分析过这一现象：

"国"在大师采风过程中也起到了重要的作用。"国"是《诗经》用韵统一性的重要保障。《诗经》"风"虽然采自不同的邦域，其用韵却能保持高度的统一，即使在今天的方言里也做不到，这十分令人费解。有人认为，这是孔子删《诗》的结果，可是从北宋到现在出土的有韵青铜器铭文否定了这一结论。由此，李学勤认为"古代文化的统一性与地域性,是文化史研究的一项重要课题”①。《诗》在采风中地域性肯定是存在的,那其方言性一样应该存在,而且即使在一个封域之内也可能存在多种方言,如现今江南一个很小的区域内就可能存有几种方言,如溧水县各乡方言不同,甚至县城区内东西仅隔一条街就存在两种不同的方言。“夏、颂”为正声,“风”为非正声,否则就不称其为“风”,“十五国风代表了十五种地方曲调,好象今天我们讲梆子,有河北梆子、河南梆子、山西梆子、陕西梆子等等。这说明,诗有鲜明的地域性。”②那《诗》为什么能够统一用韵呢?因为“夏声”必为各邦所通用,尤其“国”中所用必为“夏声”无疑,“国人”中多为分封之人,作为统治阶级也一定会使用“夏言”,这既是统治需要,也是分封统治之结果。这正如扬雄《方言》所说的“通语”,“即是当时比较最普通的话”。③ 所有采自野人之诗或方言之诗,必定使用统一的语言记录下来,这是由“国人”完成的事情,然后,方可献诗于朝廷。《汉书·食货志上》云:“春秋之月,群居者将散。行人振木铎徇于路以采诗,献之大师,比其音律,以闻于天子。”“比其音律”说明“音律”已作修改,而非原来音韵。何休注《公羊传》宣公十五年“什一行而颂声作矣”句:“男年六十,女年五十,无子者,官衣食之,使之民间求诗。乡移于邑,邑移于国,国以闻于天子。”因此,《诗》用韵统一性可做如下解释:一是国野之制,以国为主,记录诗的为国人,而非野人,分封制中诸侯用夏言,记录诗使用的为当时所谓“雅

① 李学勤:《缀古篇》,上海古籍出版社 1998 年版,第 37 页。
② 李学勤:《缀古篇》,上海古籍出版社 1998 年版,第 38 页。
③ 胡适:《白话文学史》,东方出版社 1996 年版,第 2 页。

言”而非各地方言，即方言必定翻译为“雅言”，正如现在流传下来的《敕勒川》本为鲜卑语；二是制礼作乐需要，《诗》必可行之歌咏，在定乐过程中，《诗》用韵亦需保持必要的统一性；三是诗教的发达，诗韵统一性的传播。①

关于周代采诗的目的，见于文献记载的主要有：

上博竹简《孔子诗论》：“《邦风》其纳物也溥，观人欲焉，大敛材焉，其言文，其声善。”

《周礼·春官·大师》：“大师……教六诗，曰风，曰赋，曰比，曰兴，曰雅，曰颂。以六德为之本，以六律为之音。大祭祀，帅瞽登歌，令奏击拊……大飨亦如之。”

《周礼·春官·大司乐》：“大司乐……以乐语教国子：兴、道、讽、诵、言、语。”

《左传·襄公十四年》载师旷语：“自王以下，各有父兄子弟以补察其政。史为书，瞽为诗，工诵箴谏，大夫规诲，士传言，庶人谤，商旅于市，百工献艺。”

《左传·昭公二十一年》：“天子省风以作乐。”

《国语·晋语六》载范文子语：“吾闻古之言王者，政德既成，又听于民，于是乎使工诵谏于朝，在列者献诗，使勿兜，风听胪言于市，辨祆祥于谣，考百事于朝，问谤誉于路，有邪而正之，尽戒之术也。”韦昭注：“徒歌曰谣。”

《汉书·艺文志》：“王者所以观风俗，知得失，自考正也。”

以上记载主要从诗作为教育内容，以及劝谏嗣君、补察时政的政治功能两方面来说，而乐官采诗加工，还具有仪式意义，即制礼作乐，并将之应用于祭祀、燕飨等礼仪，在昭名分、辨等威的

① 蔡先金、赵海丽：《楚竹书〈孔子诗论〉中“邦风”及“夏”之名称意义》，《孔子研究》2003 年第 3 期。

同时,也满足统治者的耳目之娱。①

与采诗加工密切相关的人物是乐官。无论是采诗,还是献诗,最后都要由乐官进行加工。《周礼·春官·大师》:"大师(乐官)掌六律六同,以合阴阳之声。"乐官除了要对民间歌谣"比其音律",进行音乐上的加工之外,为了使歌辞便于用雅言歌唱,对歌辞也应该会有所加工,今天我们所见到的《诗经·国风》中的诗歌,在形式上的重章叠句,正是当时作为乐歌的痕迹。乐调的节奏影响了诗歌的句式与字数,乐调的重复决定了歌词的重章叠句。我们结合音乐形式,对乐官所进行的歌谣加工进行推测。

朱光潜联系西方歌谣,指出《诗经》当中"重章"的起因,"有时是应和乐、舞的回旋往复的音节,有时是在互相唱和时,每人各歌一章"②。从这个角度来说,民间采集来的歌谣,可能体制较为短小,我们上一节所举的民间歌谣,篇幅都很短,有的只有一句或者两句,而用在宫廷、贵族的各种礼仪中的乐歌则需要有一定的长度,为了使歌辞的长度跟乐章相配合,乐官可能会对歌辞进行加工,增加歌辞的长度,从而将原来短小的民歌改造成便于礼仪使用的乐歌,但是单纯的重复又不具有美感,于是出现每一章文辞内容基本相似,只是作为韵脚的字有所不同的"重章"现象,如《诗·周南·麟之趾》、《芣苢》。至于韵脚的作用,朱光潜联系近代徽戏调子所伴奏的乐声指出:"诗歌在原始时代都与乐舞并行,它的韵是为点明一个乐调或者一段舞步的停顿所必需的,同时,韵也把几段音节维系成为整体,免致涣散。"③韵

① 关于诗的主要功能,请参见本书第七章。

② 朱光潜:《诗论》,《朱光潜全集(第三卷)》,安徽教育出版社 1987 年版,第 17 页。

③ 朱光潜:《诗论》,《朱光潜全集(第三卷)》,安徽教育出版社 1987 年版,第 18 页。

脚既然是乐歌所必须的,就不能不考虑到方言问题。乐官所搜集的民歌,应是以各地方言所歌唱,而用于宫廷礼仪场合的乐歌,则可能需要采用雅言(官话),《论语·述而》称“子所雅言,《诗》,《书》,执《礼》,皆雅言也”,因此乐官还需要将民歌改写成有韵的雅言。

《诗经》当中的“叠句”,一般是指一诗数章,每章收尾都用同一语句,如《麟之趾》中的“吁嗟麟兮”出现在每一章的结尾,朱光潜指出,这种“叠句”的形式,在现代中国民歌当中也常看见,如《凤阳花鼓歌》每段都用“郎底郎底郎底当”收尾,而《诗经》中“叠句”的歌唱形式,可能与希腊悲剧中的“合唱歌”(choric song)及中国旧戏中打锣鼓者的“帮腔”与“叠句”相类似,群歌合舞时,先由一领唱者独唱歌词,到每节收尾时,则全体齐唱“叠句”。由此我们可以推测,民间歌谣在被改编成适于宫廷礼仪的乐歌时,为了适于合唱,烘托气氛,乐官可能会在歌谣中添加或者修改“叠句”。

《诗经》中风、雅、颂的区别,后人从音乐形式、内容用途等各方面进行了区分,①其中,音乐形式是风、雅、颂的重要区别标志之一,宋郑樵《通志·昆虫草木略》云“风土之音曰风,朝廷之音曰雅,宗庙之音曰颂”;清人惠周惕《诗说》云“风、雅、颂以音别也”。风是汇集各地的地方土乐,雅是周王室所创制的音乐,而颂则是用于宗庙祭祀的音乐。周代乐官采集加工的民间歌谣,主要集中在《诗经》的《国风》当中。但是,《国风》160 篇之中,也有部分属于统治阶级创作的作品,如《鄘风·载驰》为许穆夫人作,《王风·黍离》为周东迁后大夫行过旧都时有感而作

① 历代学者对于风、雅、颂的区分及各自特点,详见冯浩菲《历代诗经论说述评》,中华书局 2003 年版,第 62—74 页。

等。这些贵族所作的诗歌,采用了民间音乐的形式,也被归入了《诗经·国风》之中。

三、公卿至于列士献诗

公卿至于列士是参与诗"生产"的重要群体,在整个诗生产群体中占有重要的位置。这种"献诗"显然不同于"采风",无论是生产方式、生产内容、生产目的还是生产过程都表现出显著的差异性。相对于公卿至于列士所献"曲高和寡"的乐诗来说,"风"诗却不同,马承源评价上博简《采风曲目》云:"从曲目的一般内容而言,现存的至少有一部分为下里巴人之类'属而和者'甚众的乐曲,有一些放任性的语词,可能如同郑卫之风,这是生活的真实。"①关于公卿、列士向天子献诗,先秦古籍中多有记载,举要如次:

《左传·襄公十四年》载师旷语:"自王以下,各有父兄子弟以补察其政。史为书,瞽为诗,工诵箴谏,大夫规诲,士传言,庶人谤,商旅于市,百工献艺。"

《国语·周语》载邵公谏厉王语:"故天子听政,使公卿至于列士献诗,瞽献曲,史献书,师箴,瞍赋,矇诵,百工谏,庶人传语,近臣尽规,亲戚补察,瞽史教诲,耆艾修之,而后王斟酌焉,是以事行而不悖。"

《国语·晋语》载范文子语:"吾闻古之言王者,政德既成,又听于民,于是乎使工诵谏于朝,在列者献诗,使勿兜。"

从上述记载中可以看出,公卿、列士献诗的目的,主要是运

---

① 马承源:《采风曲目·说明》,马承源主编:《上海博物馆藏战国楚竹书(四)》,上海古籍出版社 2004 年版,第 163 页。

用诗歌表达对政治的评价，对天子进行讽谏。周代有公卿百官进谏天子之阙失的制度。《左传·襄公四年》："昔周辛甲之为大史也，命百官，官箴王阙。"《汉书·艺文志》道家载《辛甲》二十九篇，班固自注："纣臣，七十五谏而去，周封之。"如果这段记载属实的话，则公卿百官进谏的制度早在周初已经形成了。公卿献诗以进谏天子的事例，《左传·昭公十二年》记载有祭公谋父谏周穆王事："昔穆王欲肆其心，周行天下，将皆必有车辙马迹焉。祭公谋父作《祈招》之诗，以止王心。王是以获没于祗宫……其诗曰：'祈招之愔愔，式昭德音。思我王度，式如玉，式如金，形民之力，而无醉饱之心。'"《诗经》中也有直接点明为讽谏而作的诗，如：

王欲玉女，是用大谏。（《大雅·民劳》）

犹之未远，是用大谏。（《大雅·板》）

家父作诵，以究王讻。式讹尔心，以畜万邦。（《小雅·节南山》）

公卿、列士为进谏天子而作的诗，主要集中在《小雅》、《大雅》之中。《左传·昭公二十年》云："天子之乐曰雅。""雅"是"正"的意思。就像周人称官话为"雅言"一样，朝廷正乐也称为"雅乐"。《雅》又分《大雅》、《小雅》①。二《雅》中公卿列士所献诗篇，有4篇自明作者：

家父——《小雅·节南山》篇末云："家父作诵，以究王讻。""家父"，三家《诗》作"嘉父"，幽王时大夫。

孟子——《小雅·巷伯》篇末云："寺人孟子，作为此诗。凡

---

① 《大雅》与《小雅》的区分，历代学者或以政事大小分，或以道德与政事分，或以用处分，或以音律分，或以体制分，或者参酌众说综合区分，其各自特点及优劣，详见冯浩菲《历代诗经论说述评》，第354—360页。

百君子,敬而听之。"《郑笺》:"寺人,内小臣也。"寺人相当于后世的宦官。孟子,一般认为是寺人自称。

尹吉甫——《大雅·崧高》:"吉甫作诵,其诗孔硕。其风肆好,以赠申伯。"吉甫,即尹吉甫,宣王时大臣,官卿士,伐猃狁有功。《毛诗序》认为,《崧高》是尹吉甫赞美宣王的诗。

尹吉甫——《大雅·烝民》:"吉甫作诵,穆如清风。仲山甫永怀,以慰其心。"《毛诗序》认为这也是尹吉甫赞美宣王的诗。

还有些诗,虽未直接点明作者,但据有关诗句可以推知是公卿列士的献诗:

《小雅·四月》:"君子作歌,维以告哀。"《毛诗序》:"大夫刺幽王也。在位贪残,下国构祸,怨乱并兴焉。"诗中的"君子",《毛诗序》称为大夫。

《大雅·卷阿》:"矢诗不多,维以遂歌。"《毛诗序》认为:"召康公戒成王也。言求贤用吉士也。""矢诗"就是"献诗"的意思。

《大雅·抑》:"於乎小子,告尔旧止,听用我谋,庶无大悔。"《毛诗序》:"卫武公刺厉王,亦以自警也。"或曰卫武公自儆之诗,而非刺诗。

《大雅·桑柔》:"虽曰匪予,既作尔歌。"《毛诗序》:"芮伯刺厉王也。"关于芮伯,《郑笺》说得更详细:"畿内诸侯,王卿士也,字良夫。"

以上各诗,各由作者道出用意所在,而作者为谁,只有《节南山》、《巷伯》、《崧高》、《烝民》在篇中交代清楚了。《抑》诗相传为卫武公所作,有《国语·楚语》为证:"昔卫武公年数九十有五矣,犹箴儆于国,曰:'自卿以下至于师长士,苟在朝者,无谓我老耄而舍我,必恭恪于朝,朝夕以交戒我,闻一二之言,必诵志而纳之,以训导我。'在舆有旅贲之规,位宁有官师之典,倚几有诵训之谏,居寝有亵御之箴,临事有瞽史之导,宴居有师工之诵。史不失书,矇不失诵,以训御之,于是乎作《懿》诗戒以自儆也。"三国吴韦昭注:"《懿》,《诗·大雅·抑》之篇也。'懿'读曰'抑'。"《懿》,毛诗作《抑》,应当是可信的。《卷阿》相传为召康公随周成王出游之作,今本《竹书纪年》虽不足为证,但《毛诗序》以为"召康公戒成王也",此说较早,殆非巧合,似应有可信成分。其他各篇除《民劳》外,作者皆以第一人称身份在诗中出现,应是于彼时黑暗政治有切身感受者,而《板》诗作者当是朝廷老臣(诗本文谓"老夫灌灌",旧说为周公后人凡伯所作)。《民劳》作者亦当为朝中有地位而头脑比较清醒之人。《卷阿》、《崧高》、《烝民》主旨是赞颂,含劝导之意;《抑》有讽喻之意而重在劝诫,也是自儆之作。其他皆刺怨之诗,《民劳》、《板》明言为谏诗。《节南山》、《巷伯》、《桑柔》、《何人斯》四首主旨在针砭朝廷大臣。《四牡》、《四月》多哀怨,是"告哀"之诗。从以上诸例可以看出,西周各代确有公卿列士向国王陈诗进谏的事实。《国语·周语上》记述召公谏弭谤,说明当时已有公卿列士认识到,应该容许某些批评,并从这些批评中吸取意见来巩固统治。

列士百官献诗,还有一种情况值得注意,即百官贤人进献给诸侯以补察时政的。这类诗基本都在十五《国风》中,也采用民歌的形式。如:

《卫风·考槃》的《毛诗序》云:"刺庄公也。不能继先公之业,使贤者退而穷处。"卫武公卒,诗人认为继立的庄公不能继父志,致使小人在朝,君子在野,遂以叹之。

《齐风·南山》的《毛诗序》:"刺襄公也。鸟兽之行,淫乎其妹,大夫遇是恶,作诗而去之。"明言此是齐大夫所为诗,刺齐襄公好淫,竟然私通其已嫁于鲁之胞妹。

《秦风·车邻》的《毛诗序》:"美秦仲也。秦仲始大,有车马礼乐侍御之好焉。"《秦风·终南》的《毛诗序》:"戒襄公也。能取周地,始为诸侯,受显服,大夫美之,故作是诗以戒劝之。"以上二诗,应该都是秦大夫献给秦国君主的诗篇。

《曹风·蜉蝣》的《毛诗序》:"刺奢也。昭公国小而迫,无法以自守,好奢而任小人,将无所依焉。"《曹风·候人》,据《毛诗序》,此诗是刺共公近小人,远君子。据诗的语气推测,此二诗应是曹国列士、大夫的谏诗。

公卿及列士可以向天子或诸侯献自作的诗,也可献民歌。这可能便是为何《国风》中的很多民歌,都被赋予了美刺的政治意义。

献诗的讽谏作用与诗歌最初的创作目的未必一致,《毛诗序》所谓美刺之说,有些可能是献诗和用诗的目的。这与"赋诗断章"的道理相近,公卿或者列士所献的诗歌当中,只要有几句甚至有一句歌词可以切中时弊,表达献诗者的美刺意图,就是达到了目的。比如《将仲子》、《有女同车》,本为爱情歌谣,《毛诗序》却认为:"《将仲子》,刺庄公也。不胜其母,以害其弟。弟叔失道而公弗制。"而《有女同车》则是刺太子忽不昏于齐。又如《叔于田》,诗文是歌颂猎人勇猛的,而《毛诗序》则认为:"《叔于田》,刺庄公也。叔处于京,缮甲治兵,以出于田,国人说而归之。"由于《诗经》的《小雅》、《大雅》中有颂美之诗,也有讽谏刺诗,而《诗经·国风》中的诗,也有被公卿至于列士用来讽谏天子诸侯的,因此后人又有关于变风、变雅的争论①。抛开变风、变雅是否入乐,以及正变说所体现的封建观念等问题不谈,前代学者将有讽谏之意的诗篇列为变风变雅,也为我们认识《诗经》

---

① 历代学者关于正变说及美刺说的观点及辨析,参见冯浩菲《历代诗经论说述评》,第113—121页。

提供了一条路径。另,以诗劝谏已成为当时的风尚,《晏子春秋》记载齐景公大兴土木,晏子通过歌诗来劝谏齐景公:"景公为长庲,将欲美之,有风雨作,公与晏子入坐饮酒,致堂上之乐。酒酣,晏子作歌曰:'穗乎不得穫,秋风至兮殚零落,风雨之拂杀也,太上之靡弊也。'歌终,顾而流涕,张躬而舞。""觞三行,晏子起舞曰:'岁已暮矣,而禾不穫,忽忽矣若之何!岁已寒矣,而役不罢,惙惙矣如之何!'舞三,而涕下沾襟。"①

用诗于政教的献诗制度涉及诗歌的创作与运用,涉及诗歌创作、运用的委婉形式与政教目的,体现出"主文谲谏"的文化传统,直接影响了赋诗言志、言语引诗、著述引诗、经生说诗等文化现象的发生。

四、天子制诗

诸子之前,我国存在一个"泛诗现象",诗的产生则是一个"泛生产"过程,因为当时不仅平民吟诵,公卿列士献诗,就连最高统治者也加入到诗的生产过程。今传《水经注》载有《渡漳歌》,据说黄帝大战蚩尤时,命伶伦制作此歌,有人说这是最古老的军歌。此外,《汉书·礼乐志》载有黄帝使岐伯作短篇《饶歌》,用以扬德建武,劝士讽敌。《归藏·启筮》载有黄帝所作《棡鼓之曲》十章,这首歌传为黄帝所作,属军歌战歌之类。唐尧以后,已有君臣相唱和之作。今文《尚书·益稷》载舜同皋陶通过对唱来表达意愿,交流感情:"乃歌曰:'股肱喜哉!元首起哉!百工熙哉!'……(皋陶)乃赓载歌曰:'元首明哉!股肱良

① 吴则虞:《晏子春秋校注》,新编诸子集成本,中华书局 1982 年版,第 114、463 页。

哉！庶事康哉！'又歌曰：'元首丛脞哉！股肱惰哉！万事堕哉！'"其中，舜表达了对臣下的信任。而这种句句都加句尾语气词的歌辞形式正是原始歌辞初生时期的形式。文献记载黄帝、尧、舜作诗未必可信，但亦说明文献记述者坚信当时的首领是带头制诗的。

夏商周三代，普遍存在着巫术活动，而商代以前的文化，更是以巫觋为主要特点。张光直认为，巫"是有通天通地本事的统治者的通称"，"王者自己虽为政治领袖，同时仍为群巫之长"。[①] 作为"群巫之长"的王者，其所作歌诗，应有相当数量与各种巫术、祭祀仪式密切相关。商代最早的王成汤就是巫的领袖。"巫是沟通天人之媒介，而商王是巫之领袖。商王施行'巫政合一'，以巫事通政事，故中国巫教自诞生之日起就是和政权密不可分，合二为一，若没有政权的参与，巫术就不会赢得宗教的性质；而政权若没有巫术的结合，就会失去神性。这就是中国古代社会政教合一的根据。成汤集巫政于一身，有代表性的巫术例子是'汤祷'传说。《墨子》、《荀子》、《尸子》、《吕氏春秋》、《淮南子》及《说苑》都记载了这一传说。"[②]《荀子·大略》所载汤的《祷雨辞》云：

> 政不节与？使民疾与？何以不雨至斯极也！宫室荣与？妇谒盛与？何以不雨至斯极也！苞苴行与？谗夫兴与？何以不雨至斯极也！

关于此事，刘向《说苑·君道篇》所载与此略同。《墨子·兼爱下》载此事曰："汤曰：'惟予小子履，敢用玄牡，告于上天后

---

① 张光直：《中国青铜时代》，生活·读书·新知三联书店1999年版，第257页。

② 蔡先金博士论文《西周巫术演化形态研究》。

曰:今天大旱,即当朕身履,未知得罪于上下。有善不敢蔽,有罪不敢赦,简在帝心。万方有罪,即当朕身,朕身有罪,无及万方。'"《论语·尧曰篇》、《尸子·君治篇》对此也都有记载。无论这样的祷雨辞是否有后人加工的情形,无论后人加工的成分有多大,商汤在发生旱灾时主持祈雨仪式,并作辞以祈雨,都是有历史事实之素地。故《礼记·表记》云:"殷人尊神,率民以事神,先鬼而后礼。"

周人封微子于宋,作为商祀的继承者。故《史记·殷本纪》云:"立微子于宋,以续殷后焉。"春秋前期,宋襄公时的大夫正考父从周太师那里求得留存下来的《商颂》十二篇,并加以整理。①《国语·鲁语下》载:"昔正考父校商之名颂十二篇于周大师,以《那》为首,其辑之乱曰:'自古在昔,先民有作。温恭朝夕,执事有恪。'先圣王之传恭,犹不敢专,称曰'自古',古曰'在昔',昔曰'先民'。"及至孔子时,十二篇《商颂》仅存五篇,故《郑笺》云:"自正考甫至孔子时,又无七篇矣。"今存《诗经·商颂》中的五篇,又由孔子进行了加工整理,虽然已非原来的面貌,但仍然可以算作天子所制的颂诗。

周武王克商之前,需要举行各种祭祀仪式以祈求神灵及祖先的佑护,据考证,此时所作仪式歌为《大雅·绵》。《大雅·绵》为一首纪祖颂功之歌,记述了周人在古公亶父的带领下由沮、漆迁岐、立国的经过,末尾叙及文王继承古公亶父亶父之志,

---

① 关于《诗经·商颂》的写作时代,历代学者多有讨论,今天大部分学者认为《商颂》为商诗,非春秋时期宋国大夫正考父所作,正考父只是对《商颂》十二篇进行了整理,参见江林昌《〈商颂〉的作者、作期及其性质》已有详细考辨,载《文献季刊》2000 年第 1 期。关于历代学者的观点及各家观点的辨析,参见冯浩菲《历代诗经论说述评》,中华书局 2003 年版,第 382—391 页。

平虞芮之质而称王之事。此诗应是在周人盛道的"文王受命称王"之说兴起之时,亦即武王为攻克大邑商而进行思想舆论的宣传与准备时期,其中,"予曰有疏附,予曰有先后,予曰有奔奏,予曰有御侮",句中之"予"应为武王。武王克商后,此诗与《周颂·天作》配合使用于祭祀大王、文王的祀典仪式。① 武王克商之后,需作乐歌用于郊庙祭祀,以向神灵和祖宗告成功,慑服天下万民,此种乐歌的创制肯定是在"天子"的授意下完成的。据考证,此时所作乐歌约为六首,即《周颂》之《我将》、《赉》、《酌》、《时迈》、《般》、《天作》②。《时迈》所叙述的是偃武修文、天下太平的景象:"时迈其邦,昊天其子之。实右序有周。薄言震之,莫不震叠。怀柔百神,及河乔岳。允王维后!明昭有周,式序在位。载戢干戈,载橐弓矢,我求懿德,肆于时夏。允王保之。"《史记·周本纪》记武王克商后,"纵马于华山之阳,放牛于桃林之虚;偃干戈,振兵释旅:示天下不复用也"。周公之前,西周礼仪多是因袭殷制,"周初几乎全盘继承了殷人祭祖礼仪的名称"③,周公时代开始改造殷礼,制礼作乐,祭祖祀神,以维护统治。各项礼仪需要创制乐歌以相配合,因此周公成王时代创制了相当数量的祭祀乐歌和仪式乐歌,除了"重修大型歌舞《大武舞》时创作《武》、《桓》之外","可考订为这一时期创作的仪式乐歌共有十三首:《大雅·文王》、《大明》、《思齐》、《周颂·清庙》、《维天之命》、《维清》、《武》、《桓》、《思文》、《丰年》、《烈文》、《振鹭》、《有瞽》"。④

清华简中惊现周武王八年时的乐诗,确实堪称是"文学史

---

① 马银琴:《两周诗史》,社会科学文献出版社 2006 年版,第 104 页。

② 马银琴:《两周诗史》,社会科学文献出版社 2006 年版,第 104 页。

③ 刘雨:《西周金文中的祭祖礼》,《考古学报》1989 年第 4 期。

④ 马银琴:《两周诗史》,社会科学文献出版社 2006 年版,第 108 页。

上的空前发现"（李学勤先生语）。重要的是这批简还生动地记录下了商代末期发生在周之镐京的一次重要文学事件，即由国王主持的一次诗乐会。而从现已公布的有限竹简资料来看，此次诗会的相关内容足够令人激动不已。

（一）"诗会"的背景

武王八年，周人征伐耆（即黎）得胜后班师回周都，按照当时的礼仪与惯例，武王在文王宗庙举行了"饮至"典礼，一者告慰祖宗；二者庆功祝捷；三者期望未来。隆重典礼，当然是由武王主持，参与人员有周公姬旦、召公姬奭、毕公姬高、辛甲、作册逸、师尚父姜望等重要大员，按照仪式的程序与礼的规范与要求，照例要饮酒赋诗，方显"君子有酒，嘉宾式燕以乐"（《诗经·小雅·南有嘉鱼》）。

周人戡黎，此西土之不静震惊了商人。《尚书·西伯戡黎》记载了商人祖伊惊恐之状，因为周人此次征伐对于殷商构成了直接威胁，故"祖伊恐，奔告于王"。祖伊预感到周人欲克商，便面对纣王发出撕心裂肺的哀叹："殷之即丧，指乃功，不无戮于尔邦。"此时商人指称周为"西伯"，其实"天下三分有其二"的周人早已在自己的领地内称"王"（见清华简《保训》），可知其等待"惟恭行天之罚"（《牧誓》）的时机降临之用心，目的当然是"一德一心，立定厥功，惟克永世"（古文《泰誓》）。黎国确实是周人在克商道路上的一个障碍，戡黎就成为克商之前提，所以引起周人与商人共同的高度关注，因为这既与周人克商之大局攸关，故武王赋诗"方壮方武，穆穆克邦"，又威胁到商王朝的存亡，故祖伊向商王受陈说"故天弃我，不有康食"。

率众戡黎的可能是召公奭与毕公高，因为这可以通过"饮至"典礼透露的信息而作出判断。在此祝捷宴上，武王当然要向立下赫赫战功的有功之臣表示贺意，毕公可能参与征伐，故武王赋诗与他，但是在诗中说明“乐乐旨酒”的目的是“宴以二公”，并非毕公一人，而且此“二公”皆为武王的“任仁兄弟”。查当时参与典礼的重要人物中只有三公为武王的兄弟，即周公、召公、毕公，而周公可以排除在外，因为周公亦向毕公献诗，由此可以推论出召公与毕公为戡黎的功臣，即武王所要犒劳的“二公”，《史记·周本纪》云：“武王即位，太公望为师，周公旦为辅，召公、毕公之徒左右王，师修文王绪业。”是故，在此次“饮至”礼中，武王、周公等皆赋诗与有功之臣，自然也成就了中国文学史上一次重要的高规格的“诗会”。

（二）“诗会”的诗作

诗乐舞是一体的，既是礼的重要构成要素，又是礼之升华了的艺术特质。这么一个隆重的“饮至”典礼的举行，肯定是一种群体的行为，而在场的当事者可能就是构成典礼的角色，既可以赋诗，又可以作乐，更可以起舞，这又不禁令人聊想起现当代流行的“行为艺术”，从而怀疑其根源一脉深植于古礼。在这个礼仪中，赋诗是不可或缺的，无论是国王，还是王公大臣，皆有参与诗会的可能。但在传世文献中，还没有发现商周时期国王赋诗的案例，这可能是文献不足故也。地不爱宝，清华简显示周武王亦参与赋诗，而非仅仅依靠公卿、列士、瞽叟献诗。现在我们有幸欣赏到武王姬发与周公姬旦所赋的两首诗（遗憾的是周公所赋的《蟋蟀》仍未整理面世），这可能是我们迄今能够读到的最早的标明作者的两位诗人的诗歌了，真是难得至极了。

武王姬发与周公姬旦所赋的两首诗恰巧皆致其同胞兄弟毕公姬高的。毕公，名高，周文王的第十五子，武王灭商之后，封他于毕地，故称毕公。至于武王八年行“饮至”礼时，姬高非为毕公，故此称毕公显然为追述之语。成王临终时,托召公与毕公辅助康王继位,故古文《尚书·毕命》记载了康王即位后第十二年,册命四朝元老毕公继续治理成周。由此可知毕公姬高在西周前期之地位与荣耀。武王赋诗《旨酒》(按,暂且按照古诗取名惯例命题,此二首诗均采自李学勤先生的释读文本)致毕公云:

乐乐旨酒,宴以二公;
任仁兄弟,庶民和同。
方壮方武,穆穆克邦;
嘉爵速饮,后爵乃从。

武王首先表达出美好的乐舞与香甜的美酒主要是为了宴飨召公与毕公的,并愿二位袍泽兄弟能够担当起仁义的重任,那么黎民百姓就会协和而戮力同行;然后颂扬威武雄壮的军师,整肃而恭敬,安国而兴邦。在一阵赞扬与期许之后,武王不忘以乐歌劝酒,也许此时他已翩翩起舞,乐歌绕梁,奉劝诸位王公大臣尽快饮下金爵中的美酒,且应把盏不断,尽情享用,以欢庆大捷。从这首诗中可以看出武王既有帝王气象,又不乏诗人气质,可谓一位“现实主义”的帝王诗人。他诗作直入主题,如“乐乐旨酒,宴以二公”,既说明典礼主旨,又突出主要人物;感情真挚,如“任仁兄弟,庶民和同”,既表达手足之情,又寄托一种期望;语言朴实,如“嘉爵速饮,后爵乃从”,既显得直白,又觉得亲切。

周公为戡黎成功亦显得异常喜悦,当即为毕公赋诗《戎服》(按,暂且按照古诗取名惯例命题),感情比武王表达得更为酣畅淋漓。诗云:

英英戎服,壮武赳赳;
毖精谋猷,裕德乃究。
王有旨酒,我弗忧一浮;
既醉又侑,明日勿修。

周公颂扬毕公军师坚固的铠甲与飒爽英姿的戎装，整体威武雄壮，个个赳赳有神。尤其不忘称赞毕公谨慎从事，防微而杜渐；善于伐谋，未战而庙算；善于用兵，上下一心而精于攻伐；德行深广，自修其身而富有威望。倘若说武王突出个"仁"字，那么周公却重在强调一个"德"字，说明周人在凭借武功的同时亦倚重文治，由此奠定了西周"郁郁乎文哉"的基石。周公在历史上呈现的是一个非常理性的形象，而此诗却表现出他非常感性的一面。在饮酒与劝酒中方显他豪爽而直率的性情，"王有旨酒，我弗忧一浮"，表现出定要一醉方休的气势；"既醉又侑，明日勿修"，表现出"今朝有酒今朝醉"的诗情与胸襟。由此我们可以想象一下，此时周公得即高歌则高歌，舞动那飘飘欲仙的身躯，在一种酒态中不乏狂欢之纵情，真可谓"既醉以酒，既饱以德。君子万年，介尔景福"（《诗经·大雅·既醉》）。倘若再联想他后来发布的《酒诰》，那对于酒的态度简直就是天壤之别了，这又充分表现出他理性的一面。

此两首诗从语言形式构成上皆以四字句为主，这与后来传世《诗》基本相同；在传达内容上皆以赞扬勇武、歌颂仁德为主题，但同时也不忘记劝酒纵情之副部，这恰好符合战争胜利后"饮至"典礼的气氛，胜者尽显英雄气概，诗者不忘抒发豪情。两诗自然流畅，真情表白，毫无雕凿与矫饰之痕迹，且与当时情景相应，皆为诗者有感即兴而发，无须比兴，直接切入主题，表现出很强烈的现实特性。

（三）围绕"诗会"的文学史思考

这次商代末期的周人"诗会"是有组织、有目的的礼乐活动，也是中国文学史上有记载的第一次文学事件，其规格之高以至于国王亲自赋诗，参与面之广以至于众多王公大臣在场，互动艺术之多以至于乐与舞相配，气氛之热烈以至于嘉宾式燕以乐，这种群体性的文学行为——诗会，填补了中国诗歌史乃至文学史上的一个空白，亦深刻表明了中国是一个当之无愧的诗的国度，足以让他人欣羡不已，叹为观止。武王、周公是迄今知道的中国最早的伟大诗人，中国诗歌史应该记上他们的名字。但是，武王与周公的诗篇都没有收编于今天所见的《诗》中，无奈只能作为“逸诗”看待了。由此看来，司马迁《史记·孔子世家》记述“古者诗三千余篇”大抵是可信的。

这种“诗会”主要是以典礼的形式存在的，只要有某种适合于赋诗的典礼皆有可能成为一次重要的文学活动，参与典礼的人就有可能成为诗歌创作者，而这个人群也就有可能成为一个文学团体乃至成为一个统治者的文学阶层，比如武王及周公等王公大臣有意无意地就组成了一个文学阶层，咏唱属于他们这个阶层的诗歌，而宗庙等举行典礼的地方也就成为生产诗歌及文学活动的重要场所。这种生产诗歌的方式属于社会性的群体行为，而且是边生产，边发表，边消费。因此，中国的诗歌产生于广泛的现实生活，而“诗会”这种特殊文学事件是与礼相伴而生的，也就是说，这种诗歌是打上现实烙印的诗歌，而这种诗会就是贴上礼之标签的诗会。至于这些载有乐诗的清华简是否是《乐经》的残篇，只有等到相关竹简全部整理出版面世之后再予以探究，倘若真的如此，那简直就不能够相信此事为真了。

在诗与礼相伴的时候，诗既可以随着礼泛化到社会的每个角落，以至于形成独特的有关诗的文学制度，反过来这种文学制度也成为礼制的重要组成部分。赋诗作为礼制的重要文学内容之一，至少在商代末期已经发生了，至于春秋时期赋诗之风盛行，那也只能说明这是一种传统的延续，或许可谓是春秋时期统治阶层所做的一次“诗歌复兴”，难怪孔子曰“郁郁乎文哉！吾从周”。

五、全员生产与“逸诗”

综上所述,诸子之前,我国的确存在着一个值得瞩目的“泛诗现象”,产生了数量众多的诗歌谣谚。从诗歌谣谚的生产环节来说,表现之一便是全民的参与:不仅天子制诗,公卿列士献诗,即使在民间,也诞生了生动活泼的诗歌。既然是全民参与诗歌生产,那么全民也就享受到诗歌生产的快乐,即大家既是诗歌生产者,又是消费者。

(一)《诗》具有广泛的生产者

今传《诗经》中的作者来源非常复杂和丰富。上文已经提到一些,现在根据《毛诗序》,再将相关诗篇的作者列表如次。

据《毛诗序》列《诗经》部分作品与作者对应表

作者	诗篇
卫庄姜	《邶风·绿衣》、《邶风·燕燕》、《邶风·日月》、《邶风·终风》
黎侯之臣	《邶风·旄丘》、《邶风·式微》
卫女	《邶风·泉水》
共姜	《鄘风·柏舟》
许穆夫人	《鄘风·载驰》
卫女	《卫风·竹竿》
宋襄公母	《卫风·河广》
郑公子素	《郑风·清人》
秦康公	《秦风·渭阳》
周公	《豳风·七月》、《豳风·鸱鸮》

（续表）

作者	诗篇
周大夫家父	《小雅·节南山》
天子之傅	《小雅·小弁》
周卿士苏公	《小雅·何人斯》
幽王诸公	《小雅·頍弁》
卫武公	《小雅·宾之初筵》、《大雅·抑》
幽王父兄	《小雅·角弓》
周之“微臣”	《小雅·绵蛮》
召康公	《大雅·公刘》、《大雅·泂酌》、《大雅·卷阿》
召穆公	《大雅·民劳》、《大雅·荡》、《大雅·常武》
凡伯	《大雅·板》、《大雅·瞻卬》、《大雅·召旻》
史克	《鲁颂·駉》
芮伯	《大雅·桑柔》
仍叔	《大雅·云汉》
尹吉甫	《大雅·崧高》、《大雅·烝民》、《大雅·韩奕》、《大雅·江汉》

根据《毛诗序》，除了以上诗篇的作者比较具体以外，还有许多诗篇的作者称为“周人”、“国人”、“民人”、“百姓”、周“大夫”、诸侯“臣子”、“大夫”、“大夫妻”、“君子”、“贤者”等。由此看来，《诗三百》的生产者的阶层是广泛的，从性别来说，有男有女；从地域来说，有国人也有野人；从爵位来说，公侯伯子男皆有；从生产方式来说，有集体制作也有个人创作。他们分别来自社会各个阶层，上自天子，下至百姓，既有在庙堂之上者，也有布衣躬耕者。这些都从参与诗歌生产者的角度体现了《诗经》的“泛生产”特征。

（二）“逸诗”：泛生产的产物

在今本《诗经》305篇以外，先秦还存在着大量的没有收入“诗三百”的诗篇，前人称这些没有收入的诗为“逸诗”，如《国语·鲁语》记载《商颂》原来有12篇，今《诗经》所收只有5篇，其他7篇已散逸；《墨子·尚贤中》记载了散逸的《颂》诗：“《周颂》道之曰：‘圣人之德，若天之高，若地之普，其有昭于天下也。若地之固，若山之承，不坼不崩。若日之光，若月之明，与天地同常。’”《左传·庄公二十二年》所引逸诗：“翘翘车乘，招我以弓，岂不欲往？畏我友朋。”《左传》、《国语》和《论语》这些先秦早期文献记录了不少春秋和春秋以前的逸诗，清代郝懿行《郝氏遗书》中有《诗经拾遗》1卷，辑录较为完备。这些“逸诗”皆为“泛诗时代”的产物。

数量庞大的诗歌谣谚如何结集成了“诗三百”？早在西汉，司马迁便提出了所谓“孔子删诗”说。《史记·孔子世家》云：“古者诗三千余篇，及至孔子，去其重，取可施于礼义，上采契后稷，中述殷周之盛，至幽厉之缺，始于衽席，故曰‘《关雎》之乱以为风始，《鹿鸣》为《小雅》始，《文王》为《大雅》始，《清庙》为《颂》始。三百五篇孔子皆弦歌之，以求合《韶》《武》《雅》《颂》之音。礼乐自此可得而述，以备王道，成六艺。”以后承袭“孔子删诗”说者不乏其人。如班固《汉书·艺文志》云：“孔子纯取周诗，上采殷，下取鲁，凡三百五篇。”虽未明言删诗，但“纯取周诗”云云，则说明孔子以前诗不止三百五篇。而王充《论衡·正说》则云：“《诗经》旧时亦数千篇，孔子删去复重，正而存三百篇。”肯定了司马迁的“孔子删诗”说。宋人欧阳修《诗本义》云：“以《诗谱》推之，有更十君而取一篇者，有三十余君而取一篇者，由是言之，何啻三千？”又，“删诗云者，非止全篇删去，或篇删其章,或章删其句,或句删其字。”故邵雍《击壤集》云:“诸侯千有余国,《风》取十五;西周十有二王,《雅》取其六。”然而,经过千百年学者的考证,孔子只是选“诗三百”作为私学之教案,可能做了校正乐调的工作,并没有删诗。唐孔颖达,宋朱熹、叶适,清崔述、朱彝尊、方玉润,近代魏源、梁启超以及当代许多学者皆对“删诗说”提出了质疑。综合其比较有力的证据有:

(1)《左传·襄公二十九年》(公元前544年)记载吴公子季札到鲁国观周乐,鲁国乐工为他演奏的十五《国风》的名称与编排顺序与今传的本子基本相同,说明当时被称为“周乐”的《诗经》已基本编集成册,并已流传到鲁国,但孔子那年才八岁。

(2)《史记》说孔子删诗是在自卫返鲁之后,但据《论语》所载,孔子本人在此之前便不止一次地提到“《诗》三百”。

(3)各诸侯国君臣燕飨或使者相会时常常“赋诗言志”,所赋之诗绝大多数都出于今本《诗经》。“赋诗言志”之风在孔子之前早已流行,若没有通行的定本,诗何以能够成为表情达意的“恒言”?宾主双方又何以会信手拈来,运用得如此娴熟得当?又何以在断章取义、牵强附会的赋诗中心领神会呢?

(4)孔子同样引用《诗三百》之外之诗。《论语·子罕》记:“‘唐棣之华,偏其反而。岂不尔思?室是远而’。子曰:‘未之思也,夫何远之有!’”其诗不见于今本《诗经》,当属逸诗。由此可知,《诗三百》只是一个选本而已,孔子所引诗亦非其所删之剩余。

“孔子删诗”说虽受到质疑,但是这或许正可说明至少在孔子之前,诗的生产是极其丰富的,而不止305篇。“孔子未曾删诗”说虽然得到论证,但并不是说在孔子之前未曾有人删过诗,也不是说先秦只有305篇诗。乐官“删诗”是其职责。用于祭祀燕飨的诗可能是巫、史奉命而作,政治讽喻诗多是士大夫献的，风谣可能是周王朝及各诸侯国的乐官采集的，最后的删选编定者当是周王朝的乐官，故称之为“周乐”，如《国语·鲁语下》记载“昔正考父校商之名颂十二篇于周大师”。

《诗经》虽称作“总集”，实际上只是春秋中期以前诗歌的一个选集，远非这一千多年中诗歌作品的全部。汉代学者对春秋中期以前诗歌生产数量估计为三千首，其实是不止的。今传《诗经》可能是鲁国乐官所编订的本子，就像《春秋》为鲁国史官所作的编年史一样，可能的证据如次：

(1)豳之《雅》、《颂》未编入《诗三百》。《周礼·春官宗伯·籥章》记载：“掌土鼓豳籥。中春昼击土鼓，歗《豳诗》以逆暑。中秋夜迎寒，亦如之。凡国祈年于田祖，歗《豳雅》，击土鼓，以乐田畯。国祭蜡，则歗《豳颂》，击土鼓，以息老物。”《豳诗》可能就是指《豳风》。马银琴《两周诗史》通过对先秦典籍中记载的公卿士大夫引诗或“赋诗言志”时所称“诗”、“颂”的不同，考证春秋前期《周颂》与《商颂》以独立形式流传，被称为“诗”的，都是指《雅》，到了齐桓公时代，《风》、《雅》、《颂》才合集，都被编入《诗》中。①

(2)楚之“逸诗”未编入《诗三百》。上海博物馆藏楚简《逸诗》载有《交交鸣鶩》与《多薪》，《诗三百》未见列有楚诗。

(3)商代风、雅及部分颂未编入《诗三百》。《晋书·乐志》云：“殷民不纲，遗风余孽，淫奏既兴，雅章奔散。”郑玄《诗谱序》云：“迩及商王，不风不雅。”孔颖达《毛诗正义》疏曰：“商亦有风、雅，今无风、雅，唯有其颂，是周世弃而不录；故云：‘迩及商王，不风不雅。’”《文心雕龙·原道》云：“逮及商、周，文胜其质；

① 参见马银琴：《两周诗史》，社会科学文献出版社 2006 年版，第 386—396 页。

《雅》《颂》所被,英华日新。"《文心雕龙·明诗》云:"自商暨周,《雅》《颂》圆备。"这些记载说明,在前人心目中,早在殷商时期,便已有风、雅、颂之诗。张启成根据《诗经》中周宣王的祈雨辞《云汉》列在《大雅》之中,判断商汤的祷雨辞,也应是殷商的雅诗,又举《史记·宋微子世家》中所载《麦秀之歌》("麦秀渐渐兮,禾黍油油。彼狡童兮,不与我好兮!")为商代风诗。周革殷命之后,商代风、雅不存,只保留下殷人用于祭祀祖先的《商颂》。①

(4)在礼乐制度下,各诸侯国一定不能缺乏用于宗庙祭祀之"颂"的,而《诗三百》只收录了"鲁颂",更进一步说明其为鲁国乐官所用的本子,而其他诸侯国所用之"颂"定非鲁国乐官所备。

由此可以得知,《诗三百》为鲁国乐官所备用的本子,或曰出自鲁国乐官,是故,吴国季札到鲁国所观之周乐同今本十五《国风》,因为"周礼尽在鲁矣"。《左传·昭公二年》记载:"二年春,晋侯使韩宣子来聘,且告为政而来见,礼也。观书于大史氏,见《易象》与《鲁春秋》曰:'周礼尽在鲁矣。吾乃今知周公之德,与周之所以王也。'"孔子乃从鲁国石室金匮中采用六经"玉版"以资教学之用,既然如此,孔子及其弟子在传承这些"经典"的过程中还是发挥着作用的,比如孔子在教授过程中的选择性解读与阐释。从此,《诗经》随同其他"经"与孔子产生了密不可分之关系,也成为儒家尊崇的经典。但是,从某种程度来说,也正是由于《诗三百》的存在,而遮蔽了诸子之前存在的"泛诗现象"。

---

① 张启成:《论〈商颂〉为商诗》,载《贵州文史丛刊》1985年第1期。

第三章　诗之泛文化形态与功能

诸子之前的诗歌，不仅在具体存在方式上是诗、乐、舞三位一体的非独立状态，在文化形态上，也曾先作为巫术、宗教仪式的重要组成部分，后作为礼乐文化的重要载体，始终处于一种无法获得独立地位的非独立状态。在原始巫术仪式中，诗作为沟通神人的言说方式而获得了神性，在西周对原始宗教仪式进行礼乐化改造的过程中，诗又作为礼乐文化背景下人与人之间的重要言说方式而获得了社会性，这都是与人的文化生存相关联的。人生存于文化之中，故《易·贲卦·象传》云“观乎‘人文’，以化成天下”，而《礼记·学记》云“化民成俗”。诸子之前的诗歌的文化形态是多元的，既具有神灵属性，也具有人文属性，还具有社会属性。这些属性重要的是表现在诗意化的社会意识形态方面。意识形态(Ideology)一词最早由法国唯理论哲学家德崔希伯爵(Count Destutt de Tracy,1754～1836)在18世纪末的时候所使用，是指一种观念的集合，一种观看事物的方法，是形成“大众想法”或共识的基础，从马克思到曼海姆，这个概念在历史演变过程中有着各种各样的理解，我们本文所涉及的社会意识形态，是在一定的经济基础上形成的对于世界和社会的系统的看法和见解，主要指社会意识中构成社会观念上层建筑的部分，包括艺术思想、道德观念、政治法律思想、宗教观点和哲学。① 同时，“意识形态”并不是一个单纯的政治经济学概念，而是“在历史化的生存境遇与现实存在语境相融汇的生态场中生成起的一种特定的对于人与物、生命与自然、世界和社会的整体体验、领悟、看法与见解”。意识形态的本质是话语权力，“当一种生存意识话语形态一旦上升为支配地位，它就获得了‘意识领导权’，也就必然与政治权力挂上钩，生成为一种主导社会与人的生存的‘话语权力’”②。也就是说，意识形态是指居于主导地位的为现实权力提供合法性依据以维护现存等级秩序的观念体系③。而诗歌作为诸子之前人与神、人与人关系语境的重要话语形式，作为西周贵族社会中礼仪制度的组成部分，理所当然地与社会意识形态的构建紧密联系在一起。在“原始巫觋文化—巫教祭祀文化—西周礼乐文化”的演进过程中，诗与乐、舞一起，始终充当着重要的文化表现形态的角色，④其文化功能也经历了一个“巫术功能—巫教功能—礼乐功能”的演

① 参见李秀林、王于、李淮春：《辩证唯物主义和历史唯物主义原理》，中国人民大学出版社 1995 年版，第 130 页；《辞海》“意识形态”条目。

② 唐代兴：《文学话语形态：文艺学研究的新视域》，《西南民族学院学报（哲学社会科学版）》2001 年第 12 期。

③ 参见李春青：《诗与意识形态——西周至两汉诗歌功能的演变与中国诗学观念的生成》，北京大学出版社 2005 年版，第 40 页。

④ 陈来《古代宗教与伦理——儒家思想的根源》将先周文化归纳为巫觋文化、祭祀文化两个阶段，认为礼乐文化渊源自祭祀文化。（生活·读书·新知三联书店 1996 年版，第 16 页，第 280 页）吴予敏《巫教、酋邦与礼乐渊源》则将礼乐文化的渊源称为巫教文化，而巫教文化则是在原始巫术的基础上发展起来的。（《北京大学学报》1998 年第 4 期）本文综合两家说法，将先周文化概括为原始巫觋文化与巫教祭祀文化。

进过程。

一、诗意化的巫教意识形态与功能

巫术乃人类最早之文化模式,几与人类同样古老,源自邃古之初;巫术亦为人类文明之起源,甚或言,现今人类文化之范型早已萌动于古巫术。正如马林诺夫斯基所说:"巫术永远没有起源,永远不是发明的,编造的。一切巫术简单地说都是'存在',古已有之的存在。"①巫术之出现乃是世界性之历史现象,正若人类需要经过一个石器时代一样,不可逾越。巫术又是一种准宗教现象,而初民社会的巫术与阶级社会的宗教毕竟各有其不同特点。原始宗教与巫术有着密切的联系,却又有着显著的区别,英国宗教学家罗伯逊在区别巫术与宗教的时候说:"在澳洲土人的原始巫术中,有仪式而没有崇拜;在古代文化中有了发展的宗教里,仪式则是对于神——假想的外界存在物——的崇拜的一部分。这便是巫术和真正宗教的差别。"②按照人类学家的观点,以崇拜为主要目的的原始宗教祭祀由以祈求神灵佑护帮助为主要目的的巫术仪式发展而来,但无论是巫术,还是祭祀,二者都以与神灵进行沟通为前提,诗、乐、舞则为神人之间重要的交流与沟通手段。

(一)原始社会阶段

所有民族在发展初期都与巫术关系密切,在距今 1.8 万年

---

① 马林诺夫斯基:《巫术科学宗教与神话》,中国民间文艺出版社 1986 年版,第 57 页。

② [英]罗伯逊:《基督教的起源》,生活·读书·新知三联书店 1958 年版,第 3 页。

的山顶洞人墓葬中散布的赤铁矿粉以及牙骨饰品上,可以看到原始宗教意识的萌芽;在西安半坡遗址出土的距今六千多年的人面鱼纹陶钵上,可以看到原始图腾崇拜的痕迹;在青海大通县上孙家寨新石器遗址出土的绘有舞人形象的彩陶盆上,可以看到5800年前的原始歌舞场面。然而,有关原始巫觋文化更为详细的情况,今天不独文献无征,甚至连考古遗物也渺茫难寻,对于这一时期文化的探索,还只能依靠有限的考古遗物及人类学理论进行推论,而对于这一时期的歌与舞的研究,以及这一时期歌舞的祈求占卜、娱神媚神的巫术功能,也主要依靠后世的记载进行推想。

巫教传播的社会历史背景,正是中国早期国家组织的形成时期。红山文化遗址、良渚文化遗址等的考古发现,证实了在距今约五千年的上古时期,中国的社会文化形态曾发生了重大变化。① 在距今约五千年的红山文化遗址中的大型祭坛、女神庙及积石冢群址,说明此一阶段出现了"高于氏族部落的、稳定的、独立的政治实体";②而距今约5250~4150年的良渚文化遗址中,贵族大墓中则出土了大量精美的玉器,其中包括象征神权的玉琮和象征军权的玉钺,有的大墓中还出现了人殉,而很多小型墓葬无任何随葬品。与贵族大墓形成鲜明对比的是一类被称为"乱葬墓"的墓葬,这类墓葬甚至连墓坑都没有,葬式头向不一,甚至遭到捆绑或者身首异处。良渚文化时期的考古发现,也充分说明了私有制的产生和阶级的分化。③ 这一时期,正是传

① 参见吴予敏:《巫教、酋邦与礼乐渊源》,《北京大学学报》1998年第4期。

② 苏秉琦:《辽西古文化、古城、古国》,《文物》1986年第8期。

③ 韩欣主编:《考古中国》上卷,天津古籍出版社2006年版,第100页。

说中的炎黄时期（据典籍传说年代推算，距今约5000～4500年）。国家组织奠定雏形的这一时期，也正是巫教祭祀文化的形成时期。在巫教祭祀文化中，诗、乐、舞被赋予了证明酋邦首领至帝、后、王个人及世袭权力合法性的重要功能，①我们将这一功能称为巫教祭祀功能。如果在《尚书·虞书·舜典》中舜令夔"典乐，教胄子"，以使"八音克谐，无相夺伦，神人以和"，还看不到歌与乐明显的权力色彩的话，那么在传说中商汤"郊禋之辞"之"朕躬有罪，无以万方；万方有罪，罪在朕躬"中，更多的则是勇于承担责任的圣王形象。对于万方负有责任，同时也意味着对万方拥有某种特权，而今天《诗经》中所见的死后颂德的《商颂》与以成功告神的《周颂》，则集中体现了通过诗歌证明殷、周统治者权力合法性的巫教祭祀功能。

由原始巫觋文化演进到西周礼乐文化，经历了漫长的历史发展过程，而诗歌的性质和存在形态，也发生了根本性的变化。原始巫觋文化当中追求"神人以和"的歌谣，如何演进为礼乐文化当中满载伦理道德教化意义的《诗三百》，这中间的细节我们已很难从文献记载当中考知。"礼失而求诸野"，朱光潜在《诗论》当中曾提到，当历史学与考古学的研究途径都走不通时，应

① 谢维扬教授对于中国早期国家形成研究认为，中国进入文明，在国家组织的发育方面所循的是"酋邦模式"，而不是"氏族模式"。"酋邦模式的主要特点是，有关社会在进入国家社会前就已经在一定程度上产生了中央集权的权力，亦即社会最高权力在一定形式下被占据社会特殊地位的个人所掌握……他'可以在他的共同体中分配土地，可以在成员中征兵役'。他还控制社会剩余产品和物资与人力资源，在有些个案中，甚至对人民有生杀予夺之权。更重要的是，酋邦首领的权力不受部落成员的制约，人们相信他的统治权力是'神灵赐给'的。"（谢维扬：《中国早期国家》，浙江人民出版社1995年版，第73页）

该考虑采用人类学、心理学的研究方式。①

朱炳祥在对贵州侗族、湖南土家族的村庄进行了大量田野调查的基础上,结合文献记载及近现代学者的研究成果,列出了“《诗经》和人类学材料中原始歌谣叠合状况示意表”,来表现在由巫术文化演进到礼乐文化的过程当中诗歌所发生的变化。

《诗经》和人类学材料中原始歌谣叠合状况示意表②

	大约旧石器时代早、中期	大约旧石器时代中、晚期	新石器时代	新石器时代末至文明时代初期	《诗经》时代(轴心时代)
各种形态的歌谣层叠状况	巫术歌	图腾歌 巫术歌	神话歌 图腾歌 巫术歌	宗教歌 神话歌 图腾歌 巫术歌	教化诗 宗教歌 神话歌 巫术歌

朱炳祥将原始诗歌的发展分为五个阶段:前四个阶段包括巫术咒语歌、图腾亲情歌、神话叙事歌、宗教祭祀歌,为中国诗歌在原始文化中所发生的四种形态;而第五个阶段,出现了以《诗经》为代表的用文字记录下来的教化诗,朱炳祥称之为“汉字诗歌”,这是中国诗歌发展的完成形态。③ 朱炳祥在人类学田野考查工作的基础上所得出来的原始诗歌发展的五个阶段,恰好符

① 参见朱光潜:《诗论》,广西师范大学出版社 2004 年版,第 1—15 页。

② 朱炳祥:《中国诗歌发生史》,武汉出版社 2000 年版,第 47 页。

③ 朱炳祥:《中国诗歌发生史》,武汉出版社 2000 年版,第 138—319 页。

合由原始社会演进到宗法社会的礼乐文化的演进轨迹。在图腾亲情歌当中,已经窥见以血缘亲情为纽带的宗法社会的胚胎正在孕育;在神话叙事歌当中,可以窥见由采集狩猎生活进入农耕生产阶段时,祖先崇拜与天地观念正在萌芽;而在宗教祭祀歌当中,祖先崇拜与天命观已经成为统治者政权合法性的重要依据;最终,在《诗经》时代,成熟的礼乐文化已经出现,而人们已经遗忘了《诗经》当中大多数诗歌的原始含义,而是根据维护宗法社会秩序的需要,对《诗三百》全部作出了与伦理教化相关的解释,于是今天我们可以看到的宗法社会礼乐文化背景下的《诗三百》,全部变成了教化诗。

就诸子之前诗歌功能的演进状况来说,上述田野考查工作基础上所得出的五种诗歌形态中,巫术咒语歌与图腾亲情歌,主要展现的应是诗歌的原始巫术功能;而神话叙事歌与宗教祭祀歌,则重点体现的是诗歌的巫教祭祀功能;汉字诗歌则重点体现的是诗歌的礼乐功能。当诗歌在巫术功能的基础上发展了证明统治者权力合法性的巫教祭祀功能时,原有的巫术功能依然存在,当诗歌在巫教祭祀功能的基础上,发展了"礼别异、乐合同"的礼乐功能时,原有的巫教祭祀功能与原始巫术功能并未消失,诗歌本身的功能更加丰富与多层次了。也就是说,诗歌功能的演变,呈现出一种"包容连续型",即新的诗功能产生时,旧有的诗功能并未消失,依然以各种形式显现出来,这也与中国古代社会"包容连续型"的文化发展模式相一致。①

远古时代,人与自然的关系、人与人之间的关系,都集中体

① 中国古代政治社会遵循一种"维新道路",后一种文化并非消灭了前一种文化,而是将前一种文化形态包容为自己的一部分,这种文化发展方式被称为"包容连续型"。参见陈来:《古代宗教与伦理——儒家思想的根源》,生活·读书·新知三联书店 1996 年版,第 119 页。

现为神与人的关系。"'神'是远古先民对不可捉摸的自然与社会规律所作的一种神秘解释,它兼有社会与自然的双重属性。"①"神人以和",是上古人类心目中神人关系的理想状态,而诗与乐舞一起,则被用作巫术的载体或手段,被赋予了巫术祈求功能,成为沟通神人、获得福佑的重要手段。诗之原始巫术功能,主要表现为巫术祈求与占卜功能、取悦神灵、通过对图腾的歌颂达到"神人以和"的境界等方面。

当人面对大自然的种种危险无能为力的时候,就会转而试图与大自然达成交流,或者祈求某种超自然的神祇的力量,正如卡西尔所说,"原始人感到他自身被各种各样可见和不可见的危险包围着,他不能指望仅仅以物理的手段来克服这些危险",而对原始人来说,"自然与社会不仅是最紧密地相互联系着,而且是一个难分的整体。没有什么泾渭分明的界线可把这两个领域分离开来。自然界本身不过是个大社会——生命的社会。从这种观点出发,我们也就容易理解巫术语词的用处与特殊功能了。对巫术的信仰乃是深深地植根于生命一体化的信念之中的。在原始人心中,在无数情况下所体验到的语词的社会力量,成了一种自然的甚至超自然的力量"。上古时代,人们认为通过语言能够与神进行交流,而这种语言,要经过修饰,具有一定的形式美,如押韵、句式整齐,这就是具有巫术祈求功能的巫歌乐舞。卡西尔认为,在原始人眼中,"这个世界并不是无声无息的死寂的世界,而是能够倾听和理解的世界。因此,如果能以适当的方式向自然力提出请求,它们是不会拒绝给予帮助的:没有什么东西能抗拒巫术的语词,

① 周来祥主编:《中国美学主潮》,山东大学出版社1992年版,第15页。

诗语歌声能够推动月亮”。① 而刘勰《文心雕龙·祝盟第十》也指出具有巫术祈求功能的诗歌要求:“祝史陈信,资乎文辞。”

上古诗、乐、舞作为与神沟通的巫术手段,专掌于“巫”。《说文解字》:“巫,祝也。女能事无形,以舞降神者也。象人两褎舞形。与工同意。”刘师培认为:“舞从无声,巫、无叠韵。古重声训,疑巫字从舞得形,即从舞得义,故巫字并象舞形。”②陈梦家以为:“舞巫既同出一形,故古音亦相同,义亦相合。”③“舞”与“巫”字出一源,舞中已包括了乐,而上古乐又与诗一体融合,由此,“以舞降神”,同时也是以乐降神,以诗降神。

除了祈求与占卜,悦神媚神也是巫术文化中诗歌被赋予的重要功能之一。去古未远,出生于楚地的东汉王逸,曾经描述楚国风俗说:“昔楚国南郢之邑,沅、湘之间,其俗信鬼而好祠。其祠,必作歌乐鼓舞以乐诸神。”④上古悦神媚神的巫舞乐歌今已难见,但楚辞《九歌》以及《诗经·陈风》中的《宛丘》、《东门之枌》,还应是这种风俗的遗留。《九歌》虽是战国时期屈原据民间祭神乐歌改作加工而成,但以歌舞娱神的“九歌”文化现象却起源于久远的上古时代。屈原的《离骚》中有两处提到《九歌》,分别为“奏《九歌》而舞《韶》兮”;“启《九辩》与《九歌》兮”,屈原的《天问》中又说:“启棘宾商,《九辩》《九歌》。”屈原的说法,

---

① [德]恩斯特·卡西尔:《人论》,甘阳译,上海译文出版社2003年版,第174—175页。

② 刘师培:《舞法起于祀神考》,钱钟书主编:《刘师培辛亥前文选》,生活·读书·新知三联书店1998年版,第437页。

③ 陈梦家:《商代的神话与巫术》,《燕京学报》第20期。

④ (宋)洪兴祖撰:《楚辞补注》,中华书局1983年版,第55页。

《山海经》中也有记载:“夏后开。开上三嫔于天,得《九辩》与《九歌》以下。”“夏后开”即后启,夏后启的“九歌”与屈原整理的“九歌”有什么关系,今天已无从考究,但由于夏启时代已有“九歌”曲名,有学者提出《九歌》起源于夏朝①,而吴龙辉则将《九歌》文化现象进一步上推至母系社会末期②。今天的楚辞“九歌”中,依然处处可见巫师以歌舞娱神媚神的描述。

上古人类相信自己所属的氏族,与来自于大自然的某一图腾物有密切的血缘关系,并试图通过与特定图腾物的血缘关系,来维持与被视为“神灵”的大自然的密切联系。在与强大的大自然融为一体的过程中,弱小的人类获得了某种心灵的力量。某种生物或非生物在被当做图腾物并被神圣化之后,就具有了能沟通神人的神奇力量。通过服饰装扮成图腾物的样子③,通过舞蹈对图腾物进行模仿④,通过歌声对图腾物进行歌唱,都是通过图腾物与神沟通的重要途径。除了《尚书·舜典》中的“百

---

① 丁山:《由三代都邑论三代文化》,《史语所集刊》第五册第一分册。

② 吴龙辉:《〈九歌〉源于黄河流域考》,《中国文学研究》2003 年第 4 期。

③ 西安半坡以及临潼姜寨出土的彩陶钵上饰有人面鱼纹彩绘,鱼纹“人面纹的原本样子,还可能是巫者应时作戏的假面”。(参见沈从文:《中国古代服饰研究》,上海书店出版社 2002 版,第 7 页)青海大通县上孙家寨出土的彩陶盆内壁画有三组舞人,每组五人,每人腰下均系有尾饰,也应是出于对某种兽类的图腾崇拜。而《说苑·奉使》中则说,越人“剪发文身,烂然成章,以像龙子者,将避水神也”。

④ 如古代蒙古人曾经有过狼、虎、鹿、黄羊、鹰、鸢、天鹅、猫头鹰、海青鸟、鹤等草原森林动物和树木、山石等诸多的动植物图腾。科尔沁萨满的“白鹰舞”即是由身着白色长袍,手持白绸巾的女巫(称奥德根)来跳,其舞模仿白海青的各种神态动作。(参见乌兰杰:《蒙古族音乐舞蹈初探》,内蒙古人民出版社 1985 年版,第 31 页)

兽率舞”,《吕氏春秋·音初》中还记载了商民族对于图腾物燕子的歌唱:“有娀氏有二佚女,为之九成之台,饮食必以鼓。帝令燕往视之,鸣若谥隘。二女爱而争搏之,覆以玉筐,少选,发而视之,燕遗二卵,北飞,遂不反,二女作歌一终,曰:‘燕燕往飞。’实始作为北音。”而《吕氏春秋·古乐》所载“昔葛天氏之乐,三人操牛尾投足以歌八阙”,其中“操牛尾”、“投足以歌”也可看做是对于图腾物的模仿与歌唱。

“神人以和”,是上古人类心目中神人关系的理想境界,此时,人与人、人与自然的关系,集中体现为人与神的关系,上古人类在乐歌巫舞中,获得身份认同和部族归属感,充满激情的乐歌巫舞,形成了相对稳定和自觉的群体观念,它标志着一个社会人的完成,在同一氏族的不同成员之间,充分发挥了情感纽带的作用。

以原始巫觋文化为主流的图腾社会为“万物有灵”时期,没有专一的神灵崇拜,贫富分化不明显,与神交通并不是为个别人垄断的特权,巫觋由“民之精爽不贰者”担任,也不具有经济特权。随着生产力的进步和社会的发展,贫富分化、阶级出现之后,与神交通成为只能由极少数人掌握的一种特权,统治者需要通过垄断与“神”交通的权力,以证明自己在人间权力的合法性。① “民神杂糅”现象遂成为建立统治秩序的一个严重障碍,

① 凌纯声、张光直等学者将中国古代文明称为“萨满”式文明,萨满能掌控特殊法术与超自然力直接沟通,是宗教仪式的执行者,是神的代言工具。由于萨满直接掌控着人神沟通的唯一通道,因此在氏族群体中具有特殊权威地位。萨满教决定了个人可以精神专断形式统治群体的模式,它没有导致一个以解释经典为超然寄生条件的僧侣贵族阶层的产生,而是制造出了神话般的个人权力。

统治者试图通过“绝地天通”来建立一个“民神不杂”的社会①，这便是所谓的巫教社会②。

在颛顼“绝地天通”之后的巫教社会，人与自然、人与社会的关系，依然集中表现为人与神的关系，而“神人以和”也依然是这两种关系的理想境界。由于全体社会成员分化成了“民”与“人”两大部分，“民神不杂”中的“民”，为众庶、为小人，而“神人以和”中的“人”，则为大人、为君子，“民”与“人”，已经分化成完全不同的两个概念。《说文解字》释“人”说：“人，天地之性最贵者也。”《礼记·礼运》曰：“人者，其天地之德，阴阳之交，

① “绝地天通”的说法，最早在《今文尚书·周书·吕刑》中由周穆王提出：“王曰：‘若古有训，蚩尤惟始作乱，延及于平民……苗民弗用灵，制以刑，惟作五虐之刑曰法，杀戮无辜……上帝监民，罔有馨香德，刑发闻惟腥。皇帝哀矜庶戮之不辜，报虐以威，遏绝苗民，无世在下。乃命重、黎绝地天通，罔有降格。”《国语·楚语下》中，观射父对楚昭王的解释更为详细。楚昭王问楚大夫观射父说：“《周书》所谓重、黎实使天地不通者何也？若无然，民将能登天乎？”观射父回答：“非此之谓也。古者民神不杂。民之精爽不携贰者……在男曰觋，在女曰巫……民是以能有忠信，神是以能有明德，民神异业，敬而不渎……及少皞之衰也，九黎乱德，民神杂糅，不可方物。夫人作享，家为巫史……民神同位……颛顼受之，乃命南正重司天以属神，命火正黎司地以属民，使复旧常……是谓绝地天通。其后三苗复九黎之德，尧复育重、黎之后不忘旧者，使复典之。以至于夏、商。”在观射父的叙述当中，民与神的关系经历了最上古时期的“民神不杂”、九黎乱德之后的“民神同位”、颛顼时的“绝地天通”、三苗之乱之后重又“民神杂糅”，尧时复又“绝地天通”五个阶段。观射父总结的五个阶段，虽然只是春秋时期人观念中的历史，但是从中也透露出“绝地天通”并非一团和气、一帆风顺，而是在遭到数次激烈反抗的情况下通过血腥的武力手段强制推行的。

② 近代以来，以王国维为代表的传统的看法，将巫教文化的下限划在殷周之交，上限则指有夏以来，即夏商两朝为巫教统治时期；而以徐旭生为代表的看法，则将上限进一步上推至传说中的颛顼帝时代。（徐旭生：《中国古史的传说时代》，文物出版社1985年版，第74—85页）

鬼神之会,五行之秀气也。"又曰:"人者,天地之心也,五行之端也,食味、别声、被色而生者也。"这便是能达到神人以和境地的"人",大致相当于春秋时期孔子所称的"君子"。但是,"民神杂糅"之"民",却并不在贵为天地之心的"人"之列。[①] 仰韶文化即相当于炎黄文化时期,据说南方以蚩尤为首领的九黎族等"蛮族"北迁,与炎帝族和黄帝族发生战争,九黎族被打败,蚩尤被黄帝擒杀,"九黎族经长期斗争后,一部分被迫退回南方,一部分留在北方,后来建立黎国,一部分被炎黄族俘获,到西周时还留有'黎民'的名称"[②]。梁启超《太古及三代载记》附《三苗九黎蚩尤考》曰:"因其冥昧,亦谓之民。"自注:"民之本义为奴虏"。[③] 郭沫若《甲骨文字研究·释臣宰》则认为:"臣、民者,固古之奴隶也。"解释"民"字时说,"(周代彝器)作一左目形,而有刃物以刺之","周人初以敌囚为民时,乃盲其左目以为奴征"。[④] 绝地天通,是将与神交流的权力严格控制在作为天地之心的"人"的手中,而作为"民"的"众庶"[⑤],便从此失去了与神交流的权力。因此,此时的"神人以和",是"民神不杂"前提下的

---

① "民"也可以作为人的通称,如《诗经·大雅·生民》中的"厥初生民,时维姜嫄",以及《左传·成公十三年》中"民受天地之中以生"等,但是在古代,"民"最初却主要是指由俘虏转化而成的奴隶。

② 范文澜:《中国通史》第一册,人民出版社 1978 年版,第 16 页。

③ 梁启超:《饮冰室合集》,中华书局 1989 年影印本,册八专集卷四十三。

④ 郭沫若:《郭沫若全集·考古编》第一卷,科学出版社 1982 年版,第 66、70、71 页。

⑤ 作为奴虏,"民"成为社会最底层的成员,后来又指有别于君主、群臣百官以士大夫以上各阶层的"庶民"。《说文解字》卷十二下释"民"说:"民,众萌也。""萌",后世又常写作"氓"。什么是"众萌"呢?王筠《说文解字句读》卷二十四解释说:"萌,冥昧貌也,言众庶无知也。"

"神人以和"。绝地天通,"人"、"民"分化,意味着尊卑等级的出现,新的社会秩序建立,特权阶层正在形成,从此天地分离,尊卑有序,神权与政权一体。① 以"绝地天通"为标志,原始"巫"、"觋"开始分化为巫教祭祀文化中的"祝"、"史",事神方式由早期巫觋的"明神降之"发展到"祝"、"史"、"宗"的"敬恭明神",从以诗、乐、舞降神变为以诗、乐、舞祭神,诗、乐、舞与其他祭祀仪式一起,成为神权与政权的象征,其"礼节"与"威仪"开始受到重视,诗、乐、舞于是在巫术功能之外,又具备了强调并证明统治者特权合法性、维护社会等级秩序的巫教祭祀功能。"从此,社会宗教意识构成也发生了变化,个人的宗教意识受到约束与控制,不再能自由地传达神灵之旨意,群体的宗教意识已经形成,成为群体宗教活动之产物,并对群体的宗教生活态度和行为产生直接影响。黎民百姓仍旧表现出低层次的宗教情感、祭祀风俗和自发的信仰倾向,却是一种不系统、不完整的处于自发状态的社会宗教心理,而整个社会却呈现出一种系统化的、抽象化的、具有相对稳定形式的、自觉的社会宗教意识,并对普遍的社会宗教心理起着控制和影响作用。"②

《吕氏春秋·古乐》中所记的葛天氏之乐,应可以说明诗功能的这一演进。"昔葛天氏之乐,三人操牛尾投足以歌八

① "绝地天通"作为古代圣王的一项伟大业绩,在封建时代一直受到赞美。如蔡沈《书经集传》中说:"当三苗昏虐,民之得罪者,莫知其端,无所控诉,相与听于神,祭非其鬼,天地人神之典,杂揉渎乱,此妖诞之所以兴,人心之所以不正也。在舜当务之急,莫先于正人心,首命重黎,修明祀典。天子然后祭天地,诸侯然后祭山川。高卑上下,各有分限。"

② 蔡先金:《论颛顼时代巫教之变革》,《济南大学学报(社科版)》2005年第4期。

阕:一曰《载民》,二曰《玄鸟》,三曰《遂草木》,四曰《奋五谷》,五曰《敬天常》,六曰《建帝功》,七曰《依地德》,八曰《总禽兽之极》。"①葛天氏八阕乐歌,只能从名称想见其内容。"载民"与"玄鸟"歌颂的是本族的图腾与祖先神,吟唱的应是本族的传说与历史,通过对于本族传说与历史的回顾,对于祖先神功业的歌颂,增强族人的凝聚力,证明本族权益的合法性,已初现巫教祭祀功能;《遂草木》是祈求草木茂盛;《奋五谷》是祈求五谷生长,二者体现的是诗的巫术祈求功能;而《敬天常》、《达帝功》、《依地德》之中,"天常"、"帝功"、"地德"都非西周之前所能产生的概念,②因此葛天氏之乐的八阕乐歌,应是经历了后人的改造,其原始样貌已难以追寻,但是改编一般是在原有基础上的再加工,这三阕应也是诗歌巫教祭祀功能的初步体现,最后"总禽兽之极"则与《尚书·虞书》中所称"予击石拊石,百兽率舞"的情景相似,无论"百兽"或"禽兽"是野兽,还是戴图腾面具的各部落的人,诗、乐、舞能够感动作为图腾的"禽兽"或"百兽",并令"禽兽"或"百兽"遵守共同的音乐节奏起舞,以图腾物为中介,人与神便是达到了"神人以和"的境界。"葛天氏之乐"的八阕乐歌名称,既保留了诗歌原始的巫术祈求功能,又体现了诗歌的巫教祭祀功能,由于葛天氏乐歌是有记载的最早的古乐之一,因此可以将葛天氏之乐看做早期诗歌功能演进的样本。

《周礼·春官·大司乐》中记大司乐"以乐舞教国子:舞《云门》、《大卷》、《大咸》、《大韶》、《大夏》、《大濩》、《大武》"。六

---

① 许维遹:《吕氏春秋集释》,新编诸子集成本,中华书局 2009 年版。

② 参见赵沛霖:《关于葛天氏八阕乐歌的时代性问题》,《吉林师范大学学报》1985 年第 4 期。

种乐舞之中，除了《大武》今天尚可由《诗经》中辨其踪迹之外，其他六种都难以想见其歌辞，而《周礼》郑玄注则解释了七种乐舞的含义："此周所存六代之乐。黄帝曰《云门》、《大卷》，黄帝能成名，万物以明，民共财，言其德如云之所出，民得以有族类。《大咸》，《咸池》，尧乐也。尧能殚均刑法以仪民，言其德无所不施。《大韶》，舜乐也。言其德能绍尧之道也。《大夏》，禹乐也。禹治水傅土，言其德能大中国也。《大濩》，汤乐也。汤以宽治民，而除其邪，言其德能使天下得其所也。《大武》，武王乐也。武王伐纣以除其害，言其德能成武功。"①七种乐舞，各有含义，共同点在于都通过于祭祀仪式上歌颂统治者的功烈德行，以证明每代"圣王"统治权力的合法性，充分展示了诗歌的巫教祭祀功能。其中，相传为黄帝之乐的《云门》，除了有颂黄帝之德"如云之所出"的含义之外，据《左传·昭公十七年》"昔者黄帝氏以云纪"，还可见"云"或与黄帝之族的图腾物有关，则应是诗由单纯的原始巫术功能逐渐增加了巫教祭祀功能的例证。六代之乐除了歌功颂德，应还有震慑作用，较为典型的记载是关于《大咸》的乐舞。《大咸》又名《咸池》，相传为黄帝之乐，后由尧增修沿用。《庄子·天运》篇记载，黄帝曾在野外举行盛大的《咸池》之乐，北门成观看，"始闻之惧，复闻之怠，卒闻之而惑，荡荡默默，乃不自得"，这种"始闻之惧"的感受，或许可以说明六代之乐对与闻者的威慑作用，并从而进一步说明早期诗歌在祭祀仪式中所承担的巫教祭祀功能。西周统治者整理、综合了六代之乐，并将六代之乐分配于不同祭祀场合，据《周礼·春官·大司乐》记载：舞《云门》以祀天神，舞《咸池》以祭地祇，舞《大韶》以祀四望，舞《大夏》以祭山川，舞《大濩》以享先妣，舞《大武》以享

① 《周礼注疏》，《十三经注疏》本。

先祖。国之大事，唯祀与戎，对旧有祭祀乐舞的掌握、整理、改编与支配，意味着重建符合新王朝利益的神祇体系，在对新神祇体系的祭祀中，新王朝权力获得了来自上天、来自神祇、来自祖先的合法性依据，而诗歌的巫教祭祀功能，也在这一整理中得到了充分展现。

早期诗与原始宗教是纠结在一起的，甲骨文中诗样的韵文、卦爻辞中的歌谣以及祭祀中的祝颂，无不具有原始宗教——巫术的神秘特性。当与神交通的能力成为某种特权，原始巫觋文化渐次演进为巫教祭祀文化，包括诗、乐、舞在内的巫教仪式被赋予了证明酋邦首领及至帝、后、王个人及世袭权力合法性的重要功能，①这一阶段正是国家组织奠定雏形的时期。

（二）夏商周三代

夏朝建立，巫教文化成为占据绝对统治地位的文化体系。②《离骚》、《天问》与《山海经》，提到夏启时代有《九辩》与《九歌》，《左传·文公七年》中记载晋国大夫与郤缺对赵宣子的一段话也曾提到过夏朝的《九歌》："《夏书》曰：'戒之用休，董之用威。劝之以九歌，勿使坏。'九功之德皆可歌也，谓之九歌。六府三事，谓之九功。水、火、金、木、土、谷，谓之六府。正德、利用、厚生，谓之三事。"郤缺关于九歌之德、六府三事的解释，已

---

① 参见谢维扬：《中国早期国家》，浙江人民出版社 1995 年版，第 73 页。

② 参见吴予敏：《巫教、酋邦与礼乐渊源》，《北京大学学报》1998 年第 4 期。

是春秋时代礼乐文化熏染下的思想成果，①但在郤缺所引的《夏书》里，《九歌》被赋予了“勿使坏”的政教功能，这又与《山海经》中夏启“上三嫔于天，得《九辩》与《九歌》以下”的巫风色彩不同，二者的差距，或许正可说明夏朝初建时，原始巫觋文化被利用、改造为巫教祭祀文化以适合国家初建的需要，而诗歌在原始巫术功能之外，又获得了证明统治者神权、政权合法性的巫术祭祀功能。

六代之乐与夏启“九歌”今天只存名称，渺然难知，今天所存能够集中展现诗歌巫教祭祀功能的可靠文献，见于《诗经》中的《商颂》与《周颂》。关于“颂”的含义，学者有多种解释，归纳起来主要有《诗大序》、郑玄、刘勰和王充等所主张的“颂赞说”，蔡邕、朱熹等所主张的“宗庙祭歌说”②，以阮元为代表的“舞容说”③，以郑樵和王国维为代表的“声调说”④，杨名时、张西堂等主张的“乐器名说”⑤，以顾颉刚为代表的“乐器与声调之名说”⑥，以裘

① 《左传·昭公二十年》中晏子对齐景公语提到“九歌”，“先王之济五味、和五声也，以平其心，成其政也。声亦如味，一气，二体，三类，四物，五声，六律，七音，八风，九歌，以相成也”，也是春秋礼乐文化背景下对于“九歌”的解释。

② 王先谦:《诗三家义集疏》，中华书局 1987 年版，卷二十四，第 999 页。

③ 王先谦:《释名疏证补》，中华书局 1987 年版，卷四；阮元:《揅经室集》，《四部丛刊》本，卷一。

④ 王国维:《说周颂》，《观堂集林》卷二《艺林二》，中华书局 1959 年版，第 111—113 页。

⑤ 参见杨明时:《诗经札记》，文渊阁《四库全书》本；张西堂:《诗经六论》，商务印书馆 1957 年版，第 113—115 页。

⑥ 参见顾颉刚:《风、雅、颂之别》，《史林杂识·初编》，中华书局 1963 年版，第 247—253 页。

锡圭、陈世辉为代表的"威仪或仪式性表演说"①,以陈子展为代表的"祝颂说"②。诸家说法虽在字源学上对于"颂"之本义见仁见智,却基于一个共同的前提,即"颂"乃用于祭祀仪式之中颂美统治者及其死去祖先的功烈的诗歌。

殷商是一个"民神不杂"的社会,商王的祖先神"帝",取代了原始社会各氏族的图腾,成为殷商最高的神,而死去的帝王又获得了与神相仿的地位,祭祖与祭神成为同等重要的事情,祭祀上帝鬼神的权力高度集中到以商王为首的巫史集团那里,神权巫术与王权十分紧密地结合在一起,祭祀上帝与祖先神,既是商王室的首要任务,又是商王室独有的特权。"神人以和",依然是殷商人要达到的一个理想境界。只是此时,"神人以和"中的"人",已不再像原始社会中那样是指全体氏族成员,而只包括统治集团中的"人"了;"神人以和"中的神,已不是原始社会的部落图腾神,而是将原始图腾对象人化之后产生的"帝"或"上帝"。"帝"与"上帝"是图腾崇拜向祖宗崇拜转化的过渡形态。"实质上这一变化是由'帝'之自然顺承而来,其变化理路为:帝(玄鸟)——帝先王(已亡)——帝王(在世)。由帝与图腾玄鸟结合,到帝与祖先亡灵结合,再到帝与时王结合,从统治者角度看,由神权到族权再到王权,最终达到三位一体。帝也就成为了上帝,即至上神。这就是商人为什么要举行大批量的人殉与人祭以及《礼记·表记》所言'殷人尊神,率民以事神'的谜底。"③与超自然的"神"交通,是统治者的特权,这个超自然的"神",又

① 参见裘锡圭:《史墙盘铭解释》,《文物》1978 年第 3 期;陈世辉:《墙盘铭文解说》,《考古》1980 年第 5 期。

② 陈子展:《诗经直解》,复旦大学出版社 1983 年版,第 1065 页。

③ 蔡先金:《商周部族之间的信仰差异与兼容》,《齐鲁学刊》2006 年第 5 期。

包括了统治者所宣示的死去的祖先,则是统治者权力天然合法性的重要根据,而祭祀仪式中的诗、乐、舞,则不仅要承担沟通神人、神人以和、祈求先王及神灵护佑的重任,更要通过祭祀仪式中对于先王功德及现世帝王功业的歌颂,树立现世帝王的统治权威。

在初民眼中,四时变换,昼夜交替,草木生长,人类繁育,都由于天地之长养、日月之运行,因此初民对于天、地、日、月极为崇拜,至少在殷商时代,以人王配天帝,《尚书·君奭》记周公言:"君奭,我闻在昔成汤既受命,时则有若伊尹,格于皇天。"《诗经·长发》称商契"有娀方将,帝立子生商",称商汤"汤降不迟","帝命式于九围",称伊尹"允也天子,降予卿士。实维阿衡",这些都是商族统治者对于祖先的神化。在殷商人眼中,商王为上帝之子,死后灵魂返回天庭,配于上帝左右。因此,商王除了祭天,还要祭祖,祭天与祭祖同时进行,这种祭祀又称禘或郊,《礼记·祭法》曰:"殷人禘喾而郊冥,祖契而宗汤。"《毛诗序》称《诗经·商颂·长发》"大禘也",《郑笺》云:"大禘,郊祭天也。《礼记》曰'王者禘其祖之所自出,以其祖配之',是谓也。"陈奂《诗毛氏传疏》于《昊天有成命》诗下注:"盖禘、郊、祖、宗,皆祭天之事。对文则别,散文则通。禘郊通称,亦犹祖宗通称耳。"无论禘还是郊,祖还是宗,人鬼与天帝同祭,其目的乃是"人神之通、以奉神而治人者也,非仅以事神者也"①。也许正是由于禘祭的巫教祭祀文化色彩,强调以"仁"释"礼"、鼓吹礼乐文化的孔子才拒绝回答关于禘祭的问题,《论语·八佾》云:"或问禘之说。子曰:'不知也。知其说者之于天下也,其如示诸斯乎!'指其掌。"《商颂》主要用于祭祀上帝与死去的先王,并通过

① (清)王夫之:《诗广传》第5卷,中华书局1964年版,第150页。

在祭祀仪式上吟唱已逝商王的功业,来证明现世商王的统治权力。① 《毛诗序》称"微子至于戴公,其间礼乐废坏。有正考甫者,得《商颂》十二篇于周之大师,以《那》为首",今存《商颂》却只有五篇,分别为《那》、《烈祖》、《玄鸟》、《长发》、《殷武》,根据《毛诗序》与《郑笺》,《那》为祀成汤之乐歌,《烈祖》为祀中宗之乐歌,《玄鸟》为祀高宗武丁之乐歌,《长发》为大禘(即郊祭天)之乐歌,《殷武》为祀高宗之乐歌。

与商代统治者的守成不同,武王克商之后,西周统治者迫切需要证明新政权的合法性,因此今存《商颂》中的五篇诗歌,主旨

① 关于《商颂》的创作时代,先秦典籍《左传》、《国语》载《商颂》为商诗,至汉代时出现分歧,三家诗学者多持《商颂》为春秋时期宋襄公时代的大夫正考父所作。(如司马迁习鲁诗,《史记·宋微子世家》称"襄公之时,修行仁义,欲为盟主。其大夫正考父美之,故追道契、汤、高宗,殷所以兴,作《商颂》"。又如《后汉书·曹褒传》李贤注引《韩诗薛君章句》:"正考甫,孔子之先也,作《商颂》十二篇。")毛诗学者则认为《商颂》是商代作品,其后商诗说一直占据主导地位,清代中后期今文经学复兴,今文经学家魏源、皮锡瑞、王先谦等人力主《商颂》为宋诗,而王国维也利用甲骨卜辞及殷商制度文物证明《商颂》为宋诗,因此1980年以前,俞平伯、顾颉刚、郭沫若、刘大杰等很多学者都赞成宋诗说,而自1956年杨公骥、张松如合撰《论商颂》(载《文学遗产增刊》第二辑),主张《商颂》为商诗之后[杨公骥著《中国文学》(吉林人民出版社1957年版)附录《商颂考》;张松如《〈商颂〉研究》(南开大学出版社1995年版)继续对"宋诗说"提出全面反驳]1980年以来,越来越多的学者从各个角度撰文论证《商颂》为商诗,如刘毓庆《商颂非宋人作考》(《山西大学学报》1980年第1期)、陈子展《诗经直解》、张启成《论商颂为商诗》(《贵州文史丛刊》1985年第1期)、梅显懋《商颂作年之我见》(《文学遗产》1986年第3期)、常教《商颂作于殷商述考》(《文献》1988年第1期)、黄挺《〈诗·商颂〉作年作者的再探讨》(《学术研究》1988年第2期)、赵明《殷商旧歌商颂论述》(《文史哲》1992年第3期)、江林昌《〈商颂〉的作者、作期及其性质》(《文献》2000年第1期),都论证了《商颂》为商诗说。如今,《商颂》为商诗说又占主导地位,本文也取商诗说。

都是死后颂德、神化祖先,而《周颂》中某些诗篇的主旨,则在于以成功告神,并通过以成功告神来强化天命观念,维护刚刚取代旧政权的新王朝,《诗大序》中所谓的“颂者,美盛德之形容,以其成功告于神明者也”①,实际上主要说的是《周颂》。周代以成功告神的典型是《大武》,关于《大武》的创作,史籍多有记载。《左传·宣公十二年》楚子云:“武王克商,作《颂》曰……又作《武》,其卒章曰:‘耆定尔功。’其三曰:‘铺时绎思,我徂维求定。’其六曰:‘绥万邦,屡丰年。’夫《武》,禁暴、戢兵、保大、定功、安民、和众、丰财者也。故使子孙无忘其章。”《吕氏春秋·古乐》:“武王即位,以六师伐殷。六师未至,以锐兵克之于牧野。归,乃荐俘馘于京太室,乃命周公为作《大武》。”《逸周书·世俘解》则记载了《大武》的程序:“龠人奏《武》,王入,进《万》,献《明明》三终。”《礼记·乐记》则记录了《大武》六成的含义:“夫乐者,象成者也。总干而山立,武王之事也。发扬蹈厉,大公之志也。《武》乱皆坐,周召之治也。且夫《武》,始而北出,再成而灭商,三成而南,四成而南国是疆,五成而分周公左、召公右,六成复缀以崇。”②类似的记载还见于《庄子》与《荀子》。根据上述记载,《大武》为武王平定天下后,以告功为主题的盛大乐舞。关于《大武》乐章的组成,不少学者都作出了考证,较为典型的如王国维认为《武》之乐凡六成,其诗亦应有六篇,据有关记载断定了四篇:《周颂·武》、《周颂·酌》、《周颂·赉》和《周颂·桓》,另两篇自古无说,王氏据《礼记·祭统》的记载断为《周颂·昊天有成命》和《周颂·般》,并排列其顺序为《昊天有成命》、《武》、《酌》、《桓》、《赉》、《般》,③

① 《毛诗正义》,《十三经注疏》本。

② 《礼记正义》,《十三经注疏》本。

③ 《观堂集林》卷二《周大武乐章考》、《说勺舞、象舞》。

而高亨则考证《大武》舞的六篇诗歌，依序为《我将》、《武》、《赉》、《般》、《酌》、《桓》。[①] 武王克商、周人革命成功之后，在郊庙祭祀中使用的这些乐歌，既是为了告功于上天和先祖，祈求佑护，又是为了在现实当中证实自己王权的合法性，慑服殷商旧族，巩固刚刚取得的王权。《左传·宣公十二年》楚子谓潘党云："武王克商，作《颂》曰：'载戢干戈，载櫜弓矢，我求懿德，肆于时夏。允王保之。'又作《武》，其卒章曰……"此处，《武》即指祭祀文王、武王，告功于神明的《大武》组歌，而《左传》将《颂》与《武》对举，暗示了《颂》本是不包括庙祭乐歌在内的郊祭乐歌的专名，周公之后，周人以先祖后稷、太王、文王、武王等配天而祭，于是《思文》、《清庙》、《武》等庙祭祖先的乐歌也成为《颂》的一部分。[②]

除了以成功告神，使殷人承认周代商的既成事实之外，吸取商亡教训，维护新政权的稳定，也是西周统治者面临的重要问题，而以嫡长子继承制为核心宗法制则是解决这一问题的重要措施之一。[③] 与宗法制相应，远古的图腾崇拜，经过商代"帝"崇拜的中间形态，到西周进一步人化为祖先崇拜。[④] 殷商人尊帝敬神，周人则将社会意识的重心转移向敬天重德，形成了一种"以天为宗，以德为本"的文化。[⑤] 周人在解释自己"奄有天下"权力的合法性时，提出了"天命靡常"，"皇天无亲，唯德是辅"，

---

① 高亨：《周颂考释·我将》，《中华文史论丛》第四辑。

② 马银琴：《两周诗史》，社会科学文献出版社 2006 年版，第 107 页。

③ 宗法制在夏商时代已初具雏形，一般认为，夏启开创了王位世袭制，商代的王位有时兄终弟及，有时父子相传，公元前 11 世纪中叶，周灭殷后，一方面大规模分封诸侯，另一方面承认地方宗族势力，终于形成了一套以嫡长子继承制为核心的宗法管理体制。

④ 参见陈炎：《陈炎自选集》，广西师范大学出版社 2002 年版，第 17—25 页。

⑤ 《庄子·天下》。

因为周代统治者能“以德配天”，所以才“有命自天，命此文王”，“丕显文王，受天有大命”，周才能受天命代替殷商而有天下。祖先崇拜与“以德配天”的统治依据结合起来，在现实中的主要表现就是西周“周公郊祀后稷以配天，宗祀文王于明堂以配上帝”的郊祀制度。[①] 因此，《周颂》中也不乏死后颂德、歌颂先祖功烈的篇章，如《天作》之祀先王先公，有“天作高山，大王荒之。彼作矣，文王康之”之语，《执竞》之祀武王，有“执竞武王，无竞维烈。不显成康，上帝是皇。自彼成康，奄有四方，斤斤其明”之语。此外，《大雅》中也有纪祖颂功之歌，如《大雅·绵》记述了周人在古公亶父的带领下由沮、漆迁岐、立国的经过，末尾叙及文王继承古公亶父之志，平虞芮之质而称王之事。这些在仪式上演唱的各种歌颂、神化祖先的乐歌，强调了西周统治者乃受天之命，勤行道德，故能代商，奄有天下。在商代统治者那里，祖先神只是受帝之命，而西周统治者则不仅宣称自己受天之命，还认为自己的祖先如后稷等有德可以配天，并进一步建立业绩的祖先神“拟诸天”，赋予祖先神以“清也、虚也、一也、大也”的神秘无形之象，“视而不可见之色，听而不可闻之声，抟而不可得之象，霏微蜿蜒，漠而灵，虚而实，天之命也，人之神也”。[②]《周颂》将诗的巫教祭祀功能发挥到了极致，同时，由于西周统治者进一步发展和强调祖先崇拜，试图通过祖先崇拜维护血缘宗法组织，维系家族内部团结，强化本族统治，稳定社会秩序，排斥贬抑殷人，而周公“制礼作乐”赋予了祭祀礼器、仪式以崭新的宗法意义，礼乐文化逐渐取代了巫教祭祀文化，而为社会文化的主流，诗歌遂也被赋予了崭新的礼乐功能，不学礼，无以立，不学

① 《孝经注疏》，《十三经注疏》本。

② （清）王夫之：《诗广传》第5卷，中华书局1964年版，第150页。

诗，无以言，诗歌在社会生活、诸侯外交当中，发挥了越来越大的作用，而古老的中国遂成为名副其实的诗的国度。

《礼记·表记》比较夏、商、周三代的不同："子曰：夏道尊命，事鬼敬神而远之，近人而忠焉。先禄而后威，先赏而后罚，亲而不尊。其民之敝，惷而愚，乔而野，朴而不文。殷人尊神，率民以事神，先鬼而后礼，先罚而后赏，尊而不亲。其民之敝，荡而不静，胜而无耻。周人尊礼而尚施，事鬼敬神而远之，近人而忠焉。其赏罚用爵列，亲而不尊。其民之敝，利而巧，文而不惭，贼而蔽。"夏道尊命，即尊占卜之命、巫觋之行，而殷人尊神，即尊鬼神、隆祭祀、先鬼后礼，表明殷人虽已有人道之礼，但更重视的是对鬼神的祭祀，对鬼神的祭祀是殷商贵族权力合法性的重要根据，由夏道而殷道，体现了巫教祭祀文化渐次取代了原始巫觋文化而居社会文化主导地位。在西周，当神的威力渐次减弱，人的力量渐渐凸显，理性精神显露曙光、得到发展，诗歌由人与神之关系语境的言语方式，逐渐成为人与人之间关系语境的重要言语方式，在西周社会意识形态的构建中，产生了重要影响。从《礼记·表记》中可以看到，与殷人相比，周人虽然同样隆祭祀，却更加重视的是"尊礼"，即尊礼尚施、崇德贵民、远神近人。西周礼乐文化是对原始巫觋文化与巫教祭祀文化的包容与革新，在原始巫觋文化与巫教祭祀文化中，诗歌承担着沟通神人并达到"神人以和"的重要使命，而在西周礼乐文化中，诗歌则被赋予了"礼别异、乐合同"的伦理政治功能，对于确立周人统治的合法性起到了至关重要的作用。

（三）诗之神性：在人与神关系语境

在原始宗教的氛围中，人们既生活于现实的世界中，又迷幻于超自然的想象里；既表现对于超自然力量的信仰与崇拜，也多少体验到人生的乐趣与浪漫。诗歌恰好可以满足人们的这种需求,培育着人们的情感,抒发着人们的心志,传达着人们对于神秘力量的渴望。如此,诗歌不仅仅是一种语言,已经远远超出语言的力量;诗歌也不仅仅是一种礼乐的内容,而是附带有某种神秘的精神位格。在这样的历史阶段,泛诗现象肯定是一种必然的存在,弥漫于神人之间、世俗与超凡之间、人们的内心与外在之间。诗歌由人神关系语境中所获得的神性,在人与人的关系语境中继续起作用,这种作用,汉代“齐诗”、“四始五际”的解诗方法,可以看做神性与人性融合的一种发展。

上古时代的诗、乐、舞本身就是巫术与原始宗教仪式的重要组成部分,实际上不独诗、乐、舞,即使包括诗、乐、舞在内的礼乐,也源于先民“致其敬于鬼神”的需要,《礼记·礼运》追溯“礼”的起源,认为“夫礼之初,始诸饮食,其燔黍捭豚,污尊而抔饮,蒉桴而土鼓,犹若可以致其敬于鬼神”。原始乐舞本来就是“致其敬于鬼神”的“礼”。诗歌与音乐又是巫术与祭祀仪式的重要手段,马林诺夫斯基说:“巫术中每一个举动都包涵着标准化的行为,即仪式;标准化的语言,即咒语;及有一定的人物在适切的情境中举行礼节。”①这个“标准化的语言”,即所谓咒语,通常为韵语或者诗歌。《山海经·大荒北经》所记的《神北行》:“‘神北行!’先除水道,决通沟渎!”这是首驱逐旱神魃的咒语祭歌。在先民心目中,音乐、诗歌都被看做可以与神交通的语言,刘师培曾指出巫官与乐官的联系:

盖古代之舞,以乐舞为最先……而古代乐官,大抵以巫官兼摄。《虞书》言舜命夔典乐,“八音克谐”、“神人以和”。

---

① 马林诺夫斯基:《文化论》,中国民间文艺出版社1987年版,第56页。

又夔言"戛击鸣球,搏拊琴瑟以咏,祖考来格",又言"箫韶九成,凤凰来仪"。则掌乐之官,即降神之官……盖《周官》瞽矇、司巫二职,古代合为一官。乐舞之用,虽曰宣导其民,实则仍以降神为主也……则三代以前之乐舞,无一不源于祭神。钟师、大司乐诸职,盖均出于古代之巫官。①

无论天神地祇人鬼,还是日月山川河流之神,都是人的意识的产物,而非现实的一种客观实在,但是,这些意识性的产物反过来却对社会文化、风俗习惯、政治意识以及个体的思想行为方式产生了重大的影响,人类最早的哲学观念、政治思想、价值体系及文学形态,都可从神人关系中寻到源头。从这个角度看,《诗经》可以看做是反应中国古代人神之间关系的最古老、最集中的文献之一。诗歌的这种神性作用,还反映在古老的占筮文献《易》中。《易》的卦辞、爻辞可以被看做神与人之间的沟通与言说,人向神通过特定的卜筮方式求教,询问、预卜人间各种事务,因此《易》可谓是原始巫术思维的产物,而在《易》卦爻辞中包含有相当数量的歌谣,已成为学界公识。② 其中,李镜池先生

① 刘师培:《舞法起于祀神考》,钱钟书主编:《刘师培辛亥前文选》,生活·读书·新知三联书店 1998 年版,第 437—441 页。

② 郭沫若发表于 1927 年的《〈周易〉时代的社会生活》(后收入《中国古代社会研究》)已提到《周易》中的爻辞多半是韵文,且有不少很有诗意。李镜池 1930 年的《周易筮辞考》(后收《周易探源》)中列专章讨论了《周易》中的比兴诗歌,提出以说《诗》之法说《易》,具体方法是以《诗经》文本为具体参照,判断《周易》爻辞的诗歌特质。20 世纪五六十年代,高亨指出《周易》卦爻辞在先秦文献中称为"繇",而"繇"当读为"谣",乃是因为筮书之卦爻辞及卜书之兆辞,大抵为简短韵语,有似歌谣。傅道彬在《江汉论坛》1988 年 10 月号发表《〈周易〉爻辞诗歌的整体结构分析》一文,提出要从整体上分析《周易》爻辞的构造,探讨《易》爻辞与诗歌的普遍联系。《周易》爻辞中包含大量古歌谣,已成为学界共识。

认为歌谣可达全书的三分之一，黄玉顺认为《周易》六十四卦无不含有歌谣①，并作了详细的分析，认为这些歌谣比《诗经》时代更为古老。筮占是人企图获得神示的结果，而其中被看做神示的卦爻辞大部分为歌谣的形式，诗歌在这里被当做了神人对话的独特语言方式。

同作为占卜事务的《易》卦、爻辞不同，作为我国最早的一部诗歌总集的《诗经》，则更多地表达了人对于天神、地祇、人鬼以及社神等神灵的崇敬，人对神灵进行祭祀并祈求佑护所进行歌唱时的歌辞，是原始宗教对原始巫术加以改造的结果。另一方面，如果说《易》被看做神向人的独特语言方式，那么《诗》则可以被看做人向神的独特语言方式。《诗》中的《颂》诗皆为祭歌自不必说，而《风》、《雅》中也有不少祭歌。法国学者格拉耐(Granet Marcel)曾在《中国古代的祭礼与歌谣》一书中，通过对国风中将近七十首诗的精细分析，提出《诗经·国风》中七十多首爱情诗就是产生于乡村农事季节祭礼活动之中，认为那些“歌谣是季节祭的宗教感情的产物”②。《诗经》中的五首“东门”诗——《郑风》之《东门之墠》、《出其东门》，《陈风》之《东门之枌》、《东门之池》、《东门之杨》，清代马瑞辰释“墠”为东门祭祀之所，《东门之墠》“言事巫之事”，而当代学者杨树森则考察了另外四首“东门”诗和《简兮》，将这五首诗也定为祭歌。③ 张岩在《简论汉代以来〈诗经〉学中的误解》一文中提出《国风》中的《螽斯》为“早期礼辞”，而《桃夭》则是“一首以桃为图腾的群

---

① 参见黄玉顺：《易经古歌考释》，巴蜀书社1995年版。

② [法]格拉耐：《中国古代的祭礼与歌谣》，上海文艺出版社1989年版，第141页。

③ 杨树森：《宗教礼仪·爱情图画·生命赞歌——对〈国风〉“东门”的文化人类学臆解》，《社会科学战线》1994年第1期。

体祭祀礼辞”，[①]更有学者大胆提出十五国风皆为社祭诗[②]。事实上，已有学者引证大量文献材料，论证了“诗”之最初含义，乃是祭者之言。《说文解字》释“诗”字曰：“诗，志也。从言寺声。”杨树达《释诗》一文考释：“古文作訨，从言，㞢声。”在甲骨文中为祭名。叶舒宪曾据此提出“诗”最初并非泛指有韵之文体，而是专指祭政合一时代主祭者所歌所诵之“言”，[③]周远斌则撰文进一步考论了“诗”字本义即为祭歌[④]。尽管将“诗”字本义理解为祭歌，还需进一步的文献考证，但我们至少可以得出“诗”与祭歌关系密切的结论。《尚书·舜典》记载舜命夔典乐时说：“命汝典乐，教胄子，直而温，宽而栗，刚而无虐，简而无傲。诗言志，歌永言，声依永，律和声。八音克谐，无相夺伦，神人以和。”[⑤]在此，诗所言之志，乃是人向神所言的人之志，而无论音乐还是诗歌，其最终目的都在于“神人以和”。

刘勰《文心雕龙·祝盟第十》中曾说到诗歌的神性：

> 天地定位，祀遍群神。六宗既禋，三望咸秩，甘雨和风，是生黍稷，兆民所仰，美报兴焉。牺盛惟馨，本于明德，祝史陈信，资乎文辞。昔伊耆始蜡，以祭八神。其辞云：“土反其宅，水归其壑，昆虫毋作，草木归其泽。”则上皇祝文，爰

---

① 张岩：《简论汉代以来〈诗经〉学中的误解》，《文艺研究》1991年第1期。

② 参见张富祥：《上古社祭与〈诗经〉十五国风》，《东方论坛》1997年第1期；萧甫春：《〈国风〉原是祭社诗》，《大庆高等专科学校学报》1997年第2期。

③ 叶舒宪：《诗经的文化阐释——中国诗歌的发生研究》，湖北人民出版社1994年版，第158页。

④ 周远斌：《“诗”字本义为祭歌考》，《山东师范大学学报》2007年第5期。

⑤ 《尚书正义》，《十三经注疏》本。

在兹矣。舜之祠田云:“荷此长耜,耕彼南亩,四海俱有。”利民之志,颇形于言矣。至于商履,圣敬日跻。玄牡告天,以万方罪己,即郊禋之词也;素车祷旱,以六事责躬,则雩禜之文也。及周之太祝,掌六祝之辞。是以“庶物咸生”,陈于天地之郊;“旁作穆穆”,唱于迎日之拜;“夙兴夜处”,言于祔庙之祝;“多福无疆”,布于少牢之馈;宜社类祃,莫不有文:所以寅虔于神祇,严恭于宗庙也。自春秋以下,黩祀谄祭,祝币史辞,靡神不至。至于张老成室,致善于歌哭之祷;蒯聩临战,获祐于筋骨之请:虽造次颠沛,必于祝矣。若夫《楚辞·招魂》,可谓祝辞之组缅也。汉之群祀,肃其旨礼,既总硕儒之仪,亦参方士之术。所以秘祝移过,异于成汤之心;侲子驱疫,同乎越巫之祝:礼失之渐也。至如黄帝有祝邪之文,东方朔有骂鬼之书,于是后之谴咒,务于善骂。唯陈思《诰咎》,裁以正义矣。

为什么人们独独选中了讲究韵律的诗歌作为与神交流的语言,对此尼采在《快乐的科学》中作出了推测:

人们发现,诗比散文更容易记住,于是也以为,人的要求靠了节律会给神留下更深的印象;同样,人们认为,靠了节律能把自己的话传播得更远,因而有节律的祈祷也似乎更能上达神的耳闻。人们尤其想利用自己在听音乐时所体验到的那种不可抗拒的制服作用:节律是一种强迫;它唤起一种遏止不住的求妥协和调和的欲望;不但脚步、而且心灵都按节拍行进,——人们推测,神的心灵兴许也如此!于是人们试图用节律去强迫神,施之以暴力:他们向神献上诗歌,犹如给神套上有魔力的圈套……人一动作,便有了唱歌的缘由——每种行为都有神灵的合谋:巫歌和符咒看来是诗的原始形态。诗也被用于神谕(希腊人说,六韵诗是在德尔菲神庙里发明的),节律在这里也应当施展一种强迫。为自己求预言(在我看来,这可能是希腊词的派生词)——在词源上意味着:为自己求决断某事。人们相信,只要取得阿波罗的支持,便能赢得未来,按照最古老的观念,阿波罗不止是一位预见的神,如果准确地照着节律逐字逐句说出祷词,它就决定了未来;而祷词是阿波罗的发明,阿波罗作为节律之神,也能规束住命运女神。——从总体上看,试问:对于古代迷信的人们来说,难道还有什么比节律更有功用吗?它无所不能,魔术般地促成一项工作;逼迫一位神显灵、亲近、听从;按照人的意志安排未来;把自己的灵魂从任何过度(恐惧、躁狂、哀怜、复仇欲)中解脱出来,而且不仅是自己的灵魂,还包括最恶的魔鬼的灵魂,——没有诗,人便什么也不是,有了诗,人便近乎是一位神。①

诗歌既是神人之间沟通的言语方式,那么,负责沟通神人的巫祝,当是最早的达到专业程度的诗人。在《尚书·舜典》中,可能与诗歌的创作、整理、保存相关的官职,除了“典乐”的乐师夔,还应该有为舜典“三礼”(天事、地事、人事之礼)的秩宗伯夷。除了有专职的乐师与礼官,上古帝王也兼任巫祝,通过诗歌向神言说,郑振铎认为商汤实际上即是人类学中所称的“祭司王”,既有王的名号,同时又兼着祭司的责任,②此时,巫、祝、王尚未分工,由同一人担任。在文献记载中,我们可以看到,巫祝及乐师的地位

① 尼采:《快乐的科学》,李醒尘主编:《十九世纪西方美学名著选·德国卷》,复旦大学出版社1990年版,第565—567页。

② 郑振铎:《汤祷篇》,《郑振铎古典文学论文集(上)》,上海古籍出版社1984年版,第100—130页。

曾经历了一个由高至低的变化。我们知道,舜的父亲瞽叟是乐师,而象与瞽叟设计杀舜之后,《史记·五帝本纪》记载:“象曰:‘本谋者象。’象与其父母分,于是曰:‘舜妻尧二女,与琴,象取之。牛羊仓廪予父母。’”象如此看重舜之琴,可以想见彼时琴所代表的重大含义,并从侧面推想彼时乐师的地位。直到西周初年,沟通神灵的“大祝”依然由周王室的重要成员所担任,西周成王时的《禽簋》记载“王伐奄侯,周公某(谋)禽祝”,马承源认为,这是成王讨伐奄侯,周公教其子伯禽胀祝以社祭,“祝”乃伯禽之官名。①此外,又有《大祝禽鼎》,郭沫若称“伯禽殆曾为周之大祝……其职甚尊”②。伯禽为西周周公旦之长子、鲁国第一任国君,由以上金文可以,伯禽即曾担任周王室的“大祝”之职。

当政务益繁、礼法益多之后,巫祝职责就不能不细分。《周礼》中,《舜典》的典礼之官(即秩宗)变成了春官宗伯,春官宗伯的职责为“帅其属而掌邦礼,以佐王和邦国”,下辖不仅包括典乐的大司乐、乐师、大师、小师、瞽矇等乐职,还包括大卜、龟人、占人、筮人等卜筮之职,以及大祝、丧祝、甸祝、诅祝和司巫、男巫、女巫等巫祝之职。在春官宗伯之中,只有大司乐由中大夫二人担任,乐师、大师、大卜、大祝由下大夫所担任,其他职务都由上士、中士、下士以及地位更低微的府、史、胥、徒所担任。我们看到,细分之后的巫祝之职,地位大大降低,出现这种情况,除了跟社会分工的发展有关,还跟周人尊礼尚施、崇德贵民、远神近人的礼乐文化背景有关。《礼记·曲礼下》中述古官制曰:“天子建天官。先六大,曰大宰、大宗、大史、大祝、大士、大卜,典司六典。天子之五

① 马承源:《商周青铜器铭文选·禽簋》,文物出版社1993年版,第18页。

② 郭沫若:《两周金文辞大系·禽簋》,《郭沫若全集·考古编》第7卷,科学出版社2002年版,第12页。

官,曰司徒、司马、司空、司士、司寇,典司五众。”郭沫若认为“六大中的大宗、大祝、大卜都是宗教性质的官职”。顾颉刚认为“大宗”主宗庙祭祀,“大祝”主向神祷告,“大卜”主向神询问吉凶,“大宰”掌祭祀时屠杀牲畜,“大史”为天子向天和祖写读祝文,“大士”也该是助祭的官。在《曲礼》中,“天官”与“五官”,显然有司天与治人之分,司天之天官在治人之五官之前,“大祝”、“大卜”皆属天官,而在《周礼》中,“大祝”与“大卜”却不隶属于天官冢宰,而都隶属于治人事的春官宗伯。事实上《周礼》中的“天官冢宰”,也并非司天之官,而是“帅其属而掌邦治”。《礼记·曲礼》与《周礼·春官》中所记之分歧,郭沫若、顾颉刚、沈文倬等学者都认为《礼记·曲礼》所记才是对周初官制的原始记录。① 推迹先民,出于对自然的敬畏,祈祷祭祀、人间事务也都归仰于神明,故大祝、大卜等沟通神人的职务,都属于司天之官,而司天之官又重于司人之官,故《礼记·曲礼》中有这样的官制记载。西周的政治思想,由夏商以来的敬鬼神演变到重人事,发展了敬德保民、尊礼尚施、远神近人的礼乐文化,《周礼》所记官制正是礼乐文化高度发展的产物。

西周处于“巫政合一”向“巫政分离”的过渡时期,周人的神灵系统虽然仍旧比较复杂,但是已经出现明显的理性化与人文化的趋势,到春秋时期,实现了巫术突破,同时也迎来了世界第一个轴心期。当人终于认识到通过诗歌沟通神人,与神达到交流并得到神的福佑和帮助的信念是虚妄的时候,人“不得不面临一个标志着人的理智生活和道德生活之转折点和危机的新问

---

① 参见郭沫若:《周官质疑》、《金文丛考》,《郭沫若全集·考古编》第5卷,科学出版社2002年版;顾颉刚:《周公制礼的传说和周官一书的出现》,《文史》第六辑,中华书局1979年版;沈文倬:《略论宗周王官之学》,《学术集林》卷十,上海远东出版社1997年版。

题”,他需要“发见一种在拒斥巫术的同时能另辟一条更富希望之路的新的精神力量”,“人们试图凭藉巫术语词来征服自然的一切希望都已破灭;但也因此,人开始以不同的眼光来看待语言与实在之间的关系了。语词的巫术功能消失了,代之而起的是语词的语义功能。语词不再具有神秘的力量,它不再具有直接的物理的或超自然的影响力。它不可能改变事物的本性,也不能左右诸神或魔鬼的意志。但尽管如此,它并非是无意义的,也不是无力量的。它并非只是声音的振动(flatus vocis),并非只是一阵空气的轻微波动。具有决定意义的特征并不是它的物理特性而是它的逻辑特性。从物理上讲,语词可以被说成是软弱无力的;但是从逻辑上讲,它被提到了更高的甚至最高的地位:逻各斯成为宇宙的原则,并且也成了人类知识的首要原则。”① 春秋时期礼崩乐坏,礼仪多被僭越,乐章之义失落了,于是诗经历了一个从取乐章之义到取词章之义又到“点歌”即赋诗言志、断章取义的演变。② 尽管礼崩乐坏,诗歌在尊鬼神的时代所获得的神性,却依然留存在人们的记忆中,而春秋时代由典礼性用诗制度而来的赋诗言志,正是有了这样的神性基础,才在人与人之间的关系语境中,如此被人信赖。而“信”曾作为人神关系语境中一个重要的准则,《左传·襄公二十七年》称:“其祝史陈信于鬼神无愧辞。”曾经作为神人关系语境话语的诗歌,其本身所固有的神性使人们相信,较之日常言说方式,诗能够保证重交往的庄重和诚信。此时,诗歌不仅作为王廷政治控制的手段,还对社会道德构建产生重要影响,渗透到精神文化深层,对于知识和

① [德]恩斯特·卡西尔:《人论》,甘阳译,上海译文出版社 1985 年版,第 142—143 页。

② 刘丽文:《春秋时期赋诗言志的礼学渊源及形成的机制原理》,《文学遗产》2004 年第 1 期。

意义系统也产生重要影响,从而参与了西周意识形态的构建,并对中国几千年的历史产生了深远的影响。

二、诗意化的礼乐意识形态与功能

神是人想象的产物,拜神是人的一种异化现象,因此,从某种程度上,神也是人的一种延伸性的"存在"或曰是人的一种"影子"而已,只是这种"存在"或"影子"反过来又可以制约人类自身,乃至在人们的心目中神可以支配宇宙中的一切。当诗显示其神性的同时,也不时地显示出其人性;当诗的神性功能衰减之后,诗的人性功能反而会更加凸显。这种诗的人性的展现过程与礼乐的发展进程是相一致的。

礼与乐的起源,都与原始宗教仪式密切相关。《说文解字》释"礼"为"事神致福",王国维认为"礼"的古字即甲骨文的"豊"字,起源于宗教祭祀活动,一切祭祀神灵之事皆谓之"礼"。[①] "礼"字与"乐"字,在字源学上又是一致的。《说文解字》谓"乐"字"象鼓鞞。木,虡也"。"乐"字字形出自乐器,上古乐器亦属礼器。郭沫若曾指出,古"礼"字右下半部应为"壴",即"鼓"字的初文。[②] 裘锡圭先生指出,"礼"字右侧的"豊"字"应该分析为从壴从珏","本是一种鼓的名称"。[③] 周公制礼作乐之后,礼的范围由祭祀鬼神之事扩大为人伦的各种规范以及关乎政教的各种典章制度。"乐者为同,礼者为异。同

---

① 参见王国维:《观堂集林》(卷六)第一册,中华书局 1991 年版,第 291 页。

② 郭沫若:《卜辞通纂》,东京文求堂 1933 年版,第 54 页。

③ 裘锡圭:《甲骨文中的几种乐器名称》,《中华文史论丛》1980 年第 2 辑。

则相亲,异则相敬。乐胜则流,礼胜则离。合情饰貌者,礼乐之事也。礼义立,则贵贱等矣。乐文同,则上下和矣。”①礼的作用在于别异,也就是区分人的贵贱等级、尊卑长幼以及亲疏远近;乐的作用则在于求同,也就是在别异的基础上使上下和顺、长幼亲爱,使人与人之间和睦相处,所谓“礼义立,则贵贱等矣。乐文同,则上下和矣”②。人们在谈到礼的作用的时候,强调的多是礼之“别异”的社会功能,而将“和同”归结到乐对人情感的激发和规范的作用上,事实上,礼之作用,既在“别”,也是为了“和”。一方面,礼之“别”,是别男女、别亲疏、别尊卑、别长幼,所谓“有男女然后有夫妇,有夫妇然后有父子,有父子然后有君臣,有君臣然后有上下”③,礼是在区别尊卑上下的基础上,使社会秩序化,而秩序化的社会,才是“和”的社会,所谓“物一无文”、“和而不同”,从这一角度看,礼仪之“别”是社会之“和”的前提,社会之“和”是礼仪之“别”的目的;另一方面,个体的人,只有按照礼制作出尊卑上下的社会角色定位和亲疏远近的家庭角色定位之后,才算是社会成员,而个体成员只有在具体的衣食住行、俯仰进退中非礼毋言、非礼毋视、非礼毋行,才算与社会融和,通过对礼的遵循与实践,来达到亲族联络、血缘凝聚和文化认同,从而获得身份的社会认同,从这一角度看,个人对礼仪之“别”的遵守,也是个人达到与社会之“和”的必要途径,是故《论语·学而》提出“礼之用,和为贵。先王之道,斯为美。小大由之”。

武王灭商之后,周人在文化上采取的是维新路线,所谓“器

① 《礼记·乐记》,《十三经注疏》本。
② 《礼记·乐记》,《十三经注疏》本。
③ 《周易·序卦》,《十三经注疏》本。

维求旧，人惟求新"，即在巫教祭祀文化的基础上，引进宗法伦理的精神内涵，将巫教祭祀文化体系改造成礼乐文化。所谓周公制礼①，即是将原始宗教礼仪改造成维护宗法社会秩序的礼仪制度，为中华民族的礼乐文化奠定了基础。从此，礼便成了"经国家，定社稷，序民人，利后嗣"②的根本所在，而作为礼乐重要组成部分的诗，自然也在其中起到重要作用，"史书上所载周天子治道下的'采诗'、'献诗'与'赋诗'。而以'诗'干政的执行者，又主要有三类：一曰大师，二曰瞽矇，三曰行人；以上诸职之'用诗'，无论是阐教翼道，还是断章取义，代表王权话语，则是统一的"③。西周初期统治者出于迫切的政治需要，对于殷商文化进行改造，以使新文化能够适应新政权，为新政权的合法性张本。此时西周统治者的政治需要主要表现在：(一)对于周天子统治权力合法性的证明，使包括殷民六族和共同伐纣的诸侯国在内的天下百姓承认、服从新政权；(二)吸取殷商灭亡的教训，建立崭新的内部权力分配机制和社会政治伦理秩序。这两方面的政治需求，既需要完善政治制度，又要求构建适应新政权

---

① 先秦时代即有周公制礼的说法，《左传·文公十八年》季文子云："先君周公制周礼曰：'则以观德，德以处事，事以度功，功以食民。'"《左传·哀公十一年》季孙欲用田赋，使冉有访孔子，孔子不答其问而私语于冉有曰："君子之行也，度于礼，施取其厚，事举其中，敛从其薄……季孙若欲行而法，则周公之典在。若欲苟而行，又何访焉？"近世虽然对此说法产生了怀疑，但大部分学者同意，周礼虽非尽出周公之手，但周公确有制礼之举。清人陈澧《东塾读书记·礼记》，周公制礼仅"举其大纲"，"若细微之事皆为撰定，则毕世不能成矣"。邵懿辰《礼经通论·论孔子定礼乐》："礼本非一时一世而成，积久服习，渐次修整，而后臻于大备。旁皇周浃而曲得其次序，大体固周公为之也，其愈久而增多，则非尽周公为之也。"

② 《左传·隐公十一年》，《十三经注疏》本。

③ 许结：《科举与辞赋：经典的树立与偏离》，《新华文摘》2009 年第 5 期。

的崭新的意识形态,而周公的制礼作乐,也正是应对这种政治需求的重要措施。《逸周书·明堂解》:"周公摄政君天下……制礼作乐,颁度量,而天下大服,万国各致其方贿。"《礼记·明堂位》:"周公践天子之位,以治天下。六年,朝诸侯于明堂,制礼作乐,颁度量,而天下大服。"《尚书·金縢》载武王克商后二年病,周公为之祈祷,"乃自以为功,为三坛同墠。为坛于南方,北面,周公立焉。植璧秉珪,乃告大王、王季、文王",周公的祝告之语中自称"予仁若考,能多材多艺,能事鬼神",可见周公本人,对于祝颂之事以及祝颂所用的诗歌十分娴熟。因此,以周公为首的西周统治者制礼作乐,必然会包括相当数量的诗歌的改作。而周代礼乐文化背景下诗歌丰富的礼乐功能,即是对《尚书·舜典》中所提到的"神人以和"、"诗言志"以及"教胄子,直而温,宽而栗,刚而无虐,简而无傲"诗歌三方面功能的礼乐化改造与发展。在《舜典》所谓的"神人以和"中,个体通过与神的交融,达到个体与个体、个体与部族之间的交融。与巫教祭祀文化中借助人与神的关系来维护尊卑等级并调节人与人之间的关系不同,礼乐文化中乃是采用礼乐调节人与人之间的关系,即通过"礼"来区分人的亲疏远近、尊卑长幼和贵贱等级,等级森严的礼仪又需要由诗、乐、舞所激发起来的同情感,来将不同个体凝聚为同一个社会共同体,所以,"礼别异"之外,尚需"乐合同",才能构建一个尊卑有别、等级分明而又"和而不同"、秩序井然而又其乐融融的理想社会,这也就是所谓"礼之用,和为贵"。西周的祖先崇拜,在血缘宗法关系上,表现为"尊尊"和"亲亲",在伦理观念上,表现为以祖为宗、以孝为本。"祖宗"是宗族凝聚力的重要纽结,"孝悌"是维系宗族团结的主要道德力量,而祭祀仪式上的诗、乐、舞,则是通过激发个体血缘情感,唤醒以"孝悌"为主要内容的道德感,进而促进宗族团结,维护宗法制度,安定社会秩序。因此《礼记·礼运》中说“祖庙,所以本仁也”,“本仁以聚之,播乐以安之”。《礼记·乐记》明确指出了诗、乐、舞在祭祀仪式中的重要作用:“乐在宗庙之中,君臣上下同听之,则莫不和敬;在族长乡里之中,长幼同听之,则莫不和顺;在闺门之内,父子兄弟同听之,则莫不和亲。故乐者……所以合和父子君臣,附亲万民也。”“礼别异、乐合同”正是《舜典》“神人以和”的礼乐化发展。

中国古代的诗与乐,便是“礼乐”文化的重要载体。不同等级的社会成员,只能使用不同的歌、乐、舞,同时,宴饮等场合所表演的歌乐舞,还要根据招待对象的身份来确定,而且不同等级的社会成员在共同欣赏诗乐舞的表演时,所坐或所站的位置也不相同,就是在这个过程中,在这样的差别之下,诗与乐一起,成为昭名分、辨等威、分贵贱、别亲疏的重要手段,这是实现诗与乐的“别”的社会功能;而在对诗、乐、舞的共同欣赏当中,所有在场的不同等级的社会成员,在对艺术的共同欣赏当中达到了情感的共鸣,获得了群体的认同感,这时诗与乐实现了“和”的社会功能。因此,西周初期的制礼作乐,实际上是在巫术及原始宗教仪式中,注入理性精神,使原来的巫术及原始宗教仪式变成维护等级制度、稳定社会秩序服务的政治工具,而在诗、乐、舞融合一体的时代,诗、舞与乐一起,成为礼乐文化的重要组成部分,伴随着礼乐一起发挥着人性的功能。

从文化语境角度看,西周初期的诗歌从来都不是独立存在的:它们都要入乐。配了乐的诗也同样是不能独立存在的:它们乃是各种礼仪形式的组成部分。礼仪形式在当时是国家政治制度的一部分,具有法定的权威性,因此也有相当的稳定性,一旦确立就不会轻易更改。由于礼仪不变,也就不需要新诗新乐,所以在成、康之后的一百多年中基本上没有诗歌被收入《诗经》

中。《礼记·孔子闲居》记载孔子提出了著名的"五至"的理论，即"志之所至，诗亦至焉。诗之所至，礼亦至焉。礼之所至，乐亦至焉。乐之所至，哀亦至焉"。"诗之所至，礼亦至焉"，反映了诗与礼相辅相成的关系，诗是礼的载体，是西周以来礼乐文化的典型样式。礼乐连称本身就说明了诗乐在"礼"制中的重要意义。在西周时代，诗、乐、礼一体，有诗必有乐，有乐必有礼。《礼记·月令》"命乐师大合吹而罢"郑玄注："凡用乐必有礼，用礼则有不用乐者。"考"三礼"及《左传》等典籍所载，周人用乐之礼非常广泛，重要的有乡饮酒、乡射、燕、大射、祭祀诸礼。甚至连乐官所掌的乐器，也具有礼器的性质，特定礼仪场合，为不同等级的人物演唱特定乐歌、要使用特定的不同等级的乐器，如此，不仅乐歌的内容、形式，乃至乐器的排列定制，都有了礼的意义，体现出严格的宗法伦理精神，故孔子云"唯器与名，不可以假人"，"器以藏礼"。[①] 在西周人眼中，仪式并非仅为取悦神灵与证明权力的合法性，而是为了"合其州乡朋友婚姻，比尔兄弟亲戚"，止苛解怨，安上固下，使人们昭明于君臣上下之则，最终达到"抚国家，定百姓"的目的。[②] 在此过程中，作为乐章的诗歌之功能有一个转移的过程：先是由祭祀大典而移为朝会、聘问之礼，又由朝会、聘问之礼移为燕享、房中之乐。这个过程也可以表述为：由人神关系语境转而为君臣关系语境。因此，诗在礼乐文化中，是人与人、君与臣之间言说的重要方式。

《周官》、《仪礼》、《礼记》、《左传》、《国语》等古籍所载西周至春秋时的贵族政治活动是处处离不开诗的：当时凡是大型的公共性活动都必定有一定的仪式，凡有仪式，必有乐舞伴随，有

---

① 《左传·成公二年》，《十三经注疏》本。

② 参见《国语·楚语》。

乐舞就必有诗歌。到了春秋之时,贵族们在正式的外交、交际场合都要赋诗明志,诗于是又变为一种独特的交往语言。所以孔子的“不学诗,无以言”之谓具有十分现实的根据。只是到了战国时期由于统一的政治体制与总体性的意识形态均不复存在,因而人们对诗的看法才开始出现分化:墨家、农家很少言诗,道家名家不屑于言诗,法家兵家无须言诗,纵横家偶尔言诗也完全是出于说服别人的目的而不是为了诗本身的价值。只有儒家还坚定地维护着诗的神圣性与权威性。汉儒的作用只是借助于官方之力将战国时期这种只有一家尊奉的特殊话语重新恢复为普遍的权威话语而已。

由于乐歌可以灵活地表达各种感情与愿望,所以又有贵族在宴享场合通过安排乐歌来表达个人或者国家的某种意愿,以此来影响内政外交,而听歌者也需要根据所听乐歌作出适当反应。如《左传·襄公四年》记载:“穆叔如晋,报知武子之聘也。晋侯享之,金奏《肆夏》之三,不拜。工歌《文王》之三,又不拜。歌《鹿鸣》之三,三拜。韩献子使行人子员问之,曰:‘子以君命辱于敝邑,先君之礼,藉之以乐,以辱吾子。吾子舍其大,而重拜其细,敢问何礼也?’对曰:‘三《夏》,天子所以享元侯也。使臣弗敢与闻。《文王》,两君相见之乐也,臣不敢及。《鹿鸣》,君所以嘉寡君也,敢不拜嘉?《四牡》,君所以劳使臣也,敢不重拜?《皇皇者华》,君教使臣曰“必谘于周”。臣闻之:访问于善为咨,咨亲为询,咨礼为度,咨事为诹,咨难为谋。臣获五善,敢不重拜?’”①这是一种乐歌致意,诗歌完全要与人事相一致了,也充分体现了诗言志的主旨。朱自清将“诗言志”归纳为献诗陈志、赋诗言志、教诗明志、作诗言志四方面,四方面恰好概括了诗歌

① 《春秋左传正义》,《十三经注疏》本。

史中诗的应用发展历程。[①] 诗作为人与人之间的话语，主要体现在采诗与陈诗观风、赋诗言志、教诗明志三方面。

赋诗是指春秋时期诸侯、卿大夫在燕礼、享礼、朝礼、聘礼以及会盟等等正式交往的仪式场合，口赋《诗经》中的诗句以表达意愿，既完成一种仪式，又以此为一种特殊的外交辞令，进行交流。《汉书·艺文志》云："古者诸侯卿大夫交接邻国，以微言相感，当揖让之时，必称诗以喻其志，盖以别贤不肖而观盛衰焉。"[②]《左传》中记录了列国间许多宏大的赋诗观诗场面，春秋列国间的赋诗宴享始于鲁僖公二十三年（公元前637年），秦穆公享公子重耳，"公子赋《河水》"，终于鲁定公四年（公元前506年），"申包胥如秦乞师……秦哀公为之赋《无衣》"。《左传·僖公二十三年》晋公子重耳逃亡到秦国，秦穆公享重耳，重耳欲与子犯同行，子犯就自谦"吾不如衰之文也"，意不如赵衰善于赋诗应对，推荐赵衰陪同重耳赴宴。依《国语·晋语》记此次赋诗，秦穆公赋《六月》，赵衰使重耳赋《河水》。据韦昭注，《河水》就是《沔水》，其诗曰"沔彼流水，朝宗于海"。重耳以百川归海比喻晋之朝宗于秦，穆公以尹吉甫佐宣王征伐之事比重耳日后有臣佐天子之功。据清人魏源统计，《国语》引诗31处，《左传》引诗217处。[③] 能否通过诗句准确把握对方的寓意并表达自己的意愿，是春秋时期外交使节需要具备的重要素养。《文心雕龙·明诗》云："春秋观志，讽诵旧章，酬酢以为宾荣，吐纳而成身文。""讽诵旧章"，指朗诵古人的成篇，主要是《诗》三百。赋诗的根本方法是断章取义。有时只诵读某诗的某一章节，将自

① 参见朱自清：《诗言志辨》，广西师范大学出版社2004年版，第1—37页。

② （东汉）班固：《汉书》，中华书局1962年版，第1755—1756页。

③ （清）魏源：《诗古微·夫子正乐论》，清道光刻本。

己的用意隐于其中；有时虽赋全诗，立意却仍在某一章节。由于赋诗是以他人之成诗来言自己之志，以达到某种外交效果或者外交目的，因此赋诗所取的诗义，通常只能是比喻义或引申义。对方则需要凭借对《诗》三百的熟悉，参照彼此的外交情势与外交意图，来领会赋《诗》言志者的赋《诗》目的，这样双方才能达成彼此心照不宣的理解和交流。《左传·襄公十九年》记载："季武子如晋拜师，晋侯享之。范宣子为政，赋《黍苗》。季武子兴，再拜稽首，曰：'小国之仰大国也，如百谷之仰膏雨焉！若常膏之，其天下辑睦，岂唯敝邑？'"鲁臣季武子出使晋国，是为了答谢晋师讨齐以解鲁之围。晋执政大臣范宣子所赋《黍苗》，内有"芃芃黍苗，阴雨膏之。悠悠南行，召伯劳之"之句，是借《诗》句来夸耀晋国对鲁国的恩德，从季武子的对答来看，他显然也对此层寓意心领神会，因此再拜稽首，言"小国之仰大国也，如百谷之仰膏雨焉"，并进一步恭维晋国，"若常膏之，其天下辑睦，岂唯敝邑"。赋诗者要想使对方明白自己的意图，所取用的诗的引申义或者比喻义，往往要与通行的诗的本义联系紧密，以便使自己的意图清楚易懂。所取意义较为深晦的，有时需要赋诗者自己加以说明。如《左传·昭公元年》记载，晋郑两国在一次会盟赋诗活动中，郑国大夫穆叔为晋国大夫赵孟赋《采蘩》，便加以说明："小国为蘩，大国省穑而用之，其何实非命？"《左传·僖公二十三年》的杜预注云：赋诗"全引《诗》篇者，多取首章之意"；如果不取首章之意，则需特别说明所赋之章。《左传·襄公二十七年》记载郑国七人赋诗中，便特别说明"子西赋《黍苗》之四章"。有时候，听诗者可能会听不懂赋诗者所赋诗的含义，也有时候，可能会是假装听不懂。《左传·襄公二十七年》记载："齐庆封来聘……叔孙与庆封食，不敬。为赋《相鼠》，亦不知也。"又《左传·襄公二十八年》记载："叔孙穆子食庆封，庆封泛祭。穆子弗说，使工为之诵《茅鸱》。亦不知。”庆封在赋诗活动中，可能不知道对方把他比做大老鼠与猫头鹰加以嘲弄，也可能明白对方含义却作为某种外交策略而装作不知。在赋诗活动中，《诗》变成一套隐语，一套特殊的外交辞令。不掌握这套语言，就无法从事政治外交活动。因此，孔子云“不学《诗》，无以言”；又曰：“诵《诗》三百，授之以政，不达；使于四方，不能专对，虽多，亦奚以为？”

赋诗可以通过“引譬连类”以达到“感发意志”之作用。《左传·昭公元年》记载，夏四月，赵孟、叔孙豹、曹大夫入于郑，郑伯兼享之……穆叔赋《鹊巢》。赵孟曰：“武不堪也。”又赋《采蘩》，曰：“小国为蘩，大国省穑而用之，其何实非命？”子皮赋《野有死麇》之卒章，赵孟赋《常棣》，且曰：“吾兄弟比以安，尨也可使无吠。”穆叔、子皮及曹大夫兴拜。赵孟（即赵武，晋执政大臣）、叔孙豹（即穆叔，鲁大夫）、曹大夫入郑会盟。晋为盟主，郑、鲁、曹是小国，故其赋诗中既有对晋及赵孟本人的奉迎，又流露出戒备之意。对于穆叔赋《鹊巢》，杜预注：“《诗·召南》。言鹊有巢而鸠居之，喻晋君有国，赵孟治之。”赵孟不敢居功僭越，故连忙以“武不堪也”作为辞谢。穆叔又赋《采蘩》，杜预注：“亦《诗·召南》。义取蘩菜薄物，可以荐公侯。享其信，不求其厚。”《采蘩》有“于以采蘩？于沼于沚。于以用之？公侯之事”之句，穆叔以蘩菜比鲁国，以公侯比晋国，表示鲁愿意为晋效命。子皮赋《野有死麇》之卒章，杜预注：“卒章曰：‘舒而脱脱兮，无感我帨兮，无使尨也吠’……义取君子徐以礼来，无使我失节而使狗惊吠。喻赵孟以义抚诸侯，无以非礼相加陵。”赵孟对此义心领神会，于是通过所赋《常棣》“常棣之华，萼不韡韡。凡今之人，莫如兄弟”，来比喻晋与鲁、郑、曹为兄弟之邦、不会“以非礼相加陵”。就这样，没有明确的盟约和誓言，协调与沟通就在赋诗活动中达成了。这便是《诗》兴通过“引譬连类”达到“感发意志”的较早例证。再如,《论语·八佾》记载:“子夏问曰:‘“巧笑倩兮,美目盼兮,素以为绚兮。”何谓也?’子曰:‘绘事后素。’曰:‘礼后乎?’子曰:‘起予者商也!始可与言《诗》已矣。’”“素以为绚兮”本是描写女子容貌,孔子从中感发出“绘事后素”,子夏又感发出忠信仁义与礼的关系,朱熹《论语集注》:“谓先有粉地为质,而后施以文采,犹人有美质,然后可加文饰。”“礼必以忠信为质,犹绘事必以粉素为先。”杨伯峻《论语译注》将“礼后乎”译为“礼乐的产生在(仁义)以后”。“素以为绚”、“绘事后素”与“先仁后礼”之间,没有本质的逻辑关联,仅从时间先后顺序的相似性就被联想感发联系到一起,这样,只要不同事物之间存在某一点相似,就可以通过“引譬连类”,达到“感发志意”的心理效果,起到说明事理的作用。实际上,在中国古代,正是由于“引譬连类”以“感发志意”的《诗》兴方法的大规模使用,使西方从亚里士多德时代就盛行的逻辑论证方法得不到完善的发展。从艺术角度上说,这种“引譬连类”、“感发志意”的《诗》兴方法,直接开启了后世“托物言志”、“借景言情、情景交融”的诗歌创作传统。

春秋时代也常有个人即席作歌以表达感情,如《左传·隐公元年》载郑庄公与武姜母子所赋,“(郑庄)公入而赋:‘大隧之中,其乐也融融!’姜出而赋:‘大隧之外,其乐也洩洩!’遂为母子如初”①。又如《孔子家语》记载,孔子因鲁君和季桓子受齐国女乐文马,三日不听国政而离开鲁国,在临行前孔子对季桓子派来挽留的乐师提出,通过歌唱来说明自己离开鲁国的原因,并歌曰“彼妇人之口,可以出走,彼妇人之请,可以死败。优哉游哉,

① 《春秋左传正义》,《十三经注疏》本。

聊以卒岁"。随着出土文献的发掘与整理,《孔子家语》的文献价值日益受到重视,无论《家语》所记孔子之事是否实有,至少这样的传说,反映了彼时歌谣可以作为人与人之间表达个人意愿及情感的话语。

礼乐文化作为"制度化的意识形态",对于稳定周人的统治地位起到了至关重要的作用,而诗歌作为礼乐仪式中唯一一种话语形式,其表情达志、维系礼仪的作用更是不可忽略,①然而在诗由神人之间的语言逐渐变成人与人之间的话语形式过程中,诗歌原来在人神关系语境中作为神人沟通话语的诗歌所具有的一些特性,同样也贯穿到人与人关系语境中,如诗歌在人神关系语境中所突出的神性,使诗歌在人与人关系语境中具有了某种神圣性与权威性。诗歌所获得的神性,也使诗歌在人与人关系语境中,通过"谣占"而展现出某种神秘主义的功能。《国语·晋语》说:"风听胪言于市,辩祆祥于谣。"也就是说诗歌可以判断吉凶,因此谓之谣占。诗歌的这种神秘启示性,对人们"采诗观风"也应具有一定的影响。正是因为诗歌具有神性,人们才相信通过观诗,可以知"志",而诗歌的这种神性,也是孔子所谓诗"可以观"的久远的基础。于是,我们看到了礼乐文化中神性、人性、社会性三位一体的诗歌。

当"诗"主要用于祭祀与巫术目的的时候,诗就强烈地反映出神性特征;当诗应用于世俗活动、吟诵于人际交往场合的时候,诗就展现出来人文属性特征;诗从神坛走向了人间,成为人间的诗,而非神界的诗;成为人人之间交流的语言,而非人神之间沟通的咒语。诗,从此弥漫于人世间,充溢于庙堂之上,活跃于聘问之间。

---

① 郑杰文:《先秦诗学观与诗学系统》,《文学评论》2004 年第 6 期。

三、诗与道德建构

《礼记·乐记》曰:“德者,性之端也。乐者,德之华也。金石丝竹,乐之器也。诗,言其志也。歌,咏其声也。舞,动其容也。三者本于心,然后乐器从之。是故情深而文明,气盛而化神,和顺积中,而英华发外,唯乐不可以为伪。”在诗、乐、舞高度融合的先秦时代,诗与乐一起,既是德的外在表现,同时,又是道德建构的手段,并对道德建构产生重要影响。析言之,由于各自的形式不同,对于道德建构的作用又有所不同:乐着重于情感的交流和沟通,以便达到其乐融融的“和合”的效果;而诗除了可以表达、交流情感之外,由于其以语言为载体,通过歌唱的形式来表达,还可以用文字记录,因此对于道德建构可以起到更具体实在的作用。

诗对于道德的建构作用,主要表现在对君王百官的道德培养、对黎庶平民的道德熏陶、对道德体系本身的建构三个方面。对于君王百官,诗可以起到培养品德的作用。西周初期的意识形态建设是建立在对殷商王朝灭亡教训的总结之上的,强大的商王朝一夕崩溃,使周初统治者认识到“天命靡常”,因而不再迷信“天命”和鬼神的力量,开始重视民心向背和民意归属,强调德治和教化的作用。《周礼·春官·大师》云:“教六诗……以六德为之本,以六律为之音。”对于君王百官,诗还可具备劝勉、警诫的作用。周代实行世卿世禄制度,不存在对新任官员的录用、考核、升迁、黜免制度,而对宗法制下的君主更谈不上选贤任能,由于政治的得失主要依赖于统治者的“德”之厚薄,因此,为了减少统治者的失误,培养良好品德是必须的,而公卿百官对于君主的劝诫以及相互之间的警诫,就成了不可缺少的政治措施。由于君主为最高统治者,因此臣下对于君主的劝诫,又不能失敬,必须依礼行之,所谓诡辞谲谏,而可施于礼仪的诗歌,无疑就成了最合适的劝诫手段,如前文提到的公卿列士献诗的美与刺,美是为了劝勉,刺是为了警诫,将诗歌作为劝诫手段,也对我国古代诗歌"哀而不怨"的审美标准产生了较大的影响。除了采用《诗经》中的风、雅诗,用乐歌的形式来劝诫之外,周代还有一种百官撰写官箴的制度,即采用诗的形式对统治者进行劝谏,箴采用韵文,句式整齐,所以也可以看做是广义的诗的形式,然后这种形式可能又不能用于歌唱,因此又与《诗》三百的乐歌有别。较早利用诗进行警诫的,应该是《虞人之箴》。虞人为周代掌管田猎的官员,《左传·襄公四年》记载《虞人之箴》云:"芒芒禹迹,画为九州,经启九道。民有寝庙,兽有茂草,各有攸处,德用不扰。在帝夷羿,冒于原兽,忘其国恤,而思其麀牡。武不可重,用不恢于夏家。兽臣司原,敢告仆夫。"这是掌管田猎的官员劝告周王要吸取夏代后羿沉湎于田猎,而最终灭亡的教训。《虞人之箴》开创了我国独特文体——官箴的先例,此后历代统治都很重视官箴的创作,尤其是明清两代,上自天子,下至百官小吏,官箴的创作更是蔚为大观,采用诗的形式对君王百官做道德上的劝诫和规范,也就成为一个独特的文化传统。

诗对于道德的建构作用,还表现在移风易俗,即对黎庶平民进行"风化"的作用上。《诗》三百主要对家庭、个人道德进行了规范与建构,并从此影响了中国几千年的社会道德建设。中国古代"天人合一"的思维模式,使道德也要以天为本原,天上地下、春夏秋冬、寒来暑往等自然现象,也都成了道德的比附甚至根据,故有"有天地然后有万物,有万物然后有男女","有男女然后有夫妇,有夫妇然后有父子,有父子然后有君臣"之说。这种自然发生的次序,做道德的系统,定道德的范围,只要种子下得好，不怕他不会变成根荄，发生枝叶，这就叫做“一本万殊”，“一贯之道”。《尚书·尧典》颂帝尧之德，说他“克明俊德，以亲九族。九族既睦，平章百姓。百姓昭明，协和万邦。黎民于变时雍”。《大雅》颂文王之德，说他刑于寡妻至于兄弟以御于家邦，无非都是这个道理。所以有人说，中国古代只有个人的道德，没有公民的道德，只有家族的道德，没有国家的道德、社会的道德。因为中国古代的道德，确是以个人及家族为根据的。①《诗》三百中，关于家庭的道德，首先强调的是孝道。《诗》常有叹慕祖先盛德之语，宣王是中兴明主，尹吉甫美之，仅说他能“古训是式”，“缵戎祖考”，这便是孝道；而《大雅·思齐》赞颂文王，则称他“惠于宗公，神罔时怨”，也还是孝道的体现；此外，《周颂》、《商颂》几乎都是些祭祀的诗篇，这便是孔子所谓“慎终追远，民德归厚”。而对于平民来说，孝道更主要表现在对父母的终养，故《小雅·蓼莪》表现了幽王暴政之下，征役不息，孝子不得终养的悲凄，《小雅·北山》则刺幽王使役不均，得劳于王事不得养父母，都是在孝道背景下发出的感叹。个人道德修养见于《诗》三百中的，还包括谨慎、克己、勤俭等几方面。如《小雅·小弁》云“维桑与梓，必恭敬止”；《大雅·抑》云“敬慎威仪，维民之则”；《小雅·桑扈》云“不戢不难，受福不那”；遇见凡事都要持以敬谨之心，能敛能慎，则受福自多。《小雅·小宛》云“人之齐圣，饮酒温克”，则体现了克己的美德，而《小雅·庭燎》、《召南·羔羊》则歌颂了勤俭的美德。家庭道德中，夫妻关系也是重要的一个维度。中国古代重男女之别，主张“内言不出于阃，外言不入于阃”。妇人干涉政治，尤为大忌。幽王听信褒姒，为

① 谢无量：《诗经研究》，商务印书馆王云五主编国学小丛书本，第114—115页。

诗人所痛恨。《大雅・瞻卬》虽刺幽王,其中"哲妇倾城"及《尚书・牧誓》中"牝鸡司晨,为家之索"之语,则表现了当时对于妇德的一般思想。此外,如《齐风・鸡鸣》形容贤妇能小心警励其夫,不致专贪逸乐误了事业;《周南・卷耳》诗序以为此诗是后妃欲辅佐君子,求贤审官,朝夕思念,至于忧勤。①

《诗》三百过重强调个人及家庭道德培养,而对于国家道德的提倡,则除了许穆夫人的《载驰》表现了爱国主义思想之外,再就是《王风・黍离》表现周东迁后,大夫行过旧都,宫室尽为禾黍,悲叹作诗。其他诗篇少见对于国家的道德的强调。对此,谢无量认为,原因在于以下三个方面:第一,古代伦理思想以个人对家族为第一种义务,对国家为第二种义务。国家是由家族集合的,所以他根本上就把家族的关系,看做在国家之上。《小雅・四牡》曰:"四牡骓骓,周道倭迟。岂不怀归?王事靡盬,我心伤悲!四牡骓骓,啴啴骆马。岂不怀归?王事靡盬,不遑启处!翩翩者鵻,载飞载下,集于苞栩。王事靡盬,不遑将父!翩翩者鵻,载飞载止,集于苞杞。王事靡盬,不遑将母!驾彼四骆,载骤骎骎。岂不怀归?是用作歌,将母来谂。"此是慰劳使臣之诗,使臣为国事远征,何等重大,乃一则曰"不遑将父",再则曰"不遑将母",每章皆有"岂不怀归"之句,很是念念不忘其家。又如《小雅・北山》诗云"大夫不均,我从事独贤",《诗序》以为劳于从事,不得养其父母。《小雅・蓼莪》诗云"哀哀父母,生我劬劳",《诗序》以为孝子不得终养,细看诗中的口吻,因为国家的事,耽搁了他们家族的义务,颇有大大不甘心的样子。他们向来以家族关系为第一种义务,国家关系为第二种义务,这也无怪

① 参见谢无量:《诗经研究》,商务印书馆王云五主编国学小丛书本,第118—119页。

其然了。第二,《诗经》所经过的时代,没有完全成为巩固统一的国家,所以国家观念不强。中国建国虽有五千年,起初本是游牧民族。伏羲、神农、黄帝、尧舜都是游牧的英雄。夏商虽已确立王统,其国家组织的程度,现在不甚明了。看来王者对于人民的关系无非如恩主之对于奴仆。禹汤这种开国的人物,人民不过像崇拜英雄一样一时承认他们的资格。及他们死去,便渐渐相忘了。到了周代才要制礼作乐,创造具体的国家。但是在前数十年中,旧朝之余俗未革,后数十年中,东迁之事变又起,那创造国家的理想,始终未能实现。《诗经》除《商颂》仅有五篇外,其余都是周诗。人民经过些纷纷扰扰的时期,眼中并没看见过统一巩固国家的形状,哪里会有什么国家观念呢。第三,古代政治上向来只晓得服从个人,不晓得服从国家。古来说天子,好比上天的儿子,好比上天命令派来的官吏,来统治天下的。《大雅·文王》曰“穆穆文王……侯于周服”,《大雅·大明》曰“维此文王……大邦有子”,文王虽未践天子之位,却已经受了上天的命令,所以要小心翼翼昭事上帝,才能够子子孙孙,作这种统治天下的官职。①

春秋时期,随着诗歌的文本整理与定型,诗、乐渐渐分离,诗教也渐渐从乐教中分离出来,并受到统治者的注意,《国语·楚语上》记载楚庄王向楚国大夫申叔时询问太子的教育,申叔时说:“教之《诗》,而为之导广显德,以耀明其志;教之礼,使之上下之则;教之乐,以疏其秽而镇其浮……”②《礼记·经解》借孔子之口,明确提出了“诗教”:“孔子曰:‘入其国,其教可知也。

---

① 参见谢无量:《诗经研究》,商务印书馆王云五主编国学小丛书本,第128页。

② 据《左传》记载,申叔时活动的时期,主要在楚庄王时候(前613—前590),比孔子生活的年代要早(公元前551年出生)。

其为人也温柔敦厚,《诗》教也。疏通知远,《书》教也。广博易良,《乐》教也。洁静精微,《易》教也。恭俭庄敬,《礼》教也。属辞比事,《春秋》教也。故《诗》之失愚,《书》之失诬,乐之失奢,《易》之失贼,《礼》之失烦,《春秋》之失乱。其为人也温柔敦厚而不愚,则深于《诗》者也。疏通知远而不诬,则深于《书》者也。广博易良而不奢,则深于《乐》者也。洁静精微而不贼,则深于《易》者也。恭俭庄敬而不烦,则深于《礼》者也。属辞比事而不乱,则深于《春秋》者也。"①"温柔敦厚"是下对上、卑对尊、贱对贵时应有的态度与品性,其渊源与献诗讽谏的传统有关。据孔颖达《正义》释曰:"温,谓颜色温润;柔,谓情性和柔。《诗》依违讽谏不指切事情,故云'温柔敦厚',是《诗》教也。"又曰:"《诗》主敦厚,若不节之,则失在于愚。"依违讽谏,又称谲谏,《诗大序》云:"诗有六义焉:一曰风,二曰赋,三曰比,四曰兴,五曰雅,六曰颂。上以风化下,下以风刺上,主文而谲谏,言之者无罪,闻之者足以戒,故曰风。"郑玄注曰:"风化、风刺,皆谓譬喻,不斥言也。主文,主与乐之宫商相应也。谲谏,咏歌依违,不直谏。"孔颖达疏曰:"其作诗也,本心主意,使合于宫商相应之文,播之于乐,而依违谲谏,不直言君之过失,故言之者无罪。人君不怒其作主而罪戮之,闻之者足以自戒。人君不自知其过而悔之。"用诗来进行讽谏,怨刺上政,往往并不点明所要讽谏的具体事情,常常通过暗示、类比甚至情绪的表现、情感的抒发等方式来使君主、尊长明白,这种怨刺是有分寸的,要适可而止,怨而不怒,发乎情,止乎礼义,这便是温柔敦厚了。温柔敦厚地谲谏,将可能引发争执的政事通过这种方式解决,言之者无罪,闻之者足戒,倘由怨而生怒,不知分寸和节制,那就失之在"愚",严重的

① 《礼记正义》,《十三经注疏》本。

可能会变生祸端。而另一方面,臣下既已通过诗歌表达了哀怨,情感得到了抒发,心气便也平和下来。故《论语·阳货》中孔子曾说"诗可以兴,可以观,可以群,可以怨",此"怨",即是温柔敦厚地"怨而不怒"。诗歌因其所具有的情感宣泄与疏导功能,成为礼乐文化背景下消解怨怒的重要政治疏导方式。诗歌情感功能的发挥,依然是要通过"礼别异,乐和同"的方式,最终达到儒家理想中的"礼之用,和为贵"的境界,因此诗虽然"可以怨",却又要"怨而不怒",宣导性情的目的是排解并抑制"怨"的情感,并不是放任与强化至"怒"的程度。《诗经·小雅·采薇》即是"诗可以怨"的典型例证。西周文王时期,年年对外用兵,《史记》中记载"明年,伐犬戎。明年,伐密须。明年,败耆国……明年,伐邘。明年,伐崇侯虎",在这种"靡室靡家","不遑启居",戍役繁重的情况下,《采薇》中只说"我心伤悲,莫知我哀",虽然内心惨痛,却恳挚温婉。《毛诗序》曰:"《采薇》,遣戍役也。文王之时,西有昆夷之患,北有猃狁之难。以天子之命,命将率遣戍役,以守卫中国。故歌《采薇》以遣之。"①正是《采薇》中所表现的"怨而不怒"、"温柔敦厚"的情感,这首诗才可以被用来在派遣士兵时歌唱。"诗可以怨"是以诗的形式纾解哀伤,化解怨怒,傅道彬以德国哲学家立普斯的理论来解释这一过程:"将'怨'的情感通过诗的礼乐形式表现出来,诗是一种抒情的手段,更是约束哀怨情感的一种礼乐方式,从这个意义上说才有'止怒莫若诗'的认识。""'诗可以怨'的'诗'是礼乐是教化是中和的美学境界,在周代礼乐里一方面要通过诗宣泄忧忿,以疏导性情,舒展精神,另一方面对这种情感的处理不是通过抒发而变本加厉,而是限制在个人性情的'怨而不怒'和政治上的'怨

① 《毛诗正义》,《十三经注疏》本。

而不乱’的双重范围里。”①《诗》三百之所以“思无邪”，正在于其“乐而不淫，哀而不伤”，以及“怨而不怒”的态度，因此，《诗》三百也有助于培养民众“温柔敦厚”的品性，人人都温柔敦厚，怨而不怒，社会便得到了安定，诗教的理想也便实现了。温柔敦厚的诗教，绵延后世，不仅成为统治者风化天下，推行礼义、政治以及德行教化的重要途径，还一度成为重要的文学标准，对中国古代文学形成了深远的影响。宋代杨时曾说：“为文要有温柔敦厚之气；对人主语言及章疏文字，温柔敦厚尤不可无。”②明人许学夷也说：“风人之诗既出乎性情之正，而复得于声气之和，故其言委婉而敦厚，优柔而不迫。”直到清代，依然以是否“温柔敦厚”来评判诗歌优劣，清人潘德舆云：“凡作讽刺诗，尤要蕴藉：发露尖颖，皆非诗人敦厚之教。”③

不独中国古代注意到了诗教对人品性培养的重要性，西方古代也强调诗歌对于人心灵的作用，尽管亚里士多德提到的“卡塔西斯”更多地是指戏剧对人心灵的净化作用，但考虑到戏剧的对白常常以诗歌的形式出现，故“卡塔西斯”与诗歌也不无关系，正如尼采在《快乐的科学》中所说：

> 还有一种更奇特的观念，也许更有力地促进了诗歌的产生。在毕达哥拉斯学派那里，这种观念似乎被看作哲学学说和教育技巧；然而，在有哲学之前很久，人们就承认音乐有一种力量，可以渲泄情感，净化灵魂，缓解愤懑（ferocia animi），——而且正是靠了音乐中的节律。当心灵失去正常的紧张度与和谐时，人就必须按歌者的节拍舞蹈，——这

① 傅道彬：《“诗可以怨”吗》，《文艺研究》2007 年第 11 期。

② 杨时：《杨龟山集 · 语录 · 荆州所闻》，中华书局 1985 年版。

③ （清）潘德舆：《养一斋诗话》，卷五。

便是此种医术的处方。借此种医术,特庞德(Terpander)平定了一场暴乱,恩培多克勒(Empedokles)安抚了一位怒者,达蒙(Damon)治愈了一位害相思病的少年;人们也用此种医术来医治桀骜不驯、亟欲复仇的众神。开始是驱使其情感的迷乱和放纵达于顶点,如此而令怒者疯狂,亟欲复仇者沉醉于复仇:——一切纵欲的秘仪都是要使一位神的愤怒(ferocia)一下子释放,达于颠狂,使之从此以后感到分外舒展宁静,让人类也得安宁。究其根源,诗歌(Melos)之为一种和缓手段,并非因为它本身是柔和的,而是因为它造成柔和的效果。①

《尚书·舜典》中的乐教,以及《国语·楚语下》中申叔时所谈到的诗教,教育对象都为贵族子弟,教育目的在于培养统治者之"德",而《礼记·经解》中借孔子之口所说出的"诗教",其教育对象已变成全体民众,教育目的已在于教化民众,使民众安分守己,维护等级秩序及社会安定了。我们看到,在诗教从乐教的分离过程中,诗教的对象,经历了一个由少数贵族扩大而至全体民众的过程,本是培养贵族之"德"的"诗教",逐渐发展为教化民众的政教工具。

以培养品德为目标的乐教和诗教,其教育对象与教育目的的这一变化,与"德"的概念变化相一致。"德"的原始意义,跟图腾观念有关,指各氏族不同图腾的不同生性,所以《国语·晋语》载司空季子语曰:"黄帝以姬水成。炎帝以姜水成。成而异德,故黄帝为姬,炎帝为姜。二帝用师以相济也,异德之故也。异姓则异德,异德则异类,异类虽近,男女相及。以生民也。同

① 尼采:《快乐的科学》,李醒尘主编:《十九世纪西方美学名著选·德国卷》,复旦大学出版社1990年版,第566页。

姓则同德，同德则同心，同心则同志，同志虽远，男女不相及，畏黩故也。”贫富分化、阶级出现之后，德为人王所独享，殷商时代，德为殷王的一种“特权”，“征之甲骨文用例，除主语不明者外，德皆为殷王的行为”①。西周以德配天，德又成为周王克配天命的依据，“德”的含义则发展为周王的政行懿德。“纵观《周书》及《诗经》有关篇章中，周人反复强调的德，绝不是空泛的道德之论，而是讨论统治者的政行”，周人“把天、德、民三者联系起来加以考察：至上神‘天’有天命予夺的权力，但天命予夺是有一定依据的，须根据人王的政行‘德’，故人王须以德配天，而人王的德之善否则是由民之反映而定”，“周人认为统治者的德与天命的予夺有直接联系”。② 因此，《诗经·大雅·假乐》这样来解释君主权力的合法性：“假乐君子，显显令德。宜民宜人，受禄于天。保右命之，自天申之。”对于在神人之间，更强调人事的周人来说，以德配天是周天子的特权，“天”的意志是周王权力的终极依据，而“德”则是周王“克配天命”的现世依据，尊者德盛，人间最尊贵的天子，则集众美于一身，所有的美德都归于天子，德之多少厚薄，与地位之高下贵贱成正比。因此，西周的“德”，为以周天子为首的统治集团所垄断。“德”既为贵族集团所垄断，礼不下庶人，德不下小人，以养德为目的乐教与诗教，自然也只能成为贵族的特权。

西周统治者用“以德配天”来解释自己权力的合法性之后，“德”成为权力的重要来源，含义发展为以周王为首的统治者的政行懿德，尽管“天命”使统治者的道德准则依然保持着一定的

---

① 巴新生：《试论先秦“德”的起源与流变》，《中国史研究》1997 年第 3 期，第 41 页。

② 巴新生：《试论先秦“德”的起源与流变》，《中国史研究》1997 年第 3 期，第 37—38 页。

神性色彩,但是与远古时代和商代相比,“德”的神性色彩开始减少,政治色彩逐渐突出。西周“以德配天”口号的提出,使人可以通过自己的德行对天命发生影响,在天命面前,人具有了一定的主观能动性,为春秋时期理性的觉醒准备了条件。在《论语》中,“德”由天子及王公侯伯专有之德,进一步扩大为士或君子的道德修养、行为规范,“德”的神性色彩几近消失,政治色彩与权力色彩也相对减弱,与个人品行修养的联系进一步加强,从此,“德”逐渐发展成为一个任何人通过修养都可以获得的与高尚品行有关的伦理概念。于是,以培养品德为目标的诗教,其教育对象由少数贵族扩大为全体民众,教育目的由培养为政之德,转而变化教化百姓安分守己,培养“温柔敦厚”的品性,诗教由贵族教育转变为“经夫妇,成孝敬,厚人伦,美教化,移风俗”的全社会的教化手段。

早在巫教祭祀文化中,便已通过诗、乐、舞来“表德”,如令孔子“三月不知肉味”的韶乐(本作《九招》)。《山海经·大荒西经》中记载:“(夏后)开上三嫔于天,得《九辩》与《九歌》以下。此天穆之野,高二千仞,开焉得始歌《九招》。”《古本竹书纪年》中记载“夏后开舞九招也”,方诗铭、王修龄认为:“‘九招’、‘九韶’、‘九歌’、‘九辩’,当为一事。”①在《山海经》中,《九招》具有浓厚的巫舞色彩,而据《吕氏春秋·古乐》记载,《九招》本是帝喾之乐:“帝喾命咸黑作为声,歌《九招》、《六列》、《六英》。”之后,帝舜对于《九招》等古乐进行改作和重修,“帝舜乃令质修《九招》、《六列》、《六英》”,其目的是“以明帝德”。到了商汤时代,继续重修此乐,“汤乃命伊尹作为《大护》,歌《晨露》,

① 方诗铭、王修龄:《古本竹书纪年辑证》,上海古籍出版社1981年版,第2—3页。

修《九招》、《六列》”，目的是“以见其善”。① 无论是舜之“德”，还是汤之“善”，都是巫教祭祀文化中帝王才可享有的神圣品质，也是帝王特权合法性的重要根据。西周初年，周公制礼作乐，礼乐文化从此成为社会文化主流，理性精神取得重大发展，《韶》乐原始巫舞的色彩渐渐消失，具有了更多的礼乐文化色彩。到春秋时代，据《左传·襄公二十九年》，吴季札至鲁观乐时，见舞《韶箾》曾发出“德至矣哉，大矣！如天之无不帱也，如地之无不载也。虽甚盛德，其蔑以加于此矣。观止矣”②的感慨，而《论语·八佾》中，孔子也曾赞美《韶》“尽美矣，又尽善也”。诗、乐、舞被用来“表德”，则“德”即诗、乐、舞的主旨与根本，故《周礼·春官·大师》曰：“大师……教六诗：曰风，曰赋，曰比，曰兴，曰雅，曰颂。以六德为之本，以六律为之音。”用来“表德”的诗、乐、舞，又可被用来“养德”。故《尚书·舜典》中，以音乐教胄子培养“直而温，宽而栗，刚而无虐，简而无傲”的品德。到春秋时代，人们则注意到了《诗》对品德的培养，《国语·楚语上》提到楚庄王向申叔时询问如何教导太子箴，叔时回答说：“教之《诗》，而为之导广显德，以耀明其志。”

殷商与西周，知识由巫史卜祝所垄断，春秋晚期官学衰落、私学兴起之后，士逐渐取代了巫史而成为知识阶层的主体，无论庶众皂隶，只要“积文学，正身行”，便能成为士，《诗经》中提到的“君子”还主要是指王公侯伯，而《论语》中的“君子”则变成了能够“积文学，正身行”的士，殷商西周的君子需要世袭，春秋晚期的君子则需靠自身的学习与修养而达到，统治集团的用人机制不再是单纯的“亲亲”，还要“尊贤”。因此，早期的乐教与诗

---

① 《吕氏春秋集释》，新编诸子集成本。

② 《春秋左传正义》，《十三经注疏》本。

教,还只被用来培养贵族子弟之“德”,而到了春秋时代,尤其在孔子提出“有教无类”的教育思想之后,“乐教”与“诗教”逐渐开始普及,不仅成为培养“文质彬彬”的君子的重要手段,还成为教化民众、维护等级秩序的重要工具。《礼记·乐记》即提到“乐教”对于教化民众的重要作用:“凡音者,生于人心者也。乐者,通伦理者也……是故先王之制礼乐也,非以极口腹耳目之欲也,将以教民平好恶,而反人道之正也。”乐与礼具有不同的特点,“乐由中出,礼自外作。乐由中出,故静;礼自外作,故文”,乐教配合礼教,即能达到“乐至则无怨,礼至则不争。揖让而治天下者,礼乐之谓也”的理想礼乐社会。

《诗》三百因其“思无邪”的特点,“诗教”尤其受到重视。《礼记·经解》中最早提到“诗教”一词:“孔子曰:‘入其国,其教可知也’。其为人也温柔敦厚,《诗》教也。”《论语》中,孔子有“兴于《诗》,立于礼,成于乐”的见解。在这里,“兴于《诗》”,强调了《诗》于内政外交中的交际作用,“立于礼”强调了个体要遵循礼仪的要求成为社会的人,而“成于乐”强调的则是通过乐教与诗教完善个人品性道德,“乐”在这里既包含了乐教,也包含了诗教。乐教与诗教一起,凭借诗与乐可以感人至深的情感功能,弘扬天常伦理,强化人伦关系,以稳定社会秩序。《论语·阳货》中孔子曾说,学《诗》可以达到“迩之事父、远之事君”之目的。“事父”可以稳定家族之父权,维护宗法之制度;“事君”可以稳定国家之政权,维护封建之制度,故又有“诗之所至,礼亦至安”的说法。乐教与诗教一起,使礼的秩序与规范与艺术审美和谐地统一起来,将遵守社会的礼制规范变成个人的内心需求,礼乐文化赋予诗歌的这种教化民心的礼乐功能,对此后漫长的中国诗歌发展史,产生了不容忽视的重要影响。

四、诗与社会知识管理

社会的发展需要在知识积累的基础上进行，因此，自人类产生以来所不断积累起来的社会实践需要在人与人之间进行交流，而语言的产生为这种交流提供了可能，口耳相传成为最重要的知识传授途径。文字的发明，又使这种交流得以打破时空的界限。然而，在造纸、印刷技术发明并大规模使用之前，虽有甲骨、金石、简帛，但知识的传播在很大程度上依然要靠口耳相传。口耳相传最有效的形式，便是诗歌了。群体传统被保存在诗歌或韵文之中，神话与传奇则成了群体的百科全书。相对于其他体裁，诗歌这种形式更便于记诵。先秦典籍中，即使不被人们看做是诗歌的《尚书》、《周易》、《老子》等书中，也可以见到很多韵语。“拿《周易》中的短歌与《诗经》民歌相比，概括说来，前者每首只有几句，而后者篇幅较长；前者内容单纯，而后者内容较为丰富；前者在说明事理，而后者在抒发情感；前者的赋比兴表现手法不及后者的意蕴深厚、运用灵巧；前者的语言不及后者的流畅圆润，而是更为质朴。这些差异，当然与《周易》的特殊撰写目的、性质和体例有关；但是由《周易》中的短歌到《诗经》民歌，也显示出由《周易》时代到《诗经》时代，诗歌的创作艺术逐步提高的过程。”①《汉书·艺文志》中称《诗》之所以“遭秦而全者”，乃是“以其讽诵，不独在竹帛故也”。② 由此可见，诗的形式是传播知识的有效手段。

---

① 高亨：《周易卦爻辞的文学价值》，《周易研究论文集》（第四辑），黄寿祺、张善文编，北京师范大学出版社1990版，第143页。

② （东汉）班固：《汉书》，中华书局1962年版，第1708页。

沈约在《宋书·谢灵运传》中说:“歌咏所兴,宜自生民始也。”①早期诗歌内容,一般认为主要有两个方面:一类是咏唱劳动过程和劳动对象,如相传作于伏羲时代的《网罟歌》和相传作于黄帝时代的《弹歌》等。另一类是有关祭祀、祈祷和祝颂等宗教内容的诗歌,如《蜡辞》等。② 相传为黄帝时代的《弹歌》,虽然只有八个字,却描写了制造工具、获取猎物的劳动过程,吟唱它的同时,还传达了劳动知识,诗歌同时具备了认识功能。《诗经》中也保留了不少记录劳动生产过程的诗歌,如《周颂·良耜》描述了农民从播种耕耘到收获贮存的前后过程,而《小雅》中《甫田》、《大田》也有对于农事活动的描写。因此,这些诗具有人类知识传递的功能。对农耕社会而言,时令节气是最重要的知识之一。《尚书·尧典》:“乃命羲和,钦若昊天,历象日月星辰,敬授人时。”《史记·五帝本纪》引作“敬授民时”,即是说将历法付予百姓,使知时令变化,不误农时,而《诗经·豳风·七月》详细叙述了农民一年十二月的农事安排,在蜡祭等仪式中对这首诗的吟唱,同时也是对于夏历农时的知识传授。

诗在上古时代,还是传承历史的重要工具,正如闻一多所说:“古代歌所据有的是后世所谓诗的范围,而古代诗所管领的乃是后世史的疆域。”③初民凭着语言的节奏和韵律,一代代口耳相传远祖的历史。不独《诗经》,很多学者甚至将包括《诗经》在内的六经都看作历史,典型的如章学诚《文史通义·易教上》云:“六经皆史也。古人不著书,古人未尝离事而言理,六经皆

---

① (梁)沈约:《宋书》,中华书局1974年版,第1778页。

② 参见赵沛霖:《〈候人歌〉的时代意义》,《贵州社会科学》1985年第1期。

③ 《闻一多全集·歌与诗》(10),湖北人民出版社1993年版,第11页。

先王之政典也。”“六经皆史”实指史料也。金毓黼认为：“古人于档案外无史。”[①]沈兼士更进一步指出：“古人说‘六经皆史’，我们也可以说史皆档案，精密一点来说，档案是未掺过水的史料。”[②]《诗经》亦可看做“档案”：“即使如《诗经》所收的篇章，用今天的眼光看它，无疑是文学之作，我们难说它是档案。但在当时，它是由官府采集的，是按察民情的，很大程度上是缘于政治的需要，又难说它不属于档案。所以‘六经’中的大量文献源于档案，是毋庸置疑的。”[③]陈子展认为：“《诗经》原是当时政府作为礼乐、教育的资料和档案保存下来的。至今成为我国上古最可靠的史料之一。”[④]《周礼·春官·瞽矇》载：“瞽矇，掌播鼗、柷、敔、埙、箫、管、弦、歌。讽诵诗，世奠系，鼓琴瑟。掌《九德》、《六诗》之歌。”“讽诵诗”与“鼓琴瑟”同为瞽矇执掌，可见诗与乐的密切关系，除了“讽诵诗”、“鼓琴瑟”，瞽矇还执掌“世奠系”，即执掌天子、诸侯的世系谱籍，由此也可见古代诗歌与历史记载的密切关系。今天《诗经》中，从《大雅》之《生民》、《常武》、《公刘》、《绵》、《皇矣》、《大明》，《小雅》之《出车》、《采芑》、《六月》，《商颂》之《玄鸟》、《长发》等篇，都留有口传史诗的痕迹，如《生民》中记载了周始祖后稷诞生成长的神奇经历以及他发明农业使周族兴盛的功绩；《公刘》则叙述了后稷曾孙公刘迁居豳地并使周人安居乐业的全部经过；《绵》叙述了文王祖父古公亶父自豳迁岐、开垦土地、建造房屋、修筑城池、抵御外侮的全部过程。对于这些诗篇的学习，同时也是对历史知识的掌握。春秋时代历史教育的具体情形，已难以找到确切资料，但是

---

① 金毓黼：《中国史学史》，河北教育出版社 2000 年版，第 13 页。
② 沈兼士：《文献馆整理档案报告》，《文献特刊》1935 年版。
③ 李达尔：《大耳说档》(5)，《中国档案》2000 年第 5 期。
④ 陈子展：《诗经直解》，复旦大学出版社 1983 年版，第 1 页。

从后世童蒙教育中对于历史掌故学习的重视,可以推想前代情况。吴龙辉考证战国时期屈原所作的《天问》,即是我国古代的历史教材,①而后世蒙学教材中,专门的历史读物如《龙文鞭影》、《五字鉴》等,更是洋洋大观。此外,祭祀仪式也是古代贵族的重要学习内容,《诗经》中恰好保存了相当数量描述祭祀仪式的诗歌。如《小雅·楚茨》将祭祀的全过程详尽无遗地描述出来,是周代祭祀活动从开始到结束全过程的实录。

诗承载着当时人们对于地理及其生态环境的认识。在那时人们的一般生活世界中,现实生活的人与自然生态环境有一种"物我不分"的本真的生活状态,一切表象都在生活中成为生活方式与内容,即表象被生活化,然后绘成生活的图式。在流变不居的时间里,人们追求着生活主体与大自然处于一种"天人合一"的状态,其实那时的人们关心周围的生态环境的同时也就是在关注着自己,因为自然生态环境既是人们一般生活世界赖以存在的基础,也是人们一般生活世界的内容。因此,诗与自然生态环境必定有着千丝万缕的联系,既记录或反映大千世界的千姿百态的自然风物,又通过诗祈祷大自然能够赋予人们一个平静而和谐、富足而甜美的生态环境。考之现存《诗经》的大量诗篇,不难发现,早期人类与自然处于一种和谐发展的共生共存状态。在生产力极其低下的远古时代,人类对自然生态是畏惧的,崇拜的。人们认为自然是神秘的,不可捉摸的,有着无限威力的。山泽莽林之中到处潜藏着凶险,闪电雷鸣随时可以摧毁整个世界,茫茫洪水可以无情地吞噬所有人类的生命及他们赖以生存的家园。经过种种灾难,人类开始凭借自身朦胧的意识

① 吴龙辉:《〈天问〉为历史教材说》,《湖南师范大学学报》2001年第6期。

和想象去解释自然事物及其变化,于是就将自然神化了。所以就有了《周礼·春宫·大宗伯》中的"以血祭祭社稷,五祀、五岳",有了《周颂·维天之命》中的"维天之命,於穆不已。於乎不显"的热情赞美,也有了《周颂·般》中"於皇时周,陟其高山。嶞山乔岳,允犹翕河"的登高而祭的情形。或许,正是这种神秘感与畏惧感,才使得人类与大自然间存在着一种亲密和谐的关系。在《诗经》中,记述古代先民在江河两岸繁衍生息、劳动生活的诗,就有六七十首之多,其中涉及的河流有二十多个,除了大家熟知的黄河、长江、淮水、汉水、济水、渭水、泾水之外,还有淇水、汝水、溱水、洧水、汶水、汾水、漆水、沮水、洽水、杜水、丰水、泮水等河流。仅"山"字就言及六十多次,加上与"山"有关的丘、陵、岩、谷、冈等共有一百一十九次之多。① 有草名一百多种,木名七十多种,鸟名三十多种,兽名六七十种,虫类二三十种,鱼名也有二十多种。《诗经》中记录的自然界的物种能有如此的丰富,说明人类与自然的关系是相当和谐的,生态环境是相当宜人的。从某种意义上讲,正是因为对于自然生态环境的描写,才造就了先秦诗歌的"如画"之美,诗人们在抒情言志时,亦将特定的自然景观与人的情绪体验融洽地统一起来。但是,诗人们并未像后来的山水田园派诗人那样,将自然景物视为一种独立的审美对象,只是以"应物写景"的方式把自然引入诗中,在诗人的笔下,自然也仅仅只是他们自身的劳动、生活和情感体验场所。例如,《小雅·出车》云:"春日迟迟,卉木萋萋。仓庚喈喈,采蘩祁祁。"这几句诗把春景明丽与人的欢畅之情紧紧联系起来,描写了归乡战士眼中家乡的春景,没有直接去写战士胜

---

① 李金坤:《〈诗经〉至〈楚辞〉山水审美意识之演进》,《山西大学师范学院学报》2001 年第 1 期。

利归来的喜悦,但他们的欢快之情从春景的描绘中自然而然地流露了出来。又如,《秦风·蒹葭》篇中"蒹葭苍苍,白露为霜。所谓伊人,在水一方"的数句诗,把眼前景物的凄清与自身的感伤联系起来,使景与情和谐地融会在了一起。再如,"关关雎鸠,在河之洲;窈窕淑女,君子好逑"(《周南·关雎》)、"桃之夭夭,灼灼其华。之子于归,宜其室家"(《周南·桃夭》)等诗,都将自然之景与人事、人情相互紧密地关联在一块了。

春秋时期以及春秋之前,如何通过诗歌传唱进行文化的传承与教育,今天只能从文献中窥见一鳞半爪,只能依靠田野调查的成果来弥补文献的不足。贵州从江县的小黄侗寨,以保存完好的侗族大歌而被誉为"侗歌之乡",据学者考查,小黄人最为普遍的集体文化习得行为即是"歌唱",其中,嘎老歌唱是直接向小黄儿童传授本土社会生活经验和地方性知识体系的重要歌唱方式。在这个几乎无须使用文字的传统乡土社会,小黄侗族选择了"歌"来传递知识,正如他们歌谣中所唱的:"汉人有字传书本,侗家无字传歌声。祖辈传唱到父辈,父辈传唱到儿孙。""古人讲,老人谈,一代一代往下传。""树有根,水有源,好听的话儿有歌篇。""侗歌"成为小黄人自我文化的记录和展演方式,而教歌则是侗人族群与小黄历史的沿革和记忆手段,"只讲歌,不讲书"成为小黄侗寨世代相传的习俗。①

《尚书·虞书·舜典》中曾提到"诗言志",而所谓"志",闻一多认为,"志有三个意义:一、记意,二、记录,三、怀抱"②,在此,"志"最初的意义与人类最原始的记忆功能相关,故《管子·

---

① 参见杨晓硕士论文《小黄歌班中嘎老传承行为的考察与研究》,第32—53页。

② 《闻一多全集·歌与诗》(10),湖北人民出版社1993年版,第8页。

山权数》云:“诗所以记物也。”《论语》在总结学习《诗》三百的重要性时,除了“兴、观、群、怨”,还提到学《诗》可以“多识于鸟兽草木之名”。刘宝楠即是从学《诗》对于“博物之学”的重要性进行详细解释:“鸟兽草木,所以贵多识者,人饮食之宜,医药之备,必当识别,匪可妄施。故知其名,然后能知其形,知其性。《尔雅》于鸟兽草木,皆专篇释之。而《神农本草》,亦详言其性之所宜用。可知博物之学,儒者所甚重矣。”①而叶舒宪则将刘宝楠所言之“博物之学”与“治病咒”联系起来,他首先引述了古代典籍中若干把歌谣作为医疗巫术咒语的事例,提出“这些报告很容易使中国人想到孔子概括诗教功用时的一句名言:‘多识于鸟兽草木之名’”,接着对刘宝楠“医药之备”一语进行了引申:“《诗经》虽不是原始时代的产物,但它去古未远,在相当程度上保持着文明时代以前对自然万物的细微区别和具体知识,尤其是具有咒术意义和药用价值的各种动植物名称,这些对于孔子时代的文明人来说已经显得有些陌生了,所以孔子希望借助于学习《诗经》,能使人物恢复当初那种人与自然息息相关相通的亲缘关系,保持对一草一木的细微认识和敏锐体察。这种期望中所蕴含的人类生态意义绝非记忆名称所能包容。”②这既为我们解读“多识于鸟兽草木之名”提供了一个特别的文化视角,又从另一个角度证明了诗歌对于知识传授的重要性。

---

① (清)刘宝楠:《论语正义》,中华书局 1990 年版,第 374—375 页。

② 叶舒宪:《诗经的文化阐释》,湖北人民出版社 1994 年版,第 99—103 页。

第四章　诗泛渗于一般生活世界

先秦诸子之前，诗几乎充斥着社会生活的方方面面、角角落落，不仅渗透于上层统治阶层的生活场域，而且也渗透于国人、一般劳动者的生活之中；不仅渗透于统治者意识形态领域，如宗教、祭祀，而且也融入了他们的日常生活之中，如娱乐、宴飨、打猎、婚嫁等。即诗渗透于那时人们的一般生活世界，并成为现实生活的重要内容。倘若诗一旦“缺席”，那是人们不可想象的事情。诗参与了社会“文化空间”——既包括物理空间又涵盖精神空间乃至制度结构——的建构，赋予了一般生活世界以更多的意义，让人们有更多的机会体察到“纯粹心灵”的存在，过上一种诗意栖居的生活。重要的是，诗在那时的社会和人们的生活中，并不仅仅是一种感性的存在，仅限于情感、浪漫、艺术、意象、空灵、情绪，还上升为一种理性的秩序，如礼仪、节制、威仪、德行、善意、和谐，最终达到一种理性与感性、心灵与智识的平衡。实质上，每个人的生活世界重要表现在日常生活之中①，是一个现实

① “日常生活是日常的认识活动、交往活动和其他各种各样以个人的直接环境（家庭和天然共同体）为基本寓所，旨在维持个体生存的总称。”（衣俊卿：《大学使命与文化启蒙》，黑龙江大学出版社 2007 年版，第 16 页）

的生活世界，这个世界的人就是现实生活着的人。“我们的生物性生命是由时间材料构成的，这点并无疑问，但是我们有意义的生命却主要是由日常生活构成的，关注日常生活就应该关注每一天生活的过程与质量。”①探讨先秦诸子之前诗与人们生活过程与质量的关系，那就不应该忽视掉“诗”泛渗于那时人们一般生活世界的现象。当我们关注那时的一般生活世界的时候，我们也就关注了那时诗的文化生态环境与文化空间，然后，大家会从中发现，由于“诗”的存在与参与，那时人们的一般生活世界图景原来是如此的新奇而美妙。

一、诗与燕飨

《礼记·礼运》云：“饮食男女，人之大欲存焉。”饮食是人类日常生活的重要组成部分，而饮食活动礼仪化、审美化则形成了中华民族灿烂的饮食文化，远胜世界上其他族类。一边享受着美味佳肴，一边欣赏着歌舞音乐，现代生活中的这样的美景在遥远的先秦时代早已出现，前人谓之“燕飨”。“燕飨”，又可以写作“燕享”、“宴享”等。“燕飨”这一行为方式已经成为当时贵族阶层礼俗文化的重要部分，是贵族们“经礼”（即实践“礼”）的最好场所，是贵族确立“礼”制的最好途径。古代宴请之礼分为食礼、燕礼、飨礼，《礼记·王制》云：“有虞氏以燕礼，夏后氏以飨礼，殷人以食礼，周人修而兼用之。”有关食礼，孔颖达疏：“‘食礼’者，有饭有殽，虽设酒而不饮，其礼以饭为主，故曰食也。其礼有二种，一是礼食，故《大行人》云诸公云食之礼有九举，及公

---

① 蔡先金：《大学教育无用：一个有悖逻辑的命题》，《济南大学学报（社会科学版）》2010年第1期。

食大夫礼之属是也。二是燕食者，谓臣下自与宾客旦夕共食是也。”燕礼，古代天子诸侯与群臣宴饮之礼。《仪礼·燕礼》云："燕礼，小臣戒与者。”郑玄注："小臣相君燕饮之法……君以燕礼劳使臣，若臣有功，故与群臣乐之。小臣则警戒告语焉，饮酒以合会为欢也。”飨礼，古代一种隆重的宴饮宾客之礼。《周礼·秋官·大行人》云："飨礼九献。”清王鸣盛《蛾术编·说制七·〈伐木〉诗兼飨食燕礼》云："何氏楷《〈诗经〉世本古义》曰：'礼有飨，有食，有燕。飨礼烹太牢以饮宾，体荐而不食，爵盈而不饮。'”《仪礼·燕礼》记载了燕飨用乐用诗的状况：

"乐正先升，北面立于其西。小臣纳工，工四人，二瑟。小臣左何瑟，面鼓，执越，内弦，右手相。入，升自西阶，北面东上坐。小臣坐授瑟，乃降。工歌《鹿鸣》、《四牡》、《皇皇者华》。卒歌，主人洗，升献工。工不兴。”

"卒，笙入，立于县中，奏《南陔》、《白华》、《华黍》。”

"乃间歌《鱼丽》，笙《由庚》；歌《南有嘉鱼》，笙《崇丘》；歌《南山有台》，笙《由仪》。遂歌乡乐，《周南》：《关雎》、《葛覃》、《卷耳》；《召南》：《鹊巢》、《采蘩》、《采蘋》。大师告于乐正曰：'正歌备。'乐正由楹内、东楹之东，告于公，乃降复位。”

"宾醉，北面坐取其荐脯以降。奏《陔》。”

"若以乐纳宾，则宾及庭，奏《肆夏》。宾拜酒，主人答拜而乐阕。公拜受爵而奏《肆夏》，公卒爵，主人升受爵以下而乐阕。升歌《鹿鸣》，下管《新宫》，笙入三成。遂合乡乐。若舞，则《勺》。”

"有房中之乐。”

《仪礼·燕礼》记载了享燕仪式中奏乐歌诗固定的仪式程序：首先是正歌，即宴会主体阶段的乐歌，分为四节：一是以瑟伴奏，歌《小雅》的《鹿鸣》、《四牡》、《皇皇者华》三首；二是以笙伴奏，奏

《南陔》、《白华》、《华黍》三首；三是以瑟和小笙相间伴奏，以瑟伴奏歌《小雅》之《鱼丽》、《南有嘉鱼》、《南山有台》三首，以笙伴奏歌《由庚》、《崇丘》、《由仪》；四是乡乐，所歌为国风，包括《周南》的《关雎》、《葛覃》、《卷耳》，《召南》的《鹊巢》、《采蘩》、《采蘋》。正歌之后是纳宾之歌，即两次奏《肆夏》，上堂歌《小雅》的《鹿鸣》，下堂用管乐奏《新宫》之诗，然后吹笙者奏《南陔》、《白华》、《华黍》，紧接着堂上堂下合奏六篇乡乐之诗；如果有舞蹈，则奏《勺》乐。陈戍国认为，像聘礼、公食大夫礼、觐礼也当有用乐的仪节，"凡用礼而必须用乐者，用乐必有助于行礼，用乐即是行礼"①。从燕礼这一记述或要求的程序中，我们就不难发现那时诗乐在"钟鸣鼎食"中的地位与作用。如此隆重的燕飨场面，倘若抽掉了这些诗乐成分，那么燕礼必将变得枯燥、单调、乏味，一切会变得索然。无论是寓教于乐还是寓礼于乐，也都将无从谈起，士大夫们的燕飨生活也将变成仅仅进餐而已。可是，那时士大夫的燕飨生活世界是丰富而有内蕴的，正如郑玄注"房中之乐"云："弦歌《周南》、《召南》之诗，而不用钟磬之节也。谓之房中者，后夫人之所讽诵，以事其君子。"又，清孙诒让《周礼·春官·磬师》"教缦乐燕乐之钟磬""正义"云："燕乐用二《南》，即乡乐，亦即房中之乐。盖乡人用之谓之乡乐；后、夫人用之谓之房中之乐；王之燕居用之谓之燕乐，名异而实同。"无论是弦歌还是讽诵，无论是和钟磬之节还是配曼舞之姿，宴享已经成为一场生活的"宏大叙事"了。在这种场面中，人们的精神得到升华，思想得到培育，气质得到熏陶，境界得到提升。《礼记·仲尼燕居》记载孔子对于此种礼乐生活的描述

① 陈戍国：《先秦礼制研究》，湖南教育出版社1991年版，第45—47页。

与阐释,孔子曰:“吾语女。礼犹有九焉,大飨有四焉。苟知此矣,虽在畎亩之中,事之,圣人已。两君相见,揖让而入门,入门而县兴,揖让而升堂,升堂而乐阕,下管《象》、《武》,夏龠序兴,陈其荐俎,序其礼乐,备其百官。如此而后,君子知仁焉。行中规,还中矩,和鸾中《采齐》,客出以《雍》,彻以《振羽》,是故君子无物而不在礼矣。入门而金作,示情也。升歌《清庙》,示德也。下而管《象》,示事也。是故古之君子,不必亲相与言也,以礼乐相示而已。”

《诗经》中的燕飨诗,不仅仅有飨礼诗、燕礼诗,而且还有乡饮酒礼之诗,并不受其称谓之限。因而,了解商周时期诗乐在人们日常生活中的地位,不能不考察分析“燕飨”诗所反映的以诗乐侑食的燕飨生活,考察《诗经》这类诗歌与日常饮食生活的关系。

考之《诗经》,从广义上看,“《诗》三百篇除三《颂》之外的十五《国风》及大、小《雅》诗都可以用于宴饮奏乐,因此都可以称之为宴饮用诗”①。《诗经》中的《小雅》大部分属于燕飨之乐,朱熹在《诗集传》中说:“正小雅,宴飨之乐也……或欢欣和说,以尽群下之情……”②方玉润《诗经原始》云:“大略小雅多燕飨赠答,感事述怀之作。”③从“宴飨”诗所描写的具体使用场合情况来看,以诗乐侑食的燕飨生活,大体上存在遣使、戍边、劳还、慰使归、燕享群臣和嘉宾以及朋友、兄弟、亲朋之间的欢愉作乐等几类情况:

遣使燕飨。《小雅·皇皇者华》是宴请使者出使时候的乐歌。《毛诗序》:“《皇皇者华》,君遣使臣也。送之以礼乐,言远

---

① 雒启坤:《〈诗经〉宴饮诗论》,《第二届诗经国际学术研讨会论文集》,语文出版社 1996 年版,第 707 页。

② 朱熹:《诗集传》,上海古籍出版社 1980 年版,第 99 页。

③ 方玉润:《诗经原始》,中华书局 1986 年版,第 327 页。

而有光华也。”郑《笺》:“言臣出使,能扬君之美,延其誉于四方,则为不辱命也。”使者出征时,君王为其饯行,并唱上这首歌谣,勉励他们要不辱使命凯旋。南宋曹贞吉曰:“燕以遣之,送以礼也,歌以乐之,送以乐也。”君王送使臣以礼乐,即其郑重处,然此使臣也要时常怀念君之使命。即使不能做到尽美尽善,也必须专心致志,诚恳访求,然后始能做到下情上达,而不负君之使命也。

戍边燕飨。《小雅·采薇》便是一首“遣戍”之宴乐诗篇,《毛诗序》根据诗中对军旅生活的描写,认为“《采薇》,遣戍役也。文王之时,西有昆夷之患,北有玁狁之难。以天子之命,命将率遣戍役,以守卫中国。故歌《采薇》以遣之”。郑笺:“西伯以殷王之命,命其属为将率,将戍役御西戎及北狄之难,歌《采薇》以遣之。”考之《逸周书·叙》:“文王立,西距昆夷,北备玁狁。”朱右曾注:“《诗·采薇序》与此略同。”即采此说。尽管关于此诗的创作时代,学界有几种不同的看法,但《毛诗序》谓《采薇》是“遣戍役”、劝将士之诗,或有一定合理因素在内。另外,《诗经》中也有宴飨凯旋的将士们之诗篇,例如《六月》即此类:“戎车既安,如轾如轩。四牡既佶,既佶且闲。薄伐玁狁,至于太原。文武吉甫,万邦为宪。吉甫燕喜,既多受祉。‘来归自镐,我行永久’。饮御诸友,炰鳖脍鲤。侯谁在矣,张仲孝友。”方玉润《诗经原始》:“《六月》,美吉甫佐命北伐有功,归宴私第也。”①兮伯吉甫奉周宣王命,北伐玁狁,得胜还朝,周王在私第设燕犒飨之。

慰使归燕飨。《小雅·四牡》是文王宴请使臣归来时的乐歌。全诗共五章,一唱三叹,每章用“岂不怀归”作反问,用“王

① 方玉润:《诗经原始》,中华书局1986年版,第360页。

事靡盬,我心伤悲”、“王事靡盬,不遑启处”、“王事靡盬,不遑将父”、“王事靡盬,不遑将母”、“是用作歌,将母来谂”等不满之辞来发泄牢骚,使者长期漂泊在外,顾念父母,盼望早日回家以尽孝子之心,但因及公务,又不可能归家,诗篇把使者这种矛盾痛苦的心情描绘了出来。实际上,这是一首慰劳功臣的乐歌,既道出了使臣的辛酸生活,也道出了君王对使臣的理解、体谅与尊重。所以,当时的统治者往往用此诗来慰劳使臣的风尘劳顿。《左传·襄公四年》载穆叔云:“《四牡》,君所以劳使臣也。”《毛诗序》也说此诗“劳使臣之来也”。就连《仪礼》中也记载了歌吟此诗的有关礼节情况,《乡饮酒礼》:“工歌《鹿鸣》、《四牡》、《皇皇者华》……笙入堂下,磬南,北面立。乐《南陔》、《白华》、《华黍》。”《燕礼》亦云:“工歌《鹿鸣》、《四牡》、《皇皇者华》……笙入,立于县中,奏《南陔》、《白华》、《华黍》。”

天子宴诸侯。《小雅·蓼萧》是一首天子宴请诸侯之乐歌,方玉润《诗经原始》申之云:“此盖天子燕诸侯而美之之词耳。然美中寓戒,而因以劝导之。曰德,曰寿,有是德乃有是寿,固也。诸侯之易于失德,则尤在兄弟争夺之间与邻国侵伐之际。故又从令德中特言‘宜兄宜弟’。夫必内有以和其亲,然后外有以睦其邻,诸侯睦而万国宁,乃真天子福也。故更曰‘万福攸同’,是岂徒为诸侯颂哉?”①古时天子对立下赫赫战功的诸侯,要摆设酒宴、陈设钟鼓予以宴请并赐以具有征伐权利的弓矢,《蓼萧》就是这样的诗篇,方玉润所言甚是。另外,《湛露》亦属于天子宴诸侯之乐歌,郑玄《笺》:“燕,谓与之燕饮酒也。诸侯朝觐会同,天子与之燕,所以示慈惠。”《左传·文公四年》载:“昔诸侯朝正于王,王宴乐之,于是乎赋《湛露》。”

① 方玉润:《诗经原始》,中华书局1986年版,第354页。

燕享群臣。《小雅》开篇《鹿鸣》,便是这一类最具有代表性的宴飨诗篇。《毛诗序》:"《鹿鸣》,燕群臣嘉宾也。既饮食之,又实币帛筐篚,以将其厚意,然后忠臣嘉宾得尽其心矣。"《鹿鸣》为周文王时所作,是君王宴请群臣、四方宾客等嘉宾时候所唱的乐歌:"呦呦鹿鸣,食野之苹。我有嘉宾,鼓瑟吹笙。吹笙鼓簧,承筐是将。人之好我,示我周行。呦呦鹿鸣,食野之蒿。我有嘉宾,德音孔昭。视民不恌,君子是则是效。我有旨酒,嘉宾式燕以敖。呦呦鹿鸣,食野之芩。我有嘉宾,鼓瑟鼓琴。鼓瑟鼓琴,和乐且湛。我有旨酒,以燕乐嘉宾之心。"孔颖达《毛诗正义》卷九疏解《诗序》之意云:"作《鹿鸣》诗者,燕群臣嘉宾也。言人君之于群臣嘉宾,既设飨以饮之,陈馔以食之,又实币帛于筐篚而酬侑之,以行其厚意,然后忠臣嘉宾佩荷恩德,皆得尽其忠诚之心以事上焉。明上隆下报,君臣尽诚,所以为政之美也。言群臣嘉宾者,群臣,君所飨燕,则谓之宾。《序》发首云'燕群臣',则此诗为燕群臣而作。经无群臣之文,然则序之群臣,则经之嘉宾,一矣,故群臣嘉宾并言之,明群臣亦为嘉宾也……《乡饮酒》、《燕礼》注云:'《鹿鸣》者,君与臣下及四方之宾燕,讲道修政之乐歌。'是也。"从文意来看,诗篇三章均以鹿鸣起兴,宴饮之际,伴随着鹿欢乐的"鸣叫声",人人都尽心享受,完全沉浸于其中,宾主之间和融一体,君臣相得益彰、浑然一体,达到了燕飨的最终目的。

燕飨嘉宾。《小雅·南有嘉鱼》为燕飨嘉宾类典型篇章,"南有嘉鱼,烝然罩罩。君子有酒,嘉宾式燕以乐。南有嘉鱼,烝然汕汕。君子有酒,嘉宾式燕以衎。南有樛木,甘瓠累之。君子有酒,嘉宾式燕绥之。翩翩者雏,烝然来思。君子有酒,嘉宾式燕又思。"《毛诗序》:"《南有嘉鱼》,乐与贤也。太平之君子至诚,乐与贤者共之也。"郑《笺》:"乐得贤者,与共立于朝,相燕乐也。”诗首以嘉鱼游态起兴，正取如鱼得水的意义，用以象征宾客与主人之间的融洽与快乐。第二章与第四章又写甘瓠缠绕樛木，进而引申主客之间相互之间紧密关系，而鹁鸪鸟的飞来，更表明主雅客来之意。我们仿佛看见四面八方的宾客们聚集在厅堂，大排筵宴，席间觥筹交错，笑语盈盈。鱼乐，人亦乐，二者交相感应，一虚一实，宴饮时的欢乐场面与主宾绸缪之情顿现。短短数句，婉曲含蓄，意在言外，回味无穷。故《毛诗正义》卷十云：“作《南有嘉鱼》之诗者，言乐与贤也。当周公、成王太平之时，君子之人已在位有职禄，皆有至诚笃实之心。乐与在野有贤德者共立于朝而有之，愿俱得禄位，共相燕乐，是乐与贤也。经四章皆是乐与贤者之事。”

兄弟间燕飨。《小雅·常棣》是兄弟相宴请时所唱的乐歌：“常棣之华，鄂不韡韡。凡今之人，莫如兄弟。死丧之威，兄弟孔怀。原隰裒矣，兄弟求矣。脊令在原，兄弟急难。每有良朋，况也永叹。兄弟阋于墙，外御其务。每有良朋，烝也无戎。丧乱既平，既安且宁。虽有兄弟，不如友生。傧尔笾豆，饮酒之饫。兄弟既具，和乐且孺。妻子好合，如鼓瑟琴。兄弟既翕，和乐且湛。宜尔室家，乐尔妻帑。是究是图，亶其然乎！”全诗共八章，通篇所吟唱的兄弟手足之情溢于言表。“凡今之人，莫如兄弟”，“每有良朋，况也永叹”，“每有良朋，烝也无戎”，急难之时，能够相助之人唯有兄弟，因而“兄弟阋于墙，外御其务”的至理名言流传至今，而常棣之花一直以来也成为兄弟之间手足亲情的美好比喻。这首诗歌相传是周公所作，《毛诗序》曰：“《常棣》，宴兄弟也。闵管、蔡之失道，故作《常棣》焉。”孔颖达《毛诗正义》卷九曰：“作《常棣》诗者，言燕兄弟也。谓王者以兄弟至亲，宜加恩惠，以时燕而乐之。周公述其事，而作此诗焉。”周武王灭商后，封管叔、蔡叔于殷旧地行监管之职，但不久兄弟二人作乱,失兄弟相承顺之道,不能和睦,作乱王室,最后被诛杀。周公以此为背景作了这首诗歌,用来敦促天下兄弟勿忘手足之情,珍惜兄弟之情,“凡今之人,莫如兄弟”。

朋友故旧间燕飨。《小雅·伐木》一诗,即此类燕飨诗:“嘤其鸣矣,求其友声。相彼鸟矣,犹求友声。矧伊人矣,不求友生?”按照《毛诗序》的说法,是“燕朋友故旧也。自天子至于庶人,未有不须友以成者。亲亲以睦,友贤不弃,不遗故旧,则民德归厚矣”。诗以小鸟嘤嘤鸣唱求友起兴,比喻人不可没有朋友,接着诗人又尽情地描写了众亲友欢聚一堂共享美酒的热闹场面,表达了诗人对和乐友爱的向往和追求。在商周先人看来,不仅君臣之间需要通过燕飨的方式沟通情感,同心协力,就是兄弟族人、朋友故旧之间也需要燕飨的方式互相扶持爱护,才会有所成就。

燕飨亲朋、族人。燕飨亲朋者如《小雅·頍弁》:“有頍者弁,实维在首。尔酒既旨,尔殽既阜。岂伊异人?兄弟甥舅。如彼雨雪,先集维霰。死丧无日,无几相见。乐酒今夕,君子维宴。”被请者表达了对主人的依赖和爱戴,并流露出人生苦短须及时行乐的心情。燕飨族人者如《大雅·行苇》:“戚戚兄弟,莫远具尔。或肆之筵,或授之几。肆筵设席,授几有缉御。或献或酢,洗爵奠斝。醓醢以荐,或燔或炙。嘉殽脾臄,或歌或咢。敦弓既坚,四鍭既钧。舍矢既均,序宾以贤……”胡承珙《毛诗后笺》云:“此诗章首即言‘亲戚兄弟’,自是王与族燕之礼,与凡燕群臣国宾者不同……至末言以祈黄耇,则又如《文王世子》所谓‘公与父兄齿’者,此其与凡燕有别者也。然则此诗只是族燕一事,而射与养老连类及之。《序》以睦族为内,养老为外,盖由养九族之老而推广言之,以见周家忠厚之至耳。”①胡氏辨析颇有

① 胡承珙:《毛诗后笺》,黄山出版社 1999 年版,第 1337—1338 页。

理,可以考见此诗当为周王室与族人饮宴之作也。

《诗经》中留给我们的这些“燕飨”诗,“是世界文学史中唯一单纯反映古代燕飨活动的一组诗歌。它们不仅真实地展现了周代燕飨活动的场面,而且表现出燕飨活动中那种和谐融洽、欢快热烈的气氛,形成燕飨诗的独特风格”①。它们或作于宴会之上,或用作宴会的音乐,或以宴会为题材,充分反映了当时的贵族宴饮生活。《大雅·凫鹥》云:“尔酒既清,尔殽既馨,公尸燕饮,福禄来成……尔酒既多,尔殽既嘉,公尸燕饮,福禄来为……既燕于宗,福禄攸降。公尸燕饮,福禄来崇。”虽然此诗是为祭祀之后宴饮而作,但为我们了解宴饮诗的目的揭开了冰山之一角。根据雒启坤先生的研究②,《诗经》中的宴饮诗以及春秋时期的宴饮用诗有其深层次的社会功能,主要体现在以下几个方面:

第一,歌颂、强化宗法血缘亲情。“礼乐相须以为用,礼非乐不行,乐非礼不举”,而“乐以诗为本,诗以乐为用”。(郑樵《通志·乐略第一·乐府总序》)《诗》即是乐,乐即是《诗》,而《诗》乐合乎血缘宗法等级之运用便是礼。周代的分封以同姓为主,受封者为周王之父兄子弟,可谓同气连枝。即使不是同姓,也是以世代的联姻而建立起血缘亲戚关系,齐、宋、陈诸国遂成甥舅之国。因而,兄弟甥舅之情便成为创作通行于华夏诸侯之间的宴饮诗所要歌颂的主要内容之一。如《小雅·常棣》一诗,朱熹《诗集传》云:“此燕兄弟之歌。”诗中反复言“凡今之人,莫如兄弟。死丧之威,兄弟孔怀”,“脊令在原,兄弟急难”,“兄

---

① 褚斌杰主编:《〈诗经〉与楚辞》,北京大学出版社2002年版,第61页。

② 雒启坤:《〈诗经〉宴饮诗论》,《第二届诗经国际学术研讨会论文集》,语文出版社1996年版,第711—717页。

弟阋于墙,外御其务”。只有兄弟才会相救于急难,兄弟虽然会在墙内相互争吵,但一旦有外侮,就要共同抵御,在这个时候,即使有好友也不会有什么实际的帮助的。借宴饮兄弟甥舅而达到宗教和部族的团结,无疑是当时所能运用的最好方式。总之,从春秋时期各诸侯国贵族们对宴饮诗中歌颂兄弟甥舅血缘亲情诗篇的运用,可以看出这些诗篇在维护血缘宗族亲情方面具有极为重要的社会作用。

第二,确立、强化贵族阶级的礼乐制度。西周、春秋时期通行于华夏诸国贵族中的“礼”对于当时家国天下的重要性,是当时人和先儒们所反复道及的,宴饮恰恰是行“礼”、实践礼之最有效的场合和手段,君臣、父子、尊尊、亲亲等通过合族宴饮活动而得到确立和强化。所以《礼记·乡饮酒义》云:“祭荐,祭酒,敬礼也。哜肺,尝礼也。啐酒,成礼也,于席末。言是席之正,非专为饮食也。”又《孔子家语·观乡射》云:“贵贱既明,降杀既辨,和乐而不流,弟长而无遗,安燕而不乱,此五者,足以正身安国矣。”①虽然《仪礼》、《礼记》等载周代之所谓“周礼”极其完备,但事实上人不可能如此周密,而且也不可能在短时间内完成。《礼记·中庸》谓周礼之“礼仪三百,威仪三千”,只为周公所制定之说肯定是出于后人之虚构了。从《诗经》中的宴饮诗,可以想见周代贵族致力于自身文化建设的努力。在西周早期,卿大夫等贵族曾经是“国人”的一部分,还未完全从基本族众中分化出来,西周中期以后,随着宗族人口的增加、势力的扩展和宗族的分化,他们才越来越巩固,越来越凌驾于普通族人之上而成为真正的“贵族”。宴饮既体现了君臣父子的血缘宗法等级,又使它蒙上了一层温和而诱人的色彩。

---

① 陈士珂辑:《孔子家语疏证》,中华书局1985年版,第182页。

而"和"正是宴饮之上用乐所要达到的目标。在"和而不流"的乐声中，宾主交酬，君臣有节，长幼有序，血缘宗法亲情得到了一种升华。

第三，确立贵族的道德规范。这种规范，是通过宴饮礼仪和天子、诸侯等之间的相互颂美而实现的。这种风范的代表，便是所谓的"君子"形象。它便是周代贵族的理想和人格典范。这种人格典范主要表现在两个方面，即：内在的"德"和外在的生"威仪"。在宴饮诗中，"德"往往成为贵族阶层的品格修养要求和作为贵族理想典范的"君子"品格的赞美。如《小雅·鹿鸣》云："我有嘉宾，德音孔昭。视民不恌，君子是则是效。"嘉宾有光明的品德和言语，示民以善道，是为君子之所效法。《小雅·天保》云："群黎百姓，遍为尔德。"这是诸侯们歌颂周公，言人民和贵族皆为周王之美德所感化。《诗经》中凡此种种道德规范性语言比比皆是。至于"君子"的外在修养——"威仪"，《左传·襄公三十一年》载卫北宫文子之言有一段很好的概括：

> 有威而可畏谓之威，有仪而可象谓之仪。君有君之威仪，其臣畏而爱之，则而象之，故能有其国家，令闻长世。臣有臣之威仪，其下畏而爱之，故能守其官职，保族宜家。顺是以下皆如是，是以上下能相固也。《卫诗》曰："威仪棣棣，不可选也。"言君臣上下，父子兄弟，内外大小，皆有威仪也。《周诗》曰："朋友攸摄，摄以威仪。"言朋友之道，必相教训以威仪也。《周书》数文王之德，曰："大国畏其力，小国怀其德。"言畏而爱之也。《诗》云："不识不知，顺帝之则。"言则而象之也……故君子在位可畏，施舍可爱，进退可度，周旋可则，容止可观，作事可法，德行可象，声气可乐，动作有文，言语有章，以临其下，谓之有威仪也。

以上这段话清楚地说明了西周、春秋时期贵族阶级之“威仪”的内容，它包括了贵族的容止、品德、言语、行为等各个方面，并和“礼”制之下的君臣父子血缘宗法等级相联系。因此，“威仪”可以说是在周代贵族宗法礼制的规范之中，它不仅要求贵族外在的衣饰与自己所处的血缘宗法等级相符合，也要求贵族内在的修养与之相符合。在《诗经·小雅·南山有台》的诗篇中，作者颂“君子”为“邦家之基”、“邦家之光”、“民之父母”、“德音不已”，其形象简直是近乎完美的道德典范。

总而言之，通过解读这些诗歌，我们仿佛可以看到包括主人的迎宾辞、客人的答谢之辞及具体描绘宴会场面，历历在目。《诗经》所展示的多彩的“燕飨”生活，作为历史的一个横断面，天子、诸侯、大臣们之间以饮食相招待，加强交往，联络关系，沟通感情，透射出鲜明的周代的政教特色和社会风尚。同时，在以诗乐侑食的过程中，“诗”又称为了宴享的一种精神“佐料”，使极为平常的饮食上升为一种可以享用的“和”文化，而“这种尚‘和’的精神氛围，就是礼乐文明的精神内涵”①。

二、诗与乡人、乡乐

《礼记·王制》云：“五十杖于家，六十杖于乡，七十杖于国，八十杖于朝。”其中“乡”与“国”、“朝”等并称，周代有“国”、“野”之分，“国”属于城邑，郑玄于《周礼·乡大夫》下注曰：“国中，城郭中也。”如此看来，“乡”是属于国即城邦的一部分，“乡”是属于城邦的一种基础社会单位。《礼记·王制》记载对于不

① 江林：《〈诗经〉与宗周礼乐文明》，上海古籍出版社2010年版，第160页。

循教化之人的处置情况时说:“不变,命国之右乡,简不帅教者移之左。命国之左乡,简不帅教者移之右,如初礼。”一般说来,不循教化之人右乡者迁至左乡,左乡者迁至右乡,倘若仍不思改进,则由乡迁至郊,由郊迁至遂,其基本思路是从城邑中心单位向远离城邑的边远地区迁徙,由此可见,“乡”是属于城邑管理的单位。周代社会,城邦由若干乡构成,以宗法血缘构成的贵族们居住在乡中,拱卫着城邦的中心地位。[①] “乡人”一词,在《周礼》、《仪礼》、《礼记》、《左传》、《论语》等传世文献中都可见到,是城邦中享有广泛民主权利的贵族阶层,他们不仅物质上过着优裕的贵族生活,而且享受着知政、议政、选举、教育等多项民主权利。至于“乡乐”,在《仪礼》的《乡饮酒》、《乡射礼》、《燕礼》中多次提到,如《仪礼·燕礼》:“遂歌乡乐,《周南》:《关雎》、《葛覃》、《卷耳》;《召南》:《鹊巢》、《采蘩》、《采蘋》。”郑注:“乡乐者,风也……燕合乡乐者,礼轻者可以逮下也。”朱熹注:“二南,正风,房中之乐,乡乐也。”[②]乡里最多的是经常性的礼乐文化活动,“乡乐”便是周代乡里礼乐活动的经典形式。傅道彬认为:“周代礼乐文明既体现为天子庙堂之上的庄严宏大的宗教祭祀,也表现为诸侯城邦间的赋诗唱和文采风流,更立足于乡党间的婚丧嫁娶、衣冠言语、乡饮乡射等日常的经常性的文化活动中。以《诗经》为代表的诗乐既可以用之于宫廷列国,也可以用之于普通贵族的‘乡人’,所谓‘用之乡人焉,用之邦国焉’(《诗大序》),许多重大的诗乐活动,都是以乡里为基本空间展开的。‘用之邦国’,是为国风;‘用之乡人’,则称为乡乐。比起‘用之

---

① 根据《左传》,“乡”作为特定地域组织单位,春秋时期主要见于陈、宋、鲁、郑、楚诸国,如郑国子产执政,有“不毁乡校”之说。

② 朱熹:《晦庵先生朱文公文集》卷70,四部丛刊初编本。

于邦国'的政治意义,'用之于乡人'的诗乐教化作用则更基础更日常更普遍,发挥着和谐乡里凝聚宗亲的作用,从中显示出'诗可以群'的这一文学观念的思想意义。"①

《诗三百》的社会功用是极为强大的,它可以"用之乡人焉,用之邦国焉"(《诗大序》),"用之邦国"是为国风,"用之乡人"是为乡乐。凭借着周公"制礼作乐"制度文化的深刻影响,以《诗经》为代表的诗乐广泛应用于周人的社会生活方方面面,既可以在周代天子公卿宗庙祭祀、外交朝觐等大型政治活动上发挥重大作用,由此进一步观察邦国政治,是为"诗可以观";也可以在乡间里巷中有关生死、婚姻、宴饮、聚会等普通的世俗生活上开展,是为"诗可以群"。简言之,"用之邦国"和"用之乡人"两者的政治意义有着较大的差别,用之前者则可在一个诸侯邦国范围内产生较强的政治价值,用之后者则可在乡里发挥着和谐乡里、凝聚宗亲的作用。当然,两者并非是决然对立的,诚如傅道彬先生所言:"乡乐就是以《周南》《召南》为代表的国风,就周室而言国风代表诸侯的邦国,因此称为'国风'或'邦风',反映一个诸侯邦国的政治与礼俗。但是《诗经》在春秋时代的一个重要功用是服务于当时礼乐教化的目的,运用于乡党族群的日常的礼乐文化生活,这时的国风又可称为'乡乐'。"②"诗"和"乐"一起依托于礼,介入到"乡里"日常生活的各个层面,诗乐的普及反映着周人世俗生活的诗化过程,而礼则依托诗而实现了艺术化。可以认为,考察"乡里"的活动,很大程度上取决于对于"乡里"诗乐渗透程度的了解度,因为诗乐风雅渗透乡里通

① 傅道彬:《乡人、乡乐与"诗可以群"的理论意义》,《中国社会科学》2006 年第 2 期。

② 傅道彬:《乡人、乡乐与"诗可以群"的理论意义》,《中国社会科学》2006 年第 2 期。

常是以朴素的生活风俗的形式实现的。这种乡间里巷的诗乐活动的渗透,贯彻于周代"乡人"物质与精神生活的各个层面,诸如农耕、祭祀、婚冠、宴饮。这里择其一二略加分析说明如下:

其一,从农耕与农业祭祀活动的层面来看。周人以农业立国,农事活动也伴随着宗教祭祀的礼乐活动。尽管"乡"是属于国即城邦的一部分,"乡人"是城邦中享有广泛民主权利的贵族阶层,但其本质上还是城邑中一个个"亦耕亦农"的乡士,没有完全脱离农业生产及其农业祭祀之各种活动而存在。豳地是先周的发祥地,《诗经·豳风》中的许多诗篇,就是来自于普通乡间里巷祭拜田神的一曲曲歌唱。《周礼·春官·籥章》记:"籥章:掌土鼓豳籥。中春昼击土鼓,歙《豳诗》以逆暑。中秋夜迎寒,亦如之。凡国祈年于田祖,歙《豳雅》,击土鼓,以乐田畯。国祭蜡,则歙《豳颂》,击土鼓,以息老物。"据《汉书·地理志》记载:"昔后稷封斄,公刘处豳,大王徙郊,文王作酆,武王治镐,其民有先王遗风,好稼穑,务本业,故《豳诗》言农桑衣食之本甚备。"可见豳地农耕风俗有着悠久的传统,业已建构了详备的有关农事的礼乐文化体系。一般说来,周代"乡里"都要举行祭祀"田祖"的活动,《豳风·七月》中详细记载了举行祭拜"田祖"的礼乐仪式,其诗最后描述了丰收之后乡饮酒的热烈场面:"献羔祭韭。九月肃霜,十月涤场。朋酒斯飨,曰杀羔羊。跻彼公堂,称彼兕觥,万寿无疆!"孔颖达《正义》云:"乡人饮酒而谓之飨者,乡饮酒礼尊事重,故以飨言之。"根据孔颖达的解释,《七月》一诗通过对丰收之后回报社稷的乡饮酒礼活动的描写,形象地反映出礼乐活动中渗透着的那种祥和热烈的诗化生活。而其全诗开始于祭拜"田祖"的春耕仪式,结束于乡饮酒的宗族乡亲相互称愿的祝福中,更是完整地表现出乡人一年四季的春种秋收及古老的祭祀风俗。同样的,《小雅·甫田》、《小雅·大田》、《小雅·楚茨》、《周颂·丰年》诸诗,皆是叙述丰收之后"乡人"回报社稷、祭拜田神活动的诗篇,诗乐风气浓郁充斥于其间。

其二,从婚姻恋爱习俗的层面来看。《礼记·昏义》云:"昏礼者,礼之本也。"乡党是礼乐文化活跃的舞台,也是爱情生长繁衍的舞台。《诗经》以《周南·关雎》作为"所以风天下而正夫妇"、"用之乡人焉,用之邦国焉"的开篇之作,就是《诗经》的结集编纂者要在乡党礼乐教化中,突出作为人伦之本的婚礼所具有的重要意义。关于《关雎》的题旨,上博简《孔子诗论》第10简,其评《关雎》为"《关雎》之怡","《关雎》以色喻于礼"。其以"怡"评《关雎》,就因为其能"喻于礼",能反纳于礼。故其声则节,其文则礼,得中和之美,合中庸之道,是谓"哀而不淫,乐而不伤"(《论语·八佾》)。考之诗文,从前三章的因情而动,第四章改为循礼而行,所以孔子特别强调"其四章则喻矣"(《诗论》第十四简)。正是因为《关雎》篇具有"以色喻礼"的教化意义,才能承担着教化乡人移风易俗的重要作用。也正因为如此,《关雎》一诗才成为诗三百的篇首之作。又如,《鄘风·桑中》是一首著名的婚恋诗:"爰采唐矣?沬之乡矣。云谁之思?美孟姜矣。期我乎桑中,要我乎上宫,送我乎淇之上矣……"这是一首描写城邑下层贵族婚恋生活的诗篇,其中心舞台是"沬之乡矣",从诗句中我们可以感受得到,青年男女相会的激情四溢、自然天真之感,是周代乡人真挚情感的流露。鲍昌《风诗名篇新解》以为,"郑、卫之地仍存上古遗俗,凡仲春、夏祭、秋祭之际男女合欢,正是原始民族生殖崇拜之仪式"①,《桑中》诗所描写

① 鲍昌:《风诗名篇新解》,中州书画社1982年版,第130页。

的，正是古代此类风俗的孑遗。同样的，在《郑风》中的《野有蔓草》也是写仲春时节，男女自由交往自然天真的爱情故事："野有蔓草，零露漙兮。有美一人，清扬婉兮。邂逅相遇，适我愿兮。野有蔓草，零露瀼瀼。有美一人，婉如清扬。邂逅相遇，与子偕臧。"明代季本《诗说解颐》解曰："男子遇女子野田草露之间，乐而赋此诗也。"亦同样可以考见诗乐礼三位一体的礼制文化在"乡里"留下的浓郁影子。

其三，从乡饮酒礼、乡射礼的燕飨歌诗情况来看。"乡饮酒之礼者，所以明长幼之序也。"（《礼记·射义》）周公制乡饮酒礼以示尊贤养老，申孝悌揖让之道；在举行乡饮酒礼之际，乡人对于诗乐的运用也十分讲究，根据《仪礼·乡饮酒礼》中的记载，其用诗乐的部分情况如下：

"工歌《鹿鸣》、《四牡》、《皇皇者华》。卒歌，主人献工。"

"笙入堂下，磬南，北面立。乐《南陔》、《白华》、《华黍》。"

"乃间歌《鱼丽》，笙《由庚》；歌《南有嘉鱼》，笙《崇丘》；歌《南山有台》，笙《由仪》。"

"乃合乐，《周南》：《关雎》、《葛覃》、《卷耳》，《召南》：《鹊巢》、《采蘩》、《采蘋》。工告于乐正曰：'正歌备。'乐正告于宾，乃降。"

"宾出，奏《陔》。主人送于门外，再拜。"

"乡乐唯欲。"

至于举行"乡射礼"，这一活动不仅是教民以战，更是教民以揖让之道，故而乡射礼实际上是含有习射的乡饮酒礼。举行乡射礼之时，其用诗乐的部分情况如下："乐正东面命大师，曰：'奏《驺虞》，间若一。'大师不兴，许诺。乐正退反位。乃奏《驺虞》以射"，"笙入，立于县中，西面。乃合乐，《周南·关雎》、《葛覃》、《卷耳》，《召南·鹊巢》、《采蘩》、《采蘋》"，"宾

粹的祭祀诗,有的则是先祭祀后宴饮之乐歌。据有关学者统计,《诗经》中的祭祀诗共有17篇,在数量上固然比不上怨刺诗和爱情、婚俗诗,但却比农事诗、史诗和宴饮诗多,说它是《诗经》中的一个大类是丝毫也不为夸张的。① 祭祀上帝(天)者,如《周颂·噫嘻》:"噫嘻成王,既昭假尔,率时农夫,播厥百谷。骏发尔私,终三十里。亦服尔耕,十千维耦。"《毛诗序》云:"春夏祈谷于上帝也。"上帝,又称天、帝、天帝、昊天上帝等,《国语·周语上》载:"古者先王既有天下,又崇立上帝明神而敬视之,于是乎有朝日、夕月以教民事君。"韦昭注:"上帝,天也。明神,日月也。""天"不仅可以造人造物,而且可以授命于人,并且会享受人们的祭品,表现出人的品格和无限威力,成为至高无上的神,因而祭祀上帝者唯有周天子可以施行。而祭祀祖先的13首诗歌,分布情况大体如下:祭祀后稷1首,祭祀文王6首,祭祀武王3首,祭祀成王1首,祭祀历代祖先3首。例如,祭祀文王之诗,根据《毛诗序》所言,主要有《周颂·清庙》、《周颂·我将》等;根据朱熹《诗集传》所言,主要有《周颂·维天之命》、《周颂·维清》、《周颂·雍》等。歌颂武王或祭祀武王的诗歌,根据《毛诗序》所言,主要有《周颂·执竞》、《周颂·武》等诗篇。《国语·

---

① 这里依据的是赵沛霖《关于诗经祭祀诗祭祀对象的两个问题》一文的统计数据,该文载《学术研究》2002年第5期。关于《诗经》中祭祀诗数量的计算,由于对于祭祀诗的界定存在宽、狭之别,以及对有些诗篇是否属于祭祀诗的认知上,不同学者颇有差异,各自的统计数据亦有差别,如易卫华《〈诗经〉祭祀诗研究》的统计数据便与此不同:"对以上祭祀诗祭祀对象的考察,我们发现其中直接用于祭祀祖先的诗有28首,占其中的60%,追忆祖先功业的诗有7首,占15%,描写祭祖场面的诗有6首,占13%。综上观之,和祭祀祖先有关的诗占了总数的87%,而其他和祭祀自然神有关的诗仅占13%(包括存疑的一首)。"(河北师范大学硕士2003年毕业论文,第13页)

鲁语》载周人之制祀典,有资格被祭祀的先祖和神灵大致分为这样五类:第一是“法施于民”的,第二是“以死勤事”的,第三是“以劳定国”的,第四是“能御大灾”的,第五是“能捍大患”的。从《诗经》中的祭祀诗情况来看,此说还是较为可信的。祭祀山川等自然神有关的乐歌,如《周颂·时迈》:“时迈其邦,昊天其子之。实右序有周。薄言震之,莫不震叠。怀柔百神,及河乔岳。允王维后!明昭有周,式序在位。载戢干戈,载櫜弓矢,我求懿德,肆于时夏。允王保之。”《毛诗序》云:“巡守告祭柴望也。”可见,这是一首武王克商后巡视四方、祭祀山川的乐歌。在各类祭祀对象中,以祭祀祖先为最多。这当然有着深刻的社会政治原因。商王朝是以子姓为首的商部族所建立的国家。出于巩固自己国家的需要,周王朝统治者对于被赶下台的殷商贵族给以种种抚慰和安置,如把他们迁往宋地续奉祭祀。但这些并不足以弥补丧失统治权和种种特权所带来的失落,他们对周王朝统治者的不满和抵触时有发生。因此,如何预防殷商贵族的反抗,巩固新的政权,就成为摆在周朝统治集团面前的一项迫切任务。在这方面除了采取强权政治、强化军事措施以外,周王朝统治者时常也利用宗教活动来保护、巩固自己的政权和既得利益,而强化祖先崇拜,高度重视对祖先的祭祀,这正是祭祀诗所能起到的重要作用之一。《大雅》中的《生民》、《公刘》、《皇矣》、《大明》、《绵》,可称为祭祀祖先的代表作。以《绵》一诗为例:“古公亶父,来朝走马。率溪水浒,至于岐下。爰及姜女,聿来胥宇。周原朊朊,堇荼如饴。爰始爰谋,爰契我龟。曰止曰时,筑室于兹。乃慰乃止,乃左乃右。乃疆乃理,乃宣乃亩。自西徂东,周爰执事……”全诗描写了周民族的祖先古公亶父率领周人从豳迁往岐山周原、开国奠基的故事,以及周文王是如何继承古公亶父的事业,维护周人美好的声望,赶走昆夷,并建立起了完整的国家制度的，乃是一部真实的周人的民族史诗。

《诗经》中有一部分诗歌，对于当时的祭祀场面进行了重彩浓墨的描摹。这一部分诗歌尽管不用之于祭祀活动，但是它对祭祀场面的描写本身，就是对祭祀活动过程的回忆和再现。例如，《小雅·楚茨》描写贵族秋冬祭祀祖先的场面："济济跄跄，絜尔牛羊，以往烝尝。或剥或亨，或肆或将。祝祭于祊，祀事孔明。先祖是皇，神保是飨。孝孙有庆，报以介福，万寿无疆！执爨踖踖，为俎孔硕，或燔或炙。君妇莫莫，为豆孔庶，为宾为客。献酬交错，礼仪卒度，笑语卒获。神保是格，报以介福，万寿攸酢！我孔熯矣，式礼莫愆。工祝致告：'徂赉孝孙。苾芬孝祀，神嗜饮食。卜尔百福，如几如式。既齐既稷，既匡既敕。永锡尔极，时万时亿。'礼仪既备，钟鼓既戒。孝孙徂位，工祝致告。神具醉止，皇尸载起。鼓钟送尸，神保聿归。诸宰君妇，废彻不迟。诸父兄弟，备言燕私……"金启华《诗经全译》说："诗写贵族秋冬祭祀情况。"①诗作详细描写了祭祀典礼的全过程，涉及了很多西周祭祀文化礼仪诸多方面。它既是一首儒雅的叙事诗，又是一幅西周祭祀文化的全程再现图，用简约的叙事方式给我们传递出周代的祭祀文化礼仪一系列信息。又如，《小雅·信南山》一诗亦是如此，根据金启华《诗经全译》的说法，这是一首"描写贵族祭祀情况"的诗篇："曾孙之穑，以为酒食。畀我尸宾，寿考万年。中田有庐，疆场有瓜。是剥是菹，献之皇祖。曾孙寿考，受天之祜。祭以清酒，从以骍牡，享于祖考。执其鸾刀，以启其毛，取其血膋。是烝是享，苾苾芬芬，祀事孔明。先祖是皇，报以介福，万寿无疆。"凡此种种，这里不再一一足论。

通过上述分析可以看出，不论是哪一种《诗经》中的祭祀诗，

---

① 金启华：《诗经全译》，江苏古籍出版社 1984 年版，第 528 页。

但作为一种宗教政治文学，它本身是具有明确的政治目的的和狭隘的功利观念的，在西周乃至春秋时期具有重要的社会功用：

首先，《诗经》祭祀诗的重要政治功能是团结、凝聚宗族，它可以说是祭祀诗最基本的出发点和根本目的所在，在宗庙祭祀祖先，以求保佑子孙繁盛、荣昌光大。赞颂先祖德业、敬重仁德实际上都是围绕这个目的。在西周、春秋时期，祭祀不仅是维护、凝聚血缘宗族的一种强有力的手段，也是维护血缘宗法等级制度的有力手段。祭祀变成了权力，也就只有宗子们才有权力主持。在《周颂》各诗中，主祭者是作为天下大宗的周王，而助祭者则是各诸侯。"《诗经》祭祀诗中的祭祀主体一无例外地都是周天子，如武王、成王、康王（有时是他们率领家族和群臣），对于祭祀诗来说，祭祀主体也就是诗歌的抒情主人公。这就是说，这些祭祀诗的作者即使不是周天子本人，但站在主祭者周天子的角度，抒发他的内心感情，即以周天子为抒情主人公却是毫无疑问的。"①只有在充分发展和高度强化的祖先崇拜的基础上，才会有反映这样观念形态的祭祀诗创作的繁荣。与其他宗教崇拜形式，如图腾崇拜、自然崇拜、生殖崇拜相比，祖先崇拜具有更为突出的现实性和功利性，尤其是对统治集团来讲更是如此。"由于具有血缘关系，祖先成为子孙后代的最直接、最亲近的保护神，而对于没有血缘关系的不同姓来说，祖先崇拜具有最为强烈的排他性。加惠本族，排斥他姓，是祖先崇拜的一体两面。"②同时，祖先是后世子孙的精神图腾，是部族的代表。因此，祖先崇拜在加强家庭、部族的凝聚力，强化家族、部族观念，

---

① 赵沛霖：《关于〈诗经〉祭祀诗的几个问题》，《河北师范大学学报》（哲学社会科学版）2008 年第 4 期。

② 《〈诗经〉祭祀诗与祖先崇拜》，http://www.100steps.net/news/15869.html，2009 年 10 月 1 日。

维系成员之间的团结方面起了巨大的作用。这对于巩固新生政权、维护统治秩序来说,便显得尤其重要。

其次,《诗经》祭祀诗的另一个重要功用是敬德思艰。颂扬先祖的德业勋烈,不仅是为了证明周取代商的合法性,也是为了要让后人知道先祖创业的艰难,使他们兢兢业业,继承家业,以图永安。在"天命靡常"的思想指导下,"不显维德",敬德思艰便成为在合族祭祀的庄严场合向后王及群臣训导的主要内容了。这种思想代表作是《周颂·敬之》一诗:"敬之敬之,天维显思,命不易哉!无曰高高在上,陟降厥士,日监在兹。维予小子,不聪敬止。日就月将,学有缉熙于光明。佛时仔肩,示我显德行。"小心呀小心,天道是显明之极的,命运实在难保呀!不要以为高高在上就不管事,它天天都在监视我们呀?小子我敢不听从上天对我的警戒吗?唯有不断学习,日有所就,月有所成,才能保家国平安。所以,学界一般认为,和《小毖》一样,《敬之》之诗是成王自警之作也。他如,《维天之命》重在歌颂先王的功业和盛德,《烈文》重在表示不忘前王之德和继承大命的决心,《雍》重在写与祭者的容止神态,《时迈》重在写震慑万邦的文德武功,充分彰显了祭祀诗的社会功能。凡此种种,为"三百篇"带来了丰富多彩的创作内容和巨大的文化价值,更为当时人们的政治活动增添了一道靓丽的色彩。

四、礼典用诗

仪式是贯彻礼的重要手段,是礼的外显形式。"礼"既然是在行为活动中的一整套的秩序规范,那么表现在形式上就存在着仪容、动作、程式等感性方面的要求,仪式是礼的感性再现。周人非常重视礼的仪式性,礼是以"一套象征意义的行为及程序结构来规范、调整个人与他人、宗教、群体的关系，并由此使得交往关系'文'化，和社会生活高度仪式化"①。礼具有象征功能。周代的仪礼，无论是从祭祀对象、祭祀时间和空间，以及祭祀的次序、祭品、仪节等方面，都在追求建立一种上下有差别、等级有次第的差序格局。这种表现在礼仪形式上的规则，是为了整顿人间的秩序。形式上，有祭品的太牢、少牢之别；乐舞的八佾、六佾之差；葬制的九鼎、七鼎之序；祭礼的郊祭、庙祭之规。这就是"礼仪"。仪式是秩序的表现，在古人看来，自然秩序是合理的、权威的，宇宙天地四方是有序存在的。礼亦如此，《礼记·礼运》引孔子说，"夫礼，先王以承天道，以治人之情"。人类社会的等级秩序在仪式上表现出来，并通过仪式赋予它与自然秩序一样的权威性和合理性，仪式就有了特殊的意味。礼仪是外在的一种动作、姿态，表现的却是一种制度，象征的是一种秩序，人们对礼仪的敬畏和尊重是对秩序的认可。周王朝的礼乐制度，礼对人的规范约束，要实现的等级有差别、上下有尊卑的秩序正是通过频繁、重复的仪式典礼来实现的，对典礼的极度夸张、渲染正是源于人们对秩序的尊重。没有这套仪典，社会的秩序将无法得到确认和遵守。在祭神仪式的基础上，经由周王朝初期的制礼作乐，而逐渐成为定制的礼乐制度，已经高度政治化、伦理化，再经由各种各样的仪式典礼，自上而下推广开来，并渐入人心。人类对自然的崇拜，对血缘的崇拜，对社会权威的认同，都可以通过参加礼仪完成的。礼仪活动既是情感的皈依、规则的认同，又是教化的过程。诗乐参与典礼的构建与实践的过程，并承担起应有的角色，发挥着应有的作用。

---

① 陈来:《古代宗教与伦理:儒家思想的根源》,生活·读书·新知三联书店 1996 年版,第 248 页。

(一)诗是仪式上的乐歌

原始素朴的民歌被专门的乐师配上规范的乐调,获得了权威的改造和认可,转化为官方文化的不可缺少的一部分,成为周代礼乐制度的重要载体,进一步赋予了歌以政治的意义,介入各种神圣、庄严的礼仪中,诗从此开始以乐歌的形式在全社会传播。诗介入礼仪,以乐歌的形式与礼相偕在国家政治生活中发挥重要的作用。经由无数次反复的典礼运用,使诗担负了传播统治阶级理念、整合社会价值导向的功能,诗也因此获得了极大的普遍性和权威性。周王朝乐官把公卿列士进献的诗歌,民间的歌谣,经过搜集、筛选、整理,配上乐谱,成为周王朝的一部标准诗乐,用于礼典仪式上的工歌、弦歌。无论雅、颂还是国风,都曾用为宾嘉祭祀等礼仪中的乐歌。《左传·襄公二十九年》中的季札观乐,便反映十五国风和雅颂一样,在鲁地曾用于乐工的演奏。这些诗歌,有的是对仪式内容的直接描述,有的是乐工在仪式上所唱之歌。正如王小盾先生所言:“事实上,如果没有仪式活动,那么,既不会有诗三百的结集,甚至不会有‘诗’这种文学样式的产生。”①

无论三颂、二雅还是国风,都曾用于宾嘉祭祀等礼仪中,诗中保留了很多乐舞和乐器表演的记录。《周南·关雎》“琴瑟友之”、“钟鼓乐之”,《秦风·车邻》“既见君子,并坐鼓瑟”、“既见君子,并坐鼓簧”,《小雅·鹿鸣》“我有嘉宾,鼓瑟鼓琴”,《小雅·甫田》“琴瑟击鼓,以御田祖,以祈甘雨”,《小雅·宾之初筵》“籥舞笙鼓,乐既和奏。烝衎烈祖,以洽百礼”,《邶风·简

---

① 王昆吾:《中国早期艺术与宗教》,东方出版中心 1998 年版,第 248 页。

兮》"左手执籥,右手秉翟",《邶风·击鼓》"击鼓其镗,踊跃用兵",《鄘风·定之方中》"树之榛栗,椅桐梓漆,爰伐琴瑟",《郑风·女曰鸡鸣》"琴瑟在御,莫不静好",《唐风·山有枢》"子有酒食,何不日鼓瑟"、"子有钟鼓,弗鼓弗考",《陈风·宛丘》"坎其击鼓,宛丘之下"等,这些记录明显表明诗是仪式乐。用于祭祀活动,大师帅瞽矇演奏堂上之乐、唱诗,在登歌之后指挥堂下的乐工瞽矇以乐器演奏诗乐。《周礼·春官·大师》载:"大祭祀,帅瞽登歌,令奏击拊,下管播乐器,令奏鼓朄。"贾公彦疏:"大师帅取瞽人登堂,于西阶之东,北面坐,而歌者与瑟以歌诗也。"此时的"登歌"指的是下神合乐之时的堂上之歌,"下管"是登歌之后在堂下以匏竹等乐器"播扬其声"。

礼乐制度社会,仪式构成了贵族社会生活的主体。《礼记·乐记》云:"乐者,天地之和也。礼者,天地之序也。"仪式重在分别社会等级,仪式之乐则是对于这种等级分别的修饰。在宗周礼乐制度时期,通过歌诗、奏诗、笙诗、管诗等不同的形式,来配合祭、飨、射、燕等不同等级的礼制活动。

(二)诗用于仪式的特点

1. 诗声重于诗义

在诗的礼典化过程中,人们初期更注重的是诗的音乐作用。"从三百篇与礼乐的原始关系看来,我们可以作如下结论:原始意义上的三百篇,实在是乐的一部分……在礼乐用途上,三百篇有声音的存在,却没有辞义的存在,在礼乐过程中,诗所表现的就是乐章,离开了乐章就是没有意义。"①在隆重的仪式上,诗是

① 何定生:《从乐章到诔书看诗经》,《诗经今论》卷一,台湾商务印书馆1968年版。

从属于乐而服务于礼的,它几乎没有独立性可言。它自身的文字内容与举行的典礼仪式可以没有什么关系,只是作为陪衬、装饰出现于典礼而已,和乐舞一道营造一种庄重、肃穆的气氛,随着乐工、国子的唱诗、奏诗、舞诗完成“乐统同”的作用,使“乐”直接诉诸人的内在“心”、“情”,与“礼”相辅相成,维护、巩固群体既定秩序的和谐稳定。在宴飨的热烈气氛中,诗偕乐出现,诗的意义被忽视,而诗声被强调。当“诗”作为乐章而出现于各种庄严、肃穆的典礼时,人们意识到的是乐而不是诗,体现的是乐的功能,而不是诗的本意。在飨礼、燕礼、乡饮酒礼等各种礼仪的进行过程中,诗只是作为一种音乐符号,作为乐的唱词,其作用仅限于区分不同等级的乐章,标志着诗所参与的仪式的等级。用诗的不同,仪式的规格、等级也不同,诗是乐章身份的标签。诗有本义和乐章义即标明了诗用于仪式,其本义曾被忽略的事实。《杕杜》的本义是妇人思征夫,《毛诗序》指其乐章义为“劳还役”;《鱼丽》的本义是捕鱼,《毛诗序》指其乐章义为“美万物盛多能备礼”;《黄鸟》的本义是弃妇或流浪者思乡,郑玄指其乐章义为刺宣王以阴礼教亲而不至;《黍苗》的本义是役夫叙述召穆公营治谢邑,韦昭、杜预指其乐章义为“美召伯劳来诸侯”。(《国语·晋语四》韦昭注、《左传·襄公十九年》杜预注)《皇皇者华》描写的是一个使者外出了解民情、调查情况时的情景,这与宴飨嘉宾、选贤举能的气氛并无多大联系,《诗序》云:“君遣使臣也。送之以礼乐,言远而有光华也。”可见《诗序》解说的不是诗的本义,而是进入仪典后诗所承担的仪式功能。又《左传·襄公四年》记载穆叔如晋,晋侯享之,“工歌《文王》之三……歌《鹿鸣》之三”,《文王》之三,即《文王》、《大明》、《绵》此三篇都是祭祀用诗,内容是歌颂文王、武王及太王功德的,与诸侯相会无关,而此处却说是“两君相见之乐”,穆叔把这些诗与“两君相见”、“嘉寡君”、“劳使臣”联系起来，显然使用的是仪式用乐的规定，使用的是乐章的仪式意义，与诗本义没有直接的联系。袁长江说：“这个时期（西周到春秋前）是诗歌以声为用的时代。据三《礼》推知，祭祀、宴飨、射、丧等都用诗，不过只歌唱演奏。歌唱也好，演奏也好，都注重它的音乐而忽视其内容……”①当然，诗之本义与它用于仪典的仪式意义不是没有任何意义上的联系，如《鹿鸣》、《鱼丽》、《南有嘉鱼》是专门用于描写宴饮场面，用于乡饮酒礼、燕礼的仪式，在这里，诗本义、乐章义及仪典义大致相合。诗为仪式服务，是仪式上的乐歌，诗之本义及仪式意义应该是有渊源关系的。但由于仪典用诗“以声为用”，典礼上过分强调礼节的身份、等级，乐作为区分这种等级的标志意义被得以强化，从而掩盖了诗的本义。随着典礼制度的不断完善和仪式范围的不断扩大，诗自身的意义不断被淡化，以至于后来仪典意义完全取代了诗本义。诗乐舞三位一体，以声为用，是诗在当时广泛地应用于仪典中的普遍形式。正因为此时人们在仪典中用诗只取其音乐，忽视其内容，才使诗的文学语言不妨碍其政治功能；也正是乐在仪典中的大量频繁使用，才使其“附庸”——诗得以进入社交领域而被传播。

2. 诗的等级化

从《三礼》记载的仪典用诗，可知诗之使用具有固定化、程式化的特点，用以体现仪式的等级化，实现礼的等级观念。据《周礼》和《礼记》记载，《肆夏》、《王夏》、《大夏》等《九夏》是周王用于大祭礼、大飨、大射等重要仪式的音乐。如同样是射礼，在大射礼中首先是金奏《肆夏》之乐，而乡射礼是不能用《肆夏》

① 袁长江：《先秦两汉诗经研究论稿》，学苑出版社 1999 年版，第 28 页。

的。《礼记·郊特牲》说:“大夫之奏《肆夏》也,由赵文子始也。”说明在赵文子之前,“九夏”是严格地用于祭祀大礼及诸侯宴飨之礼的。《周礼·春官·钟师》规定:“凡射,王奏《驺虞》,诸侯奏《狸首》,卿大夫奏《采蘋》,士奏《采蘩》。”关于诗的等级化,《左传·襄公四年》及《国语·周语下》所载的“穆叔如晋”之事作了详细的描述:

> 穆叔如晋,报知武子之聘也。晋侯享之,金奏《肆夏》之三,不拜。工歌《文王》之三,又不拜。歌《鹿鸣》之三,三拜。韩献子使行人子员问之,曰:“子以君命辱于敝邑,先君之礼,藉之以乐,以辱吾子。吾子舍其大,而重拜其细,敢问何礼也?”对曰:“三《夏》,天子所以享元侯也。使臣弗敢与闻。《文王》,两君相见之乐也,臣不敢及。《鹿鸣》,君所以嘉寡君也,敢不拜嘉?《四牡》,君所以劳使臣也,敢不重拜?《皇皇者华》,君教使臣曰‘必谘于周’。臣闻之,访问于善为咨,咨亲为询,咨礼为度,咨事为诹,咨难为谋。臣获五善,敢不重拜?”

鲁国大夫穆叔到晋,大夫应享用的诗乐和诸侯享用的诗乐是不同的,这是周代礼乐制度的规定。一定的音乐风格对应于一定的礼仪节度,一定的诗歌内容对应于一定的伦理要求。

3. 诗由于仪式而广泛传播

诗在仪式中被反复演唱、演奏、舞蹈,无论以何种形式,随着音乐的响起,它们总会在人们心中浮现出来,激荡人们的心灵,使人生出崇高之感、愉悦之感和美感。仪式之于周代社会,是人们生活的主体。在贵族社会中,祭祀、朝聘、宴飨屡屡不绝。周代是在分封制、嫡长制基础上建立起来的邦国,祭祀是非常重大的事情,体现在祭祀的频繁、种类上。《国语·周语上》祭公谋父讲各服诸侯的义务时提到过周天子的祭祀,他说:“日祭,月祀,时享,岁贡,终王。先王之训也。”据韦昭,日祭是祭于祖、考,只是简单的上食;月祀是祭祀曾祖、高祖之庙;时享是祭祀于二祧庙;岁贡是指坛、墠之祭。可见周王每天、每月都要进行一些祭祀,这些频繁的祭祀活动规模较小,只有时享是较大规模的祭祀。《礼记·王制》云:“天子诸侯宗庙之祭,春曰礿,夏曰禘,秋曰尝,冬曰烝。”《礼记·祭统》又云:“凡祭有四时,春祭曰礿,夏祭曰禘,秋祭曰尝,冬祭曰烝。”除此以外,周王还要举行大规模的祭祀活动禘祫、郊天之祭。还有为这些大祭祀作准备的天子、诸侯都有的大型仪式——大射礼。另外,周天子与诸侯、诸侯与诸侯之间的聘问往来也非常频繁。《周礼·大宗伯》:“以宾礼亲邦国。春见曰朝,夏见曰宗,秋见曰觐,冬见曰遇,时见曰会,殷见曰同。时聘曰问,殷覜曰视。”这是诸侯朝见天子之礼,诸侯须亲自朝见周王。又《周礼·秋官·大行人》曰:“凡诸侯之邦交,岁相问也,殷相聘也,世相朝也。”郑玄注云:“父死子立曰世。凡君即位,大国朝焉,小国聘焉。”大聘使卿,三年一聘,小聘使大夫,一年一聘。《左传》、《国语》中记载了其他很多的交往活动,与交往活动相联系的是仪式的举行,如朝、宗、觐、遇之礼,聘问之礼。在这些交往活动中,周天子、诸侯王都要为来宾举行隆重的飨礼和燕礼。诗在这些繁复的祭祀、交往活动中传播开来,并根深蒂固地扎根于人们心中。

诗作为仪式上的乐歌,在反复的实践中起着强大的道德、政治功用,这种作用加强了诗的传播的自觉性。礼仪之乐在仪式上的作用是多样的。正乐用于宾礼中的安宾、乐宾,在祭祀之中娱神乐尸。先乐是行礼时升降、步趋的节奏,以严威仪。故《礼记·乐记》云:“律小大之称,比终始之序,以象事行,使亲疏、贵贱、长幼、男女之理,皆形见于乐,故曰:‘乐观其深矣。’”诗的象征作用通过乐表现出来。《礼记·仲尼燕居》记载两君相见大飨时云:“入门而金作,示情也。升歌《清庙》,示德也,下而管《象》,示事也。是故古之君子,不必亲相与言也,以礼乐相示而已。”宾客入门金作是向宾客显示友情,升歌《清庙》则向宾客显示文王之德;下管《维清》之诗并舞以《象》象征文王征伐之事,舞《大武》以武王征伐之事,总之,是向宾客显示王业的大事。正所谓“观其舞知其志”,“审乐以知政”也,诗的这些作用是与仪式承载的道德、政治功能密不可分的。仪式乐歌也附着上了浓重的道德、政治色彩。所以《礼记·乐记》云:“是故先王之制礼乐也,非以极口腹耳目之欲也,将以教民平好恶,而反人道之正也。”诗是礼乐制度的载体,礼乐治国,诗之作用不应被忽视。

五、诗与一般审美体验

春秋之前的人们生活在那时的“诗”的世界,肯定会产生一般审美体验,这种审美体验反过来又影响到人们的生活与生命的质量。[①] 诗是精神生活的再现,是一种娱乐生活方式,既有精

① 审美体验是心理美学研究的重要课题。审美主体自身的文化结构、素养,生活阅历、人生感悟等等都可以融入进审美经验当中,影响审美主体的审美感受。这种若即若离的审美快感,也许就可称为审美主体的审美体验。审美体验通常是只可意会、难以言传的。中国传统美学认为,审美体验分为味象、观气和悟道这三个层次。味象是对客观事物外在感性形象的观审,这是审美体验的开端。观气是审美体验的核心。主体在观气层面体验的是万事万物的生机活力和深层生命内涵。悟道是审美体验的最高层次和最后环节。在悟道这一层次,主体的心灵世界与感性经验世界融合为一体,达到了物我圆融、天人合一的最高境界。中国古代审美体验的历时性心理结构是在味象(象之审美)、观气(气之审美)、悟道(道之审美)三个主要层面的互动与逐层深化中展开的,它标识着古代中国人的审美体验具有不断生成的特点,同时,这一生成是随着生命体验的总体深化与提升得以展开的。

神上的娱乐,也有肉体上的快感。如“我有嘉宾,鼓瑟鼓琴”、“和乐且湛”,用音乐表达情感、刻意营造一种或欢喜或哀伤的氛围,相当于用现在的歌曲表达自己的心声,抒发情感,发泄愤懑。考之商周及春秋战国时代,包括《诗经》在内的诗乐作品,审美体验是其自身的重要表现内容,人们通过“诗”来表现人类自身的原始生命体验。《诗大序》载:“诗者,志之所之也,在心为志,发言为诗。情动于中而形于言,言之不足,故嗟叹之,嗟叹之不足,故咏歌之,咏歌之不足,不知手之舞之、足之蹈之也。”①这里,“诗”是“志”的外化,“志”是“诗”的内容。“志”在内心激荡着,竭力要投射出来,最后经过“言”、“嗟叹”、“咏歌”、“舞蹈”四个步步升级的递进过程才平息下来。早期“诗”是诗(狭义)、乐、舞的三位一体,《礼记·乐记》云:“诗,言其志也。歌,咏其声也。舞,动其容也。三者本于心。”这些“诗”所要表现的是场面盛大的活动,在这种活动中,有器物的撞击,有内心的呼喊,有身体的摇动;到处有飞动的旋律、强烈的节奏、生命的热情;这里充溢着生命的体验,标识着自身的存在。这种体验,它不仅是肉体的感官知觉,更是诗意的生成。所以从某种意义上说,“诗”的创造就是一种审美体验,审美体验就是人类带有强烈情感色彩的、活生生的、对生命之价值与意义的感情把握。

在审美体验中,审美对象引起的感觉、知觉、表象本身就带有一定情感因素,而在对审美对象在知觉、表象基础上进入想象

① 关于这一点,《礼记·乐记》在论及“音”时,有相类似的说法,如其文曰:“凡音之起,由人心生也。人心之动,物使之然也。感于物而动,故形于声。”“乐者,音之所由生也,其本在人心之感于物也。”指出音乐的发生在于人心受外物的感发而自然生成,其所云之“心”,主要就是指的主体的情感。

活动时，情感活动就自然升腾起来，属于“感于哀乐，缘事而发”之类的诗作便应运而生。所谓“登山则情满于山，观海则意溢于海”就是审美对象的感知想象，将情感融于景物之中，达到一种“情景交融”的境界。孔颖达在《毛诗正义》中云：“兴者，起也；取譬引类，起发己心。诗文诸举草、木、鸟、兽以见意者，皆兴辞也。”所引发诗人起兴者，多为当时诗人眼前所见之景。西晋陆机《文赋》云：“遵四时以叹逝，瞻万物而思纷。悲落叶于劲秋，喜柔条于芳春。心懔懔以怀霜，志眇眇而临云。”唐李善注：“秋暮衰落，故悲；春条敷畅，故喜也，《淮南子》曰：‘木叶落，长年悲。’”自然界的天象变化直接影响到诗人的情感体验，进而对其创作产生相应的影响。草木荣枯、春去秋来等本属自然现象，它们本身并无好坏可言，但诗人对它们的感知却有着很大差别，阳春之景令人精神愉悦，而暮秋萧索之景则令人情绪低沉，这些情绪变化都会相应地在其创作中表现出来。例如，《卫风·河广》是一首动人的怀乡念归之歌：“谁谓河广？一苇杭之。谁谓宋远？跂予望之。谁谓河广？曾不容刀。谁谓宋远？曾不崇朝。”在该诗当中，水是一种阻隔的意象，船是渡河的重要工具，诗人非常期望驾一叶扁舟而渡水回归故乡的怀抱。众所周知，该诗作者是春秋时代旅居卫国的宋人。这位离开家乡、栖身异国的游子，由于某种原因，虽然日夜苦思归返家乡，但终未能如愿以偿。当时卫国都城在河南朝歌，和宋国只隔一条黄河。诗人久久伫立在河边上，眺望对岸自己的家乡，唱出这首诗来发抒胸中的哀怨。强烈的思情既然以超乎寻常的想象力，缩小了卫、宋之间的客观空间距离，那么眼前“曾不容刀”的小小黄河，又怎么不可以靠一苇之筏超越？客旅之人不可遏制的怀乡之情怎能不令人为之感叹？

诗歌创作中蕴含的“审美体验”，其所体悟的不仅仅是诗作者个人的情感内涵,同样也可能反映的是一种民族情感的内容。例如,《秦风·兼葭》一诗,可谓是表现人类悲剧处境和悲剧心态的一个艺术范型。在诗人的笔下,青青的芦苇在秋风中变得苍黄不堪,苇叶上夏天的晨露也在渐寒的大地上凝结为白霜,"兼葭"、"水"和"伊人"的形象交相辉映,浑然一体,在天光水色的映照之下,必然呈现出一种迷茫的境界。其中最为令人悲哀的却是,一个人在霜天万木中所寻找的"伊人",仍然在遥远的茫茫水面的另一面。它向世人隐喻时光已经所剩无几了……人世间还有什么比这样一种人生充满了悲剧性的呢?这种悲秋经验与情节的揭示,既是中华民族生命意识最早的流露,同时它也把这种精神体验提到一个很高的情感高度。中国文学史上阵容庞大的悲秋文体,可以说都是从这里开始的。这是中华民族一个深层的心理意象,以至于"秋天的芦苇",成为一种具有浓郁悲剧人生色彩的固定象征。如白居易《长恨歌》的"浔阳江头夜送客,枫叶狄花秋瑟瑟",刘禹锡《西塞山怀古》的"今逢四海为家日,故垒萧萧芦荻秋"等皆缘此而生。然而,就审美情感体验本身而言,事实上它并不局限于诗作者的诗歌创作当中,而且也体现在诸如"赋诗"、"引诗"、"解诗"等系列用诗活动之中。《史记·孔子世家》中称孔子"取可施于礼义",三百五篇"皆弦歌之,以求合《韶》《武》《雅》《颂》之音",正是说明了当时人们以强烈的情感色调参与诗乐活动。人们在鉴赏"诗"作品时,不仅单纯是感知作品所呈现的景物形象,而且感受着景物形象中所蕴含的艺术家的情感体验,从而达到共鸣。例如,《小雅·采薇》中的"昔我往矣,杨柳依依。今我来思,雨雪霏霏"的诗句,杨柳飘扬与雨雪交加的景象,同离乡远戍和凄凉归来的感情交织在一起,它像一幅画一般,把一个出门在外的旅人的心情表达得淋漓尽致。鉴赏者从那对杨柳和雨雪的景物描绘中感受着诗人的情感，不知不觉间便进入了诗的境界之中。

无论是对诗歌意境的关照，还是对其更高层面的情感体悟，诗乐对于人的审美皆产生重要之影响。以诗之比兴为例，刘勰《文心雕龙·比兴》云："观夫兴之托谕，婉而成章。"《毛诗》郑玄笺："兴者，起也；取譬引类，起发己心。诗文诸举草、木、鸟、兽以见意者，皆兴辞也。"郑氏此处也明确指出"兴"是"起发己心"，也就是对于主体情感的唤起。宋代杨时《龟山语录》论学诗云："学诗者不在语言文字，当想其气味，则诗之意得矣。"①又云："诗难卒说，大抵须要人体会，不在推寻文义。"他解释获得"诗之意"的"体会"过程云："何谓体会？且如《关雎》之诗，诗人以兴起后妃之德，盖如此也。须当想象雎鸠为何物；知雎鸠为挚而有别之禽，则又想象关关为何声；知关关之声为和而适，则又想象在河之洲是何在；知河之洲为幽闲远人之地，则知如是之禽其鸣声如是，而又居幽闲远人之地，则后妃之德可以意晓矣。是之谓体会。惟体会得，故看诗有味。"杨时释《关雎》为后妃之德，是囿于经学家之偏见，对此我们姑且不论，但他认为学诗"惟体会得"是有道理的。从杨时之论可知，审美体验是由表及里、由浅入深、逐步展开的过程，然后把握诗歌的内在精神情韵。对于诗之鉴赏者而言，尽管诗歌的审美意象是从直接审美感兴中产生的，但是，一方面，比兴之诗在担负着"引情"的同时，还要担负起"托事"、"取义"、"寄概"的社会功能，使得诗歌本身的意义隐藏在具体的可感知的形象之中，所谓"象外之象"、"味外之旨"是也，需要人们调动自己的生活阅历去理解，去思索，所以清人李重华在其《贞一斋诗说》中说："兴之为义，是诗家大半得力处。无端说一件鸟兽草木，不明指天时而天时恍在其中；不

① 杨时：《杨龟山集》，中华书局 1985 年版，第 20 页。

显言地境而地境宛在其中；且不实说人事而人事已隐约流露其中。故有兴而诗之神理全具也。"①鸟兽草木，作为自然界中的客观存在物，无情理可言，然而经过诗人本质力量的对象化，由妙笔化为诗行，这些自然物被拟人化，与人的主观情意相对应，便形成人情冷暖、世态炎凉的艺术境界，妙趣横生，引人思发。

赋诗活动往往依托于聘问燕享的仪式场合，在这种场合中，审美体验主体并非仅是乐工，还有赋诗言志者，以及参加聘问、燕享的诸侯及公卿大夫。《左传》、《国语》记载的赋诗活动，据马银琴统计，除六起"自作"之"赋诗"，如"公入而赋"、"卫人赋《硕人》"、"郑人赋《清人》"、"秦人赋《黄鸟》"、士䓀"退而赋"等例之外，属于"聘问歌咏"的赋诗言志共有 31 起，涉及诗歌 71 篇次，其中有《国风》28 篇次，《小雅》33 篇次，《大雅》6 篇次，《周颂》1 篇次，逸诗 2 篇次。② 其中也不乏审美情感体验失败的例子，例如，鲁文公四年，在鲁侯与卫宁武子之间发生了一次很不愉快的赋诗事件。《左传》云："卫宁武子来聘，公与之宴，为赋《湛露》及《彤弓》。不辞，又不答赋。使行人私焉。对曰：'臣以为肄业及之也。昔诸侯朝正于王，王宴乐之，于是乎赋《湛露》，则天子当阳，诸侯用命也。诸侯敌王所忾，而献其功，王于是乎赐之彤弓一、彤矢百、玈弓矢千，以觉报宴。今陪臣来继旧好，君辱贶之，其敢干大礼以自取戾？'"鲁侯的赋诗行为没有得到宁武子的响应，主要就是由于鲁文公赋诗之不恰当所致，宁武子"臣以为肄业及之"，毫无疑问是对鲁侯赋诗不合礼义而佯装不知的饰辞。

---

① 《清诗话》，中华书局 1963 年版，第 930 页。

② 马银琴：《春秋时代赋引风气下〈诗〉的传播与特点》，《中国诗歌研究》第 2 辑，中华书局 2003 年版。

诗人是生活的歌手,诗是对生活的歌唱。诗的意义之一便在于,它是人类观照世界的基本方式之一。从《诗经》中的诗歌内容角度来看,周代诗歌涉及当时人们生活的各个方面:燕飨、祭祀、婚丧嫁娶、畋猎、耕作、踏青、归宁、送别、征战、思夫、交通运输,等等。前面我们粗略了解了诗泛渗于人类生活世界中的燕飨、祭祀、婚丧嫁娶等情况,这里则对前面所未讨论的有关方面内容加以分析论述,从中加以考见先秦时期尤其是诸子之前社会生活状态中诗境塑造的各种情况。

畋猎。以《秦风·驷驖》为例,《毛诗序》谓此诗:"美襄公也。始命,有田狩之事,园囿之乐焉。"狩猎历来作为君王讲武的一个组成部分,此诗次章只举秦襄公一隅,管理山林苑囿的狩猎官将一群群养得肥肥的专供王家狩猎作靶子用的时令兽驱出,其余留下一片空白,让他人去自行想象补充,然而轰轰烈烈的围猎场面却自然而然地映现了出来,使人窥一斑而见全豹,从中也反映了当时秦国的强盛。又如,《郑风·大叔于田》也是一首畋猎诗:"叔于田,乘乘马。执辔如组,两骖如舞。叔在薮,火烈具举。襢裼暴虎,献于公所。'将叔无狃,戒其伤女。'叔于田,乘乘黄。两服上襄,两骖雁行。叔在薮,火烈具扬。叔善射忌,又良御忌。抑磬控忌,抑纵送忌。叔于田,乘乘鸨。两服齐首,两骖如手。叔在薮,火烈具阜。叔马慢忌,叔发罕忌,抑释掤忌,抑鬯弓忌。"描述"大叔"乘车出外打猎的经过,通过女子的口气赞美了大叔娴熟的驾驭技能、高超的射技和英武勇敢。诗的描写突出了大叔射御的动作、火烧的场面,尤其是空手打虎的细节,刻画出一个生动、鲜明的贵族猎人形象。其他如《召南》的《驺虞》,《齐风》的《还》、《卢令》等,都是赞美猎人的歌,凡此种种,不一而足。

踏青。春色季节,历来是人们踏青郊游的大好时光,《论语·先进》篇云:“暮春者,春服既成,冠者五六人,童子六七人,浴乎乇沂,风乎舞雩,咏而归。”记录的就是这样的情境。而这盎然的春意,也多能逗人春情,引发爱意,《郑风·溱洧》云:“溱与洧,方涣涣兮。士与女,方秉蕳兮。女曰:‘观乎?’士曰:‘既且。’‘且往观乎!洧之外,洵訏且乐。’维士与女,伊其相谑,赠之以勺药。溱与洧,浏其清矣。士与女,殷其盈兮。女曰:‘观乎?’士曰:‘既且。’‘且往观乎!洧之外,洵訏且乐。’维士与女,伊其将谑,赠之以勺药。”这首诗描写三月三日上巳节溱洧河畔男女青年游春相戏、互结情好的动人情景。祓除不祥的风俗已让位于青年男女的游春。诗中有景色,有人物,有场面,有特写。而特别突出人物的对话,欢声笑语,香兰扑鼻,而芍药动人。相赠相结,不仅在于此情此景,更给人留下了无限想象。诗作者通过参差不齐、对话叙述相穿插的语言形式,反映出春秋时的郑国政治比较民主,风气比较开放,人民追求自由快乐幸福祥和的生活,民风淳朴,感情真挚。

归宁。在周代,女子远嫁异国他乡,且受到当时礼制的约束,但她们的归属感仍很强烈,不想放弃“归宁父母”的仅有机会。在《诗经》中,像《周南·葛覃》、《邶风·泉水》和《卫风·竹竿》等诗,就是反映出嫁女子盼望“归宁父母”的。《周南·葛覃》“言告师氏,言告言归。薄污我私,薄浣我衣。害浣害否,归宁父母”,写一位女子回娘家前的准备工作和内心活动。《邶风·泉水》写卫女远嫁他国,因思归不成而自述离愁之苦,“我思肥泉,兹之永叹。思须与漕,我心悠悠。驾言出游,以写我忧”。《毛诗序》云:“《泉水》,卫女思归也。嫁于诸侯,父母终,思归宁而不得,故作是诗以自见也。”朱熹《诗集传》云:“卫女嫁于诸侯,父母终,思归宁而不得,故作此诗。言毖然之泉水亦流于淇矣,我之有怀于卫,则亦无日而不思矣。是以即诸姬而与之谋为归卫之计，如下两章之云也。”《卫风·竹竿》：“籊籊竹竿，以钓于淇。岂不尔思？远莫致之。泉源在左，淇水在右。女子有行，远兄弟父母。淇水在右，泉源在左。巧笑之瑳，佩玉之傩。淇水滺滺，桧楫松舟。驾言出游，以写我忧。”《毛诗序》说：“《竹竿》，卫女思归也。”欧阳修《诗本义》：“其言多述卫国风俗所安之乐，以见己志思归而不得尔。”朱熹《诗集传》：“卫女嫁于诸侯，思归宁而不可得，故作此诗。”诗中围绕有象征卫国意义的淇水，反复回忆卫国之乐，而今身处异乡，远离父母兄弟，不能再享当年之乐，心中泛起阵阵乡愁。为了排解心中忧愁，姑且“驾言出游，以写我忧”。

送别。离情别意是古人咏叹的永恒主题。在古代，由于交通工具和通讯技术都不发达，人们往往一别数年便再难相见，因此古人很重离别。离别之际，人们不仅备酒饯行，折柳相送，还要作诗话别，这也使得古诗中以离别为题材的送别诗颇多感人之作。远在商周时代，抒写离情别绪的送别诗就已出现，如“我送舅氏，悠悠我思”（《秦风·渭阳》）。《邶风·燕燕》一诗的送别主题十分鲜明，《毛诗序》称：“卫庄姜送归妾也。”《郑笺》详之曰：“庄姜无子，陈女戴妫生子名完，庄姜以为己子。庄公薨，完立，而州吁杀之。戴妫于是大归，庄姜远送之于野，作诗见己志。”又曰：“妇人之礼，送迎不出门。今我送是子，乃至于野者，舒己愤，尽己情。”清人王士禛《带经堂诗话》称之云：“合本事观之，家国兴亡之感，伤逝怀旧之情，尽在阿堵中。《黍离》、《麦秀》未足喻其悲也，宜为万古送别诗之祖。”①全诗以燕子飞翔起兴，“瞻望弗及，泣涕如雨”，“瞻望弗及，伫立以泣”，“瞻望弗及，实劳我心”，远眺之情油然而生。《大雅·崧高》、《烝民》、《韩

① 王士禛：《带经堂诗话》，人民文学出版社 1963 年版。

奕》三首诗,"大臣间私人关系和王命结合于送别之中,私人关系虽小,但关系国家大事;国事虽重,但又通过私人送别来体现"①,这就使得诗歌的送别之情显得相当廓大豪迈。

由此看来,诗对当时人们的一般生活世界产生了重要影响。从当时人们生产的广大诗乐来说,其题材大都与人们的日常生活息息相关,反映出当时社会生活的不同侧面,"饥者歌其食,劳者歌其事"(何休《公羊传解诂》语),同时又在极大程度上反映出当时泛诗世界的社会生活风貌。是故,唐人白居易言:"大凡人之处于事,必动于情,然后兴于嗟叹,发于吟咏,而形于歌诗矣。故闻《蓼萧》之诗,则知泽及四海也;闻《黍离》之咏,则知时和岁丰也;闻《北风》之言,则知威虐及人也;闻《硕鼠》之刺,则知重敛于下也。闻'广袖高髻'之谣,则知风俗之奢荡也;闻'谁其获者妇与姑'之言,则知征伐之废业也。故国风之盛衰,由斯而见也;王政之得失,由斯而闻也,人情之哀乐,由斯而知也。"②因而,从某种意义上说,考察春秋及其以前的诗泛渗于一般生活世界的状况,就可以发现那时人们的真实且又诗意化的生存状态。

---

① 秦丙坤:《试论〈诗经〉中的送别诗》,《第四届诗经国际学术研讨会论文集》,学苑出版社 2000 年版,第 790 页。

② 白居易:《白氏策林·六十九·采诗》,中国国家图书馆藏明刻本。

第五章 士阶层文化彰显诗性特质

在任何社会形态之中，知识阶层都是不可忽视的重要精英力量，而"知识阶层在中国古代的名称是'士'，但'士'却不是一开始就可以被认作知识阶层。'士'之变为知识阶层，其间有一个重要的发展过程"①。在诗的国度中，士之发展是不可能远离诗之熏陶的，《礼记·王制》云："乐正崇四术，立四教。顺先王《诗》、《书》、《礼》、《乐》以造士。春秋教以《礼》、《乐》，冬夏教以《诗》、《书》。"士，作为中国古代文化中一个特殊阶层或者说是一种特定的人格品质，在历史长河中自始至终显示出汹涌澎湃的精神活力，也正是由于士这一独特的思想文化载体，使得中华文化总有令人感慨系之、涵咏不尽的魅力。因而探讨士及士阶层在早期的精神追求与诗性文化特质，对于理解士文化乃至整个传统文化都有着重要意义。

① 余英时：《士与中国文化》，上海人民出版社 1987 年版，第 3 页。

一、士阶层崛起的诗性文化环境

(一)士与士文化特质

1. 士的起源与士阶层的特点

考察“士”这一名词或者说历史现象,可以追溯到上古时期,士应属个体名称,指成年人。东汉许慎《说文解字》训曰:“士,事也。数始于一,终于十。从一从十。孔子曰:推十合一为士。”段玉裁疏此字道:“凡能事其事者,称士。”杨树达《积微居小学述林》卷三《释士》:“《说文》讲:‘士者,事也。’士,古以称男子;事,谓耕作也。《汉书·蒯通传》曰:‘不敢事刃于公之腹者。’李奇注:‘东方人以物臿地中为事。’事又做菑。《汉书·沟洫志》云:‘菑亦臿也。’士、事、菑古音并同。男字从力田,依形得义。士则以声得义。”从字源学上看,“士”的最初含义只是指男子,又主要指从事耕作之事的精壮的男子。《诗》曰:“女也不爽,士贰其行。”士者,夫也。大约在西周时期,才出现作为一个社会阶层的士,也就是说士阶层应是周代宗法制度的产物。现代历史学家一致认为(理论上的理想状态):在周代,社会以天子、诸侯、公卿大夫、士、庶人的次序而构成等级鲜明的阶层。具体而言,天子世代相传,每世天子以嫡长子的身份继承父位为天子,嫡长子的同母弟与庶兄弟受封为诸侯;每世诸侯也是以嫡长子的身份,继承父位为诸侯,其诸弟受封为公卿大夫;每世卿大夫以嫡长子继承父位仍为卿大夫,其诸弟为士;士的嫡长子仍为士,其余诸子为庶人。至此士成为一个群体名词,有着鲜明的阶层特点。

为了看清士阶层的特殊构成形态以及士阶层的文化特质,

我们先来区分几个概念：国子与国人，国人与士，士与庶人。所谓国子，是指公卿大夫的子弟。《国语·周语》云：“宣王欲得国子之能导训诸侯者。”可知国子有见识、有智慧，可以辅助诸侯。更晚出现的《汉书·礼乐志》明确记载：“国子者，卿大夫之子弟也。”国子中除了公卿大夫的嫡长子仍为卿大夫之外，其他诸子为士。所以国子包含了“士”这个概念。因而士与贵族阶层有着天然的血缘关系，应属于贵族阶层的最底层。西周初年，周王朝以武力征服天下，实行的行政规划制度是乡野制，亦称乡遂制，即一种“国”、“野”对立的制度。国，是指统治宗族聚居的城郊和郊区。居住在这里的人，既有天子、诸侯、公卿大夫等贵族，又有普通居住者，这些普通居住者称为国人，也就是平民。他们是自由民，享有一定的政治权利，承担相应的义务。从广义上讲，就是属于这个国家的人；从狭义上讲，就是一种身份标志，指自由民。其中一部分就是公卿大夫的非嫡长子子弟，还有一部分是庶人及其子弟。因为属于武力征服者，他们多是以武力为生存方式。国人中还有一部分属于殷朝的遗民或方国的贵族，自然这些人具有一定的文化修养。“野”，又称为“鄙”或“遂”，是指散居在郊野的被征服者平民，称为“野人”，就是在郊野居住的曾被征服的人，主要从事农业生产。他们没有政治权力，也没有必须的行政义务。由此看来国人与野人，边界较为分明，职事相差较大。国人与士两个概念之间存在交集。国人中的部分与贵族存在一定的血缘关系，国人享有一定的政治、经济权利，国家有大事要咨询他们的意见，同时他们有缴纳军赋和充当甲士的责任，成为国君和贵族在政治和军事上的支柱。但他们除了比较不具备贵族特权之外，却像贵族一样拥有自由的身份，享有一定的政治权利，又承担着一定的义务。其义务之一就是“执干戈以卫社稷”，是甲士的主要来源，是军队的主力。这又与国人以武力为主要生存方式有关。在周代等级森严的社会制度下,“士”这个阶层本身就具有较多的变数,既与上层贵族阶级有着天然的血缘联系,又有着大量的平民阶层作为来源基础,因而这一阶层,就是周代社会构成中最活跃的一个阶层。数量的变动,身份的沉浮,使得这一阶层的社会属性也不断发生变化。直到战国之前的社会结构中,“士”阶层的成员不断地处于分化组合的过程中,是上层社会与平民社会上下流动的汇合阶层。

“士”是先秦社会最为重要的一个社会群体,它不仅在周代地位特殊,有着较为重要的社会作用,其产生和发展又影响着以后几千年中国文化的面貌。士从其初始形态,即指有专职、有特长的社会成员;后来又指这样的社会群体。《白虎通义》曰:“士者,事也,任事之称也。故《传》曰:通古今,辨然否,谓之士。”刘向在《说苑》中也说:“辨然否,通古今之道,谓之士。”从孔子的“推十合一”到“通古今,辨然否”都可以看出此时的“士”深谙推理判断之术,熟识历史史实,懂得审时度势,明辨是非,善于自我选择,至此士已经演化成为一个知识人的实体,脱离了为战争服务的功能了。冯友兰认为:“‘士’字之本义,似是有才能者之通称。”根据近年出土的《多友鼎》铭文可知什伍的队长称“元士”,省称即“士”。谭戒甫对“士”的性质和身份作了更进一步的分析:“士,最初本是一种耕田而又作战的氏族成员,后来不耕遂称武士,成份是在士大夫和农民之间。”①周代封建体制的初期,“士”的身份是相对固定的。在金文及其他文献中各种低层官吏,如邑宰、府吏、下级军官多由士来充任,充分体现了士以职能为特质。在西周后期至春秋时期,士的身份不再固定,甚而成为

① 谭戒甫:《墨经分类译注》,中华书局1981年版,第196页。

成分最为复杂、性质最为活跃的一个社会阶层。吕思勉先生认为:“官之者任以事,是为士,爵之禄之则命为大夫也。”①

大致而言,“士”阶层是从平民中分化出来的一个特殊阶层。平时像农民一样耕田劳动,但他们同时又有勇力和武艺,所以又具有某种特殊性。有战事的时候,“士”可以组成军队作战。随着社会分工的日益细化,这些人后来脱离了农田劳作,成为社会上一类专门拥有武力的人,相当于武士。社会地位大致属于最低等的贵族阶层,略高于平民,是统治者与被统治者之间的一个特殊的社会阶层。他们必须依靠自身的勇力才获得职事。士数量较多,构成社会成分的中坚力量,又是国家的精神载体,对社会的发展起着重要的作用。

“士”阶层的出现应该与中国远古特定的社会结构有关。在周代,靠近统治中心的地域的居民组织与军队的编制是同构的,战时作战,无战则耕种。这些居民的地位也略高于边远地区的平民。“士”阶层就是在这一社会组织中产生的,因征战的因素,他们又具有武士性质。士有志于职事,死而无憾,因此孟子说:“志士不忘在沟壑,勇士不忘丧其元。”(《孟子·滕文公下》)旧社会秩序解体打破了有史以来贵族垄断知识的局面,原来以武力为特征的“士”阶层发生了分化。一部分“士”人接受了原本上层社会贵族独享的夏商周三代的礼乐文化,并以之为专门的技艺,从而由武而文,成为社会上最具有文化特质的一个阶层。如孔子,就是一名由武士蜕变而来的文士。他出生在一个武士家庭。其父叔梁纥以勇力著称,曾在战斗中双手托起城门,将关在门内的军队放出。孔子身长九尺六寸,“人皆谓之‘长人’而异之”(《史记·孔子世家》)。孔子自己对门徒说:“吾何

① 吕思勉:《中国制度史》,上海教育出版社1985年版,第652页。

执？执御乎？执射乎？吾执御矣！”（《论语·子罕》）《列子·说符》记载：“孔子之劲能拓国门之关，而不肯以力闻。”可见孔子原本也有过以技艺为职事的生活经历。在孔子一生中的重要事迹中，葵丘会盟就足以体现孔子拥有武力技能。另外，孔子的官职大司寇，职能就是抓捕罪犯，负责地方治安的。孔子的门徒子路“好长剑”，冉有“用矛于齐师”，樊迟率师逾沟，可见孔子弟子多曾是武士。顾颉刚先生在《武士与文士之蜕化》一文中考证，“士”就是古籍中的“士伍”之士。① 近年出土的秦汉简牍中，武士有“什伍”之名。因而他认为古代只有武士，至孔子殁后才逐渐有文士之兴起，所以文士是从武士蜕化而来的。

周平王东迁洛邑，天子对诸侯的控制迅速削弱，列国争霸，稳固的统治结构迅速崩塌，旧的社会秩序分崩离析，各社会阶层的关系不断重新调整，在贵族和庶人之间的“士”阶层便更加具备了交汇、贯通的性质。游离于宗法血缘社会稳定结构之外的“士”阶层大量滋生。春秋末期，分封制度的解体，导致了上层贵族地位的下降和下层庶民地位的上升。童书业就认为周天子在封建之后亲族日益增多，诸侯、大夫中就有的下降为“士”，“春秋时代天子、诸侯、大夫、士地位之变迁，盖逐层倒塌，而最后士兴，以贵族下层与庶人上层合成新兴之‘士夫’，为后世官僚集团之前身”②。士的人数迅速增加，社会作用也日益重要。在旧的王权体制瓦解、新的专制帝制尚未建立的特殊历史时期，这个阶层的诞生与发展对于整个社会的文化类型以及文化走向有着十分重要的影响力。

---

① 顾颉刚：《武士与文士之蜕化》，《史林杂识初编》，中华书局 1963 年版。

② 童书业：《春秋左传研究》，童教英校订，中华书局 2006 年版，第 311 页。

2. 士之权利与责任

士作为社会上一个重要而有特色的阶层，也具有相应的权利与义务。首先士有受教育的权利，这一点也是其隶属于贵族而区别于庶人的重要一环。西周的学校制度分为国学和乡学两个级别。"国学"教育对象为奴隶主贵族子弟，据《周礼·地官·保氏》所载，大司乐教国子以"乐德"、"乐语"、"乐舞"，师氏以三德三行教国子；保氏养国子以道，乃教之六艺以及六仪。可知西周时期士所接受的教育包括德、行、艺、仪等领域，而以礼、乐、射、御、书、数等六艺为基本内容，基本上涵盖了人生智慧的方方面面。在应享受的权利上士也有接近于贵族的一面，如议政的权利，《周礼·秋官·小司寇》载："小司寇之职，掌外朝之政，以致万民而询焉。一曰询国危，二曰询国迁，三曰询立君。"这里指的是小司寇带领有参政之权者参与国家大事的商讨，而这些参政者即国人。发生于周厉王时期的国人暴动就是国人干预政治的一个鲜明的例子。这是一场以国人为主并有广泛社会阶层参加的大规模民众起义。相对而言，野人则较为被动。吕思勉先生认为："若夫野人，则供租税，服徭役，上以仁政抚我，则姑与之相安，而不然者，则逝将去女，适彼乐土而已。"①当不能忍受剥削与压迫之时，野人选择逃避而不是反抗。周厉王时期的这种"国人"暴动，在京城以外的其他诸侯国中也有发生，如《诗经·大雅·桑柔》记载："乱生不夷，靡国不泯。民靡有黎，具祸以烬。于乎有哀，国步斯频！"当是周厉王、宣王时代发生的一次动乱。国人就包括士，因而士也有参与政治的权利。

《左传·襄公三十一年》也记载过国人的议政行为。"郑人游于乡校，以论执政。然明谓子产曰：'毁乡校，何如？'子产曰：

---

① 吕思勉：《先秦史》，上海古籍出版社1982年版，第292页。

'何为？夫人朝夕退而游焉，以议执政之善否。其所善者，吾则行之；其所恶者，吾则改之。是吾师也，若之何毁之？吾闻忠善以损怨，不闻作威以防怨。岂不遽止？然犹防川，大决所犯，伤人必多，吾必克救也。不如小决使道，不如吾闻而药之也。'"郑人即郑国的国人，国人们议论国政的设施即乡校。子产面对保守势力的阻拦，肯定了国人议论国事这一行为，不仅不毁乡校还强调了国人议政之重要性，可见当时作为知识阶层的士的影响力。但由这一事例也可看出，国人可以参政、议政，但在政治地位上却处于下风，并不能直接参与到国家政治中去，只能是一种补充和参考。

战国时期，士的议政功能进一步加强，因交游的频繁与干政的力度，而被称为"游士"，所在国重，所去国轻，纵横捭阖，尽显魅力。秦统一之后，不再允许一种枉论朝政的势力存在，所以对于游士专门制定了法律进行约束，同时实行博士制度，把士纳入官僚体系之内，这样，原来士阶层对于朝廷的师友身份及模糊状态就成了一种体制化、臣服的状况，于是乎知识阶层的精神被约束了。

士是知识人在中国的最初形态，从其根本属性上来看，他们游离于宗族血缘社会稳定的结构之外，没有产业，宗族观念淡漠，他们以职事为首要的阶级认同特征，勇于为国家服务，为个人职责献身。特别是春秋末年，随着社会动荡的加剧，"士"阶层利用自身的学识与灵活的头脑，游走于各国诸侯之间，在那个以辩才来取决外交优劣胜负的年代，发挥着关键的作用。在春秋各国争霸时期，各诸侯国国力的强盛就在于人才，所以各国都重视和礼遇士，士人不在政府任职，但是他们为国家社会出力，身份相对自由，以言治乱、议政事、论国事自任，无形中成为一种客观的监督、批评力量，议论天下大事，在内政外交环境中施展才能。

士也具有相应的责任，因为所从事的多是具体的事务，士的责任就是执行。“古者治理之权，皆操于战斗之士，故士又变为任事之称，负治民之责也。”①吕思勉先生的这段话，指出了士的职能特点的变化，从而引起了身份上的变迁。士作为一个名词又指任事，正寄寓了这一类人以有事可做、有职可任为终极目标的奋斗理想。正是植根于此，士文化才代代相传，士以已心系天下，成为无恒产而有恒心者。

3. 士文化特质

由于士与贵族阶级的血缘关系，士具备接受文化教育的可能性和渠道，而士以职事为要略的人生取向，又使文化教育的接受成为必要。因而这一阶层就相对而言较多地具备文化特质。

春秋时期，“士”阶层作为由衰落了的贵族和上升了的平民构成的一个特殊阶层，他们以具备较高文化素养或特殊技能为自身的阶层识别。有的努力参与到社会政治实践中去，这种努力实质上是要求把知识文化和官府、政治重新统一起来；有的士专职讲习知识文化，要改变过去由贵族血缘世袭为主要结构的宗法制度，而代之以知识为核心的“士”阶层来担任全社会的政治领导职责。孔子就是这样一个典型的代表。他本是殷商王族的后裔，是宋国的开创者微子启的后代。到其六祖孔父嘉时，按周礼制，大夫不得祖诸侯，“五世亲尽，别为公族”，故其后代以孔为氏。宋太宰华父督作乱，弑宋殇公，杀孔父嘉。孔父嘉之子木金父为避灭顶之灾逃到鲁国（孔氏为鲁国人自此始），卿位始失，下降为士。到孔子之父叔梁纥时已是没落贵族。孔子自述自己幼年“贫且贱”，既没有经济地位，也没有社会地位，是春秋

① 吕思勉：《先秦史》，上海古籍出版社 1982 年版，第 293 页。

时“士”阶层的一员。孔子强烈的社会责任感和功利意识是春秋时期士人的突出特点，而由于孔子整理典籍，聚徒授书，成为先秦士文化的集大成者。

西周封建体制中，从社会构成来看，士重视技艺。《左传·桓公二年》载：“师服曰：‘吾闻国家之立也，本大而末小，是以能固。故天子建国，诸侯立家，卿置侧室，大夫有贰宗，士有隶子弟。’”这是晋大夫师服谈论周代的贵族制度说到的等级情形。杜预《春秋左氏传集解》注曰：“士卑，自以其子弟为仆隶。”晋国师旷对周代各个等级的依附关系又有着更为明确的描述，《左传·襄公十四年》载：“天子有公，诸侯有卿，卿置侧室，大夫有贰宗，士有朋友……皆有亲昵，以相辅佐也。善则赏之，过则匡之，患则救之，失则革之。自王以下，各有父兄子弟以补察其政。”两相对照，可知师旷所谓“士有朋友”就是师服所说的“士有隶子弟”。隶，即隶属，士应该有隶属的子弟对自己加以辅佐。“隶”字，表明士身边的人是招募来的，归附来的，是被收留作为自己的辅佐的。又，《左传·昭公七年》云：“天有十日，人有十等。下所以事上，上所以共神也。故王臣公，公臣大夫，大夫臣士，士臣皂，皂臣舆，舆臣隶，隶臣僚，僚臣仆，仆臣台。马有圉，牛有牧，以待百事。”“舆”、“隶”、“仆”、“台”、“圉”、“牧”都是有着具体职事的官职名称，他们都是位于士之下的具体管事者，这也说明士相对于其他贵族阶层来说是有一定实践技艺的。

士阶层的出现虽与武士有着天然的联系，但其实也自有其礼、乐、诗、书的传统。《礼记·曲礼下》云：“君无故玉不去身，大夫无故不彻县，士无故不彻琴瑟。”表达了社会以及贵族阶层对于士的角色的期待以及对于士的文化定位。由此看来，士的社会特征，一是要有具体职能，负责管理具体的实践事项。二是要履行知识职能，《国语·周语上》云“故天子听政，使公卿至于列士献诗”,《礼记·曲礼上》云“史载笔,士载言”。三是要被派作使者,游历于诸侯之间。《左传·襄公十四年》载:“自王以下,各有父兄子弟以补察其政。史为书,瞽为诗,工诵箴谏,大夫规诲,士传言,庶人谤,商旅于市,百工献艺。”这段话是师旷对晋侯所说的,列举了当时各阶层人的职能,“士传言”就强调了士在社会活动中的主要职能就是传递消息、传播议论。《礼记·玉藻》记载:“士曰‘传遽之臣’,于大夫曰‘外私’。”《周礼·夏官》载:“作士适四方使,为介。”另,《周礼·夏官》载:“凡会同作士从,宾客亦如之。”士在职事中的一大功能就是掌握会同盟要之辞,他们善于运用出色的口才和外交手段游说于各诸侯国之间,成为春秋时期内政外交活动的重要角色。言语在当时有着特别的重要性,孔子教授学生最重要的四科就是德行、政事、言语、文学。言语即指各种重大场合的文辞表达能力。清刘宝楠云:“‘故建邦能命龟,田能施命,作器能铭,使能造命,升高能赋,师旅能誓,山川能说,丧纪能诔,祭祀能语。’此九者,皆是辞命,亦皆是言语。”①这些言语主要是指在当时社会活动中的应用性话语。特别强调不同的场合下使用不同的言语,最大程度上发挥言语的社会功能。言语在整个礼乐制度中也占有十分重要的地位,学习言语就是士的一项重要职责,而孔子曰“不学诗,无以言”。

士由于自身的文化特性所决定,往往自觉努力于恢复夏商周三代所谓王官之学的礼乐文化传统,这便是最初的一批“儒士”。孔子即为儒的开创者。孔子作为当时有名望、有影响力的“士”,习知天道人文,得到很多人的拥护,周围远近有许多人来依附他、信从他,跟随他学习、辅助他的各种政治活动,这些人

① (清)刘宝楠:《论语正义》,中华书局1990年版,第442页。

与他一起去弘扬天道，所谓“有朋自远方来”，这里的“朋”与一般意义上的朋友是有差异的。王国维《说珏朋》：“殷时玉与贝皆货币也……其用为货币及服饰者，皆小玉小贝而有物焉以系之。所系之贝、玉，于玉则谓之珏，于贝则谓之朋。”①《广韵·登韵》：“五贝曰朋。《书》云武王悦箕子之对，赐十朋也。”《广雅·释诂三》：“朋，比也。”“朋，类也。”朋的本义为串联在一起的贝壳。贝壳是古代的钱币，五个小贝壳连成一串称为一朋。因而朋字具有串联、聚集之义，又引申为性格相投而聚集在一起的人或政见相同的组织。“朋”的概念用在指人时，要有主次之分，而不是完全平等的关系。一方面是师生关系，另一方面有可能有保护与被保护的关系。刘宝楠《论语正义》引宋翔凤《朴学斋札记》之言曰：“朋即指弟子。”这些弟子很多都属于“士之隶子弟”，也不是一般意义上的学生。《论语·阳货》记载了两件事就足以说明孔子与其弟子的关系。“公山弗扰以费畔，召，子欲往。子路不说，曰：‘末之也已，何必公山氏之之也?’子曰：‘夫召我者，而岂徒哉！如有用我者，吾其为东周乎?’”“佛肸召，子欲往。子路曰：‘昔者，由也闻诸夫子曰：“亲于其身为不善者，君子不入也。”佛肸以中牟畔，子之往也，如之何?’子曰：‘然，有是言也。不曰坚乎，磨而不磷。不曰白乎，涅而不缁。吾岂匏瓜也哉？焉能系而不食?’”在这一篇中记载的这两件事情，着重突出了子路对孔子的行为的匡正，表现了“隶子弟”对于“士”的“过则匡之”的作用。除了这种辅佐匡正的作用，隶子弟对士还有“患则救之”的作用。据《史记·孔子世家》，孔子罹难于蒲，其弟子公良孺奋死与蒲人斗，就是指弟子在士危难之时以死救

① 王国维：《说珏朋》，《观堂集林》卷三，中华书局1959年版，第181页。

助的关系。从这两种文献的记载就可以说明,孔子弟子中至少有一部分与孔子并非只是普通的师生关系,而是在相当程度上围绕在士之左右,具有辅佐士于仕途的作用。

由西周初年到春秋末期,士逐渐脱离农耕,具有了新的社会职能,他们专门追求各种治术和学术,与普通庶人的生活情态完全不同。《礼记·曲礼下》云:"问士之子,长,曰:'能典谒矣。'幼,曰:'未能典谒也。'问庶人之子,长,曰:'能负薪矣。'幼,曰:'未能负薪也。'"春秋时期的士必须接受六艺教育,包括礼、乐、射、御、书、数,所以一个士不仅要执干戈以卫社稷,也须具备学术的涵养。《管子》云:"士农工商,四民者,国之石民也,不可使杂处。杂处则其言哤,其事乱。是故圣王之处士必于闲燕。"《公羊解诂》云:"古者有四民:一曰德能居位曰士;二曰辟土殖谷曰农;三曰巧心劳手以成器物曰工;四曰通财粥货曰商。"这两条材料可看出士在性情上、道德上的特点。《汉书·食货志》云:"学以居位曰士,辟土殖谷曰农,作巧成器曰工,通财鬻货曰商。"又指出士治学任职的特点。士以积极进取的心态尽心于社会,努力实现个人价值。所以,士是以道自任的理想主义者,"志于道,据于德,依于仁,游于艺",具有非同寻常的理想与抱负,试图突破小我,富有献身精神,有着很强的主体意识,这是士区别于其他社会成员的核心所在。士重视个人精神的独立,在诗书中寻求人生的最高境界,并以此作为乐趣,从典籍中获取精神修养的动力。士对诗的自觉运用和沉浸其中是出于其自身的文化选择与精神需求。他们从对诗的实用功能的束缚中解脱出来,主动地在其中追求精神寄托。士之理想与抱负是由诗乐教育的传统培育出来的,反过来又强化了社会对于诗乐的重视。《孝经·广要道》记孔子之语曰:"移风易俗,莫善于乐。"这成为汉乐府制度的理论根据。从另一个方面也反映出当时文化士对于诗乐社会功能的高度重视，士阶层的终极理想就是移风易俗，士文化成为社会风气的指南针。

（二）士与诗之关系

《文心雕龙·明诗》云："春秋观志，讽诵旧章，酬酢以为宾荣，吐纳而成身文。"这段话说明了春秋之时社会上用诗的盛况，文化士人们懂诗达礼，以诗交际，于其时不仅成为修养与身份的象征，审美风尚的标志，同时还可在外交场合酬酢应对，表情达意，润色辞令，巧言动听，最终名利双收。诗既然有着极高的社会功用，而用诗途径又极为广泛，那么作为这个社会上数量极大而文化素养较高又富于济世献身精神的士必然与诗有着千丝万缕的联系。

那么诗的作者出自哪个阶层呢？在20世纪五六十年代以来，诗出于民间的说法大行其道，但持反对意见的人也有相当一批。如朱东润先生《国风出于民间论质疑》一文就论证了《国风》不出于民间的问题，从另一方面证明了《诗经》全部是贵族文化的产物。① 在这篇文章中，朱先生从作品本身出发，通过逐篇梳理，非常具有说服力地指出两点事实。其一，据《毛诗序》和三家诗说，凡作者可考而得其主名者70余篇，身份皆为统治阶级；其二，诗篇本文中，作诗者或自言，或言其关系之人，或言其所歌咏之人，涉及地位、境遇、服御、仆从诸端，可以确定为统治阶级之诗者凡80篇，即《国风》篇目总数之半。以同样推理方法论证某诗确实出于民间劳动者所作，不能得一篇。论《国风》不出于民间，在很大程度上论证了上古时代文化的担当者只能是贵族，中国文学的若干重要特色最初也只能养成于贵族

---

① 朱东润：《诗三百篇探故》，上海古籍出版社1981年版。

文化之中。实质上,以上两种说法皆各执一端而已,确切的说法应该是将以上两种说法综合起来,即有些诗篇采自民间,但不可否认又经过了后期加工;有些诗篇创作于贵族阶级。毋庸讳言,作为贵族中较为活跃的一分子的士肯定是“诗”的重要作者之一。

1. 士处于一个诗意的时代

周代从立国之初就由周公辅佐成王以礼乐治国。周公制礼作乐,设计出了一套完美的典章制度。如《礼记·明堂位》所记:“武王崩,成王幼弱,周公践天子之位,以治天下。六年,朝诸侯于明堂,制礼作乐,颁度量,而天下大服。”《诗》是周代礼乐文化的重要组成部分,《礼记·内则》载:“十有三年,学乐诵《诗》,舞《勺》。成童,舞《象》,学射御。”是否懂诗用诗作诗甚至可以左右人才的选拔。晋国将要和楚国交战,考虑元帅人选问题,赵衰向晋文公推荐郤縠:“郤縠可。臣亟闻其言矣,说礼、乐而敦《诗》、《书》。《诗》、《书》,义之府也;礼、乐,德之则也。德、义,利之本也。”(《左传·僖公二十七年》)于是晋文公任命郤縠为元帅,终于取得了城濮之战的胜利。《左传·襄公十四年》记载了姜姓戎的驹支面对晋国执政大夫范宣子的指责,在对答中赋《小雅·青蝇》,用“岂弟君子,无信谗言”,表达不能听信谗言的意思,令范宣子不得不道歉。就连“饮食衣服不与华同,贽币不通,言语不达”的诸戎对诗的运用也极为得体、恰当,可见那时诗的使用已经相当广泛,深入中华民族的各个地域。在那个诗意的年代,诗成为一种语言载体,具有一语多义性,被广泛运用于祭祀、朝聘、宴饮各种场合。诗是礼与乐的基石,推广诗、奉行诗、欣赏诗就是当时人特别是贵族阶级,又特别是大量执掌具体职事的文化士人们的重要任务。

《诗三百》中大量写到士,士成为吟咏的对象,也成为一个

"士"之系列了。《诗经》中33篇有"士"字,共54个,其代表的身份虽然各异,但这也更能说明"士"概念之变化。《召南·摽有梅》:"摽有梅,其实七兮。求我庶士,迨其吉兮。"《召南·野有死麕》:"野有死麕,白茅包之。有女怀春,吉士诱之。"《郑风·溱洧》:"溱与洧,方涣涣兮。士与女,方秉蕑兮。女曰:'观乎?'士曰:'既且。''且往观乎!洧之外,洵讦且乐。'维士与女,伊其相谑,赠之以勺药。"吟诵士之浪漫情感。《小雅·都人士》:"彼都人士,狐裘黄黄。其容不改,出言有章。行归于周,万民所望。"美言士之威仪。也有的诗作者即为士。如《魏风·园有桃》:"园有桃,其实之殽。心之忧矣,我歌且谣。不知我者,谓我士也骄。""不知我者,谓我士也罔极。"士通过诗反复诉说心中之郁愤。再如"逸诗":"翘翘车乘,招我以弓。"古者聘士以弓,所谓"旃以招大夫,弓以招士,皮冠以招虞人"(《左传·昭公二十年》),可见此诗作者身份应为士。《左传·昭公十二年》:"昔穆王欲肆其心,周行天下,将皆必有车辙之迹……祭公谋父作《祈招》之诗,以止王心。"周穆王因此停止远游。这是士用作诗的方式行劝谏之事的例子。

士作为知识阶层,非常重视自身的品德修养,尤其注重对于诗书的学习。但在言说实践中,诗书比较起来,"书"是记载历史的产物,主要记录史实,后人在论说时也常在一定限度上变通以用以说理。但是作为先代史实,"书"具有神圣性质,引用的场合势必受到限制。再就是"书"的篇幅相比"诗"要长大,结构形式比较复杂,行文又多为散文句式,不利于记诵和传播。从《左传》引"书"的言语来看,人们当时引书较多引用其中的成语、韵语、结构相对整齐的语句。据刘起釪先生统计,《左传》引《尚书》共86次13篇。而对于"诗"来说,由于在人的社会交往中,诗的运用最为直接和简洁,相比"礼"、"乐"在艺术形式上更简便易懂，相比“书”更易于记诵。再加之在春秋末年，“诗”的数量已相对固定，人们对各篇章的意义也有着共识。“诗”成为人们交际沟通、完成使命的基本语言载体，并且在使用过程中，越来越趋向于一致，在宴会或外交等众人聚集的场合，用诗可以起到以一当十的交流效果。《国语·楚语上》云：“叔时曰：‘教之春秋，而为之耸善而抑恶焉，以戒劝其心；教之世，而为之昭明德而废幽昏焉，以休惧其动；教之诗，而为之导广显德，以耀明其志……”这段话说明，地处偏远、文化较低的楚国，早在楚庄王在位期间（前613年至前591年）就有了针对士阶层的比较丰富的教科书，并且对每种不同的教材规定了不同的教学目的。孔子曰：“兴于诗，立于礼，成于乐。”这也决定了士更加注重诗的学习及实践，更加令士自觉强调自身的诗意化生存。

2. 士之交游与干政

西周处于一种以礼乐为基础的文明阶段。礼乐治国的理念造就了诗的文化环境。在春秋列国不断交游、游走的文化士人在诗的浓厚氛围熏染下，必然地使用诗性思维来构造内政外交的诸种方针。钱穆先生认为：“当时的国际间，虽则不断以兵戎相见，而大体上一般趋势，则均重和平，守信义。外交上的文雅风流，更足表现出当时一般贵族文化上之修养与了解。即在战争中，犹能不失他们重人道、讲礼貌、守信让之素养，而有时则成为一种当时独有的幽默。道义礼信，在当时的地位，显见超出于富强攻取之上……春秋时代，实可说是中国古代贵族文化已发展到一种极优美、极高尚、极细腻雅致的时代。”①

士在交游中常要赋诗或引诗。李春青认为：“赋诗是为着表达完整的意思而专门诵唱一首完整的诗，带有某种程式化色

① 钱穆：《国史大纲》上册，商务印书馆2004年版，第71页。

彩;引诗则是在言谈过程为了加强言说的说服力或增强效果而随机引用诗句,赋诗的风气随着贵族阶层的消失而在战国时代就基本上不存在了;引诗则不仅战国时期仍极为普遍,而且直到两汉时期在士大夫们正式言说中依然是随处可见的。”①所赋诗范围多在今传《诗经》篇目之中,只有极个别的逸诗。在外交宴会场合以赋诗表意,出现重复是不可避免的,也就是说,以相对数量较少的诗来表达纷繁复杂的现实生活,是勉强为之的,赋诗人要首先赋予诗某些特定的含义,而这一含义又必须能为所赋诗的对方了解且熟悉。这必然是双方都十分熟悉的诗,都可以顺手拈来。

士赋诗。有关《左传》赋诗的情况,近来不少学者做过研究。据初步统计,《左传》所记赋诗场景约有 30 多处,总计涉及今传《诗经》60 余篇。赋诗活动多集中在春秋中期,即鲁僖公、文公、宣公、成公、襄公、昭公、定公年间,大约持续百余年。至春秋末年,赋诗活动在《左传》中记载不复多见。综观这些赋诗的情形纷繁复杂,有的表达情谊,有的陈述忧患,有的企求事项,有的应答问题,赋诗者的身份有的是执行外交手段的官吏,有的是富有文化品味的贵族,他们在精神指向上均符合文化士之特点。《国语》赋诗共 5 处,赋诗 7 首 7 次。其中言诗者身份可归为文化士的有鲁宗卿叔孙穆子一人两次赋诗。文化士的赋诗在外交会盟、燕享娱乐等不同场合中产生了独特的影响与效果。大致而言,赋诗的情况主要发生在外交和宴礼两大类场景。

士在外交场合中赋诗最为常见,结果是“赋诗断章,余取所求焉”(《左传·襄公二十八年》)。这种“赋《诗》言志”常常对

---

① 李春青:《论先秦“赋诗”、“引诗”的文化意蕴》,《齐鲁学刊》2003 年第 6 期。

诗的解读造成曲解和误导。但就当时当地的情境来讲,这并没有妨碍他们之间的交流。相反,赋诗双方都能很好地响应对方,以所赋诗来理解对方并能及时给以应对。这足以说明,在当时的语境之下,诗已成为以文化士为核心的知识人的语料,人们可尽可能地从中汲取营养。除了赋诗观志,赋诗还有一个重要作用就是尽其礼仪,也可称为礼仪用诗。春秋时宴礼上可以互相赋诗言志。如《左传・襄公八年》所记:

晋范宣子来聘,且拜公之辱,告将用师于郑。公享之。宣子赋《摽有梅》。季武子曰:"谁敢哉?今譬于草木,寡君在君,君之臭味也。欢以承命,何时之有?"武子赋《角弓》。宾将出,武子赋《彤弓》。宣子曰:"城濮之役,我先君文公献功于衡雍,受彤弓于襄王,以为子孙藏。匄也,先君守官之嗣也,敢不承命?"君子以为知礼。

范宣子赋《召南・摽有梅》以婚恋及时比晋国期望鲁及时出兵,季武子赋《小雅・角弓》以兄弟喻两国之情谊,最后在宾客即士将要出门时,又赋《小雅・彤弓》颂美晋悼公之功业。再如《左传・昭公十六年》记载郑之大臣为晋执政韩起送行饯别的宴会上,郑六卿与韩宣子之间赋诗言志。韩宣子请六卿赋诗,自己从中领略郑国的旨意。

夏四月,郑六卿饯宣子于郊。宣子曰:"二三君子请皆赋,起亦以知郑志。"子齹赋《野有蔓草》。宣子曰:"孺子善哉,吾有望矣。"子产赋郑之《羔裘》。宣子曰:"起不堪也。"子大叔赋《褰裳》。宣子曰:"起在此,敢勤子至于他人乎?"子大叔拜。宣子曰:"善哉,子之言是。不有是事,其能终乎?"子游赋《风雨》,子旗赋《有女同车》,子柳赋《萚兮》。宣子喜曰:"郑其庶乎!二三君子以君命贶起,赋不出郑志,皆昵燕好也。二三君子,数世之主也,可以无惧矣。"宣子皆献马焉，而赋《我将》。子产拜，使五卿皆拜，曰："吾子靖乱，敢不拜德？"

宣子从子赋《野有蔓草》中看到了郑晋交游的前途，从子产所赋的《郑风·羔裘》一诗中听出了对方对自己的赞美，从子大叔《褰裳》中听出了护郑的祈求。子游、子旗、子柳、所赋之诗全部出于郑风，因而韩宣子感慨这些郑国大臣今后将会令郑国兴旺强盛，并赋《我将》表达靖乱之志。从诗的一来一往的赋诵活动中，不必正面谈论国事，却能到位地表达出国家与国家之间的外交策略，宾主双方都达到了自己的目的，可谓皆大欢喜。

士的主观意旨与诗的文本含义并不存在直接而必然的联系。这种现象表明在当时人们的用诗法是将诗作为社会上通行的交际语言，得以自由广泛的延伸。赋诗语境下的诗已超越了诗之为诗的文本，被当作表达个人意旨的工具。清代劳孝舆在《春秋诗话》中早就指出了这一倾向："风诗之变，多春秋间人作……然作者不名，述者不作，何与？盖当时只有诗，无诗人。古人所作，今人可援为己诗，彼人之诗，此人可赓为继作，期于'言志'而止。人无定诗，诗无定指，以故可名不名，不作而作也。"

士引诗。除了赋诗之外，士对于诗的使用还有一种重要形式即言语引诗，也可谓士称诗。傅道彬认为这个时代"可以称为用诗的时代。在用诗的时代里，贵族士人关心的是个人意志的表达，而不是诗的本事本义"①。评论人物、时政往往引诗为证。臧否人物，如《左传·昭公七年》载仲尼曰："能补过者，君子也。《诗》曰：'君子是则是效。'孟僖子可则效已矣。"又，《左传·昭公十三年》载仲尼谓："子产于是行也，足以为国基矣。

① 傅道彬：《〈孔子诗论〉与春秋时代的用诗风气》，《文艺研究》2002年第2期。

《诗》曰:'乐只君子,邦家之基。'子产,君子之求乐者也。"评述时政,如《左传·昭公十年》臧武仲评论平子献俘一事:

公与桓子莒之旁邑,辞。穆孟姬为之请高唐,陈氏始大。秋,七月,平子伐莒,取郠,献俘,始用人于亳社。臧武仲在齐,闻之,曰:"周公其不飨鲁祭乎!周公飨义,鲁无义。《诗》曰:'德音孔昭,视民不佻。'佻之谓甚矣,而壹用之,将谁福哉!"

又,《左传·昭公十六年》,叔孙昭子评论诸侯之无伯:

二月,丙申,齐师至于蒲隧。徐人行成。徐子及郯人、莒人会齐侯,盟于蒲隧,赂以甲父之鼎。叔孙昭子曰:"诸侯之无伯,害哉!齐君之无道也,兴师而伐远方,会之有成,而还,莫之亢也。无伯也夫!《诗》曰:'宗周既灭,靡所止戾。正大夫离居,莫知我肄。'其是之谓乎!"

在文化士的言谈中常引诗以为古训,用以证实自己的言论并增强说服力。如《左传·昭公四年》:

郑子产作丘赋。国人谤之,曰:"其父死于路,己为虿尾。以令于国,国将若之何?"子宽以告。子产曰:"何害?苟利社稷,死生以之。且吾闻为善者不改其度,故能有济也。民不可逞,度不可改。《诗》曰:'礼义不愆,何恤于人言?'吾不迁矣。"

子产在申述自己的治国策略时,面对国人的谤言,毫不退缩,引诗以表白自我的坚强意志,更加显得义正词严。

文化士对诗的称引还有一种情况就是阐释诗义,用以说教。抽象的礼义教化不易传授,借助于诗的形象化语言来说明教化理论,可以清楚明白地传达给他人。如《左传·襄公八年》:

子驷、子国、子耳欲从楚,子孔、子蟜、子展欲待晋。子驷曰:"《周诗》有之曰:'俟河之清,人寿几何?兆云询多,职竞作罗。'谋之多族,民之多违,事滋无成。民急矣,姑从楚以纾吾民。晋师至,吾又从之。敬共币帛,以待来者,小国之道也。牺牲玉帛,待于二竟,以待强者而庇民焉。寇不为害,民不罢病,不亦可乎?"子展曰:"小所以事大,信也。小国无信,兵乱日至,亡无日矣。五会之信,今将背之,虽楚救我,将安用之?亲我无成,鄙我是欲,不可从也。不如待晋。晋君方明,四军无阙,八卿和睦,必不弃郑。楚师辽远,粮食将尽,必将速归,何患焉?舍之闻之:'杖莫如信。'完守以老楚,杖信以待晋,不亦可乎?"子驷曰:"《诗》云:'谋夫孔多,是用不集。发言盈庭,谁敢执其咎?如匪行迈谋,是用不得于道。'请从楚,骓也受其咎。"乃及楚平。

在这一段中,子驷力劝他人从楚引逸诗为证,使用了夸张手法以加强语气。

《论语·八佾》记载:"子夏问曰:'"巧笑倩兮,美目盼兮,素以为绚兮。"何谓也?'子曰:'绘事后素。'曰:'礼后乎?'子曰:'起予者商也!始可与言《诗》已矣。'"孔子对《卫风·硕人》中"逸诗"、"素以为绚兮"的解释也可看出当时人以诗为工具应该说个人之理念的用意。《硕人》之本事在《左传·隐公三年》中有详细记载:"卫庄公娶于齐东宫得臣之妹,曰庄姜。美而无子,卫人所为赋《硕人》也。""素以为绚"的本义是指庄姜无子的事实。孔子对这一史实不会不了解。子夏在向孔子请教时却用以说明日常道理,"绘事后素"就是说在素色的底子上作画才会鲜明生动,有活力。也就是说,人必须纯真质朴,再进行礼仪教化,这样才能取得效果。其实这段话说的是子夏对诗的理解,是子夏用诗的一个事实。孔子对此表示了赞同,也就是说孔子是认可这种言说方式的。

诗进入到士人生活的方方面面,不只是外交、军前、朝廷、饯

席、宴飨等重大场合下,而且在私人交往、寻常家事中也引诗为证。如《左传・宣公十七年》:

范武子将老,召文子曰:“燮乎!吾闻之,喜怒以类者鲜,易者实多。《诗》曰:‘君子如怒,乱庶遄沮;君子如祉,乱庶遄已。’君子之喜怒,以已乱也。弗已者,必益之。郤子其或者欲已乱于齐乎?不然,余惧其益之也。余将老,使郤子逞其志,庶有豸乎?尔从二三子,唯敬!”乃请老,郤献子为政。

范武子在与文子谈论自己将老的打算,本是私人交往的场景,谈话内容也是十分个人化的事情,而对话中也熟练引用了《小雅・巧言》中的诗句,并借以表明个人态度,很好地体现了诗可以群的用途。

士引诗称诗的情况在《左传》《国语》中最为常见,战国时期的引诗称诗在著述中也时时可见。士对诗的熟知及诗在社会生活中的广泛运用确实形成了春秋时期的泛诗文化现象。泛诗现象诗化了文化士的理论思维,加强了理性言说的形象化特征,奠定了传统文化中的诗意精神,在后代的诗歌及至散文、小说甚至诸多实用文体中都有体现。但是从另一方面讲,这种泛诗现象的盛行也导致了后代解诗的弊病。断章取义、牵强附会、背离诗作原义的阐释大行其道,影响到今文经学的理路。

二、士之诗性文化空间

意大利哲学家维柯(Giambattista Vico)在《新科学》中提出“诗性的智慧(Poetic Wisdom)”的理论,基本上是指人类早期的特有的思维方式,东西方古文化不约而同地具备这一思维方式。①

① [意]维柯:《新科学》,朱光潜译,人民文学出版社1986年版。

在我国,主要是在西周及春秋时期,上层贵族阶层所接受的礼乐文化教育以及在这种教育体制下所形成的对于礼、乐、诗的细腻理解与审美感悟,使其自觉地运用诗性语言和创造诗意的境界。这一思维方式、生命意识和艺术精神就是中国古代贵族阶层独具的“诗性智慧”。

(一)礼是诗性智慧的大背景

周代的礼乐制度是诗性智慧产生的肥沃土壤。早在“小邦周”时期,周文化就已经显示出重礼让的特色。提倡“耕者皆让畔,民俗皆让长”的社会道德规范,吸引和感化了周边小国,并逐步征服天下。周文王本身继承了公刘、古公亶父、王季等先辈的优点,礼贤下士,敬老护小,亲迎太公,奠定了礼制的基本面貌。周公在此基础上为巩固分封制和西周统治者的权利和地位,从上层建筑意识形态方面规定了一系列的典章制度,这种具有等级性的制度的总和即为“礼”。周礼融自然规律和人伦秩序为一体,努力实现自然和人伦的完美合一,蕴涵着个人和家国利益浑然一体的理想色彩,是上古三代历经千年积淀而成的文化结晶。礼又包含“仪”和“乐”。因而历史上也称之为周公“制礼作乐”,使礼与乐浸润到一切社会生活中去,礼制井然有序,绝不容僭越。中国古代的“礼”在古典贵族文化兴盛的周代产生并基本定型。礼,包括礼仪和礼乐。礼仪,重在“仪”,也叫“典”,是相见交接、冠婚丧祭、射御宴飨、朝聘会盟的各种仪式,所有礼仪施行时都有各种繁琐严格的细节规定,升降揖让、尊卑贵贱,精确地体现在形式上,而执行者的态度必须端正恭敬,绝不容嬉笑亵渎。礼乐则是保证礼仪施行而编制的仪式乐舞。礼仪和礼乐都是“礼”的物化表征,这使得礼有寓意深刻的揖让仪式、精密复杂的程序设计和严格的名物制度,因此形成了深厚的思想内涵。《左传·襄公三十一年》北宫文子对卫侯说:“有威而可畏谓之威,有仪而可象谓之仪……君臣上下,父子兄弟,内外大小,皆有威仪也。”自上而下的行政权威,由神而人的意识指向,乃至演奏的乐曲、陈设的青铜礼器、镌刻的铭文以及绘画、建筑等诸种类型的艺术,使得礼乐仪典带有威严郑重的外在形态。总之,礼乐制度以权力为保障,以内心的诚惶诚恐为驱动力,强压进各贵族阶层的思维之中,所以说礼乐制度为当时的古典贵族营造了一种带有浓郁的精神象征意义的氛围和环境。

上古社会文化知识的所有权有一个由少数到多数,由上层到下层的过程。《国语·楚语下》:“及少皞之衰也,九黎乱德,民神杂糅,不可方物……颛顼受之,乃命南正重司天以属神,命火正黎司地以属民,使复旧常,无相侵渎,是谓绝地天通。”这是一次重要的巫教变革,也是一次重要的文化突破。“原始的信仰是初民共有的世界观,与神灵交往是每个人向往并皆可参与的事情。人事与神事不分,整个社会在神权上是相等的,而且是自由而无序的。巫教在上古经历了一个极为漫长而复杂之演变过程,但自颛顼施行‘绝地天通’变革之后,历史上的巫教便产生了一次质的飞跃,对后世产生了深远之影响。”①诸子可能来源于史官文化,根据杨向奎先生的说法,史出于巫,他认为中国古代史职的演变分为三期,一是颛顼以前的神职时期;二是颛顼以后的巫职时期;三是春秋时代的史职时期。整个趋势尽管是民神不杂到民神杂糅再到民神不杂,这之间已经有一个微观的拨乱反正的过程,是一个由神到人的文化传承的复杂变化过程。② 具体而言,文化的专有由

① 蔡先金、赵海丽:《论颛顼时代巫教之变革》,《济南大学学报》2005年第4期。

② 杨向奎:《杨向奎学术文选》,人民出版社2000年版。

神到巫,由巫到史,史就属于文化士。这一演变过程,与文学繁荣的趋势是一致的,与诗性思维发展的程度呈正比。

(二)诗性伦理的来源

周初分封制虽本于血缘关系,但主要还是基于政治关系,以行政架构为首要目标,这是周人的一种革新意识的反映。其目的在于建立由天子、诸侯、卿大夫到士一层层自上而下的尊卑分明的臣属关系,从而形成周天子的绝对权威,完成了对社稷的神化膜拜,各封国国君以及各臣下对周天子要绝对服从和诚惶诚恐。《小雅·北山》:“溥天之下,莫非王土。率土之滨,莫非王臣。”相比夏商而言,周代的专制王权更为集中,文化更为统一,人们对于天子的虔敬就是他们的诗性伦理的来源。“在一切民族中,虔敬是一切伦理的、经济的和民政的德行之母”,“只有宗教才能使人有实践德行的力量,而哲学却无宁说是较适宜于讨论德行。虔敬起于宗教,宗教就恰恰是敬畏神祇”。① 当人们面对至高无上的天子,充满虔敬,内心至为纯净质实,他们或者发而为言即为诗,或者虽不作诗,但他们用诗来传达自身对于事物的感受和理解,用诗来解决和检验现实中遇到的各种问题。诗成为当时文化阶层社会生活的精神的宝典,是传承人文精神的利器,也是体现我国先民诗性智慧的宝库,在长期的作诗、献诗、诵诗、用诗的过程中,风、赋、比、兴、雅、颂的概念内涵日益丰富,并且渐渐为社会文化士所熟知。文化士以诗乐相尚,又以诗乐为教材教育子弟,整个文化士阶层培育了敏锐的诗歌感受和细腻雅致的诗性思维。这种重文学素养、喜文学才能的社会风气

---

① [意]维柯:《新科学》,朱光潜译,人民文学出版社 1986 年版,第 236 页。

又奠定了文教社会的理想状态。正是如此日积月累，西周至春秋时期在中国这片古老的土地上形成了一个诗意的社会，直到春秋时期，礼崩乐坏，纲纪大乱，诗意的氛围才渐渐淡化，但是文化士阶层内心深处，还流淌着诗的语言，还浸润着诗的意蕴。

维柯说："学术权威们都告诉我们，古代民族中的波斯人以及近代才发现的中国人，都是用诗来写完他们最高的历史。我们且提出一个重要的看法：如果各民族都是用法律来奠定的，如果在这些民族中，法律都用诗来制定的，如果这些民族最早的典章制度也都是保存在诗里，那么，必然的结论就是：凡是最早的民族都是些诗人。"①这段话揭示了一个事实，无论东西方，古老民族的早期文明阶段都真切地存在过一个诗的世界。这些民族不仅在日常生活的方方面面，政治外交的重大场合作诗、用诗，还以诗的形式制订最理性、最程式化的法律以及各种典章制度。这一事实也透露出了一个重要信息，那就是当时只要具备知识的文化人阶层都具有诗的思维，可以讲都是诗人。通俗地讲，在"哲学的突破"作了极为重要的铺垫之后，人类在探索社会结构、规模、形制的最初阶段，有可能形成一种高度一致的思维模式，以极少量的精神最高文明形式统揽整个民族的文化人的头脑，除了诗这种极具概括力、极具意蕴性的语言形式，再也找不出别的替代品来了。"语言本身在本质的意义上是诗。可是，语言既然是这样一种发生，在这发生中，对人来讲，在者每次都如其所是地将自己披露给他，那么，诗——或狭义的诗作——在本质意义上就是诗的最源始的形式。语言不是诗，因为它是源始的诗；确切地说，诗发生于语言之中，因为语言保护着诗的源

---

① ［意］维柯：《新科学》，朱光潜译，人民文学出版社 1986 年版，第 219 页。

始本质。”[①]正如“诗发生于语言之中”这一哲理，诗人也产生于使用语言的人当中。使用语言，并且赋予语言以丰富多彩的内涵的人就是理所当然的诗人。在那些诗意的古老国度里，又是只有中国早期的士才肯于突破贵族垄断的樊笼，极大地发挥了士以“传言”、“尽职”为核心命脉的特点。赋诗、引诗，多种形式地利用诗，将诗言、诗理、诗意融合于所处的社会文化系统中去，这一切都令文化士这一具有中国古老传统特色的阶层在整个社会中作用独特，又不可或缺。文化士阶层本身是诗的作者，又在实际生活中广泛用诗，因而士对于诗文本的传播、诗意的发挥、诗性思维的活跃产生了较大的影响。在礼乐治国的士背景下诞生的诗性伦理，必然依赖着这个基数庞大、作用显著的士阶层来继承和发扬。而诗与士阶层的结合体现着这一伦理的最终落实。

(三)诗与士阶层的结合彰显士之诗性文化空间

中国先民重史，中国的史文化特别发达，而史官最初是来源于巫，也富有与天地相沟通的职能与责任，而作史之人即非出于王室贵族，又不可能出于庶民野人，恰恰由具有较多知识而身处贵族下层的士来担当。《尚书》、《春秋》的完成就与士密不可分。《左传》、《国语》更明显是出于士手，《左传》、《国语》两书中对诗的运用可以显著体现出诗与士阶层的结合。其用诗范例就是“君子曰”的形式。诗在士文化中的渗透还体现在对文辞的讲究上。

“君子曰”的形式表明文化士从一种政治现象回归到诗人

---

① [德]海德格尔:《人，诗意的安居》，上海远东出版社1995年版，第112页。

本身，呈现了历史学家的诗性思维空间。《左传》以"君子曰"的名义共引诗36处47篇。其他还有"孔子曰"、"仲尼曰"的形式引诗多处。这种情况都是借重他人的议论来增强语言说服力并表达作史者的主观倾向的，在篇中的位置大多处于文末。"君子曰"类型引诗在全篇结构上的这种有意安排可明确是借此形式表达个人评价。另40余人次。这里剔除了太子、王、公、侯、卿、大夫、诸侯等身份的引诗者。而对于文化士的划定则包括了重臣、执政司马、上军将、令尹、国佐、大傅、尹、太史等身份的引诗者。又分为三种情况：

一是只引篇名，阐明寓意。如《左传・定公九年》：

> 郑驷歂杀邓析，而用其《竹刑》。君子谓："子然于是不忠。苟有可以加于国家者，弃其邪可也。《静女》之三章，取彤管焉……"

据杜预注，此处引《静女》之诗，在以"彤管"表示记事规诲之深意。再如《左传・隐公三年》所记：

> 君子曰："信不由中，质无益也。明恕而行，要之以礼，虽无有质，谁能间之？苟有明信，涧溪沼沚之毛，蘋蘩蕰藻之菜，筐筥锜釜之器，潢污行潦之水，可荐于鬼神，可羞于王公，而况君子结二国之信，行之以礼，又焉用质？《风》有《采蘩》、《采蘋》，《雅》有《行苇》、《泂酌》，昭忠信也。"

毛诗认为诗中的《采蘩》，指夫人不失职矣。《采蘋》，大夫妻能循法度也。《行苇》，忠厚也。《泂酌》，方言皇天亲有德、飨有道也。鲁诗以《采蘩》为怨诗。齐诗说法与毛诗相同。《左传》此处所引四诗用意在于表达，是由前文所提到的毛、菜、器、水联想而及诗题而已，是一种"兴"的手法。

二是只引诗句，用这一句的意义来说明当时的意思，而不是使用全诗整体的意义。《左传・隐公三年》：

> 君子曰："宋宣公可谓知人矣。立穆公，其子飨之，命以义夫。商颂曰：'殷受命咸宜，百禄是荷。'其是之谓乎！"

又如《左传·定公九年》：

> 《诗》云："蔽芾甘棠，勿翦勿伐，召伯所茇。"思其人，犹爱其树，况用其道而不恤其人乎！子然无以劝能矣。

以《召南·甘棠》所定思念召公而爱护召公所载之树，来说明"用其道，不弃其人"的道理。这类引诗往往使得所说之理浅显形象，易于为人接受。再如《左传·昭公七年》：

> 秋八月，卫襄公卒。晋大夫言于范献子曰："卫事晋为睦，晋不礼焉，庇其贼人，而取其地，故诸侯贰。《诗》曰：'鹏鸰在原，兄弟急难。'又曰：'死丧之威，兄弟孔怀。'兄弟之不睦，于是乎不吊，况远人，谁敢归之？今又不礼于卫之嗣，卫必叛我，是绝诸侯也。"献子以告韩宣子。宣子说，使献子如卫吊，且反戚田。

引《小雅·常棣》以兄弟情谊比两国关系，以小喻大，很好地起到了外交辞令的作用。

引用诗之全章的情况也较多见，而引用全诗的则未见。这大概是因为诗多属重章叠句的结构，往往引一章即能表达整首诗的意思，而绝不是仅此句能表达当时言诗人的寓意。引诗使在外交或对峙中的对抗交涉变得寓意丰富，使清者自清，浊者自浊。有时连引两首甚至数首诗的诗句多方面地揭示现实中的事例所隐含的道理。如《左传·哀公五年》：

> 郑驷秦富而侈，嬖大夫也，而常陈卿之车服于其庭。郑人恶而杀之。子思曰："《诗》曰：'不解于位，民之攸塈。'不守其位，而能久者鲜矣。《商颂》曰：'不僭不滥，不敢怠皇，命以多福。'"

评郑驷秦之死就连用了《大雅·假乐》和《商颂》殷武的诗句来

说明驷秦受祸的缘由。

士的诗性文化空间还表现在诗性文字的运用上。士之言语讲究文辞，往往不只是引用整齐有文采的诗句，还常引古书和谚语用以增强说服力，并增强语气。这些引用的片断大多内容深刻而精警，形式上整齐而凝练，具有形象鲜明生动的特点，有的还有韵律，是一种诗性的语言。如《左传·昭公五年》："仲尼曰：'叔孙昭子之不劳，不可能也。周任有言曰：'为政者不赏私劳，不罚私怨。'《诗》云：'有觉德行，四国顺之。'"这一段话即借重仲尼之言总括全文，申发文义，并且在引言中又引用古之史官周任之语，显得判断有力、语意明确，"不赏"、"不罚"两个词语前后映衬，语气斩钉截铁。其后又引诗，以形象化的语言作了补充。这两次引用，一刚一柔，相互补充，文辞极尽简练，意义举一反三。

诗渗透到士的日常生活各个方面中去。可以说诗无孔不入于士之生活交际之中，形成了士的诗性逻辑。诗性逻辑所依凭的不是抽象的概念，而是具体的意象，语言表达时多运用形象性和具体性。如叔向写给子产的书信中，评论子产后赋之政时，就引《周颂·我将》、《大雅·文王》。子产致晋范宣子书中也引过《小雅·南山有台》、《大雅·大明》。除此之外，士在会盟时的盟约、誓词也多引用成说，求得语言形式的完美和意义的深化，对于语言修饰的自觉运用体现了士对诗性文字的追求。

三、诗性特质对于士文化形象确立之影响

在先秦时代诸子之前，文化士阶层对诗的运用和理解彰显了诗性特质，这种特质对于士文化的定型与繁荣有着深远的影响。士阶层的文化特质包含很多层面，单就士的诗性文化特质

而言，对士阶层形象的确立主要从三个层面显露出来：作为语言方式的文学性和抒情性，作为思维方式的直觉性与整体性，作为生存方式的诗意化与丰富性。

首先，作为语言材料的诗本身具有启发性和感悟性，如诗中广泛使用的赋比兴的艺术手法，风雅颂三部各司其职的功能分配，都可以给人以审美的愉悦享受，正是因此，“三百零五篇”成为人们反复吟唱的经典。如果仅仅把春秋时代文化士的用诗、引诗看做是实用功利的，那就无法理解随之而来的战国时代游士的纵横捭阖的侠义行为，更无法解释实质仍为文化士之代表的诸子百家的辉煌著作中的盎然诗味，更不必说战国史策中洋洋洒洒的大幅辩论文章所散发的个性独立、不卑不亢的生命意识和极尽渲染、铺张扬厉的艺术风格。“王者之迹熄而《诗》亡，《诗》亡然后《春秋》作。”（《孟子·离娄》）《春秋》虽为散文体，但其微言大义的语言运用技巧，一字寓褒贬的丰富意蕴又何尝不是诗的流风余韵呢？作为创作形式的诗亡了，而作为思维方式的诗性永存，在文化士阶层的血脉相承中一代代萌生、壮大，有时衰微，有时繁茂。因而历代文化人的著作中强调文学化的表达，以文抒愤，以诗解忧的观念充斥了整个文学史。同时历代社会风气重文学素养，喜文学才华，甚而以诗赋取士，不能不说是士诗性特质的一大作用。

其次，泛诗现象直接影响了后代文人的思维方式，士阶层的诗性特质更注重直觉和整体把握事物的能力。据统计，在《左传》、《国语》中所赋诗、引诗的范围多在今传《诗经》篇目中，只有少量逸诗，①以数百篇之诗表达世间纷繁复杂的现实生活，要

① 李春青：《论先秦“赋诗”、“引诗”的文化意蕴》，《齐鲁学刊》2003年第6期。

求赋诗引诗人要首先赋予诗某些特定的含义，而这一含义又能为对方所了解且熟悉，这需要参与交流人员对于诗的把握与理解。赋诗引诗的风尚培育了士敏锐的诗歌感受和细腻雅致的诗性思维，对诗的反复琢磨训练了士对诗的直觉感悟能力。在后来的文学创作中，重直觉和整体性的思维模式令诗人们创造了“羚羊挂角，无迹可求”的艺术境界。士引诗用诗有时并非完全契合原义，却总有一些内存的联系在表达着引诗、赋诗者的情绪和意愿。虽较少涉及诗之本义的具体情况，但格外注意诗歌的抽象意义的阐发，应该是士试图挖掘诗性隐喻的内涵，在实质上对诗的活用和对诗的深化认识。从另一方面讲，这种泛诗现象的盛行也导致了后代解诗的弊病。“赋诗断章，余取所求焉。”(《左传·襄公二十八年》)背离诗作原义的阐释大行其道，影响到今文经学的理路。

最后，士阶层与诗的结合，促成了中国文化人的诗意化生存。诗的运用激发了人的主观能动的构筑和创造，使人找到了可以实现自我人生价值的途径。它使人以一种积极乐观的态度应对外物、处事、修身。尼采说过：“人需要一个目标，宁可追求虚无，也不能无所追求。”有了追求，人就不会灵魂空虚、精神不振，更不会苟且偷生、悲观厌世。古代的政治家、军事家往往文武兼修，有文集诗集传世，在文学领域形成众多典故，可以称之为层层积累的文化术语，极大地丰富了诗文表达的张力。文化士又是中国古代文化价值的维护者，在强权政治的威胁下，文化士常常以诗意观照自身的出处，仍能保持人生的自主和人格的独立，选择一种弹性的生活姿态。“邦有道则仕，邦无道则卷而怀之。”“穷则独善其身，达则兼济天下。”纵观古代文士，多以这种儒道互补的人生观为最高境界，也正因此，如陶渊明、李白、王维、白居易、苏轼等文人成为了中国知识人所极为崇尚的对象。

总之，士在产生发展的过程中就形成了自身以知识、道德和智能为角色定位的社会特点，他们是社会的精神生产者，控制着社会生活中的理论话语权，在文明早期形成的诗性特质对中国古代的精神产品发生着不可估量的影响，对士这一独特的文化阶层的形象确立起了至为关键的作用。

第六章 泛诗社会中的诗之教育与接受

诗与乐是诸子之前贵族子弟的重要学习内容,《尚书·舜典》中记载舜命夔典乐时说:“命汝典乐,教胄子,直而温,宽而栗,刚而无虐,简而无傲。诗言志,歌永言,声依永,律和声。八音克谐,无相夺伦,神人以和。”①夔不独典乐,还负有“教胄子”的重任,不仅要教“胄子”学习典礼所用的诗、乐、舞,还要负责培养“胄子”“直而温,宽而栗,刚而无虐,简而无傲”的品德,乐舞的学习与品德的教育合而为一,都由典乐之官掌管。自《舜典》之后,诗乐的教育功能,受到统治者极大的重视,并得到不断发展与丰富。概而言之,诸子时代之前,诗乐的教育功能主要集中在三方面:知识的传授、达政专对、品德素质的培养。诗乐学习的重要性,使诗乐教育在诸子时代之前即受到统治阶级的高度重视,孔子之前,诗乐教育主要是通过官学系统实行的,孔子开办“有教无类”的私学之后,诗乐教育立即走向民间。郑振铎认为:“《诗经》的影响,在孔子孟子的时代便已极大了。希腊的诗人及哲学家,每称举荷马之诗,以作论证;基督教徒则举《旧

① 《尚书正义》,《十三经注疏》本。

约》、《新约》二大圣经，以为一己立身行事的准则；我们古代的政治家及文人哲士，则其所引为辩论讽谏的根据，或宣传讨论的证助者，往往为《诗经》的片言只语。此可见当时的《诗经》已具有莫大的威权。这可见《诗经》中的诗，在当时流传的如何广！"①

一、诗乐之教的学政

诗乐之教为化民成俗之需，《礼记·学记》云："君子如欲化民成俗，其必由学乎……是故古之王者建国君民，教学为先。"此乃亦诚如章学诚所云："若是乎三代以后，六艺惟《诗》教为至广也。敢问文章之用，莫盛于《诗》乎？曰：岂特三代以后为然哉？三代以前，《诗》教未尝不广也。"②西周时期官学上承前代，仍袭前代"学在官府"之制。那时诗乐之教若何？此乃为很有意思之问题，留待今人去探讨。

诗乐之教为中国最古老之教育类别之一，以至于五帝时代的学府乃取名于诗乐之义，名曰"成均"。《周礼·春官·大司乐》载："大司乐掌成均之法，以治建国之学政，而合国之子弟焉。"③郑玄谓董仲舒云："成均，五帝之学。"郑众云："均，调也。

---

① 郑振铎：《中国文学史（上）》，团结出版社 2007 年版，第 24 页。

② （清）章学诚著，叶瑛校注：《文史通义校注》，中华书局 1985 年版，第 78 页。

③ 由于金文研究的进展，人们现在越来越认识到《周礼》的价值，有的学者在研究西周金文的官制后认为："《周礼》在主要内容上，与西周铭文所反映的西周官制，颇多一致或相近的地方。正确认识和充分利用《周礼》，是西周职官问题研究中不容忽视的问题。"（参见张亚初、刘雨：《西周金文管制研究·前言》，中华书局 1986 年版）

乐师主调其音。"[①]何谓"成"？成为乐章之称。《尚书·益稷》云："箫韶九成。"郑玄注："成，犹终也，每曲一终，变更奏。"《礼记·乐记》云："且夫《武》，始而北出，再成而灭商，三成而南，四成而南国是疆，五成而分周公左、召公右，六成复缀以崇。"[②]这表明，学校之始，以诗乐之教为主，由此可知，诗乐之教在那时所处位置之重要了。"诗乐之教"制度在西周时期已经确立，是周王朝礼乐制度体系的基本内容。西周之初，社会观念正发生巨大变化，宗教逐渐政治化，政治逐渐伦理化，整个社会向礼制演进，于是乎制礼作乐成为统治者一大要事。礼乐之制既已完备，"诗乐之教"当然就成为西周官学之主要任务。官学目的是为贵族阶级培养统治人才，《礼记·学记》云"官先事，士先志"，即学而优则仕，入仕则为官。"诗乐之教"显然与国家的选官任职相衔接，政府对官学培养出来的人才，按其学识水平和道德品行进行选拔，授予官职，委以重任。《礼记·王制》记载："论定，然后官之。任官，然后爵之。位定，然后禄之。"依附于政治、为政治服务的西周官学，培养出来的学生自然成为经邦治国的后备人员。

夏、商、西周教育的一个重要特点就是"学在官府"，又称"学术官守"，此即常言所说的"政教合一"的教育制度。但是，西周已有较为完备的学制，简言之，为"两类两级"，即两类为国学与乡学，国学又分为大学与小学两级。《周礼·春官·乐师》记载："乐师掌国学之政，以教国子小舞。"国学为国家重要的教育机构，即所谓"国有学"。《礼记·王制》记载："天子命之教，

---

① 孙诒让：《周礼正义（第七册）》卷四十二，王文锦、陈玉霞点校，中华书局1987年版，第1711页。

② 参见饶宗颐：《从郭店楚简谈古代乐教》，沈建华编：《饶宗颐新出土文献论证》，上海古籍出版社2005年版，第152—160页。

然后为学,小学在公宫南之左,大学在郊。"由此可知,大学与小学为整个西周国学的学制。国学之外,西周还有乡学。《周礼》记载西周有六乡六遂之建制,乡为王城和诸侯国都的近郊,分为家、比、闾、族、党、州;远郊则为野,设为家、邻、里、酂、鄙、县等六遂。遂为野人,不享受教育权,故无有学制。国学为大司乐执掌,乡学由大司徒执掌。这就是诗教的西周官学系统,即可谓诗教之学制。兹将国学与乡学官师合一的情况列表如下①:

类别	教官	教职	官职	爵位等级
国学	大司乐	治建国之学政,以乐德、乐语、乐舞教国子	国之礼官,掌邦礼典、事神	中大夫
	乐师	掌教国子小舞	礼官之属	下大夫
	师氏	以三德、三行教国子	大司徒之属兼主王室武备	中大夫
	保氏	养国子以道,教六艺、六仪	大司徒兼主王室武备	下大夫
	大胥	"掌学子之版",教国子小舞	礼官之属	中士
	小胥	"掌学士之征令"	礼官之属	下士
乡学	大司徒	掌施十二教,以乡三物教万民而宾兴之	民政官员之首	卿
	乡大夫	各掌其所治乡之政教禁令	乡官之首	卿
	乡师	各掌其所治乡之教,而听其治	民政官员之属	下大夫
	州长	各掌其州之教治政令之法	州之首长	中大夫
	党正	各掌其党之政令教治	党之首长	下大夫
	父师	专职乡师	大夫七十致仕老于乡里	原为大夫
	少师	专职乡师	士七十致仕老于乡里	原为士

西周国学、乡学实施官师合一体制,即官即为师,师即为

① 节选自毛礼锐、沈灌群:《中国教育通史》,山东教育出版社 1985 年版,第 84 页。

官，在这种教育体制下，学诗与教诗成为这些官员的基本职责，如此，整个官僚体制则沉浸在诗乐的氛围之中。“‘学在官府’是我国奴隶制社会特殊条件下的产物，它不同于欧洲中世纪的‘政教合一’，不是教会办学，而是官府办学。它又不同于我国秦代实行的‘以吏为师’、‘以法为教’。”①但是，这一教育体制有效地实施了诗乐教育，成为西周礼乐治国国策的重要组成部分。

从文化传播层面上讲，乡里学校教育是周代乡里教化中诗乐文化的基础和重要一环。周代的乡学则是一切教育的基础。《左传·襄公三十一年》记载郑国有“乡校”之称，“乡校”便是当时城邑平民的基础教育场所，平民教育主要在称为“庠”或“序”的乡校中进行。《礼记·学记》谓：“古之教者家有塾，党有庠，术有序。”郑玄注云：“《周礼》五百家为党，万二千五百家为遂。党属于乡。”《周礼·州长》有“春秋以礼会民而射于州序”，郑注谓“序，州党之学也”。而郑玄又于《礼记·乡饮酒义》“主人拜迎宾于庠门之外”下注：“庠，乡学也，州党曰序。”“庠”、“序”除了完成盛大的乡饮酒、乡射等礼仪之外，还要担负起启发童蒙教育子弟的重大责任。西周、春秋的“乡校”，不但是“乡人”子弟的文化知识学习场所，同时它也是乡里举办各种聚会活动的场所，所以《左传》中有“子产不毁乡校”的记载。据《周礼·地官·大司徒》记载：“以乡三物万民而宾兴之”，此“乡三物”指的是“一曰六德，知、仁、圣、义、忠、和；二曰六行，孝、友、睦、姻、任、恤；三曰六艺，礼、乐、射、御、书、数”。和当时的“国学”教育相比，“乡校”里的教学内容比较简单，但也强调要文武兼修：从

① 毛礼锐、沈灌群：《中国教育通史》，山东教育出版社1985年版，第86页。

“武”的方面来看,因为在“乡校”举办的“乡人”聚会活动中,往往要进行宴饮、射箭等各项内容,因而“乡人”子弟要学习当时非常重要的礼、御、射等必须掌握的各类生活技艺;从“文”的方面来看,诗乐教育也是周代乡学教育的主要内容。《礼记·内则》谓:“十有三年,学乐诵《诗》,舞《勺》。成童,舞《象》,学射御。”又《礼记·王制》云:“乐正崇四术,立四教。顺先王《诗》、《书》、《礼》、《乐》以造士。春秋教以《礼》、《乐》,冬夏教以《诗》、《书》。”验诸经典文献,“乡学”是十分重视诗乐教育的,它对乡人加强个人身心修养,辅正家庭父子伦理及邦国君臣关系,都具有重要指导意义。所以在孔子其兴办的私学教育中,将诗书列为一个人必备的知识修养,《大戴礼记·卫将军文子》谓:“吾闻夫子之施教也,先以《诗》。”这才有了孔子“以诗书礼乐教,弟子盖三千焉,神通六艺者七十有二人”(《史记·孔子世家》)的结果。

西周推行礼乐治国,礼与乐互为表里,其作用各有侧重,《礼记》中的《乐记》云“礼别异,乐和同”,《礼记·文王世子》云“凡三王教世子,必以礼乐。乐,所以修内也,礼,所以修外也”。乐在西周地位十分崇高,清人俞正燮云:“所谓学道、弦歌,虞命‘教胄子’,止属典乐。周‘成均之教’,大司成、小司成、乐胥皆主乐。《周官》,大司乐、乐师、大胥、小胥皆主学……通检三代以上书,乐之外无所谓学。”①乐,作为一种仪式化的政治,能够协和不同等级阶层的关系不致紧张对立而动摇社会群体的秩序;作为一种教育的内容,能够满足国子们提高知识、能力与素养的需要,从而为统治做必要的准备。是故,在西周官学中,礼

① 俞正燮:《癸巳类稿·君子小人学道是弦歌义》,《俞正燮全集(贰)》,于石、马君骅、诸伟奇校点,黄山书社2005年版,第87—88页。

乐教育居六艺之首,“既是贵胄子弟修身之要,更是他们用世之具”①,陈来则认为:“从文化上看,大学最重视的教育内容应是礼、诗、乐,孔子仍有‘兴于诗、立于礼、成于乐’之说,《左传》中贵族所应用者,亦不出此三项。”②由此亦可知,西周时期上至国子下至士乡子弟,都能或多或少地接受乐的教育,受到乐的熏陶。

二、官学之诗乐分科

在西周时期,诗、乐、舞是三位一体的,乐为其总称而已,《礼记·乐记》对此概括为:“诗,言其志也。歌,咏其声也。舞,动其容也。三者本于心,然后乐器从之。”“乐”始终是与“诗”密不可分的,乐教必然包含诗教在内,《礼记·孔子闲居》云:“诗之所至,礼亦至焉。礼之所至,乐亦至焉。”清代学者皮锡瑞在对周礼中入乐的诗篇作了详尽论证后,推断出“孔子之前,诗无不入乐”之结论,③还进一步认为,孔子之后相当长一段时间内诗歌仍是都要入乐的,由此说明先秦时期乐教与诗教的同源一体的关系。再者,无论学诗还是学乐,其目的就是学礼,诗和乐都是从属于礼而又服务于礼的,正如沈文倬先生所言:“诗、乐、礼在仪式中是统一的,完全可以这样认为古代贵族以诗、乐作为基本的教育内容,其本身就是适应学礼的需要。”④至于西周诗乐之教分科及内容,现从《周礼·大司乐》记载可知,大抵分为

① 杨向奎:《宗周社会与礼乐文明》,人民出版社1992年版,第101页。

② 陈来:《古代宗教与伦理——儒家思想的根源》,生活·读书·新知三联书店1996年版,第348页。

③ 皮锡瑞:《经学通论》,中华书局1954年版,第54页。

④ 沈文倬:《略论礼典的实行和仪礼书本的撰作》,《文史》1982年第15期。

乐德、乐语与乐舞三科。

(一)乐德科:德成而教尊

德教是放在西周官学之首位的。“德”对于周朝国家统治具有重要的政治功用与价值,郑国子产将其视为国家存在的基础,子产曰:“夫令名,德之舆也;德,国家之基也。有基无坏,无亦是务乎!有德则乐,乐则能久。《诗》云:‘乐旨君子,邦家之基。’有令德也夫!”[①]鲁国众仲将其视为抚民之工具,众仲曰:“臣闻以德和民,不闻以乱。”[②]《诗·周颂·我将》亦云:“仪式刑文王之典,日靖四方。”重臣祭公谋父将其视为周先王统治成功之保障,祭公谋父曰:“先王之于民也,懋正其德,而厚其性……怀德而畏威,故能保世以滋大。”[③]而且,西周时期还存在以德代礼的现象,周公为始作俑者,从此为中国传统礼乐文明建立了良好的基础。[④] 是故,《礼记·文王世子》云:“君子曰德,德成而教尊,教尊而官正,官正而国治,君之谓也。”从此,我们完全可以理解西周官学“诗乐之教”中首列乐德科之原由了。

依据《周礼·春官·大司乐》记载,乐德科教学内容主要是以“中、和、祗、庸、孝、友”等“六德”教国子,《周礼·春官·大师》云:“以六德为之本,以六律为之音。”在西周官学中,不同官属的德教依据不同职掌以及分科是略有差异的,大司徒所教“六德”为“知、仁、圣、义、忠、和”,而师氏却以至德、敏德、孝德之“三德”教国子,这充分表现出教育分科所属而各有侧重的原

---

① 《左传·襄公二十四年》。

② 《左传·隐公四年》。

③ 《国语·周语中》。

④ 参见杨向奎:《宗周社会与礼乐文明》,人民出版社 1997 年版,第 336—341 页。

则。乐德，主要是通过诗乐舞的一些审美属性来体现西周统治者的道德观念，比如讽刺“郑声淫”，谨防“桑间濮上之音”，而乐德之教的主要目的正如《大雅·民劳》所云“敬慎威仪，以近有德”。但是，无论“六德”还是“三德”，其本质是统一的，其内容是相连的，以期达到“无相夺伦，神人以和”的社会秩序，此正如李光地所云：“六德与师氏三德相表里，中和即至德，祇庸即敏德，六行三行皆以孝友为先，故孝友即孝德也。”①乐教之“六德”可谓乐德科教科书之六章主要内容，亦可谓是该科的教学大纲，皆以国家颁布政令之形式固定下来，然后在官学系统中予以贯彻并在教学过程中遵照执行。何谓乐教之“六德”？中，乃忠也；和，刚柔适也；祇，敬也；庸，常也；孝，善父母也；友，善兄弟也。童书业在谈到“孝”与“忠”时言：“在西周、春秋时，‘孝’之道德最为重要，‘庶人’之孝固以孝事父母为主，然贵族之‘孝’则最重要者为‘尊祖敬宗’、‘保族宜家’，仅孝事父母，则不以为大孝……‘忠’之道德……最原始之义似为尽力公家之事。‘以私害公’，即为‘非忠’（文六年《传》）。‘贼民之主’，谓之‘不忠’……无私为‘忠’，尊君为‘敏’（成九年《传》）。”②“乐者，通伦理也”，在周人心中，只有“德音之谓乐”，③其余皆非乐也。乐德科如何授学，史料没有明确记载，但周人论乐大都以德出发，以至于达到无德则不乐的地步，后人大抵可以从这些以德论乐的言语中想见其所教之内容与方式。《国语·周语下》记载伶州鸠答周景王论乐云：

---

① 孙诒让：《周礼正义（第七册）》卷四十二，王文锦、陈玉霞点校，中华书局 1987 年版，第 1724 页。

② 童书业：《春秋左传研究》，童教英校订，中华书局 2006 年版，第 243 页。

③ 《礼记·乐记》。

> 夫政像乐,乐从和,和从平。声以和乐,律以平声……物得其常曰乐极,极之所集曰声,声应相保曰和,细大不逾曰平……于是乎气无滞阴,亦无散阳。阴阳序次,风雨时至,嘉生繁祉,人民龢利,物备而乐成,上下不罢,故曰乐正……细抑大陵,不容于耳,非和也。听声越远,非平也。妨正匮财,声不和平,非宗官之所司也。

《国语·晋语》记载师旷针对晋平公悦新声而论乐云:

> 夫乐以开山川之风,以耀德于广远也。风德以广之,风山川以远之,风物以听之,修诗以咏之,修礼以节之。夫德广远而有时节,是以远服而迩不迁。

《礼记·乐记》记载师乙答子贡"声歌各有宜"之问云:

> 温良而能断者宜歌《齐》。夫歌者,直己而陈德也,动己而天地应焉,四时和焉,星辰理焉,万物育焉……宽而静,柔而正者,宜歌《颂》。广大而静,疏达而信者,宜歌《大雅》。恭俭而好礼者,宜歌《小雅》。正直而静,廉而谦者,宜歌《风》。肆直而慈爱者……故谓之《商》。

"德音之谓乐。"[①]在实行礼乐之制的西周国度,乐德教育就显得尤为必要了,因为乐德是诗乐之教成功之基石,否则就不能实现诗乐之教为国家培养统治人才的目标,所以,《乐记》云:"乐者,天地之和也……和故百物皆化。""是故君子反情以和其志,广乐以成其教。乐行而民乡方,可以观德也。德者,性之端也。乐者,德之华也。"在诗乐之教中导之以德,统一诗乐审美之价值取向,就可以起到"善政不如善教之得民"之目的,以维持"政教合一"的统治局面,因为"善政,民畏之。善教,民爱之。

① 《礼记·乐记》。

善政得民财，善教得民心"①。

以诗为教是周人尚德之体现。据考，最早的有组织的教育是礼乐教育，它肇始于原始的祭祀活动。西周教育继承前代，以"六艺"科目为纲，以"礼乐"教育为主，但又有所损益，赋予乐以更深刻的含义。商代礼乐之教从属于"事神致福"，西周推行德治，讲究以德配天，由"殷人尊神，率民以事神，先鬼而后礼"发展到"周人尊礼尚施，事鬼敬神而远之"，宗教进一步世俗化、政治化。因此，乐教也以德为重，周民族把"德"视为礼乐文化之核心，把"德"视为历代相传的优秀传统，正如《大雅·下武》云："世德作求。"《礼记·礼运》云："天子以德为车，以乐为御。"在《礼记·乐记》中又描述为："礼乐皆得，谓之有德。德者得也……乐者，所以象德也。礼者，所以缀淫也……德者，性之端也；乐者，德之华也。"这表明最能体现礼的实质意义的莫过于"德"，而"德"的培养来自于"乐"的教化，更确切地说，来自诗的潜移默化。如何通过乐教来实施"德教"？西周官学把"六艺"之"乐"分为乐德、乐语、乐舞。乐德之德，既有政治宗教思想的教育，也有人伦道德的教育。"乐德"，指中（忠信）、和（刚柔相济）、祗（恭敬）、庸（有恒）、孝（孝顺）、友（友善）。"乐语"，不论是指诗，还是指用音乐的语言来复述诗和诗义，还是指对诗义作符合德者的阐发，总之，"乐语"与诗有关，是毋庸置疑的，在乐教中强调乐语之教，即重乐之声，又重乐之义，是应西周以德治国之要求。乐不仅仅为祭祀服务，更应为政治统治服务，乐语之教据《周礼·春官·大司乐》包括"兴、道、讽、诵、言、语"诸项。所谓兴，郑玄注曰："以善物喻善事。"孔颖达认为"以恶物喻恶事"也是兴。"道，读曰导。导者，言古以剀今"，指借古证今进

① 《孟子·尽心上》。

行启发引导,此为对诗意作阐释。读书背文谓之"讽",歌咏吟诵,配乐赋诗皆为"诵",此为诗歌教学。言、语,郑玄认为"发端"的言辞为言,答述的言辞为语,此为用诗歌之语言规范国子的语言。由此可看出,通过乐语之教,让贵族子弟加强自我修养,施行社会教化,以达到以德治国之目的。乐德贯穿于乐语、乐舞之教中,乐语、乐舞为乐德服务。

周以一个边鄙小邦竟能在短时间内打败大邦殷,使周统治者发现了民众中蕴含着巨大的能量,从而认识到"慎德"、"保民"对于巩固政权的重要性。国子们是未来的王者,学诗观风,使他们牢记殷亡的教训,重视民心向背的作用。西周之前诗的观念十分淡漠,诗完全依附于乐而存在,诗乐虽为一体,但乐居于绝对主体的地位。随着西周礼乐制度的完善,乐的意义逐渐被强调,人类逐渐由野蛮进入文明,乐由为宗教祭祀服务变为人的自身修养不可缺少的部分。西周官学中,诗教虽然没有独立,依附于乐教之中,但它又确实在起着不可忽视作用,其作用正如《国语·楚语》中所说:"……教之诗,而为之导广显德,以耀明其志。"

(二)乐语科:诗教总其序

乐语,是国子们在社会交往中必须具备的基本能力,凡宾客乡射、乡饮酒、大射、燕射、旅酬之属皆需"语"也,如果不具备一定乐语能力则无法立足于社会,《礼记·文王世子》云:"语使能也。"又,"既歌而语,以成之也。言父子、君臣、长幼之道,合德音之致,礼之大者也。"史料记载使用乐语事例,不胜枚举,如《国语·周语》记:"晋羊舌肸聘于周……(单)靖公享之……语说《昊天有成命》。"直至春秋末期,孔子仍认为"不学诗,无以言"。依据《周礼·春官·大司乐》记载,乐语科所教之内容包括“兴、道(导)、讽、诵、言、语”诸项,目的是让学子可以“言语应答,比于诗乐,所以通意旨、远鄙倍也”①。兴,以譬连类也;导,古以剀今也;讽,背诵《诗》文也;诵,吟唱《诗》文也;言,直叙己意也;语,问答之述也。朱自清云:“以乐歌相语,该是初民的生活方式之一……人们生活在乐歌中。乐歌就是‘乐语’,日常的语言是太平凡了,不够郑重,不够强调的。明白了这种‘乐语’,才能明白献诗和赋诗。”②至于乐语教学,《礼记·文王世子》亦有记载:“凡祭与养老乞言,合语之礼,皆小乐正诏之于东序。大乐正学舞干戚,语说,命乞言,皆大乐正授数。”

乐语之教主要落实在诗教上,诗教在乐语之教中处于核心地位,《礼记·经解》篇孔颖达《正义》将诗教与乐教分解云:“然《诗》为《乐》章,《诗》、《乐》是一,而教别者,若以声音、干戚以教人,是《乐》教也;若以《诗》辞美刺、讽喻以教人,是《诗》教也。”朱自清认为诗乐分家方始于孔子时代,至于孟子则完全分家。③ 西周时期,既然“诗乐是一”,那么乐语之教就实为“诗教”了。刘操南谈到“诗乐是一”时言:“仪礼的《诗》是礼、乐、诗密切配合的。祭祀时行礼与乐配合,这乐称为庙堂的乐,于《诗》为《颂》。朝聘时行礼与乐配合,称为朝廷的乐,于《诗》为大、小《雅》。乡射时行礼与乐配合,称为乡乐,或称房中的乐,于《诗》为《周南》、《召南》。”④

在乐语之教中,诗当然就成为周王朝规定的国学教科书,国

---

① 孙诒让:《周礼正义(第七册)》,王文锦、陈玉霞点校,中华书局1987年版,第1724页。

② 朱自清:《诗言志辨》,广西师范大学出版社2004年版,第7—8页。

③ 朱自清:《诗言志辨》,广西师范大学出版社2004年版,第105页。

④ 刘操南:《诗经探索》,浙江大学出版社2003年版,第66页。

子、学士们既可以从诗中观风知俗、考证得失，又可以审美娱乐、陶冶情操，更为重要的是可以得到乐语能力的养育与训练。“六诗”是周代国学教授“诗”的教学纲领，《周礼·春官·大师》记载“大师”负责“教六诗，曰风，曰赋，曰比，曰兴，曰雅，曰颂”，这反映了周代诗学声义并重、声义并教之教学内容以及由简单到复杂之教授过程。《毛诗·大序》则为之为“六义”：“故诗有六义焉：一曰风，二曰赋，三曰比，四曰兴，五曰雅，六曰颂。”风，风以动之，教以化之也。① 国子可以按曲而歌，掌握诗的以声为用的表现形式。赋，不歌而诵，指事而陈布也。② 国子可以朗诵诗篇，掌握诗的以义为用的表现形式。比，比方于物，以恶类恶也。③ 国子可以引诗论事，断章取义，讽谏君上。兴，托事于物，取善事以喻劝也。④ 国子可以体察诗人的言外之旨，从诗本义感悟出引申义，以开启思想，锻炼意志。不学诗，便不会具备“赋、比、兴”的能力，也不会做到“主文而谲谏”。雅，言政之正者，以为后法。国子可以言天下之事以及王政之所由废兴也。颂，诵今之德，广以美之。国子可以“美盛德之形容，以其成功，告于神明者也”⑤。雅、颂是周礼之正声诗乐，雅、颂之教亦是行礼举乐的正规训练。国子、学士们经过“六诗”阶段的学习，掌握乐语即用诗之基本能力与技巧，以便臻于乐语之教之目的，正如朱熹《诗集传》云：“使夫学者即是而有以考其得失，善者师之

---

① 《左传·成公九年》云：“……使与之琴，操南音……（范）文子曰‘……乐操土风，不忘旧也。’”

② 《汉书·艺文志》云“不歌而颂为之赋”。

③ 郑玄注云：“比，见今之失，不敢斥言，取比类以言之。”（《周礼·春官·大师》）

④ 郑玄注云：“兴，见今之美，嫌于媚谀，取善事以喻劝之。”（《周礼·春官·大师》）

⑤ 《毛诗序》。

而恶者改焉。是以其政虽不足以行于一时,而其教实被于万世。是则《诗》之所以为教者然也。"徐北文则对后世儒家对于"六诗"的解释作出了分析,值得参考:

> 《周礼》的原义,大体是说:《诗经》有六种意义(作用),即可以歌唱(风),可以朗诵(赋),可以用作比喻(比),可以鼓舞人心(兴),可以推广通用语言(雅),可以表演(颂)……但是,由于《诗经》的传本是以"国风""大雅""小雅""颂"的类称而区分的,后代儒者遂把"六义"的"风、雅、颂"理解为《诗经》中的分类的"风、雅、颂"了。这样一来,"赋、比、兴"就没有着落了,只好另加解释,把"赋、比、兴"说成是诗歌写作的三种表现手法。于是"六义"就包含着三种类称,三种写法了。至于这种解释与《周礼》所排列的顺序相矛盾,也只好马马虎虎地不管不顾了。但这种说法,由于是出自历代官定的注本,后来就成为人们普遍习用的说法。因此,虽并非原义,但在后世的文艺理论方面起了很大的影响,成了传统的权威术语。①

国子们经过"六诗"阶段的学习,掌握用诗之技巧,以便在诗配乐后唱给天子听,讽喻政治,在研讨政治伦理问题时引诗论事。正如《国语·周语上》召公谏厉王曰:"为川者决之使导,为民者宣之使言。故天子听政,使公卿至于列士献诗,瞽献曲,史献书,师箴,瞍赋,矇诵,百工谏,庶人传语,近臣尽规,亲戚补察,瞽史教诲,耆艾修之,而后王斟酌焉,是以事行而不悖。"

(三)乐舞科:慎重舞仪之教

乐舞科重在设置音乐舞蹈项目以及与舞蹈项目相配的乐

① 徐北文:《先秦文学史》,齐鲁书社 1981 年版,第 34 页。

律、乐理和乐器演奏技巧，“以六律、六同、五声、八音、六舞大合乐，以致鬼神祇，以和邦国，以谐万民，以安宾客，以说远人，以作动物”①。舞蹈项目主要包括六大舞，即《云门大卷》、《大咸》、《大韶》、《大夏》、《大濩》、《大武》，以及六小舞，即包括《帗舞》、《羽舞》、《皇舞》、《旄舞》、《干舞》、《人舞》，大舞与小舞均为国学中之必修课。乐舞综合多种艺术，其唱词便是诗，其音调便是曲，其动作便是舞，其表演便是剧。如《大武》是周武王之舞，为模拟武王克殷、建邦立国的歌舞场面。据考证，《武》之舞凡六成，其《诗》当有六篇也。② 而乐舞的每一幕都有诗歌与之相偕配，《左传》宣公十二年就记载了《大武》中的部分诗句。乐舞学习有一个循序渐进的过程，《礼记·内则》云：“十有三年，学乐诵《诗》，舞《勺》。成童，舞《象》，学射御。二十……舞《大夏》。”《勺》与《象》为用干戈之小舞也，“以其年尚幼，故习文武之小舞也”③。人年二十，而舞《大夏》。《大夏》为歌颂夏禹治水的英雄史诗之舞，诗为乐章，与舞人为节，故以诗为舞也。在载歌载舞时，国子们在充满愉乐、充满宗教神秘情味的音乐、舞

---

① 《周礼·春官·大司乐》。

② 据王国维先生考证，《武》之舞凡六成，其《诗》当有六篇也。具体为：《昊天有成命》、《武》、《酌》、《桓》、《赉》、《般》。（王国维：《观堂集林》，中华书局1959年版，第104—108页）高亨考证为：《我将》、《武》、《赉》、《般》、《酌》、《桓》；（高亨：《周颂考释》，《中华文史论丛》第四辑）孙作云考释为五篇：《酌》、《武》、《般》、《赉》、《桓》；（孙作云：《诗经与周代社会研究》，中华书局1966年版，第239—272页）杨向奎考释六篇为：《武》、《时迈》、《赉》、《酌》、《般》、《桓》。（杨向奎：《关于周公制礼作乐》，《文史知识》1986年第6期）学者们的考证虽然在《大武》具体篇目数量上有不同意见，但足以证明乐舞是有唱词的，那唱词便是诗，乐舞都以诗伴舞，以舞合节，是诗、歌、舞三位一体的艺术形式。

③ 孙诒让：《周礼正义（第七册）》卷四十四，王文锦、陈玉霞点校，中华书局1987年版，第1795页。

蹈熏陶感召下，心灵渐渐进入一种敬天法祖的伦理境界中，并且从中了解了先祖以及远古历史，这也是将来从政必具之术。

乐仪，是乐舞科教学的重要内容之一，主要由乐师负责教授"作乐以节仪"，以便达到"仪"与"乐"的相互适应与和谐。"慎重威仪"既是礼乐制度之条纲，又是"惟民之则"。国子只有学好乐仪知识，才能更好地为朝纲服务以及参与贵族的政治与社会生活。据《周礼·春官·乐师》记载，首先，学士应该知晓君王以乐出入于大寝朝廷之仪，即"教乐仪，行以《肆夏》，趋以《采荠》，车亦如之，环拜以钟鼓为节"。"燕射，帅射夫以弓矢舞，乐出入，令奏钟鼓。"其次，应该知晓射礼中以乐为节之仪，等级不同则配乐各异，即"凡射，王以《驺虞》为节，诸侯以《狸首》为节，大夫以《采蘋》为节，士以《采蘩》为节"。再次，应该知晓与掌握用乐之次序及其相关规定，即"凡乐，掌其序事，治其乐政"。第四，应该知晓与掌握祭礼中的用乐之仪，即"凡国之小事用乐者，令奏钟鼓，凡乐成，则告备。诏来瞽皋舞，及彻，帅学士而歌彻，令相。飨食诸侯，序其乐事，令奏钟鼓，令相，如祭之仪"。第五，应该知晓与掌握军礼中的用乐之仪，即"凡军大献，教恺歌，遂倡之"。第六，应该知晓与掌握丧礼中的用乐之仪，即"凡丧，陈乐器，则帅乐官。及序哭，亦如之"。

在乐律、乐理和乐器演奏教学方面，各有专人教授。据《周礼·春官·大师》记载，"大师掌六律六同，以合阴阳之声。阳声：黄钟、大簇、姑洗、蕤宾、夷则、无射。阴声：大吕、应钟、南吕、函钟、小吕、夹钟。皆文之以五声，宫、商、角、徵、羽。皆播之以八音，金、石、土、革、丝、木、匏、竹"。小师负责"掌教鼓鼗、柷、敔、埙、箫、管、弦、歌"。磬师"掌教击磬，击编钟。教缦乐、燕乐之钟磬"。笙师，"掌教龡竽、笙、埙、龠、箫、篪、笛、管，舂牍、应、雅，以教祴乐"。韎师"掌教韎乐"。旄人"掌教舞散乐，舞夷乐，凡四方之以舞仕者属焉”。籥师“掌教国子舞羽歙籥”。

礼仪中所用诗乐具有鲜明的典礼化和等级化的特点,如同样是射礼,在大射礼中首先是金奏《肆夏》之乐,而乡射礼是绝对不能用《肆夏》的,诗乐的等级是不可僭越的,国子们习乐学诗,他们是将来仪式的参与者和主持者。周代统治者极其重视礼仪典礼,尤其是大祭祀,“国之大事,唯祀与戎”。不仅不同的仪典有自己固定的表演模式、程序,即使同一仪典中,使用什么诗乐,是“升歌”还是“下管”、奏乐器,都有规定。对于国子,学习诗乐是为了将来步入政坛作准备,祭祀、朝会、宴飨等都是政治生活的组成部分,他们必须掌握这些本领,才能胜任要职。

诗与礼密切配合,学诗成为习礼之必需。王小盾认为:“如果没有仪式活动,那么,既不会有诗三百的结集,甚至也不会有‘诗’这种文学样式的产生。”①西周在分封制、宗教制基础上推行的礼乐文化对仪式政治化、典章化起到了重要作用,典礼仪式成为礼的外显形态,诗成为典礼仪式的重要组成部分。根据《周礼》、《仪礼》、《礼记》等典籍,奏诗是周代国家礼仪的重要节目。用于燕礼、乡饮酒礼、投壶礼的堂上之歌有《小雅》中的《鹿鸣》、《四牡》、《皇皇者华》、《鱼丽》、《南有嘉鱼》、《南山有台》、《白驹》等七篇;用于燕礼、乡饮酒礼的“间歌”有《小雅》中的《南陔》、《白华》、《华黍》、《由庚》、《崇丘》、《由仪》;用于燕礼、乡饮酒礼、大射和乡射礼的堂下“合乐”有《周南》和《召南》中的《关雎》、《葛覃》、《卷耳》、《鹊巢》、《采蘩》、《采蘋》、《驺虞》。祭祀之礼用诗乐:《清庙》、《大武》、《云门》、《咸池》、《大韶》、《大夏》、《大濩》;另外《周颂》中的《时迈》、《昊天有成命》、《噫

---

① 王小盾:《诗六义原始》,《中国早期艺术与宗教》,东方出版中心1998年版,第248页。

嘻》、《载芟》、《良耜》、《般》等诗歌据《小序》它们分别是祭祀上帝、社稷以及山川、河流之神的乐歌。据《礼记》记载,《周颂·清庙》曾用于三种场合:以禘礼祀周公于太庙时的升歌,以大飨礼延引两君相见时的升歌,天子视学时的登歌。这是周代礼仪制度规定的乐歌,它们与仪式相对应。不同的仪典都有自己固定的表演模式、程序,使用什么诗乐,是有严格规定的,诗乐的等级是不可僭越的。关于诗歌在礼仪中的具体应用以及等级差次,《左传·襄公四年》所载的"穆叔如晋"作了详细论述:

> 穆叔如晋,报知武子之聘也。晋侯享之,金奏《肆夏》之三,不拜。工歌《文王》之三,又不拜。歌《鹿鸣》之三,三拜。韩献子使行人子员问之,曰:"子以君命辱于敝邑,先君之礼,藉之以乐,以辱吾子。吾子舍其大,而重拜其细,敢问何礼也?"对曰:"三《夏》,天子所以享元侯也。使臣弗敢与闻。《文王》,两君相见之乐也,臣不敢及。《鹿鸣》,君所以嘉寡君也,敢不拜嘉?《四牡》,君所以劳使臣也,敢不重拜?《皇皇者华》,君教使臣曰'必咨于周'。臣闻之,访问于善为咨,咨亲为询,咨礼为度,咨事为诹,咨难为谋。臣获五善,敢不重拜?"

官学以诗为教,不仅重乐声,而且重乐义,培养国子们敬慎修德的彬彬君子之风,过去作为祭祀制度和行为仪式的"乐",现在变成作为人格修养或伦理道德的"乐",唯其如此,才有《汉书·艺文志》曰:"古者诸侯卿大夫交接邻国,以微言相感,当揖让之时,必称《诗》以谕其志,盖以别贤不肖而观盛衰焉。"国子们通过学诗,观风知俗,了解历史,接受礼乐教育,培养言语交际、引诗讽谏的能力,为将来参与政治生活、步入政坛打下基础,做好准备。诗乐之教,是为贵放政治培养人才的必经之路。要之,周王朝以诗为教,其目的正如《礼记·王制》云:"乐正崇四术，立四教。顺先王《诗》、《书》、《礼》、《乐》以造士。”

三、诗接受：兴、观、群、怨

周代诗之传播与接受，除了国家的教育体制之外，还存在着其他许多渠道，如礼仪活动。从广义的教育来说，这些渠道仍旧是诗教的有效组成部分。其传播与接受的过程与效果就是孔子所总结的“诗，可以兴，可以观，可以群，可以怨”①。

（一）诗可以兴

刘宝楠《论语正义》引孔安国注说：“兴，引譬连类。”朱熹《论语集注》说：“感发志意。”“引譬连类”从修辞角度说明了“兴”的工作机制，“感发志意”则从心理角度说明了“兴”的政教功能。将孔安国跟朱熹的注解合起来，孔子所说“兴”，就是用“引譬连类”的方法，达到“感发志意”的政教目的。在具体的教育活动中，通过“引譬连类”的方法来说明或者理解抽象的政治、伦理思想，同时也是对于赋诗言志所需“引譬连类”方法的训练和熟悉。在《论语》中，我们看到孔子在具体教育活动中，很注意让弟子通过《诗》“兴”的“引譬连类”达到“感发意志”的训练，如《论语·八佾》中记载：“子夏问曰：‘“巧笑倩兮，美目盼兮，素以为绚兮。”何谓也？’子曰：‘绘事后素。’曰：‘礼后乎？’子曰：‘起予者商也！始可与言《诗》已矣。’”“素以为绚兮”本是描写女子容貌，孔子从中感发出“绘事后素”，子夏又感发出忠信仁义与礼的关系，这种通过“引譬连类”来“感发志意”的类比方法，与赋诗言志中的表述方式相近似，在这样的教学活动中，

① 《论语·阳货》。

既通过诗句来理解政治、哲学思想，又通过这种理解方式把握赋诗言志的基本思维方式。

在“诗可以兴”的同时，还需要强调“歌诗必类”。“类”是赋诗言志的基本要求，要求所赋诗歌与交往场合、吟诵者的志向具有对应关系，关系错乱即是“不类”，赋诗“不类”可能会造成严重的后果。《左传·襄公十六年》载：“晋侯与诸侯宴于温，使诸大夫舞，曰：‘歌诗必类。’齐高厚之诗不类。荀偃怒，且曰：‘诸侯有异志矣。’使诸大夫盟高厚，高厚逃归。于是叔孙豹、晋荀偃、宋向戌、卫宁殖、郑公孙虿、小邾之大夫盟，曰：‘同讨不庭。’”高厚虽然也赋诗，但言之不当，被人认为是有“异志”，以致引发战争的危机。这说明诗之“言”具有某种规定性，而这种规定性隐含着这样的意思：诗不是人随意表达自己意志的工具，所以诵诗者无法自由“言”诗，人无法掩饰诗和志之间的规定性。这就是“类”。换句话说，“类”有某种超越个体自主性的神秘因素，有似于天人之间的某种相应关系。所以，叔孙豹这些当时的名臣对高厚赋诗中所显示出来的“异志”深信不疑，是不容高厚辩白的。春秋时代之所以在外交场合“赋诗言志”，人们既看重诗之“言”的“文”，更注重歌诗“类”之状况。这说明在赋诗活动中，《诗》变成一套隐语，一套特殊的外交辞令，诗之“言”具有某种规定性，不掌握这套语言，不遵循这种规定性，就无法从事政治外交活动。如此，学《诗》者不仅要能够赋诵那些诗句，更需要掌握“诗”与“志”之间的对应关系，即懂得如何将己之“志”通过赋“诗”准确地表达出来，以及如何从他人所赋之“诗”当中体会出他人之“志”，而“引譬连类”之“兴”则是准确理解这一关系的关键。

诗的学习与内政外交能力的培养关系密切，首先在于诗本身与政治伦理关系密切。《诗》三百当中，尤其是《雅》、《颂》当中的很多篇章，其最初的创作本就是出于政治目的，即如祭祀诗，在“国之大事，唯祀与戎”的背景下，祭祀也是为了巩固统治，归根到底还是出于政治目的，而《诗》三百篇中的很多内容，又与西周政治伦理思想密切相关。《论语·子路》云：“诵《诗》三百，授之以政，不达；使于四方，不能专对，虽多，亦奚以为？”明确提出，学习《诗》三百，最终目的即是为了达政专对，如果不能够达政专对，学习再多《诗》篇，也没有作用。春秋时代的贵族在朝聘会盟等外交活动及宾主宴饮时的酬酢周旋中，又常常需要赋诗以言志——以他人之诗言自家之志。赋诗所言之志，既可以关乎诸侯间的外交大事，又可以只表达个人好恶和意图，乞怜和恐吓，感激和憎恨，承诺和拒绝，逢迎和嘲讽，都可以通过温文尔雅的赋《诗》达到目的，以诗代言，则可以言之有文矣。晋文公重耳逃亡到秦国时，得到秦穆公的帮助，在秦穆公要正式宴请重耳时，子犯推荐赵衰跟随，理由是：“吾不如衰之文也，请使衰从。”在宴会上，重耳赋《河水》，表达对秦的仰慕和归顺，秦穆公赋《六月》，表达对重耳的支持。从子犯的话中可以推断，当时正式礼仪活动中需要赋诗，而赵衰之“文”，即是说赵衰善于赋诗言志，这也便是《左传·昭公二十六年》所谓“文辞以行礼也”。臣下的“献诗以陈志”，外交上的“赋诗以言志”等等，都具有浓厚的政治伦理色彩。《文心雕龙·明诗》篇说：“春秋观志，讽诵旧章，酬酢以为宾荣，吐纳而成身文。”“讽诵旧章”，指朗诵古人的成篇，主要是《诗》三百。① 《诗》三百在内政外交中

---

① 当然，以诗代言，也可以不取《诗》三百成篇，如《史记·孔子世家》记载，孔子因季氏受了齐国女乐，又不致膰，便离开鲁国，师己送孔子到屯时，曰：“夫子则非罪。”孔子曰：“吾歌可夫？”歌曰：“彼妇之口，可以出走；彼妇之谒，可以死败。盖优哉游哉，维以卒岁！”师己返回后向桓子汇报。桓子喟然叹曰：“夫子罪我以群婢故也夫！”

具有如此重要的作用，就难怪孔子要教育孔鲤“不学《诗》，无以言”了。

献诗陈志与赋诗言志，都在于通过暗示使听“诗”者有所感悟、触类旁通，同时加上音乐对于情绪的感染，这种感受更强了。朱自清说：“《荀子·乐论》里说‘君子以钟鼓道志’。‘道志’就是‘言志’，也就是表示情意，自见怀抱。《礼记·仲尼燕居》篇记孔子的话：‘是故君子不必亲相与言也，以礼乐相示而已。’这虽未必真是孔子说的，却也可见‘乐语’的传统是存在的。《汉书》二十二《礼乐志》论乐，也道‘和亲之说难形，则发之于诗歌咏言、钟石筦弦’，‘乐语’的作用正在暗示上。”①赋诗的根本方法是断章取义。有时只诵读某诗的某一章节，将自己的用意隐于其中；有时虽赋全诗，立意却仍在某一章节。由于赋诗是以他人之成诗，来言自己之志，以达到某种外交效果或者外交目的，因此赋诗所取的诗义，通常只能是比喻义或引申义。对方则需要凭借对《诗》三百的熟悉，参照彼此的外交情势与外交意图，来领会赋《诗》言志者的赋《诗》目的，这样双方才能达成彼此心照不宣的理解和交流。这便是“知”。“知”即是赋诗活动的完成。

（二）诗可以观

“观”肯定是他者的行为，“诗可以观”显然是指向诗接受者而言。《说文解字》释“观”为“谛视”，而不同于一般之“常视”。《谷梁传·鲁隐公五年》曰：“常事曰视，非常曰观。”傅道彬认为：“赋诗与观诗是一个问题的两个方面，对于诗的创作者或演奏者而言，是赋诗；而对于聆听者欣赏者而言就是观诗、观乐。

---

① 朱自清：《诗言志辨》，广西师范大学出版社 2004 年版，第 7 页。

清人劳孝舆谓:‘春秋之赋诗者具在,可以观志,可以观诗矣。’”“诗之所以是‘可以观’的,不仅在于诗具有‘王者所以观风俗,知得失,自考正’的抽象政治意义,更在于春秋时代的《诗》具有付诸视觉形式的具象的艺术意味,即以‘诗三百’为代表的诗歌包含政治上可以观察与艺术上可以观赏的双重意义。”[①]“诗可以观”直接导致了诸子之前的时代与社会的“一场大风雅”,给予那时的时代与社会一种诗意或少许浪漫的补偿。

春秋时代,统治者听取臣下意见,常常通过听取臣下诵诗,借以“观志”、“知志”。《国语·楚语上》云:“左史曰:‘……昔卫武公年数九十有五矣,犹箴儆于国,曰:“自卿以下至于师长士,苟在朝者,无谓我老耄而舍我,必恭恪于朝,朝夕以交戒我,闻一二之言,必诵志而纳之,以训导我。”’”对于《诗》、《书》的掌握程度,还可以作为人君或者上层官僚挑选职官的标准。故班固言:“传曰:‘不歌而诵谓之赋,登高能赋可以为大夫。’言感物造专,材知深美,可与图事,故可以为列大夫也。”[②]《左传·僖公二十七年》载:“(晋)谋元帅。赵衰曰:‘郤縠可。臣亟闻其言矣,说礼、乐而敦《诗》、《书》。《诗》、《书》,义之府也;礼、乐,德之则也。德、义,利之本也。《夏书》曰:‘赋纳以言,明试以功,车服以庸。’君其试之。”《国语·晋语》也记载了此事:“文公问元帅于赵衰,对曰:‘郤縠可,行年五十矣,守学弥惇。夫先王之法志,德义之府也。夫德义,生民之本也。能惇笃者,不忘百姓也。请使郤縠。’公从之。”赵衰之所以推荐郤縠为帅,理由是他喜欢礼乐(“说礼乐”),熟读《诗》、《书》(“惇《诗》、《书》”),

---

① 傅道彬:《“诗可以观”——春秋时代的观诗风尚及诗学意义》,《文学评论》2004 年第 5 期。

② (东汉)班固:《汉书》,中华书局 1962 年版,第 1755 页。

《诗》、《书》中记载的为“先王之法志”，为“德义之府”，因此，一个能够熟练掌握礼乐制度和《诗》、《书》内容的人，被认为是一个有道德、有修养、有知识、能够心怀百姓的人，可以胜任为帅。同样的思想，在孔子“学而优则仕”当中，也有体现。

先秦时代，“循弦以观于乐，足以辨风”（《大戴礼记·小辨》）的观念深入人心，广采诗谣以观民风，把那些流布于广大地域，出自不同社会阶层的诗谣汇集到王朝统治者手中，其目的即是《汉书·艺文志》所说的“王者所以观风俗，知得失，自考正”。新近公布的战国楚竹书亦可证此，《孔子诗论》云：“《邦风》其纳物也，溥观人俗焉，大敛材焉。其言文，其声善。”“纳物”，博览风物；“溥观人俗”，可以普观民情风俗。汉人的一些著述亦可说明周代采诗的目的：

《孔丛子·巡狩篇》：“古者天子命史采诗谣，以观民风。”

《汉书·食货志》：“孟春之月，群聚者将散，行人振木铎徇于路，以采诗，献之大师，比其音律，以闻于天子。故曰王者不窥牖户而知天下。”

东汉何休《春秋公羊传解诂》：“男女有所怨恨，相从而歌。饥者歌其食，劳者歌其事。男年六十、女年五十无子者，官衣食之，使之民间求诗。乡移于邑，邑移于国，国以闻于天子。”

《礼记·王制》：“天子五年一巡狩……命大师陈诗，以观民风。”

观诗风尚大都存在于礼仪之中，在礼乐制度统治的社会生活里，典礼之盛决定了观诗之盛，因为“诗之所至，礼亦至焉”（《礼记·孔子闲居》）。《左传·襄公二十九年》对吴公子季札在鲁国“遍观周乐”的记载，呈现了春秋时代的一次宏大而完整的典型观诗活动：

吴公子札来聘……请观于周乐。使工为之歌《周南》、

《召南》。曰:"美哉！始基之矣,犹未也,然勤而不怨矣。"为之歌《邶》、《鄘》、《卫》。曰:"美哉渊乎！忧而不困者也。吾闻卫康叔、武公之德如是,是其《卫风》乎！为之歌《王》。"曰:"美哉！思而不惧,其周之东乎！"为之歌《郑》。曰:"美哉！其细已甚,民弗堪也,是其先亡乎！"为之歌《齐》。曰:"美哉！泱泱乎,大风也哉！表东海者,其大公乎！国未可量也。"为之歌《豳》。曰:"美哉,荡乎！乐而不淫,其周公之东乎?"为之歌《秦》。曰:"此之谓夏声。夫能夏则大,大之至也,其周之旧乎!"为之歌《魏》。曰:"美哉,泱泱乎！大而婉,险而易行,以德辅此,则明主也。"为之歌《唐》。曰:"思深哉！其有陶唐氏之遗民乎！不然,何忧之远也？非令德之后,谁能若是?"为之歌《陈》。曰:"国无主,其能久乎!"自《郐》以下,无讥焉。为之歌小雅。曰:"美哉！思而不贰,怨而不言,其周德之衰乎！犹有先王之遗民焉。"为之歌大雅。曰:"广哉,熙熙乎！曲而有直体,其文王之德乎!"为之歌颂。曰:"至矣哉！直而不倨,曲而不屈,迩而不逼,远而不携,迁而不淫,复而不厌,哀而不愁,乐而不荒,用而不匮,广而不宣,施而不费,取而不贪,处而不底,行而不流。五声和,八风平,节有度,守有序,盛德之所同也。"见舞《象箾》、《南龠》者,曰:"美哉！犹有憾。"见舞《大武》者,曰:"美哉！周之盛也,其若此乎!"见舞《韶濩》者,曰:"圣人之弘也,而犹有惭德,圣人之难也。"见舞《大夏》者,曰:"美哉！勤而不德,非禹,其谁能修之?"见舞《韶箾》者,曰:"德至矣哉,大矣！如天之无不帱也,如地之无不载也。虽甚盛德,其蔑以加于此矣。观止矣！若有他乐,吾不敢请已。"

这种相当宏大的观诗场面在当时会产生巨大的影响力,何况大小典礼多得不可胜数。没有诗乐,这些典礼简直是难以想象的。礼乐社会里,人们生活在祭祀、朝聘、宴享等仪式典礼之中,举办典礼、参与典礼、受用典礼成为人们的一种生活态度与生活方式。"诗可以观"成为泛诗现象的一种典型的描述。

(三)诗可以群

整个人类社会是以"群"的方式存在的,故曰"物以类聚,人以群分"。马克思揭示人的本性时同样是从人"群"的属性出发的:"人的本质并不是单个人所固有的抽象物。在其现实性上,它是一切社会关系的总和。"①而儒学之目的也是为了维护群体之伦理,追求之目标为"大同"。人类自身在不停地维护乃至小心翼翼地呵护群体的和谐,整个人的教育尤其是道德的教育都在要求受教育者遵守社会群体的规范,接受社会群体的约束。故《礼记·学记》载:"比年入学,中年考校。一年视离经辨志,三年视敬业乐群,五年视博习亲师,七年视论学取友,谓之小成。九年知类通达,强立而不反,谓之大成。夫然后足以化民易俗,近者说服,而远者怀之,此大学之道也。"在这一教育的过程中,"乐群"、"亲师"、"取友"、"近者说服,而远者怀之"指向的都是"群"的教育。由此可以理解"诗可以群"的价值内涵以及诗在"群"之维护中的作用了。傅道彬言:"与人亲善和谐共处是儒家教育思想的重要内容,'群'是成就君子人格的一个基本能力。'诗可以群'的'群'就是从人群族群的基本意义出发,上升为乐群合群的精神境界。《论语》正义云:'可以群者,诗有如切如磋,可以群居,相切磋也',其实'诗可以群'不是群体之间切

① 马克思:《关于费尔巴哈的提纲》,《马克思恩格斯选集(第一卷)》,人民出版社1972年版,第18页。

磋对诗的认识感受，而是通过实现社会成员之间‘可以群居’的和乐融洽的人际关系。”①

诗乐具有化民易俗的作用，无论是乡饮酒礼，还是赋诗言志，“诗三百”既用于乡党教化，也介入乡人普通的世俗生活，成为凝聚乡党宗族间和谐关系沟通情感的艺术手段，实现“温柔敦厚”的诗教下的合群乐群的理想境界。② 春秋以后，文人雅集仍是一种令人欣羡的风尚，这种雅集中既有诗乐又有交游，如东晋王羲之等人的“兰亭雅集”，“一觞一咏，亦足以畅叙幽情”。而今，倡导团队精神，同样是为了维护“群”之目的。

（四）诗可以怨

诗可以怨，作何解释？前人往往认为这是中国古代的一种文学主张，而且主要是指诗人的一种创作心态。如司马迁《报任少卿书》云：“盖文王拘而演周易，仲尼厄而作春秋；屈原放逐，乃赋离骚；左丘失明，厥有国语；孙子膑脚，兵法修列；不韦迁蜀，世传吕览；韩非囚秦，说难、孤愤；诗三百篇，大抵贤圣发愤之所为作也。此人皆意有所郁结，不得通其道，故述往事，思来者。乃如左丘明无目，孙子断足，终不可用，退而论书策，以舒其愤，思垂空文以自见。”钱钟书在《诗可以怨》演讲中对此评论得极为精到，除了阐发刘勰“蚌病成珠”（《文心雕龙·才略》）的譬喻外，还引经据典、中西比较述说诗人的这个“怨”字，并言：“作《诗》者都是‘有所郁结’的伤心人或不得志之士，诗歌也‘大抵’是‘发愤’的叹息或呼喊了……明末陈子龙曾引用‘皆贤圣发愤

---

① 傅道彬：《乡人、乡乐与“诗可以群”的理论意义》，《中国社会科学》2006年第2期。

② 傅道彬：《乡人、乡乐与“诗可以群”的理论意义》，《中国社会科学》2006年第2期。

之所为作'那句话,为它阐明了一下:'我观于《诗》,虽颂皆刺也——时衰而思古之盛王。'(《陈忠裕全集》卷二一《诗论》)颂扬过去正表示对现在不满,因此,《三百篇》里有些表面上的赞歌只是骨子里的怨诗了。"①其实,诗可以怨,不仅仅指诗人的"怨",更重要的是指诗接受者的"怨"。理由如次:一是孔子所谓"怨"原指诗的接受者而非诗人。《论语·阳货》云:"子曰:'小子何莫学夫《诗》?《诗》,可以兴,可以观,可以群,可以怨。迩之事父,远之事君,多识于鸟兽草木之名。'"这明显是在告诉诗的接受者学诗的价值与效果。二是春秋时期有赋诗以表怨怒的事例,如《左传·襄公二十七年》载郑国伯有赋《鄘风·鹑之奔奔》:"鹑之奔奔,鹊之强强。人之无良,我以为兄。鹊之强强,鹑之奔奔。人之无良,我以为君。"一般来说,所有怨怒都将付出一定代价的,或多或少而已,无论这种代价是由何人支付,或是怨怒者或是被怨怒者。因此文子与叔向作出这样的评论:"文子告叔向曰:'伯有将为戮矣!诗以言志,志诬其上,而公怨之,以为宾荣,其能久乎?幸而后亡。'叔向曰:'然。已侈!所谓不及五稔者,夫子之谓矣。'"

在整个社会之中,应该正确引导"诗可以怨",引导得好,有利于社会与个人的和谐,如个人可以通过诗适当地宣泄,君主通过了解各种诗怨的情况及时矫正施政的行为。如果诗怨不当,招致的后果可能不堪设想。但是,在诸子之前的社会里,诗怨可能还是一种最好的表达方式,且其传播的速度以及接受的普及面甚至可能始料不及。即使在如今的社会,有些表达埋怨的民谣仍旧显示出顽强的生命力,以此也就可以想象那时诗怨的存

① 钱钟书:《七缀集(修订本)》,上海古籍出版社1994年第2版,第121页。

在状况了。

泛诗现象不仅存在于诗之创作、诗之教育、诗之传播，更重要的是表现在诗之广泛接受，如果缺乏诗之接受，还不足以完全说明诸子之前的诗是处于一种“泛化”状态，诗之接受才可使泛诗现象具有社会基础，具有心灵深度，具有意义重量。闻一多先生说：“诗似乎也没有在第二个国度里，像它在这里发挥过的那样大的社会功能。在我们这里，一出世，它就是宗教，是政治，是教育，是社交，它是全面的生活。”①

① 闻一多：《神话与诗·文学的历史动向》，上海人民出版社 2006 年版，第 165 页。

第七章 泛诗时代之终结

《诗经》是我国古代由口头文学转化为书写文学的第一部诗集①,它里面的大量诗篇都来源于西周初叶到春秋中叶五六百年间,题材内容多种多样,创作年代不一。然而,在正式编纂结集以前,这些单篇的诗作大都属于"诗、礼、乐"三位一体的范畴,并不能将其归入到书写文学之列。而《诗经》的结集流传,使得诗篇的性质发生了变化,同时也正式宣告了泛诗现象之终结。当然,这种终结并非是一个简单的文化现象,也不是一蹴而就的事情,而是经历了一段较长的时间,因为自从礼开始"崩"而乐开始"坏"的时候,泛诗现象就开始式微了。另外,讨论诸子之前"泛诗"现象的终结问题,不能不讨论这一阶段"文化语境"的变化情况,因为正是由于这种文化语境的转换,才导致了"泛诗"现象的终结。②

---

① 参见夏传才:《思无邪斋诗经论稿》,学苑出版社 2000 年版,第 175—182 页。

② 所谓文化语境,指的是与言语交际相关的社会文化背景。它可以分为两个方面,一是文化习俗,指人民群众在社会生活中世代传承、相沿成习的生活模式,是一个社会群众在语言、行为和心理上的集体习惯,对属于该集体的成员具有规范性和约束力;二是社会规范,指一个社会对言语交际活动作出的各种规定和限制。

而讨论诸子之前“诗”之文化语境之转折，则要涉及春秋中叶以前较长一段历史过程中文化习俗的变革情况，也要讨论这一历史期间社会规范之变化情况。有鉴于此，本章主要就这一泛诗现象之终结问题，从“礼崩乐坏”、“诗与私学兴起”、“《诗经》被奉为经典”等几个方面，逐一加以讨论分析。

一、礼崩乐坏：诗之制度环境变化

“诗”既是礼乐制度的产物，又是礼乐制度的维护者，然而，随着礼崩乐坏现象出现，“诗”与“礼乐制度”可谓一荣俱荣，一损俱损。礼乐既然崩坏，造成与维护这种泛诗现象的体制就遭到了破坏，泛诗现象就必然会走向终结，“皮之不存，毛将焉附”。礼乐崩坏的过程也就反映出泛诗现象走向终结的式微过程。

在西周初中期，周王朝国势非常强势，周公在“分邦建国”的基础上“制礼作乐”，“则以观德，德以处事，事以度功，功以食民”①，从而系统地建立了一整套完善的宗法礼乐制度，加之具有相当有实力的武力基础，因此一直保持着天下霸主的威势。《小雅·北山》云：“溥天之下，莫非王土。率土之滨，莫非王臣。”即反映了这一历史事实。《大雅·公刘》云：“跄跄济济，俾筵俾几。既登乃依，乃造其曹。执豕于牢，酌之用匏。食之饮之，君之宗之。”吕祖谦评此章云：“既飨燕而定经制，以整属其民，上则皆统于君，下则各统于宗。盖古者建国立宗，其事相须。”②从宗法系统看，周天子乃是地位最高的宗子。周初，宗法

---

① 《左传·文公十八年》。

② （宋）朱熹：《诗集传》，中华书局 1958 年版，第 197 页。

制首先在周天子和诸侯间实施，以后逐渐及于中、小贵族，以至士与庶民之间，具有了普遍性质。作为血缘关系与宗法等级制所制约的社会意识形态，西周的这种礼乐制度制约着人的一切活动与思想，作为文学艺术总称的“乐”，自然也要受着“礼”的制约。在周人的观念中，先王治礼作乐的目的，是通过“乐”的陶冶，使人的思想行为完全合于“礼”的要求。

随着时间的推移，到西周晚期，周王室开始衰微，由于生产力的发展，导致在经济基础、上层建筑领域出现了与周礼要求不相融的局面，一些势力强大的诸侯开始变王田为私田，变分封制为郡县制，政权不断下移。及至春秋初年平王东迁，在戎狄的袭扰和诸侯们的蚕食下，周天子的属地范围大大缩小，周天子直接拥有的军事力量和驾驭诸侯的权力也日益丧失，《史记·周本纪》称：“平王之时，周室衰微，诸侯强并弱，齐、楚、秦、晋始大，政由方伯。”权利一旦失衡，礼节礼仪也就自然不被人遵从。周桓王后，诸侯几乎不再朝贡天子，也不祭祀王室宗庙。就这样，“礼崩乐坏”的局面开始出现。司马迁在《史记》中更是一针见血地道出了当时政治的混乱：“春秋之中，弑君三十六，亡国五十二，诸侯奔走不得保其社稷者不可胜数。”①而春秋之世，改立太子、宗子和争立国君、卿大夫事端不断，“臣弑其君者有之，子弑其父者有之”②，可谓春秋二百余年间略无宁日。由此可见，当时的社会环境是极为混乱的。

礼崩乐坏，最直接外在的体现便是以宗法制为基础的政治架构遭到了无情破坏。随着利益变动的不断加剧，个人利益与家族、集体利益之间的矛盾也越来越突出，血缘亲情在利益需求

---

① 司马迁：《史记·太史公自序》，中华书局 1959 年版，第 3297 页。
② 《孟子·滕文公下》。

面前往往显得弱不禁风,不堪一击,君臣易位,父子相残,兄弟相乖等事不绝于史载。例如,西周末君周幽王时,德行缺失,所用非人,政治昏乱到了极点,王朝统治全面发生危机,而幽王又废长立幼,给了西周王朝致命一击:“幽王嬖爱褒姒。褒姒生子伯服,幽王欲废太子。太子母申侯女,而为后。后幽王得褒姒,爱之,欲废申后,并去太子宜臼,以褒姒为后,以伯服为太子……申侯怒,与缯、西夷犬戎攻幽王……遂杀幽王骊山下,虏褒姒,尽取周赂而去。于是诸侯乃即申侯而共立故幽王太子宜臼,是为平王,以奉周祀。平王立,东迁于雒邑,辟戎寇。”①周幽王轻易废长立幼,结果自身败死郦山脚下,故都镐京落入犬戎之手,嗣君平王仓皇迁都洛邑。这真诚如《大雅·荡》所言:“颠沛之揭,枝叶未有害,本实先拨。”嫡长子继承制度不能施行,造成了这一混乱的局面。故孔子言:“天下有道,则礼乐征伐自天子出;天下无道,则礼乐征伐自诸侯出。自诸侯出,盖十世希不失矣;自大夫出,五世希不失矣;陪臣执国命,三世希不失矣。”②

“礼崩乐坏”的又一外在表现是,原有的礼乐等级化规定遭到了破坏。在宗法制度下,“天子建国,诸侯立家,卿置侧室,大夫有贰宗,士有隶子弟,庶人、工、商各有分亲,皆有等衰”③,从而形成了一套系统而完整的制度。表现在享用乐舞规模的区别上,周初在此有着严格规定:“天子用八,诸侯用六,大夫四,士二。”④礼制的破坏,与礼相伴的乐也就难以为继,礼乐不再是周王朝权力的象征和维护者,而成为新兴的政治力量向周王室以及其他力量宣

---

① 《史记·周本纪》。
② 《论语·季氏》。
③ 《左传·桓公二年》。
④ 《左传·隐公五年》。

示实力和地位的工具。"周衰,礼废乐坏,大小相逾,管仲之家,兼备三归。"①"周室大坏,诸侯恣行,设两观,乘大路。陪臣管仲、季氏之属,三归《雍》彻,八佾舞廷。制度遂坏,陵夷而不反。"②例如季氏是鲁国当政的三卿之最强者,是新兴地主阶级的代表人物。季氏竟然无视用乐制度,在自家的庭院里跳起了天子才可享用的"八佾"规模的乐舞。又据《左传·昭公二十五年》记载,致使王室要谛祭鲁襄公时,只剩下两个舞者。孔子极其愤怒,于是谴责道:"八佾舞于庭,是可忍也,孰不可忍也?"还有三家祭祀祖先时,也竟敢唱起天子使用的歌曲《雍》来撤除祭品。这类例子各诸侯国皆有,不胜枚举。"燕飨"活动,便是贵族确立"礼"制的最好途径,充分体现了君臣父子的血缘宗法等级。在"和而不流"的乐声中,宾主交酬,君臣有节,长幼有序,血缘宗法亲情得到了一种升华。"而乐以诗为本,诗以声为用。"③《诗经》中的许多宴饮诗,正是着力描写天子诸侯贵族之间的这种温和而恭敬、彬彬有礼的情状。《小雅·鹿鸣》,就是一首贵族宴宾歌,主人之乐,在于与有贤才合德的"嘉宾"相聚,从首章"人之好我,示我周行"(周王向臣宾垂询治国大道),到"德音孔昭。视民不恌,君子是则是效"(要贵族们树立起为民众所仿效的榜样),再到第三章"以燕乐嘉宾之心"(在"和乐且湛"中奏出了君臣和融,浑然一体的主题),这正是周代贵族通过宴饮所要达到的目的。然而就在"礼崩乐坏"的春秋时期,贵族们所举行的燕飨之礼也出现了"僭越"现象。一方面他们继续坚持西周时代的礼仪,但另一方面他们又因种种原因而为传统的礼仪增

① 《史记·礼书》。
② 《汉书·礼乐志》。
③ (宋)郑樵:《通志·乐略》卷四十九,文渊阁《四库全书》本。

添了新的内容或改变了原有的形式。根据徐杰令先生的研究①,这种"僭越"主要表现在以下五个方面:其一,举行飨燕之礼的场所已不再固定;其二,飨礼与燕礼有渐趋合一的倾向;其三,在飨燕之礼的进行过程中,违礼和僭越现象时有发生;其四,飨礼本是天子款待诸侯,或诸侯相见时所行之礼,但春秋时也发生了诸侯飨天子、公子飨诸侯,甚至诸侯夫人飨诸侯的违礼之事;其五,春秋时期,在飨燕之礼中出现了赋诗的现象。关于在飨燕之礼的进行过程中的违礼现象,主要体现在两方面:首先,春秋时期王室衰微,周天子往往依靠诸侯的力量平息王室内部的政治斗争,为了表示感激,或对霸主的礼敬,天子便在飨燕诸侯及其卿大夫时超过礼仪的规格;其次,诸侯在行飨燕之礼时,也常常违反礼制而提高礼仪的规格。

"礼崩乐坏"现象更有其内在的表现,则是在礼乐政教的传承中,原有的礼乐宗教色彩逐渐淡去。过了周初的盛世,西周的统治合法性问题已经不再那么凸显,人们对于天命和祖先神话的尊崇,也随着周王朝统治已经成为理所当然的事实而不再被强调。连此而及的是,当时人们对于礼乐的理解越来越趋于表面化,对于礼乐所蕴含的深远的内涵越来越淡漠,在循礼闻乐之时逐渐褪去了建立之初的敬畏之情,在展现君主之威仪的同时,也不再有对君主的内在德行的砥砺和追求。人们对于王朝功业的信心受到动摇,越来越少的人能够继承周初统治者建立礼制时所怀的信心和理想。"礼崩乐坏"是整个社会的问题,如周宣王在中兴时期两度干涉鲁国君位,"然而,该礼制仍旧按其惯性及历史之惰性继续前冲,如昨日之黄花仍在今日风中做最后摇

① 徐杰令:《春秋时期飨燕礼的演变》,《学习与探索》2004 年第 5 期。徐氏文中列举的有关"僭越"实例,此处恕不逐一胪列。

曳，最终导致周代王朝解体，其解体之代价就是在这种礼制笼罩下经过残喘而漫长的春秋战国时代，充满着相互攻杀之血腥”。“‘礼乐崩坏’是历史之必然……任何一种制度都不可能是永恒的，都要随着历史的前进而发展，都要随着社会的进步而进步，固守一项制度是不能一劳永逸的，若一成不变则会陷入故步自封、抱残守缺的泥潭……因此，我们评价历史既要顾及当时人们的思想观念，又要看到历史发展的趋势，从西周进入春秋再入战国，这是历史发展内在的必然的客观的要求，是不可阻挡的历史规律。我们不能像古人那样将规律性的发展说成是某个事件所致，而每一个事件只是反映规律的一些现象而已。”①

《诗经》亦记载了周礼乐精神从兴盛到衰败的过程。《毛诗大序》记载：“至于王道衰，礼义废，政教失，国异政，家殊俗，而变风、变雅作矣。”众所周知，诗是古人行礼的辞的部分，这种文辞都是配以乐的，如《论语·子罕》云：“子曰：‘吾自卫返鲁，然后乐正，《雅》、《颂》各得其所。’”《诗经》中的许多内容，都是周礼规定的具体体现；换言之，周代的种种礼仪，决定了《诗经》的内容。翻开《左传》，人们在礼仪场合引《诗》几乎是比比皆是。所以，魏源说：“古之学者，‘歌诗三百，弦诗三百，舞诗三百’，未有离礼乐以为诗者。”②那么，在礼崩乐坏的西周末年和春秋时代，诗作为礼的一部分究竟发生了哪些变化呢？或者说，面对现实中的种种“僭越”现象，西周及春秋前期的诗人们又是如何应对这种变化的呢？

首先，有些诗人通过自己的笔触，表达了对血缘亲情被破坏

① 蔡先金：《从“宣王伐鲁”看嫡长子继承制》，《人文杂志》2002 年第 4 期。

② 魏源：《魏源集》，中华书局 1976 年版，第 12 页。

的敏感和忧虑，撰写了一批以歌颂兄弟甥舅血缘亲情为主题的诗篇。西周末年国力衰落，大乱将至，社会生活的种种变化首先被诗人敏锐地感觉到了，例如《小雅·沔水》云："沔彼流水，朝宗于海。鴥彼飞隼，载飞载止。嗟我兄弟，邦人诸友，莫肯念乱，谁无父母！""流水"与"飞隼"的比兴，表明了诗人预感动乱就在不久的将来，可谓是一位悲哀的先知先觉者，然而，人们却浑浑噩噩地生活着，没有为此忧虑。众所周知，在"共和执政"期间，周族部落已经上演了一次政治危机，厉王时期的危机过后，贵族们最先意识到了宗族和家族内部团结的重要性。宗族和家族秩序陷入混乱，他们便会失去最基本的依靠。而在部族或宗族内外危机中，只有血缘亲情是最可靠的。因此，厉王时期的危机过后，一批以歌颂兄弟甥舅血缘亲情的宴饮诗篇便产生了。

著名的《小雅·常棣》一诗云："常棣之华，鄂不韡韡。凡今之人，莫如兄弟。死丧之威，兄弟孔怀。原隰裒矣，兄弟求矣。脊令在原，兄弟急难。每有良朋，况也永叹。兄弟阋于墙，外御其务。每有良朋，烝也无戎。丧乱既平，既安且宁。虽有兄弟，不如友生。傧尔笾豆，饮酒之饫。兄弟既具，和乐且孺。妻子好合，如鼓瑟琴。兄弟既翕，和乐且湛。宜尔室家，乐尔妻帑。是究是图，亶其然乎！"《左传·僖公二十四年》载富辰引到《常棣》云："大上以德抚民，其次亲亲以相及也。昔周公吊二叔之不咸，故封建亲戚以蕃屏周……召穆公思周德之不类，故纠合宗族于成周而作诗……周之有懿德也，犹曰'莫如兄弟'，故封建之。其怀柔天下也，犹惧有外侮。捍御侮者莫如亲亲，故以亲屏周。召穆公亦云。今周德既衰，于是乎又渝周、召以从诸奸，无乃不可乎？民未忘祸，王又兴之，其若文、武何？"所谓"周德之不类"，实际即指周人宗法之离散，兄弟之不和。故《常棣》一诗具有很强的训诫意味。从春秋时期各诸侯国贵族们对宴饮诗中歌颂兄弟甥舅血缘亲情诗篇的运用,可以看出这些诗篇在维护血缘宗族亲情的社会作用。

其次,有些诗人面对那些貌似国家栋梁、实则祸国殃民小丑的世袭贵族们的言行举止,给予了深刻的讽刺和批判。一些处在衰微末世的西周诗人,他们没有沉溺于对天命的怀疑或者臆测之中,而是通过诗歌批判现实,企图唤起人们的良知,尽人事以挽救末世的危机。《小雅·节南山》:"节彼南山,维石岩岩。赫赫师尹,民具尔瞻。忧心如惔,不敢戏谈。国既卒斩,何用不监!节彼南山,有实其猗。赫赫师尹,不平谓何!天方荐瘥,丧乱弘多。民言无嘉,憯莫惩嗟……昊天不平,我王不宁。不惩其心,覆怨其正。家父作诵,以究王讻。式讹尔心,以畜万邦。"《诗序》云"《节南山》,家父刺幽王也",《小雅·十月之交》篇郑玄《笺》则说是"刺师尹不平"。无论是讽刺谁,都是对其旷废职务、任用小人、贻祸人民行为的痛斥与批判。考之全诗,诗的开头用讽刺反语的形式勾画出一个位高权重的蛀虫的形象,他凭借士族血缘爬上了高位,却无德无能,不敬昊天,祸害百姓,导致朝政腐败,自己不反省,反而怨恨那些行为正直的人。诗人作为有良知的士人,用诗歌的形式揭露了国家衰亡之际还热衷于权势的所谓"秉国之均"的卿士大夫,希图找出朝政腐败的根由,警醒周王,希望他能够回心转意,让国家强盛起来。诸如此类的这些仅存的有识之士,不仅要面对国家的忧患、人民的苦难而忧心如焚,也要面对现实社会对于他们的种种不解、排斥乃至来自敌对势力的迫害,只有通过诗作来唱出心中的忧患。再如《陈风·株林》,该诗讽刺的是陈灵公淫乱之事,诗中有云:"胡为乎株林,从夏南?匪适株林,从夏南!驾我乘马,说于株野。乘我乘驹,朝食于株。"诗以设问方式故意提出疑问,暗中影射陈灵公并不能去寻找夏南,而去寻找夏南的母亲,意在言外,耐人寻味。诚如《诗序》所云:“《株林》,刺灵公也。淫乎夏姬,驱驰而往,朝夕不休息焉。”陈国大夫夏御叔之妻为夏姬,与孔宁、仪行父二人以及陈灵公通奸,三人在朝中不但不隐讳其事,反而大肆宣扬炫耀,最终带来陈灵公的死亡以及陈国的变故。像陈灵公之类的人已经完全腐朽堕落,对于礼乐,甚至连形式上的遵循都谈不上了。当然,面对作为行为规范的“礼乐”制度被彻底抛弃的僭礼现象,也有些诗人尽管内心坚持着正义感,希望人君、人臣担负起兴复天下国家的重任,但又不敢奔走呼号,直言表明自己对当道小人的厉声斥责。例如,《小雅·小旻》描写统治者决策多邪辟,偏听谗言,不采纳正确意见,表达了诗人面对这种现实无能为力、失望忧心的情结,而最终反映了诗人在复杂的政治局势之下小心翼翼地行事的心情,“战战兢兢,如临深渊,如履薄冰”,忍受着为众人所不理解的孤独感,以及对于国家前途的深深忧虑。

最后,从诗歌的文体风格演变角度来看,在“礼崩乐坏”的社会现实下,风格也发生了明显的转变,《诗经》从雍容典重的《雅》、《颂》诗篇,到直抒胸臆、讽喻时政的变风变雅诗不断出现。朱熹《诗集传·序》云:“《周南》、《召南》亲被文王之化以成德,而人皆有以得其性情之正,故其发于言者,乐而不过于淫,哀而不及于伤,是以二篇独为风诗之正经……至于《雅》之变者,亦皆一时贤人君子,闵时病俗之所为。”①欧阳修《诗本义》云:“《风》生于文王,而《雅》、《颂》杂于武王之间。《风》之变自夷、懿始,《雅》之变自厉、幽始。”②风有正变,雅亦有正变。在“变风”、“变雅”的一些诗篇中,诗人以激愤的怨恨之情对天呼

① (宋)朱熹:《诗集传》,中华书局1958年版,序言第2页。
② (宋)欧阳修:《诗本义》卷十五,文渊阁《四库全书》本。

号。《诗经》不再只是传统《风》、《雅》之诗篇对现实半真实、半理想主义的讴歌，而是体现出一种深沉的忧患意识。例如，《大雅·桑柔》云："乱生不夷，靡国不泯。民靡有黎，具祸以烬。于乎有哀，国步斯频。"据《毛诗序》说，此诗为周厉王的臣子芮良夫所作，而王符《潜夫论·遏利篇》引鲁诗说亦云："昔周厉王好专利，芮良夫谏而不入，退赋《桑柔》之诗以讽，言是大风也，必将有遂，是贪民也，必将败其类。王又不悟，故遂流王于彘。"① 该诗一共十六章，前八章刺厉王失政，好利而暴虐，以致民不聊生，激起民怨；后八章责同僚，然亦道出厉王用人不当，用人不当亦厉王之过失。故他深感国家动乱不已，人民死亡，所剩越来越少，于是大声疾呼云："於乎有哀，国步斯频！"可谓情深意切，深怀忧愤之至。当然，我们也应清醒地认识到，这些变风变雅的诗篇虽情词激烈、思想深刻，带有浓重的社会悲剧意识，但它们表达的意思都是出自对统治秩序的维护，对王朝行政的校正，乃至对社会法则的申明，并没有对王朝政权的根本否定。

由上述分析可见，周代礼乐文明产生、兴盛和衰败的过程，是与诗发展保持同步的。西周礼乐文明一旦失落，"礼崩乐坏"势必成为一种现实，但是礼乐精神并没有随着西周王权的衰落而完全消失，在迅速变动的形势下，贵族为了巩固自己的根基和图谋发展，往往更重视礼仪，就连《鄘风·相鼠》的"人而无仪，不死何为……人而无礼，胡不遄死"，也常为春秋时的贵族们所引用，成为人们的训诫之辞。所以，春秋后期的孔子曾经大声疾呼恢复西周当年的秩序："周监于二代，郁郁乎文哉！吾从周。"

---

① (汉)王符著、(清)汪继培笺：《潜夫论笺校正》，彭铎校正，中华书局1985年版，第27页。

他曾“入太庙,每事问”①,以熟悉宗庙祭祀之礼;他对于《诗经》的整理与传授,未尝不是其试图重建礼乐文化的一种举措。然而,大势已去不可回矣,泛诗时代终将走到了其尽头。

二、诗与私学兴起

泛诗时代是与官学时代相匹配的。官学时代的结束,也就意味着泛诗时代的“寿终正寝”。私学的兴起,《诗》已经成为专门的学科,那么也就渐渐为少数人所拥有,占有“诗”——知识的人也就将拥有更多的社会资源。当《诗》成为“垄断性”学问的时候,诗也就自然地从更广大的社会范围收拢到少数人手里,也就是说,只有拥有“知识”的人才会拥有诗。私学一旦出现,《诗》一旦成为教案,泛诗现象就将成为记忆中的过去。

商周时期,人们已经有了相当的文化积累,各种各样的文化知识大体上具备了一定的规模,这就为学校教育的兴盛和繁荣创造了有利条件。从现在已知的情况看,西周时期“学在官府”,章学诚云:“官守学业皆出于一,而天下以同文为治,故私门无著述文字。”“六经之文,皆周公之旧典,以其出于官守而皆为宪章,故述之而无所用作;以其官守失传而师儒习业,故尊奉而称经。圣人之徒,岂有私意标目,强配经名,以炫后人之耳目哉!”②当时官学分国学与乡学两类,国学又分为大学和小学两级;在教学内容上,师氏教国子以三德三行,保氏教国子以六艺、六仪,大司乐教乐德、乐语、乐舞,乐师教学生以小舞;乡学的教

① 《论语·八佾》。

② (清)章学诚著,王重民通解:《校雠通义通解》,上海古籍出版社2009年版,第1页、第75页。

学内容与国学差不多。东迁后周室衰微,周天子权力旁落,公室衰败,官失其守,礼崩乐坏,学术下移,随之“学在官府”的局面遂难以维持。儒从官方祭司、巫师沦为民间教师、江湖术士,使学校教育由学在官府向学在民间转移,私学开始出现,打破了这种“学在官府”的局面。春秋时期私人讲学之风兴盛,这种情况的出现并不是个人的偶然行为,而是当时社会发展的必然结果。周平王迁都洛阳后,周王朝逐渐失去了对诸侯的控制,中央集权走向衰微,王宫中的许多文化官吏纷纷流落民间,这些人失去了特权,降为平民,必然会以传授自己的专门知识技能来谋生。《论语·微子》记载了周天子宫廷中掌管礼乐的官吏纷纷出走的一些情况:“大师挚适齐,亚饭干适楚,三饭缭适蔡,四饭缺适秦,鼓方叔入于河,播鼗武入于汉,少师阳、击磬襄入于海。”大乐师挚到齐国,二乐师干去楚国,三乐师缭到蔡国,四乐师缺去秦国,打鼓的方叔流落到黄河之滨,摇小鼓的武入居汉水附近,少师阳和击磬的襄移居于海边。这些文化官吏由于失去了世袭的职守,流落于社会之后,成了历史上第一批专靠出卖知识糊口的士。据有关学者分析,其中有些人可能做了私学的教师。所以,第一批开始私人讲学的应该是这些人。另外,根据《列女传》卷二“柳下既死,门人将诔之”的记载,那么柳下惠似乎也有自己的弟子门人。更何况大教育家孔子本人也曾学琴于师襄,问礼于老子,学馆于郯子,问乐于苌弘。如果这些记载属实的话,则私学早于孔子百余年就已经出现。此后,许多远在王公贵族、诸侯大夫门下从事各种文化活动和技艺活动的“士”,遂纷纷散落在民间,原来深藏于宫廷密室的图书典籍也散落民间而成为一般平民的读物,“天子失官,学在四夷”①已是大势所趋。

① 《左传·昭公十七年》。

与官学不同的是，私学接受教育者不再单纯是贵族子弟，普通庶民欲求仕进者，均可以通过缴纳束修的方式，到私学的门塾中学习。

当然，私学的兴起必然有一个从不稳定到稳定，从发端到发展成熟的过程。在“私学”兴起这一文化巨变中，士阶层，尤其是他们的领军人物奔走呼号，身体力行，终于开创出了“私学”发展的新天地。对此，章太炎曾经下了一断语：“老聃、仲尼而上，学皆在官；老聃、仲尼而下，学皆在家人。”①此断语点明了官私之学的交替，正在此时。《吕氏春秋·离谓》中记载了郑国邓析办私学的事迹，他的私学不讲诗书礼乐这套旧课程，讲的是自著的《竹刑》，专门教人打官司“学讼”；《列子·仲尼》中，记有郑国伯丰子也和邓析同时开办私学。这些都是在孔子私学之前。在孔子之前，典籍中提到的私学多属昙花一现。只有到了孔子，才有了很大规模长期稳定的私学。孔子培养出的学生不少也从事私学教育工作，这为战国时期乃至今天的私学教育提供了模式和经验。因此人们一般认为，孔子的私学是私学发展的一个里程碑。孔子创办私学，其所招收的学生中，既有“结驷连骑”的富商子贡，也有身居陋巷的颜渊，以至于有“夫子之门，何其杂也”②之说。总之，孔子提倡“有教无类”的做法，具有极其重要的意义。与其他私学教育家不同的是，根据《史记·孔子世家》记载，孔子在私学中以《诗》、《书》、《礼》、《乐》、《易》、《春秋》为教学内容，这与诸经典的性质③及他的培养目标有关。他

① 章太炎：《国故论衡·原经》，上海古籍出版社 2003 年版，第 59—60 页。

② 《荀子·法行》。

③ 《庄子·天下》言：“《诗》以道志，《书》以道事，《礼》以道行，《乐》以道和，《易》以道阴阳，《春秋》以道名分。”

在继承了西周贵族“六艺”教育传统的基础上,创设新学科,重新编排教学体系,充实了教学内容。这一创新,加速了由武士教育向文士教育的转变,也推动了古代文化的发展。《庄子·天运篇》记载孔子见老聃时,自称:“丘治《诗》、《书》、《礼》、《乐》、《易》、《春秋》。”这些材料说明,孔子进行研究并编成教材的有六种,而对弟子们普遍传授的主要是前面四种。商周时期,凡是举行集会,如庆功祝贺等活动时,都要演唱传统的或贵族们创作的诗歌。在这种场合能够吟诵诗歌,乃是具有文化修养的表现。当时的诗歌教学必须体现特定的政治伦理思想,满足社会需要,因此,西周乐教开创了我国“温柔敦厚”诗教传统之先声①。春秋时期,四言诗已经十分成熟,作诗言诗蔚然成风,举凡庙堂祭祀、外交应对、亲朋酬答,都离不开诗歌的创作和应用——第一部诗歌总集《诗经》就是明证,其中的一部分便是这个时期的作品。诗歌的初步繁荣,为当时开展诗歌教育提供了丰富的教材,同时也促进了私学的发展。

春秋时期,孔子恐怕是最早有意识地开展诗歌教育的人,他敏锐地认识到诗歌的多种作用,提出了诗歌教育的内容与方法,形成了比较完整的诗歌教育理论。孔子认为,“《诗》三百,一言以蔽之,曰:‘思无邪。’”②为此,他把《诗三百》作为教学内容,实际上,《诗经》也成为我国最早的诗歌教育课本。由于诗歌具

---

① 《三家诗拾遗》节录《韩诗外传》言子夏问曰:“《关雎》何以为风始也?”子曰:“《关雎》至矣!幽幽冥冥,德之所藏;纷纷沸沸,道之所行。如神龙变化,斐斐文章。大哉!《关雎》之道也。万物之所系,群生之所悬命也。六经之策,皆归论及之,盖取之《关雎》。《关雎》之事大矣哉!天地之间,生民之属,王道之原,不外是矣。”(范家相:《三家诗拾遗》卷三,文渊阁《四库全书》本)此言就是“温柔敦厚,诗教也”的最好注解。

② 《论语·为政》。

有多种作用,因而孔子提出了“兴于诗,立于礼,成于乐”(《论语·泰伯第八》)的见解和主张,甚至认为“不学诗,无以言”(《论语·季氏篇第十六》)、“不能诗,于礼缪”(《礼记·仲尼燕居》)。孔子强调学习《诗》,是认为它可以培养想象力和观察力,用其中的道理修身养性,可以用于政治和社交。自此以后,儒家把《诗》作为学习的重要内容,同时作为宣传儒家学说的重要手段。墨子亦云:儒者“诵诗三百,弦诗三百,歌诗三百,舞诗三百”(《墨子·公孟篇》);又,儒者“弦歌鼓舞以聚徒……务趋翔之节以观众”(《墨子·非儒篇》)。《史记·孔子世家》记载“三百五篇,孔子皆弦歌之”。不仅如此,孔子还要求学生“诵诗三百”:“小子何莫学夫《诗》?《诗》,可以兴,可以观,可以群,可以怨。迩之事父,远之事君,多识于鸟兽草木之名。”(《论语·阳货》)从中能够看出,孔子的《诗经》教育观带有鲜明的社会功利性,点明了“诗”所具有的伦理功能。钱穆分析道:“故学于诗,对天地间鸟兽草木之名能多熟识,此小言之。若大言之,则俯仰之间,万物一体,鸢飞鱼跃,道无不在……孔子教人多识于鸟兽草木之名者,乃所以广大其心,导达其仁,诗教本于性情,不徒务于多识。”①此深知孔子之意者也。“务多识”是孔子用《诗》发展学生的职业知识和能力,“不徒务多识”是孔子还用《诗》培养学生的文化品格。上博简《孔子诗论》中也表现了孔子这种“学以致用”的《诗》学思想。其论《邦风》,即着眼于其“溥观人俗焉”的社会功用。其论《诗》也数言“吾得之”、“吾取”,显然也是着眼于其实际功用。如第20简记:“吾以《杕杜》得雀。”第23简记:“《兔罝》其用人,则吾取。”第24简记:“吾以

---

① 钱穆:《论语新解》,生活·读书·新知三联书店2002年版,第451—452页。

《甘棠》得宗庙之敬,民眚(性)古(固)然。甚贵其人,必敬其立(位),悦其人,必好其所为,亚(恶)其人者亦然。”总之,缘《诗》可以考见民情,察见得失,亦即所谓“兴观群怨”,“授之以政,使于四方”之意也。

孔门对诗的诠释,或引喻,或从事创造性的对话,或对诗做评论,其基本倾向是赋予诗以伦理道德的意涵。尽管孔子对诗的诠释,已触及诗的本质,但诗教的目的,是要使诗为伦理道德服务的。在广泛的意义上,孔子对诗的评论,也属于诗教的范围,但在性质上,评论的部分,实是为诗教提供了理论基础。以孔子对于《诗》、礼二者之间关系的认知来讲,在他看来,诗若离志就会有所逾礼,因而诗要体现出一个人的情志,也要遵从礼的约束,例如:上博简《孔子诗论》第 5 简论《清庙》云:“《清庙》,王德也,至矣。敬宗庙之礼,以为其本,秉文之德,以为其业。”在孔子看来,《清庙》之所以为“至”,就在于其能体现敬宗庙之礼;第 10 简,其评《关雎》云:“《关雎》之怡。”“《关雎》以色喻于礼。”第 12 简又云:“好,反内(纳)于礼,不亦能怡乎?”《说文》云:“怡者,和也,从心,台声。”其以“怡”评《关雎》,就因为其能“喻于礼”,“纳于礼”。故《礼记·孔子闲居》载孔子语云:“志之所至,诗亦至焉。诗之所至,礼亦至焉。”

继孔子之后,儒家学派的又一代表人物孟子继承并发展了孔子的教育思想,提出“以意逆志”、“知人论世”等主张,对后世诗歌教育乃至语文教育产生了很大的影响。“以意逆志”就是说在读“诗”时,读者要根据自己的切身体会理解作品中作者所表达的思想感情,不要受拘束于词句,曲解甚至歪曲全篇的主旨。《孟子》中记述了孟子与弟子咸丘蒙关于“以意逆志”的对话。咸丘蒙问:“《诗》云:‘普天之下,莫非王土。率土之滨,莫非王臣。’而舜既为天子矣,敢问瞽瞍之非臣如何?”孟子答道:

“是诗也，非是之谓也。劳于王事，而不得养父母也。曰：‘此莫非王事，我独贤劳也。’故说诗者不以文害辞，不以辞害志。以意逆志，是为得之。”（《孟子·万章上》）“知人论世”的意思是要根据作者的生平经历和所处的时代背景，站在作者的立场上，与作者为友，体验作者的思想感情，准确把握作者的写作意图和正确理解作品的思想内涵。《孟子·万章下》云：“一乡之善士，斯友一乡之善士。一国之善士，斯友一国之善士。天下之善士，斯友天下之善士。以友天下之善士为未足，又尚论古之人。颂其诗，读其书，不知其人可乎？是以论其世也。”凡此种种，都对以《诗经》为代表的西周诗歌在私学教育中的文化传播起到了积极的影响。

如上所述，《诗经》成为私学的教材，摆脱了官学垄断的局面，这极大地促进了私学的兴起。而私学的兴起，也为春秋战国时期学术繁荣、百家争鸣的出现，提供了可能性。一个受过良好的教育并精通西周诗歌的人，在当时的语境中已经成为一种显示文化修养与实力的身份性标志。但是，私学之后，随着诸子的崛起，诗歌创作已经停止，原有的诗歌也已经成了一种文本，仅供阅读、学习、引用而已。自从《左传》所记最后年代即公元前467年到《战国策》所记的开始的年代即公元前334年，文献记载空白约133年，然而，“从社会风俗看，这段时期变化很大，顾炎武曾经提出过好几个现象加以论证，例如，到《左传》为止的时代，士大夫以上阶层在交往时都要赋诗，到了《战国策》以后的记载中找不到了”①。

---

① 曹峰：《出土文献可以改写思想史吗?》，文史哲编辑部编：《“疑古”与“走出疑古”》，商务印书馆2010年版，第405页。

三、《诗经》:奉为古典

众所周知,《诗经》是周代的诗歌总集,它收集了从西周初期到春秋中后期在上层社会与民间流传的诗歌创作,它不仅反映了周代的政治、文化、经济、社会生活、风俗民情等方方面面的历史状况,同时也无可争议地代表了西周至春秋时代诗歌创作的最高水平。而事实上诸子之前泛诗现象之终结可以《诗经》的最终编订结集作为重要标志,因为《诗经》结集奉为儒家经典之后,也就宣告了泛诗现象的不复存在。

今传《毛诗》305篇,按"风"、"雅"、"颂"三部分整齐编排,内容由俗到雅,风格迥然不同。《诗经》诗篇的具体来源方式,向来有"献诗"与"采诗"两种说法。从《诗经》在先秦时代的流传情况来看,其结集绝对不是一次性编订成功的。关于这一点,学界基本上达成了共识,然而在孔子整理《诗经》之前,到底经过了几次结集,却远未统一意见,如刘毓庆、郭万金等研究认为"最少有过三个发展历程,即进行过三次重大的编辑整理工作",即:(一)宣王中兴与《诗》之第一次结集;(二)平王"崇礼"与《诗经》的再度编辑;(三)孔子"删诗"与《诗》之三度编辑。① 也有学者认为《诗经》在孔子时代,甚至在孔子之前就已经编定,且篇数与今本《毛诗》的篇数大体相同,并提出了四次结集说:第一次结集在西周前期,第二次结集在西周后期至春秋初期,《小雅》与《国风》的结集在春秋中期,春秋中后期鲁太师挚

① 刘毓庆、郭万金:《〈诗经〉结集历程之研究》,《文艺研究》2005年第5期。

将《鲁颂》编入诗集，完成了《诗经》的最终定编。① 马银琴也持四次结集说，不过其四次结集情况又是另一番模样：康王“定乐歌”的活动，是对西周初年仪式乐歌（实即祭祖、颂功之歌）的第一次系统整理，以《颂》为名的、用于郊天祭祖仪式的乐歌文本应是这次活动的产物，是后世《诗》文本进一步编辑与扩大的基础；穆王时代的制礼作乐，《诗》作为周代礼乐文化重要组成部分的仪式乐歌，也在这一次大规模的编纂活动中得到了进一步的整理与编辑，这是康王定乐歌之后诗文本的第二次结集；宣王时代对诗文本的编定，是周代文化史上最后一次以仪式歌奏为主要目的而进行的乐歌编辑活动；结集于平王初年、以《诗》为名的诗文本，除了诗文本内容上的进一步扩大之外，在美刺观念的指导下，以《诗》为名、《风》《雅》合集的诗文本在平王之世已经产生出来。② 凡此种种，不一一足道。另外，关于孔子整理《诗经》，学界向有其“删诗”之说。《史记·孔子世家》记载：“古者诗三千余篇，及至孔子，去其重，取可施于礼义，上采契后稷，中述殷周之盛，至幽厉之缺，始于衽席……三百五篇孔子皆弦歌之，以求合韶武雅颂之音。礼乐自此可得而述，以备王道，成六艺。”至唐，孔颖达《毛诗正义·诗谱序疏》质疑曰：“如《史记》之言，则孔子之前，诗篇多矣。案《书传》所引之诗，见在者多，亡逸者少，则孔子所录，不容十分去九。马迁言古诗三千余篇，未可信也。”此后，孔子是否“删诗”的问题，便成了《诗经》学史上的大公案，宋儒如欧阳修、王应麟、马端临等皆以“删诗说”

---

① 金荣全：《关于〈诗经〉成书时代与逸诗问题的再探讨》，《诗经研究丛刊（第 13 辑第七届诗经国际学术研讨会论文集）》，学苑出版社 2007 年版，第 130—140 页。

② 马银琴：《诗文本的结集与“〈诗〉”名称的出现——兼论“正”“变”之说的来源与本质》，《文学评论》2001 年青年学者专号。

为是，而清儒朱彝尊、赵翼、李惇、崔述等人则力主孔子未曾“删诗”。即使到了今日，仍有学者纠缠其中，各执一端为说，并加以发挥己见。

关于《诗》的编订问题，不是这里所要讨论的主题，笔者所要关注的，则是在孔子对西周以来诗篇进行“去其重，取可施于礼义”工作之后，是如何导致这些诗篇以一个整体的形式，被人们奉为经典的。考之春秋、战国的历史，《诗》最终编集可以透露出如下几点信息。

首先，《诗三百》为鲁国乐官编订的本子，可谓是泛诗之后的遗风了。在礼崩乐坏的情形下，鲁国乐官还保存有这么一个像样的本子。按照周制，各诸侯国乐官肯定有比较完善的符合周代礼乐制度需要的诗乐资料，也相当于诗乐档案。鲁国原为周公封地，“成王乃命鲁得郊祭文王。鲁有天子礼乐者，以褒周公之德也”①。《左传·昭公二年》有这样的记载：“春，晋侯使韩宣子来聘，且告为政而来见，礼也。观书于大史氏，见《易象》与《鲁春秋》曰：‘周礼尽在鲁矣。吾乃今知周公之德，与周之所以王也。’”《左传》记吴公子季札至鲁“请观周乐”时，鲁曾为他一一歌唱各地风乐以及雅、颂等，其中各部分今本《诗经》全有，只是其叙次与今本稍异。另外，从文献记载看，鲁人对于《诗》的熟悉和了解，也是他国所无法企及的。因此，《诗三百》可能是源自周，而延自鲁。

其次，孔子对《诗》的整理与传授，正式将这些诗篇从“诗、乐、舞并重一体”的存在模式解脱出来，并使之和《书》、《礼》、《乐》、《易》、《春秋》一样，成为私学的教课本，进入人文化的领域。从此，《诗三百》从一种“活”的知识形态逐渐成为一种“静”

---

① 《史记卷三十三·鲁周公世家第三》。

的知识形态,泛诗现象也就渐渐地收缩了下来。孔子在给弟子的教学传授过程中,站在“兴正礼乐”的立场上,使《诗经》正式成为儒家经典,并通过平日的解诗、说诗,彰显其应有的政教目的和人文功能,在推进“诗”的人文化方面迈出了一大步。上博简《孔子诗论》可能就是孔子当年讲授“诗”的“实录”。事实上,在西周末年,当诗歌的功能从服务于配乐的仪式逐渐向服务于讽谏转变时,诗歌的文辞之意便已开始受到人们的关注,而孔子对《诗》的整理,更加促进了诗歌完全从仪式与音乐的束缚中脱离出来。至于战国以后人们的“引诗”活动,则主要借助于相对隐晦的诗歌语言来曲折委婉地表达自己的心意,有时候还会从政教、伦理的角度来理解诗、使用诗。凡此种种,都与《诗经》审订结集有着一定的内在关联。

再次,“士”阶层的兴起,为《诗经》文化的形成、传播与发展提供了良好的契机。春秋中后期,形势发生了很大的变化,各诸侯国内卿、大夫的力量愈趋强大起来,周王朝已经名存实亡,其原有的宗法制度实际上已没有多少约束力,最终导致贵族最低层“士”的崛起并对各国政治生活产生了重要影响。以儒、墨两家为先导的诸子,正是中国古代知识阶层的典型。到了战国时期,“士”不再完全成为贵族阶级的一部分而是作为新兴的知识阶层出现,其流品便已日趋复杂,其所看重的是现实的物质生活的需要和对经济利益与权势的追求。关于战国时代新兴知识阶层与当世王侯的关系,余英时有一个重要的论点,即君主与知识分子之间存在着师、友、臣三种关系,代表道统的士,相信“道”比“势”更尊。《吕氏春秋·博志》载:“孔、墨、宁越皆布衣之士也,虑于天下,以为无若先王之术者,故日夜学之……宁越,中牟之鄙人也,苦耕稼之劳,谓其友曰:‘何为而可以免此苦也?’其友曰:‘莫如学。学三十岁则可以达矣。’宁越曰:‘请以十五岁。

人将休，吾将不敢休；人将卧，吾将不敢卧。’十五岁而周威公师之。”他们重视通过学习包括《诗经》在内的各种文化知识，通过各种各样的途径谋求更好的生存状态，有些则以策士（如苏秦等人）的身份四处奔走，希图实现自己的抱负和政治主张，而就在这一系列的奔走之中，加速促进了《诗经》文化的形成、传播与发展。

第四，《诗三百》成为“经”而被尊奉之后，也昭示着一个泛诗时代的结束。上古无经名。六经之名始见于《庄子·天运篇》，孔子谓老聃云，“丘治《诗》《书》《礼》《乐》《易》《春秋》《六经》，自以为久矣”，又，“孔子见老聃不许，于是缁十二经以说”。不过，《庄子》所言之“经”可能是指“书籍”，而非“经典”之意。战国中期以前《诗经》并不称“经”，而是单称《诗》或《诗三百》，到了汉代经学产生以后，《诗经》之称谓方才出现，并派生出鲁、齐、韩、毛四家诗，以至于“诗无达诂”。江藩云：“至汉则《乐经》亡，而五经仅存。徐氏《初学记》云：‘古者以《易》《书》《诗》《礼》《乐》《春秋》为六经，至秦焚书，《乐经》亡，今以《易》《诗》《书》《礼》《春秋》为五经。汉武帝建元五年，初置五经博士。’五经之名，始于此。而其后则或离或合，各有不同。”①

总而言之，随着《诗经》一书的编定与流传，原有的泛诗现象开始瓦解，具体的诗篇不再作为乐、舞的附属物存在，使得《诗经》成为一种文化经典，成为春秋战国时期人们的政治和文化教育、生活资源，加速促进了《诗经》学的形成与传播。当《诗经》成为文本、成为研究对象、成为“被”阐释对象的时候，《诗经》也就被“体制化”了，然后，进入了人们的记忆系统，成为所

---

① 江藩：《经解入门》，方国瑜点校，天津市古籍书店1990年版，第2页。

谓宝贵的传统文化的一部分，任由后来的人们去“汲取其精华，剔除其糟粕”了。

四、泛诗现象对中国传统文化之影响

泛诗现象，初看起来只是历史上曾经存在过的一种“原生态文学”状态而已，现在的研究也只是为了重新发现、挖掘、复原、分析现象的原貌，按照现象学的说法就是要“回到事物本身”。然而，这一特殊的文学文化现象却对于中国的国民性及其文化品格产生了重要影响，并沉淀为一种文化因子通过文化基因链世代遗传了下来。我们如果不数典忘祖的话，那一定能够追溯到诸子之前的泛诗时代；如果慎重对待我们的“国学”的话，那也一定能够追远到诸子之前的泛诗现象；如果为了走向民族复兴之路的话，那就更应该回顾一下诸子之前的诗意化的年代。“诗意化栖居”可能会成为人类现在努力的一个重要目标，其实我们先人在诸子之前就曾经践行过这一目标，为人类“制造”出了一个“诗意化栖居”的样板。“诗意化栖居”是我们曾经有过的生活状态，从某种程度上说，我们现在的工作首先是如何找回那个失落的诗意化世界，然后再勾勒出一个新的诗意化生活的模式。

（一）诗与中华民族文化

诗是西周时期礼乐制度的内容之一，进入了包括意识形态在内的整个上层建筑。同时，诗也成为尧、舜、禹、汤、文、武及周公等古代圣王建立的文化观念系统。然而，那种活生生的、令人神往的泛诗时代结束之后，诗却仅仅剩下《诗经》的文本了。孔子试图通过宣扬与传授作为文化符号的《诗三百》来实现“克己复礼”之目的,而这也就成为他矢志不渝的人生目标之一。在诸子时代,《诗三百》的影响力是极大的,不学诗的诸子几乎是没有,包括提倡焚诗的法家商鞅、韩非子也同样是深谙“诗”的,否则其攻击“诗”就会显得乏力。当时儒墨两显学引诗、用诗相当娴熟,儒家视《诗经》如圣经,可知当时的《诗经》已具有莫大的威权,以及流传之广了。秦时,《诗经》横遭禁毁,但也没有能够阻止住《诗经》在后代的传播。反而到汉代时,在“罢黜百家,独尊儒术”的背景下,《诗经》的地位再次被无限地抬高,不过此时的《诗经》已经沦为儒家的“御用工具”,按照儒家的思想与需要进行断章取义、曲解阐释,陷入了一种繁缛的“经院哲学”的境地,甚至为释一字而不惜耗费几万字。在整个漫长的封建社会过程中,“子曰诗云”成为一种重要的文化符号。无论北魏时期的鲜卑族还是蒙元时期的蒙古族,在汉化的过程中都毫无疑问地继承了《诗经》文化。因此,我们也可以说,《诗经》在中华民族文化的形成与维护的过程中起到了重要的作用,有利于提升中华民族的凝聚力。

就文学史而论,《诗经》是中国文学的光辉源头。汉以来受《诗经》风格感化之作不在少数,如韦孟的《讽谏诗》与《在邹诗》,刘勰《文心雕龙·明诗》曰:“汉初四言,韦孟首唱,匡谏之义,继轨周人。”乃至陶潜的《停云》、《时运》、《荣木》,亦是模仿《诗经》形式。颜之推《颜氏家训》云:“夫文章者,原出五经……歌咏赋颂,生于《诗》者也。”①闻一多在《文学的历史动向》中深刻分析了《诗经》对于后世艺术的影响:

> 《三百篇》的时代,确乎是一个伟大的时代,我们的文

---

① 王利器:《颜氏家训集解(增补本)》,中华书局1996年版,第237页。

> 化大体上是从这一刚开端的时期就定型了。文化定型了，文学也定型了，从此以后二千年间，诗——抒情诗，始终是我国文学的正统的类型，甚至除散文外，它是唯一的类型。赋、词、曲是诗的支流，一部分散文，如赠序，碑志等，是诗的副产品，而小说和戏剧又往往以各自不同的方式夹杂些诗。诗，不但支配整个文学领域，还影响了造型艺术，它同化了绘画，又装饰了建筑（如楹联，春帖等）和许多工艺美术品。①

泛诗现象及其留存的《诗经》对中国文化的影响是深远的，无论是文学艺术还是观风政治，都能从先秦泛诗现象中找到其发展的文化根源。泛诗已经成为一种文化基因，代代相传，无论韵文、大赋、骈偶，还是唐诗、宋词、元曲，都可谓先秦泛诗之延续，以至于产生世界性的影响。如奥地利作曲家、指挥家马勒（Gustav Mahler）的《大地之歌（Das Lied von der Erde）》源自于中国的唐诗，其中包括李白、王维、孟浩然的诗作，全曲共分六个乐章。1908 年，马勒来到奥地利西部一个叫杜布拉赫的村庄，面对终年积雪的阿尔卑斯山无限感慨，他读着德国作家汉斯·贝特格翻译的唐诗《中国之笛》，东方诗人的诗性情怀激起这位西方作曲家的强烈共鸣，便逐选了其中的七首唐诗，写成《大地之歌》，享誉海内外。再如 20 世纪初的英美意象派领袖人物庞德及其他意象派诗人皆钟情于中国古典诗歌并深受其影响。美国著名诗人默温云："到如今，不考虑中国诗歌的影响，美国诗就不可想象，这种影响已成为美国诗自己的传统的一部分。"②

---

① 闻一多：《文学的历史动向》，《神话与诗》，上海人民出版社 2006 年版，第 165 页。

② 赵晓辉：《中国古典诗词促中外文化交流"中学西渐"谱华章》，中华诗教网，http://zhsj. zjtie. edu. cn/newsDetail. aspx? newsID = 1999，2010 年 12 月 30 日星期四。

中华民族文化中蕴含着诗性的成分，倘若说中华文化相对于西方人来说有一种神秘性的话，那么诗性就是其中原因之一。

(二)诗性思维与中华民族性格

东、西方人的思维方式具有很大的差异性，季羡林认为："东西文化的不同扎根于东西思维模式的不同。西方的思维模式的主要特点是分析，而东方则是综合。"①密歇根大学教授理查兹·尼斯比特亦持有同样的看法，并预言：谁把握了东西方两种世界观的长处，谁就会在21世纪获得最大成功。② 实质上，文化与思维之间是互为表里的事情，思维方式也可能是文化的产物。而思维方式与民族性格之间是有关联性的，辜鸿铭认为中国人的性格有三大特征：深沉、博大、纯朴和灵敏(deep, broad, simple and delicacy)，③而且他不无赞美地说：

> 在此，我可以指出，美国人发现要想理解真正的中国人和中国文明是困难的，因为美国人，一般说来，他们博大，纯朴，但不深沉。英国人也无法懂得真正的中国人和中国文明，因为英国人一般说来深沉、纯朴，却不博大。德国人也不能理解真正的中国人和中国文明，因为德国人特别是受过教育的德国人，一般说来深沉、博大，却不纯朴……从我上述所谈中，人们自然会得出这样的结论。即，美国人如果研究中国文明，将变得深沉起来；英国人将变得博大起来，

---

① 季羡林：《赵元任先生》，《悼·念·忆——另一种回忆录》，华艺出版社2008年版，第179页。

② 哈娜·艾伯茨：《东西方思维大比拼》，《参考消息》2009年6月17日第13版。

③ 辜鸿铭：《中国人的精神》，见《辜鸿铭文集》(下)，黄兴涛等译，海南出版社1996年版，第5—6页。

德国人将变得纯朴起来。而美、德、英三国人通过研究中国文明、研究中国的典籍和文学,都将由此获得一种精神特质,恕我冒昧,据我看,一般说来,他们都还远没有达到像中国这般程度的特质,即灵敏……所以,我相信,通过研究中国文明、中国的书籍和文学,所有欧美人民都将大获裨益。①

辜鸿铭所说的中国文明、中国典籍和文学,当然包括礼乐文明、泛诗现象、《诗经》在内,因为任何一种民族文化都来自于某种传统,民族文化之间可以互相影响,但是民族传统之间无法互换。我们民族的思维是一种诗性思维,在诗性思维中表现出的是一种"象"思维,无论是赋比兴还是风雅颂,都是一种意象的表达,反过来说,中国文化经典,主要是诉诸象思维而创造的。林语堂说:"中国人的艺术与文学天才,使他们用充满激情的具体形象进行思维,尤工于渲染气氛,非常适合于作诗。他们颇具特色的浓缩、暗示、联想、升华和专注的天才不适于创作具有古典束缚的散文,反而可以轻而易举地创作诗歌……诗歌恰恰是需要一般性的综合力才可造就的产品。换言之,它需要人们有一种视生活为一个整体的能力。"②

当下,我们还可以总结出我们民族性格的许多特征,如自强不息、厚德载物、道德本位、和为贵、重义轻利、包容和谐,这些都根植于我们的文化传统。而文化的传承大多是教化的结果,是故《礼记·经解》云:"人其国,其教可知也。其为人也温柔敦厚,《诗》教也。疏通知远,《书》教也。广博易良,《乐》教也。絜

① 辜鸿铭:《中国人的精神》,见《辜鸿铭文集》(下),黄兴涛等译,海南出版社 1996 年版,第 5—6 页。

② 林语堂:《中国人》(全译本),郝志东、沈益洪译,学林出版社 1994 年版,第 241 页。

静精微,《易》教也。恭俭庄敬,《礼》教也。属辞比事,《春秋》教也……其为人也温柔敦厚而不愚,则深于《诗》者也。疏通知远而不诬,则深于《书》者也。广博易良而不奢,则深于《乐》者也。絜静精微而不贼,则深于《易》者也。恭俭庄敬而不烦,则深于《礼》者也。属辞比事而不乱,则深于《春秋》者也。"民族性格中表现出的"温、柔、敦、厚",肯定是诗性思维的结果。"广、博、易、良",也是诗乐舞一体的广义"诗教"的结果。至于"疏通知远"、"絜静精微"、"恭俭庄敬"、"属辞比事",虽与书教、易教、礼教、春秋教相关,然而这四教之中没有能够全然与诗教分离的,书教中有歌谣之教,易教中的卦爻辞几乎皆为歌谣,礼教中就包含着诗乐之教,春秋教中的赋诗言志就可能比比皆是了。因此,从很多方面看来,中华民族的性格形成是与诗性思维相关联的。

(三)诗性与中华民族精神生活

辜鸿铭说:"中国人的精神,是中国人赖以生存之物,是本民族固有的心态、性情和情操。这种民族精神使之有别于其他任何民族,特别是有别于现代的欧美人。"并且指出"中国人过着一种心灵的生活,一种情感的或人类之爱的生活"。[①] 这种精神生活就是一种"诗意化的栖居",似乎中华民族的血统里就流淌着诗性的血液,无论在任何的情况下,艰难险阻也罢,其乐融融也罢,中华民族都能找到属于自己的诗意境界,生活得诗意盎然。林语堂说得恰如其分:"平心而论,诗歌对我们生活结构的渗透要比西方深得多,而不是像西方人似乎普遍认为的那样是

---

① 辜鸿铭:《中国人的精神》,见《辜鸿铭文集》(下),黄兴涛等译,海南出版社 1996 年版,第 29、34 页。

既对之感兴趣却又无所谓的东西。”①

中华民族精神生活的重要特征之一就是诗性生活，诗性生活的程度就可能是衡量一个人精神生活的水准。林语堂在《中国人》中是这样分析的：一者诗歌替代了宗教。“诗歌在中国已经代替了宗教的作用。宗教无非是一种灵感，一种活跃着的情绪。中国人在他们的宗教里没有发现这种灵感和活跃情绪，那些宗教对他们来说只不过是黑暗的生活之上点缀着的漂亮补钉，是与疾病和死亡联系在一起的。但他们在诗歌中发现了这种灵感和活跃情绪。”二者诗歌成为一种生活观念。“诗歌教会了中国人一种生活观念，通过谚语和诗卷深切地渗入社会，给予他们一种悲天悯人的意识，使他们对大自然寄予无限的深情，并用一种艺术的眼光来看待人生。”三者诗歌使人们心灵地生活。“诗歌通过享受简朴生活的教育，为中国文明保持了圣洁的理想。它时而诉诸于浪漫主义，使人们超然于这个辛勤劳作和单调无聊的世界之上，获得一种感情的升华，时而又诉诸于人们悲伤、屈从、克制等感情，通过悲愁的艺术反照来净化人们的心灵。”四者中华民族是不能离开诗歌而生存的。“假如没有诗歌——生活习惯的诗和可见于文字的诗——中国人就无法幸存至今。”②而今，在全球化或“西化”的过程中，我们无论怎样理性地、技术地、科学地、逻辑地、分析地生活，但我们都不能丢掉我们自己已有的诗性活法，而且还应该在“拿来”的时候也不要忘记“送去”这种活法，让西方“东化”一下，这样全球化才是最好的结果。

① 林语堂：《中国人》（全译本），郝志东、沈益洪译，学林出版社 1994 年版，第 239 页。

② 林语堂：《中国人》（全译本），郝志东、沈益洪译，学林出版社 1994 年版，第 240—241 页。

诗歌曾经为我们创造出人间的天堂，曾经滋润着我们的生活世界，曾经唤醒过我们的心灵，现在再通过诗歌去完成这些事情也并不过时，何况我们本来就是一个诗性的国度，一个诗性的民族呢。胡适曾经评论过我们的现在的精神："这种人文的、理性的和自由的精神，就是古典时代馈赠给后世智识生活的丰厚遗产。这种精神使得那个时代的伦理、社会及政治著作，现在读起来，还是很富有现代气息，绝不逊于任何现代的著作。"①

① 胡适：《中国人的思想》，《中国的文艺复兴》，外语教学与研究出版社2001年版，第379页。

主要参考文献

著作：

(汉)司马迁:《史记》,中华书局1959年版。

(东汉)班固:《汉书》,中华书局1962年版。

《吴越春秋》,二十五别史本,齐鲁书社2000年版。

许维遹:《吕氏春秋集释》,新编诸子集成本,中华书局2009年版。

(梁)沈约:《宋书》,中华书局1974年版。

《毛诗正义》,《十三经注疏》本,北京大学出版社1999年版。

《尚书正义》,《十三经注疏》本,北京大学出版社1999年版。

《周礼注疏》,《十三经注疏》本,北京大学出版社1999年版。

《礼记正义》,《十三经注疏》本,北京大学出版社1999年版。

《春秋左传正义》,《十三经注疏》本,北京大学出版社1999

年版。

《论语注疏》,《十三经注疏》本,北京大学出版社 1999 年版。

(宋)洪兴祖:《楚辞补注》,中华书局 1983 年版。

(清)杨名时:《诗经札记》,文渊阁《四库全书》本。

(清)王夫之:《诗广传》,中华书局 1964 年版。

(清)魏源:《诗古微·夫子正乐论》,清道光刻本。

周振甫:《文心雕龙今译》,中华书局 1986 年版。

孙诒让:《周礼正义》,王文锦、陈玉霞点校,中华书局 1987 年版。

(清)洪亮吉:《春秋左传诂》,中华书局 1987 年版。

(清)刘宝楠:《论语正义》,中华书局 1990 年版。

(清)王先谦:《诗三家义集疏》,中华书局 1987 年版。

(清)王先谦:《释名疏证补》,中华书局 1987 年版。

(清)王国维:《王国维文集》,北京燕山出版社 1997 年版。

张西堂:《诗经六论》,商务印书馆 1957 年版。

梁启超:《饮冰室合集》,中华书局 1989 年影印本。

刘师培:《论文杂记》,人民文学出版社 1959 年版。

刘师培:《刘师培辛亥前文选》,生活·读书·新知三联书店 1998 年版。

鲁迅:《且介亭杂文·门外文谈》,人民文学出版社 1973 年版。

闻一多:《神话与诗》,上海人民出版社 2006 年版。

朱自清:《中国歌谣》,复旦大学出版社 2004 年版。

朱自清:《诗言志辨》,广西师范大学出版社 2004 年版。

郑振铎:《郑振铎古典文学论文集(上)·汤祷篇》,上海古籍出版社 1984 年版。

郭沫若:《郭沫若全集·考古编》,科学出版社2002年版。

郭沫若:《卜辞通纂》,东京文求堂1933年版。

范文澜:《中国通史》第一册,人民出版社1978年版。

钱穆:《国史大纲》上册,商务印书馆2004年版。

徐元诰:《国语集解》(修订本),中华书局2002年版。

方诗铭、王修龄:《古本竹书纪年辑证》,上海古籍出版社1981年版。

谭戒甫:《墨经分类译注》,中华书局1981年版。

叶瑛:《文史通义校注》,中华书局1985年版。

杨向奎:《杨向奎学术文选》,人民出版社2000年版。

马承源:《商周青铜器铭文选·禽簋》,文物出版社1993年版。

赵宗乙:《淮南子译注》,黑龙江人民出版社2003年版。

金开诚等:《屈原集校注》,中华书局1996年版。

吕思勉:《经子解题》,华东师范大学出版社1995年版。

吕思勉:《中国制度史》,上海教育出版社1985年版。

朱光潜:《诗论》,《朱光潜全集(第三卷)》,安徽教育出版社1987年版。

李泽厚:《历史本体论·己卯五说》,生活·读书·新知三联书店2003年版。

黄玉顺:《易经古歌考释》,巴蜀书社1995年版。

高亨:《周易古经今注》,中华书局1984年版。

高亨:《周易卦爻辞的文学价值》,《周易研究论文集》(第四辑),黄寿祺、张善文编,北京师范大学出版社1990年版。

陆侃如、冯沅君:《中国诗史》,山东大学出版社2000年版。

吴则虞:《晏子春秋集释》,新编诸子集成本,中华书局1982年版。

谢无量:《诗经研究》,商务印书馆王云五主编国学小丛书本。

褚斌杰、谭家健:《先秦文学史》,人民文学出版社1998年版。

冯浩菲:《历代诗经论说述评》,中华书局2003年版。

陈良运:《中国诗学批评史》,江西人民出版社2001年版。

郭杰等:《先秦诗歌史论》,吉林教育出版社1995年版。

马银琴:《两周诗史》,社会科学文献出版社2006年版。

叶舒宪:《诗经的文化阐释——中国诗歌的发生研究》,湖北人民出版社1994年版。

刘小枫:《诗化哲学》,山东文艺出版社1986年版。

陈嘉映:《海德格尔哲学概论》,生活·读书·新知三联书店2005年版。

王云:《西方前现代泛诗传统:以中国古代诗歌相关传统为参照系的比较研究》,复旦大学出版社2005年版。

辜鸿铭:《中国人的精神》,见《辜鸿铭文集》(下),黄兴涛等译,海南出版社1996年版。

张思齐:《论王夫之关于〈诗经〉中的宗教特征的思想》,中国诗经学会编《诗经研究丛刊》第七辑,学苑出版社2004年版。

沈建华:《饶宗颐新出土文献论证》,上海古籍出版社2005年版。

钟敬文主编:《民间文学概论》,上海文艺出版社1980年版。

臧克和:《汉字单位观念史考述》,学林出版社1998年版。

陈戍国:《先秦礼制研究》,湖南教育出版社1991年版。

敏泽:《中国文学理论批评史》(上),吉林教育出版社1993年版。

李秀林、王于、李淮春:《辩证唯物主义和历史唯物主义原理》,中国人民大学出版社 1995 年版。

谢维扬:《中国早期国家》,浙江人民出版社 1995 年版。

韩欣主编:《考古中国》上卷,天津古籍出版社 2006 年版。

朱炳祥:《中国诗歌发生史》,武汉出版社 2000 年版。

周来祥主编:《中国美学主潮》,山东大学出版社 1992 年版。

丁山:《由三代都邑论三代文化》,《史语所集刊》第五册第一分册。

徐旭生:《中国古史的传说时代》(增订本),文物出版社 1985 年版。

[澳]科林·马什:《初任教师手册》,吴刚平、何立群译,教育科学出版社 2005 年版。

[俄]维谢洛夫斯基:《历史诗学》,刘宁译,百花文艺出版社 2003 年版。

[俄]普列汉诺夫:《论艺术》,曹葆华译,生活·读书·新知三联书店 1973 年版。

[德]卡尔·雅斯贝斯:《历史的起源与目标》,何兆武主编《历史理论与史学理论——近现代西方史学著作选》,刘鑫等编译,商务印书馆 1999 年版。

[德]威廉·冯·洪堡特:《论人类语言结构的差异及其对人类精神发展的影响》,姚小平译,商务印书馆 1999 年版。

[德]黑格尔:《美学》,朱光潜译,商务印书馆 1982 年版。

[德]黑格尔:《历史哲学》,王造时译,生活·读书·新知三联书店 1956 年版。

[德]埃德蒙德·胡塞尔:《生活世界现象学》,倪梁康、张廷国译,上海译文出版社 2005 年版。

[美]本尼迪克特·安德森:《想象的共同体:民族主义的起源与散布》,吴睿人译,上海人民出版社2003年版。

[意]维柯:《新科学》,朱光潜译,人民文学出版社1986年版。

[英]爱德华·泰勒:《原始文化:神话、哲学、宗教、语言、艺术和习俗发展之研究》,连树声译,广西师范大学出版社2005年版。

[英]雪莱:《诗辩》,伍蠡甫主编《西方文论选》(下卷),上海译文出版社1979年版。

[英]彼得·威德森:《现代西方文学观念简史》,钱竞、张欣译,北京大学出版社2006年版。

[英]罗伯逊:《基督教的起源》,宋桂煌译,生活·读书·新知三联书店1958年版。

论文:

陈梦家:《商代的神话与巫术》,《燕京学报》1936年第20期。

裘锡圭:《甲骨文中的几种乐器名称》,《中华文史论丛》1980年第2辑。

赵沛霖:《〈候人歌〉的时代意义》,《贵州社会科学》1985年第1期。

张启成:《论〈商颂〉为商诗》,《贵州文史丛刊》1985年第1期。

苏秉琦:《辽西古文化、古城、古国》,《文物》1986年第8期。

刘雨:《西周金文中的祭祖礼》,《考古学报》1989年第4期。

张岩:《简论汉代以来〈诗经〉学中的误解》,《文艺研究》1991年第1期。

蔡先金:《从“宣王伐鲁”看嫡长子继承制》,《人文杂志》

2002年第4期。

巴新生:《试论先秦“德”的起源与流变》,《中国史研究》1997年第3期。

幸晓峰:《试论南音之始“侯人兮,猗”》,《音乐探索》2001年第3期。

国光红:《反映上古婚姻制度的三首〈国风〉》,《山东师范大学学报(人文社会科学版)》2001年第3期。

林尚立:《权力与体制:中国政治发展的现实逻辑》,《学术月刊》2001年第5期。

吴龙辉:《〈天问〉为历史教材说》,《湖南师范大学学报》2001年第6期。

傅道彬:《〈孔子诗论〉与春秋时代的用诗风气》,《文艺研究》2002年第2期。

吴龙辉:《〈九歌〉源于黄河流域考》,《中国文学研究》2003年第4期。

李春青:《论先秦“赋诗”、“引诗”的文化意蕴》,《齐鲁学刊》2003年第6期。

刘丽文:《春秋时期赋诗言志的礼学渊源及形成的机制原理》,《文学遗产》2004年第1期。

郑杰文:《先秦诗学观与诗学系统》,《文学评论》2004年第6期。

伍麟:《“生活世界”的心理学意义》,《光明日报》2007年3月27日第11版。

刘复生:《在晚清重新发现文学的历史》,《光明日报》2007年3月24日第5版。

周远斌:《“诗”字本义为祭歌考》,《山东师范大学学报》2007年第5期。

后　记

新春佳节，是中国人乃至世界华人欢天喜地的日子，其重要表征可算是鞭炮隆隆与觥筹交错。笔者趁着这段难得的可以属于自己的"休闲时光"，只身躲进堆满书山、充斥书香的书房，修订那搁置很久的《诸子之前泛诗现象研究》书稿。书稿修订完毕后，照例又写上几句，以表达此时此刻的感想。千言万语可以凝结为几个关键词：匆忙，内愧，感谢。匆忙，由于琐事缠身，以分秒必争的精神投入到修订工作之中；内愧，由于语言仍需精雕细琢，研究仍需深入与完善，深感愧对学术与读者；感谢，为此项课题，许多同仁给予了很多支持并付出了辛苦，当铭记在心。

"诸子之前泛诗现象研究"为山东社科规划基金重点项目（编号为06BWJ007），原旨在冲破"文本中心主义"、"现代文学学科本位主义"，重现"诗"在先秦诸子之前的存在状态（按照现象学的说法就是要"回到事物的本身"），即尝试诗的生态学研究，并给予现代人呈现出一个诗歌历史的真实，即尝试文化诗学的研究。然而，限于笔者的学识与学力，该项研究只能重在提出问题，至于解决问题，可能还得有待于贤者达人了。

记得在同研究生交流的时候，谈到先秦时期的泛诗现象，就不由自主地联想起那个"泛语录"的时代。在"文革"时期,"红色语录本"成了一片红色海洋,每个人都要活学活用"语录",无论是私下谈话还是公开大会,背诵与引用"语录"都是必须的;无论是饭前饭后还是深更半夜,只要来了"语录"都要敲锣打鼓去迎接,并且保证做到传达"语录"不过夜;至于歪曲"语录"或引用不当是肯定要招致祸害的,也可以套用孔子的话说:不学语录,无以言。"语录"无疑成为我们生活的一部分,渗透到经济基础与上层建筑的各个层面,这可能是后来人难以想象的。但是,"泛语录现象"确实是发生在20世纪的历史事实,这是不可否认的。那么,先秦诸子之前存在过"泛诗现象"也就不难理解了,何况那还是一个执行礼乐制度的时代呢。

"泛诗"是中国先秦存在的一种现实与浪漫杂糅的文化现象。我们今天如何看待先秦的灿烂的文化?笔者曾同中国社科院李慎明先生在2010年全国政治学会会议间隙有过一次简短的讨论,李先生考问:为什么先秦时期的文化很难超越?这确实是一个横亘在很多学者面前有待解答的问题。不仅是中国先秦时期而且是世界整个"轴心期"的文化,都招致现代人顶礼膜拜,"虽不能至,然心向往之"。实质上,历史是发展的,文明是进步的,即"后来者居上",否则社会与人类就不进步了。这是铁定的规律。那么,人们为什么会有对于先前有难以超越之感呢?一者,所有历史上在人们心目中"美好"的东西,从心理上来说又都是难以超越的,这就是"原始"的力量,所以,人们喜欢使用"复兴"这个词汇。二者,历史同时间一样,向前发展是一种线性的关系,只能向下流动,不可能向上回溯的,不同重要文化现象之间即不同事物之间是很难比较的。三者,语言是变化的,孔子说雅言,即当时普通话,现在看来都是比较古奥而深邃的。再者,人们愿意在元典上作更多的阐释,既然是"阐释",那只能是元典的“衍生品”了。既然是“衍生品”,又怎能超越元典呢?纵使“阐释”的思想已经远远超越“元典”。所以,对于先秦时期的“泛诗现象”的态度,不应该用是否超越去看待。

而今我们面对的是一个充满矛盾、快速发展、更趋复杂的世界。生活在这样一个时代的人,既是一种幸运,恰逢民族复兴,又是一种机遇,可迎接许多挑战。这个世界到底应该如何看,这主要取决于我们每个人的心态了。英国小说家狄更斯(Charles Dickens,English novelist,1812~1870)曾经这样描述过他所处的时代:

> It was the best of times, it was the worst of times,it was the age of wisdom, it was the age of foolishness, it was the epoch of belief, it was the epoch of incredulity, it was the season of Light, it was the season of Darkness, it was the spring of hope, it was the winter of despair, we had everything before us,we had nothing before us,we were all going direct to Heaven, we were all going direct the other way.(这是最好的时候,也是最坏的时候;这是智慧的年代,也是无知的年代;这是信仰的日子,也是怀疑的日子;这是光明的季节,也是黑暗的季节;这是希望之春,也是失望之冬;我们应有尽有,我们一无所有;人们直登乐土,却也直下苦境。)

在狄更斯所描述的两端之间,其实还是有很多种判断的。但总的来说,我们这个时代是一个伟大的时代,灿烂的时代,我们既需要物质建设更需要文化建设,实质上,我们每个人是生活在一种文化状态中的,一切物质建设只是生存的手段与保障而已。这就如同北京大学与哈佛大学纵使物质条件一样,但是北大还是北大,哈佛还是哈佛,因为其生存的文化不同。为什么人们称一些华侨为“黄香蕉”,因为其有“白心”的文化。因此,我们在全球化的今天,也更需要本土化,这样才能更好地确定自己的“身份”,即解决“我为什么是我”、“我如何是我”的问题。

扯得太远了。最后不能忘记那些参与写作的同仁:俞艳庭、李梅、邓声国、张兵、常昭、杨位检,最后由蔡先金审定全稿。先秦文学方向的研究生李佩瑶、刘昕、陈夏楠、吴程程、马云龙等同学参与了书稿的校订工作。整个书稿,如果有愧对读者的地方,敬请读者谅解!

蔡先金

于济南无影山上

2011年2月8日星期二

图书在版编目(CIP)数据

诸子之前泛诗现象研究/蔡先金等著. —济南:齐鲁书社,2012.5
ISBN 978-7-5333-2608-1

Ⅰ.①诸… Ⅱ.①蔡… Ⅲ.①古典诗歌—诗歌研究—中国—先秦时代 Ⅳ.①I207.22

中国版本图书馆CIP数据核字(2012)第072945号

诸子之前泛诗现象研究

蔡先金 等 著

出版发行	齊魯書社
社　　址	济南市英雄山路189号
邮　　编	250002
网　　址	www.qlss.com.cn
电子邮箱	qilupress@126.com
印　　刷	山东新华印刷厂
开　　本	850mm×1168mm　1/32
印　　张	9.875
插　　页	3
字　　数	255千
版　　次	2012年5月第1版
印　　次	2012年5月第1次印刷
标准书号	ISBN 978-7-5333-2608-1
定　　价	**30.00元**